मानस एवं गीता . . . . लोकमंगल–गुञ्जिता

मानस एवं गीता . . . लोकमंगल-गुञ्जिता

लेखक

डा० सत्य प्रकाश अग्रवाल

पीएच०डी०

दक्षिण एशिया अध्ययन केन्द्र

कैलिफोर्निया, विश्वविद्यालय

बर्कले, कैलिफोर्निया, यू०एस०ए०

Publisher:

URMILA AGARWAL

11293 Ridermark Row

Columbia MD 21044

U.S.A.

प्रकाशक:

उर्मिला अग्रवाल

११२९३ राइडरमार्क रो

कोलम्बिया, मैरीलैंड २१०४४

यू०एस०ए०

प्रथम संस्करण : कोलम्बिया, मैरीलैंड, १९९८
First Edition: Columbia, MD, 1998

ISBN: 81-208-1640-4

प्रकाशक
उर्मिला अग्रवाल
११२९३ राइडरमार्क रो, कोलम्बिया,
मैरीलैंड २१०४४
यू०एस०ए०

Publisher
URMILA AGARWAL
11293, Ridermark Row, Columbia, MD 21044
U.S.A.

वितरक
उर्मिला अग्रवाल
सी० १५७, आनन्द विहार, दिल्ली ११००९२

मोतीलाल बनारसीदास
बंगलो रोड, दिल्ली-११०००७

मुद्रक
श्री जैनेन्द्र प्रेस, नारायणा, फेज़-१, नई दिल्ली ११००२८

समर्पण

लेखक तथा प्रकाशक के
पूर्वजों एवं हितैषियों को
जो मनसा वाचा कर्मणा
गीता-रामायण के संदेश-वाहक बने

गीतायां लोकसंग्रहो मानसे जगमंगलम् ।
यथा सर्वभूतहितं तथा सकल मंगलम् ॥

विषय-सूची

पाठकों की सेवा में

गीता तथा रामचरितमानस के सामाजिक संदेश को प्रमुखता देने वाली ग्रन्थ-माला का यह पाँचवां पुष्प भगवद्कृपा से पाठकों की सेवा में प्रस्तुत है। पिछली चार पुस्तकों की भाँति वर्तमान पुस्तक के मूल में भी मुख्य प्रश्न वही है जो देश-विदेश में रहने वाले अनेक लोक-हितैषी पूछते हैं—"आज की सामाजिक परिस्थिति में गीता-रामायण जैसे प्रेरणादायक ग्रन्थों को पढ़कर उनमें से कौन-सा संदेश लेना उचित है।" इन पाँचों पुस्तकों के लेखक ने इस संदेश को 'लोकहितसंदेश' जैसा सरल तथा सर्वप्रिय रूप दिया है जिसके लिए गीता में 'लोकसंग्रह' आदि शब्द प्रयुक्त हुए हैं और मानस में 'जगमंगल' आदि। दोनों ग्रन्थों के संदेश को एक साथ उच्चरित करना वर्तमान पुस्तक की विशेषता है और इस लक्ष्य की पूर्ति के लिए 'लोकमंगल' शब्द की उपयोगिता की ओर पाठकों का ध्यान आकर्षित किया गया है। यह तो स्पष्ट ही है कि 'लोकसंग्रह' तथा 'जगमंगल' को एकत्रित करने के प्रयास का सुमधुर फल है 'लोकमंगल'।

उपरोक्त ग्रन्थ-माला के लेखक का दृढ़ विश्वास है कि गीता-कथित भगवान् के शब्द

वक्ष्यामि हितकाम्यया ॥ १०.१॥

न केवल अर्जुन के हित के लिए है, बल्कि समस्त विश्व के सामूहिक हित के लिए भी हैं। इसी प्रकार मानस का प्रत्येक प्रसंग मानो अरण्यकाण्ड में अनसूयाजी द्वारा प्रकटित, निम्नलिखित भाव को ही गुंजित कर रहा है—

कहिउँ कथा संसार हित।

इस पुस्तक में, गीता तथा मानस के 'आदि-मध्य-अवसाना' से प्रेरित होकर, दस प्रकार के संदेश-सूचक भावों की व्याख्या की गई है—जैसे किसी विषय की पूरी जानकारी के लिए उसे दसों दिशाओं से देखा जाता है। समाज-शास्त्रज्ञों द्वारा लिखित इस प्रकार की विस्तृत व्याख्याओं को पढ़ने वाले कभी-कभी यह प्रश्न उठाते हैं कि क्या मूल ग्रंथों के रचयिताओं ने स्वयं इतना व्यापक दृष्टिकोण अपनाया था? हमारी सम्मति में इस प्रश्न से भी अधिक उपयोगी प्रश्न यह है कि क्या इस प्रकार के विचारों से आज के समाज का भला हो सकता है? यदि सर्वहित के लिए पुराने ग्रंथों से कोई कल्याणकारी विचार मिल सकता है तो वह अवश्य ग्रहण करने योग्य है—चाहे उसकी

उपादेयता का पूरा चित्र प्राचीन लेखकों के नेत्रों के सम्मुख था या नहीं। मूल लेखकों के व्यापक दृष्टिकोण का एक महत्त्वपूर्ण प्रमाण यह भी है कि उन्होंने देश-काल-अवसर-समाज की माँगों का उल्लेख किया है।

इस ग्रंथ के पाठकों से निवेदन है कि वे मूल लेखक या वर्तमान टीकाकारों पर ही सारा ध्यान केंद्रित न करें, बल्कि साथ ही अपनी ओर भी देखें अर्थात् अपने मन में पूर्वजों के प्रति आदर-भाव रखकर ही मूल ग्रंथों तथा उन पर लिखी नई पुस्तकों को पढ़ें। कहने का तात्पर्य यह है कि सन्देश को देने वाले—लेखक या वक्ता—तथा संदेश को ग्रहण करने वाले—पाठक या श्रोता—दोनों पक्षों की मन:स्थिति का बहुत महत्त्व है। उपनिषद्, गीता, मानस—सभी महान् ग्रंथों ने यह समझाने का प्रयत्न किया है। इन तीन ग्रंथों पर आधारित एक-एक दृष्टान्त देना उपयुक्त होगा।

बृहदारण्यक उपनिषद् की प्रसिद्ध कथा का शीर्षक है 'द द द'। प्रजापति ने देवों, मनुष्यों तथा असुरों को बारह वर्ष के अध्ययन के पश्चात् अपने उपदेश का सारांश केवल एक अक्षर 'द' के रूप में दिया किंतु तीनों प्रकार के श्रोताओं ने अपनी-अपनी मन:स्थिति के अनुसार उसको समझा। देवों ने कहा कि हम विषयों में रुचि रखते हैं इसलिए आपने हमें 'द' शब्द के द्वारा दमन अर्थात् संयम की शिक्षा दी है। मनुष्यों ने कहा कि हम लोग स्वार्थ में लीन हैं इसलिए आपने हमें 'द' शब्द के द्वारा दान की शिक्षा दी है। असुरों ने कहा है कि हम निर्दयी हो गए हैं इसलिए आपने हमें 'द' शब्द के द्वारा दया की शिक्षा दी है। प्रजापति ने कहा कि तुम तीनों ने मेरे उपदेश को ठीक प्रकार समझ लिया है।

गीता के श्लोक १८.६३ में भगवान् श्रीकृष्ण अर्जुन से कहते हैं कि मेरे द्वारा दिया गया ज्ञान गुह्य अर्थात् गूढ़ है और इस पर संपूर्णता से, सब दृष्टिकोणों से विचार करने की आवश्यकता है। श्लोक २.११ में अपना ज्ञान-प्रदायी वक्तव्य आरम्भ करते समय भगवान् श्रीकृष्ण ने अर्जुन को यह भी कहा था कि यद्यपि तू पंडितों के से वचन बोल रहा है किंतु तेरी मन:स्थिति पंडितों की सी नहीं है। बाद में धीरे-धीरे अर्जुन की मन:स्थिति बदली और उसने गीता के संदेश को ठीक प्रकार समझा।

मानस में तुलसीदासजी ने बालकाण्ड में वर्णित नारद-मोह की कथा के अन्तर्गत यह विचार प्रकट किया है यदि श्रोता की मन:स्थिति ठीक नहीं है तो वह वक्ता के स्पष्ट वचनों को भी ठीक प्रकार नहीं समझ सकता। निम्नलिखित प्रसंग में नारद जैसे मुनि भी मोह के कारण भगवान् की अगूढ़ अर्थात् स्पष्ट वाणी को समझने में असमर्थ दिखलाए गए हैं—

जेहि विधि होइहि परम हित नारद सुनहु तुम्हार।
सोइ हम करब न आन कछु वचन न मृषा हमार॥
कुपथ माग रुज व्याकुल रोगी। वैद न देइ सुनहु मुनि जोगी॥

एहि विधि हित तुम्हार मैं ठयऊ । कहि अस अंतरहित प्रभु भयऊ ॥
माया विवस भए मुनि मूढ़ा । समुझी नहिं हरि गिरा निगूढ़ा ॥

इस प्रसंग की समाप्ति होने पर नारद मुनि की मनःस्थिति फिर से पूर्ववत् हो गई जैसाकि तुलसीदासजी ने अरण्यकाण्ड में स्पष्ट किया है ।

इस पुस्तक के लेखक ने पुनरुक्ति का दोष स्वीकार करके भी गीता तथा मानस—दोनों ग्रन्थों पर आधारित हितवाणी को बार-बार कहा है । इस प्रसंग में यह उल्लेखनीय है कि गीता में 'भूयः' शब्द—जिसका अर्थ है पुनः या फिर—बारह बार प्रयुक्त हुआ है, और इनमें से कई प्रयोग हितवाणी कहने या सुनने से संबंधित हैं । उदाहरणतः भगवान् स्वयं अपने हित-वचन बार-बार कहना चाहते हैं, जैसे—

भूय एव महाबाहो शृणु मे परमं वचः ।
यत्तेहं प्रीयमाणाय वक्ष्यामि हितकाम्यया ॥ १०.१ ॥

सरल भावार्थ—भगवान् कहते हैं कि प्रेमपूर्ण भाव से और हित की इच्छा से कहे हुए वचनों को बार-बार सुनना उचित है ।

सर्वगुह्यतमं भूयः शृणु मे परमं वचः ।
इष्येऽसि मे दृढमिति ततो वक्ष्यामि ते हितम् ॥ १८.६४ ॥

सरल भावार्थ—इस श्लोक में भी भगवान् अपने हित-वचनों को फिर से कहने का औचित्य बतलाते हैं ।

और अर्जुन भी भगवान् द्वारा कथित हित-वचनों को बार-बार सुनना चाहता है, जैसे—

भूयः कथय तृप्तिर्हि शृण्वतो नास्ति मेऽमृतम् ॥ १०.१८ ॥

इसी प्रकार तुलसीदासजी ने भी अपनी ओर से जगमंगल को प्रमुखता देने में कोई कसर नहीं छोड़ी है । इस कथन का समुचित प्रमाण मानस की अनेक उक्तियों से मिलता है जिनमें से तीन निम्नलिखित हैं—

रामकथा जगमंगल करनी
राम जनमु जगमंगल हेतू
जगमंगल गुनग्राम राम के

स्वर्गीय श्रीहनुमान प्रसाद पोद्दार, संपादक, गीताप्रेस, गोरखपुर ने भी अपनी मानस की टीका में जगमंगल को प्रधानता दी है । उनके शब्द हैं—

> ''ऐसी दशा में इस अलौकिक ग्रंथ का जितना भी प्रचार किया जाएगा, जितना अधिक पठन-पाठन एवं मनन-अनुशीलन होगा, उतना ही जगत् का मंगल होगा—इसमें तनिक भी संदेह नहीं है ।''

गीता में अपने हित-वचनों की समाप्ति करते हुए भगवान् ने कहा—

न चाशुश्रूषवे वाच्यं . . . . ॥ १८.६७ ॥

अर्थात् गीता उसी को सुनाई जाए जिसमें सुनने की इच्छा हो ।

मानस में भी काकभुशुंडि ने गरुड़ को राम-कथा सुनाकर अंत में श्रीराम से प्रार्थना की कि वे वक्ता तथा श्रोता, दोनों के प्रति कृपा-भाव बनाए रखें—

जासु नाम भव भेषज हरन घोर त्रय सूल ।
सो कृपाल मोहि तो पर सदा रहउ अनुकूल ॥

हम यह आशा करते हैं कि वर्तमान पुस्तक के द्वारा अधिक से अधिक पाठकों में गीता तथा मानस के लोकहितसंदेश को सुनने की इच्छा जागृत होगी ।

२ अक्तूबर १९९८ **लेखक तथा प्रकाशक**

आभार

यह पुस्तक पूर्वजों तथा हितैषियों को समर्पित की गई है क्योंकि ईश्वर की कृपा उन्हीं के आशीर्वाद के रूप में मुझे प्राप्त हुई है। इसमें कोई संदेह नहीं कि बचपन के संस्कारों का विशेष प्रभाव पड़ा है। माता-पिता, भाई-बहन, चचेरे भाई तथा संयुक्त परिवार के अन्य सदस्यों ने जो नींव स्थापित की, उसी के आधार पर आगे प्रगति हुई। उदाहरणत: हमारे परिवार में गीता और रामायण के अनेक प्रसंग बचपन से ही सबको, सहज भाव से, अनायास ही कण्ठस्थ हो गए थे। घर के वरिष्ठ सदस्यों ने लोकमान्य तिलक की 'गीता-रहस्य' का गूढ़ ज्ञान भी सरल भाषा में सबको दिया। विश्वविद्यालय में शिक्षा-प्राप्ति के समय गांधी-साहित्य ने प्रेरित किया। आचार्य विनोबा भावे की पुस्तक 'स्थितप्रज्ञ दर्शन' से विशेष प्रेरणा मिली। परिवार से संबंधित हितैषियों में प्रमुख स्थान रहा श्रीहनुमान प्रसाद पोद्दार का जो मेरे पिताजी के घनिष्ठ मित्र थे और जिन्होंने गीता प्रेस, गोरखपुर के माध्यम से गीता तथा मानस को घर-घर में पहुँचाने का प्रयत्न किया। इन सब पूर्वजों तथा हितैषियों को मेरा नत-मस्तक आभार-प्रदर्शन।

सन् १९४८ में उच्च शिक्षा प्राप्ति के लिए अमेरिका आने पर भी गीता-रामायण-आधारित स्वाध्याय में कोई कमी नहीं आई। संस्कृत के छात्रों को—जिनमें कार्ल पोटर का नाम उल्लेखनीय है—अध्ययन में सहायता देना मेरे अपने स्वाध्याय-क्रम के लिए बहुत लाभकारी सिद्ध हुआ। इसी प्रकार सन् १९५३ में डा० जोन बोंड्यूरैंट की गांधी-विषयक पुस्तक में सहायता देने से मुझे तथा उर्मिला—दोनों को स्वाध्याय के नए अवसर प्राप्त हुए। सन् १९५४ में जब मैंने कैलिफोर्निया विश्वविद्यालय, बर्कले में हिन्दी पढ़ाने का नया कार्यक्रम आरम्भ किया तब विद्यार्थियों को रामचरितमानस का संक्षिप्त परिचय देते समय मेरा ध्यान मानस के निम्नलिखित शब्दों की ओर गया—

तैसेहि सुकवि कवित बुध कहहीं। उपजहिं अनत अनत छवि लहहीं॥

आज से अनेक वर्ष पूर्व, भारत से दूर, गीता-रामायण के अध्ययन-क्रम में योगदान देने वाले उपरोक्त व्यक्तियों का मैं आभारी हूँ।

सन् १९७० में भारत में मनाए गए एक सार्वजनिक समारोह ने 'सर्वहित' के संदेश के साथ हमारे परिवार के पुराने संबंधों को प्रमुखता दी। यह समारोह था—सर्वहितकारिणी सभा, राजगढ़ (बीकानेर) की स्वर्ण-जयन्ती का। इस सभा के

संचालकों ने बतलाया कि मेरे पूज्य पिताजी, श्रीरामस्वरूप ने सन् १९२० में 'सर्वहित' के लिए इस संस्था को स्थापित करने में प्रमुख भाग लिया था—और लगभग तीस वर्षों तक उन्होंने इस सभा के द्वारा जनसेवा की । यद्यपि विदेश में होने के कारण मैं स्वयं इस समारोह में सम्मिलित नहीं हो सका, फिर भी मुझे इस बात से बहुत प्रोत्साहन मिला कि गीता तथा मानस से समयानुकूल सेवा का संदेश ग्रहण करने में मेरे पूर्वजों ने लगातार प्रयत्न किया । अनेक मित्रों की सम्मति में परिवार द्वारा कृत सेवा के कई उदाहरणों का हमें पूरा ज्ञान नहीं है क्योंकि उनके मूल में आंतरिक सद्‌भावना थी, न कि ख्याति प्राप्त करने की इच्छा । इन सब प्रसंगों के माध्यम से लोकहित के कार्यों के लिए प्रेरित करने वालों का मैं आभारी हूँ ।

सन् १९८८-८९ में काहिरा (मिश्र) में रहने वाले भारतीयों ने मुझसे अनुरोध किया कि मैं सप्ताह में एक बार गीता तथा मानस की नई टीकाओं के विषय में अपने विचार प्रकट करूँ । इन दोनों ग्रंथों के तुलनात्मक अध्ययन से मेरा यह विश्वास दृढ़ हो गया कि इनके विचारों की समानता के विषय में गहरा अध्ययन करने की आवश्यकता है । ऐसा दृष्टिकोण अपनाने से मानस में अनेक नये विचार मिले जिनकी वर्तमान समाज को बहुत आवश्यकता है । काहिरा में दिये गए भाषणों ने कालांतर में लिखी जाने वाली पुस्तकों के लिए भूमिका तैयार कर दी । काहिरा में सम्पन्न इस कार्यक्रम का मुख्य श्रेय डा॰ आर॰एस॰एस॰ शर्मा, डा॰ शिवमूर्ति तथा डा॰ अंजलि को है और मैं इनको हार्दिक धन्यवाद देना चाहता हूँ ।

सन् १९९२ मे कैलिफोर्निया विश्वविद्यालय के दक्षिण एशिया अध्ययन केंद्र ने मुझे रिसर्च एसोशिएट का अवैतनिक किंतु विद्वत्ता-सूचक पद दिया जिसके लिए प्रोफेसर रोबर्ट गोल्डमैन, अध्यक्ष तथा डा॰ स्टीव पूलोस, उपाध्यक्ष का मैं आभारी हूँ । बर्कले में चल रहे वाल्मीकि रामायण प्रोजेक्ट से मुझे बहुत प्रेरणा मिली । मुझे यह भी अवसर मिला कि मैं प्रो॰ वैन नूटन तथा प्रो॰ लिंडा हेस से विचारों का आदान-प्रदान कर सकूँ और इसके लिए मैं उनके प्रति भी अपनी कृतज्ञता प्रकट करना चाहता हूँ ।

३ नवम्बर १९९४ को मैरीलैंड स्टेट के गवर्नर, विलियम डोनल्ड शेफर ने मेरी गीता पर लिखी पहली पुस्तक को जनसेवा-प्रेरक ग्रंथ के रूप में सम्मानित किया । गवर्नर की ओर से प्रो॰ मुकुट बिहारी माथुर ने कोलम्बिया, मैरीलैंड की जनसभा में मुझे प्रशस्ति पत्र दिया । इस सम्मान के लिए मैं इन दोनों प्रमुख व्यक्तियों का आभारी हूँ ।

मेरी पुस्तक में प्रकटित सामाजिक संदेश को सम्मानित करने का जो क्रम सन् १९९४ में आरम्भ हुआ उसका प्रवाह प्रभुकृपा से तीव्रतर ही होता गया । १० जुलाई १९९५ को भारत के राष्ट्रपति, डा॰ शंकर दयाल शर्मा के द्वारा मेरी दूसरी पुस्तक का विमोचन-समारोह राष्ट्रपति भवन, नई दिल्ली में सम्पन्न हुआ । राज्य सभा के वरिष्ठ सदस्य श्रीत्रिलोकीनाथ चतुर्वेदी भी इस समारोह में निमंत्रित थे और उन्होंने मेरी

गीता-आधारित पुस्तक की सराहना की । मैं उस विशेष अवसर के लिए, तथा वहाँ कहे हुए शब्दों के लिए, राष्ट्रपतिजी और श्रीचतुर्वेदी का अत्यन्त आभारी हूँ ।

द्वितीय पुस्तक की भाँति, मेरी तृतीय पुस्तक का विमोचन-समारोह भी राष्ट्रपति भवन, नई दिल्ली में हुआ । ३१ जनवरी १९९७ को राष्ट्रपति डा॰ शंकर दयाल शर्मा ने मानस के सामाजिक संदेश को प्राथमिकता देने वाली मेरी पुस्तक को सम्मानित किया । इस पुस्तक को कुंती गोयल अन्तर्राष्ट्रीय पुरस्कार देते हुए प्रो॰ सतीश चन्द्र गोयल ने बतलाया कि स्वामी सत्यमित्रानन्द गिरि की अध्यक्षता में निर्णायक समिति ने ३९ पुस्तकों में से इस पुस्तक को प्रथम स्थान दिया है । मैं उस समारोह के लिए और वहाँ कहे हुए सम्मानभरे शब्दों के लिए, राष्ट्रपतिजी और प्रो॰ गोयल का अत्यन्त आभारी हूँ ।

१० अगस्त १९९७ को मेरी तृतीय पुस्तक को एक और विशिष्ट पुरस्कार मिला । मानस संगम, कानपुर ने तुलसीपंचशती वर्ष हिंदी साहित्य पुरस्कार से मुझे सम्मानित किया । इस सम्मान के लिए मैं मानस संगम के अध्यक्ष श्रीबद्री नारायण तिवारी का अत्यन्त आभारी हूँ ।

दिसम्बर १९९७ में इस ग्रंथ माला की चौथी पुस्तक प्रकाशित हुई । स्वरचित संस्कृत श्लोकों के रूप में लिखित 'लोकसंग्रहसंदेशः' के लिए मिशिगन विश्वविद्यालय के संस्कृत के प्रोफेसर, डा॰ माधव देशपाण्डे ने 'प्रास्ताविकम्' लिखा और मेरे प्रयास को अनुपम रचना बतलाया । इस प्रकार के विद्वत्तापूर्ण प्रोत्साहन के लिए मैं प्रो॰ देशपाण्डे का आभारी हूँ ।

अगस्त १-३, १९९८ में अंतर्राष्ट्रीय रामायण सम्मेलन का पंद्रहवां अधिवेशन ट्रिनिडाड में सम्पन्न हुआ । सम्मेलन का आयोजन करने में अंतर्राष्ट्रीय अध्यक्ष श्रीलल्लन प्रसाद व्यास और ट्रिनिडाड की सनातन धर्म महासभा के प्रधान संयोजक श्रीसत्य नारायण महाराज का विशेष हाथ था । 'आधुनिक विश्व के लिए रामायण का संदेश' शीर्षक पर एक लेख प्रस्तुत करने का तथा सम्मेलन में वक्तव्य देने का मुझे अवसर मिला । सम्मेलन में भाग लेने वाले विद्वानों—आचार्य सोहन लाल रामरंग, डा॰ मोहन गौतम, डा॰ विद्यासागर आनन्द, प्रो॰ रामदास लैम्ब, डा॰ उषा शुक्ला आदि—ने मेरे द्वारा रचित ग्रंथ माला में विशेष रुचि ली । मैं उपरोक्त सभी महानुभावों के प्रति आभार प्रदर्शन करना चाहता हूँ ।

११ सितम्बर १९९८ को स्टैनफर्ड विश्वविद्यालय की प्रोफेसर, डा॰ लिंडा हेस ने मुझे आमंत्रित किया कि मैं उनकी कक्षा के छात्रों के समक्ष गीता-विषयक अपने विचार व्यक्त करूँ । इस सम्मान के लिए मैं प्रोफेसर हेस का आभारी हूँ ।

सीतापुर (उत्तर प्रदेश) की 'मानस चन्दन' पत्रिका के प्रधान सम्पादक डा॰ गणेश दत्त सारस्वत का भी मैं आभारी हूँ—उन्होंने स्वयं पत्र लिखकर अपनी पत्रिका के लिए लेख लिखने के लिए मुझे प्रेरित किया और उस लेख को प्रकाशित करके मुझे सम्मान दिया ।

आभार प्रदर्शित करते समय घर के सदस्यों द्वारा दी गई अमूल्य सहायता तथा प्रोत्साहन को भुलाया नहीं जा सकता । ईश्वर की प्रेरणा से हमारे परिवार ने गीता-रामायण-अध्ययन तथा पुस्तक-लेखन और प्रकाशन में अपना तन-मन-धन लगा रखा है—व्यापार-भावना से नहीं बल्कि जनसेवा की इच्छा से, जैसाकि किष्किन्धाकाण्ड में वर्णित है—

सो अनन्य जाकें असि मति न टरइ हनुमंत ।
मैं सेवक सचराचर रूप स्वामि भगवंत ॥

इस प्रसंग में हमारे संयुक्त परिवार के थोड़े-से चुने हुए सदस्यों के नाम ही यहाँ लिखे जा रहे हैं, और उनमें भी प्राथमिकता दी है अगली पीढ़ी को क्योंकि लोकमंगल का भविष्य उन्हीं को संभालना है ।

विशेष स्थान है उर्मिला का जिन्होंने सब परिस्थितियों में लगातार कंधे-से-कंधा जोड़कर सारे प्रयास में हाथ बँटाया, प्रकाशन का भार संभाला, पुस्तकालयों आदि से उपयोगी सामग्री ढूँढ़ी, अन्य लेखकों तथा विद्वानों से विचार-विनिमय का सराहनीय कार्य पूरी लग्न से सम्पन्न किया, आदि, आदि । विभिन्न रूपों में सहयोग एवं प्रोत्साहन देने वाले घर के अन्य सदस्यों में से—आयु-संतुलन बनाए रखते हुए—निम्नलिखित नाम उल्लेखनीय हैं—निष्काम, कोकिला, सीमा, डेविड, मदनमोहन, महावीर प्रसाद, प्रेमचंद, कृष्ण मोहन, रेणु, अरुण कुमार, वीणा, धनेंद्र कुमार, पंकज कुमार, पूनम गोयल, प्रदीप, नवनीत, रंजन, ईशा, किरण, प्रिया, माया ।

विस्तृत परिवार के अनेक सदस्यों तथा हितैषियों ने प्रेरणा, परामर्श तथा शुभ-कामनाओं के द्वारा कार्य को सफल बनाने में—प्रत्यक्ष तथा परोक्ष रूप से—बहुमूल्य योगदान दिया । उनमें से कुछ चुने हुए व्यक्तियों के नाम हैं—डा॰ नटवरलाल एस॰ जानी, डा॰ अनिल एवं सरिता वाजपेयी, श्रीहरिश कश्यप, श्रीआर्यभूषण, श्रीहरदेवसिंह पाल्टा, श्रीचेलाकरा शर्मा, श्रीप्रदीप जोशी, डा॰ जगदीश रुस्तगी, प्रो॰ राधेश्याम द्विवेदी, डा॰ धनंजय कुमार, प्रो॰ उमा सैनी, श्रीदीपक भूटानी, श्रीमती चित्रा कुमार, प्रो॰ हरिश्चंद्र गुप्त, प्रो॰ राधेश्याम, श्रीसुरेन्द्रजित गोयल, प्रो॰ परमात्मा शरण संगल, डा॰ ब्रह्मानन्द शर्मा, श्रीप्रकाश चन्द्र गुप्ता, प्रो॰ उषा गुप्ता, डा॰ पिनाकिन व्यास, प्रो॰ रामरत्न गुप्ता, डा॰ मनमोहनलाल गोस्वामी, डा॰ भगवानदास टिक्कीवाल, श्रीप्रेम स्वरूप शर्मा, डा॰ प्यारेलाल गर्ग, श्रीआनंद प्रकाश मित्तल, प्रो॰ रजनीकांत एम॰ पंचोली, प्रो॰ भगवानदास, श्रीनिहालसिंह चौधरी, श्रीमूलचंद कल्ला, श्रीचंपालाल राँका । इन सबके प्रति कृतज्ञता प्रकट करने में मुझे हर्ष हो रहा है क्योंकि जगमंगल की भावना के लिए कृतज्ञता का महत्त्व मानस ने पांडित्य से भी अधिक बतलाया है—

सब गुनग्य पंडित सब ग्यानी । सब कृतग्य नहिं कपट सयानी ॥

गीता ने तो ऐसे व्यक्तियों को 'स्तेन' अर्थात् 'चोर' बतलाया है जो 'लेने' में निपुण और 'देने' में कर्त्तव्य-विमुख हों—

तैर्दत्तानप्रदायैभ्यो यो भुंक्ते स्तेन एव सः ॥ ३.१२ ॥

विचारों तथा कर्मों के व्यापक प्रभाव को ध्यान में रखते हुए यह प्रश्न उठता है कि क्या लोकमंगल पर पुस्तक लिखने वाले व्यक्ति के लिए आभार-प्रदर्शन या धन्यवाद देने का क्षेत्र सीमित हो सकता है? मानस के अंत में शिवजी ने उन सब परिवारों को धन्यवाद के पात्र बतलाया है जिनके सदस्य श्रीरघुवीर-परायण हों। आज की विषम सामाजिक परिस्थिति में श्रीरघुवीर-परायण और लोकमंगल-परायण व्यक्तियों में कोई भेद नहीं है, इसलिए उन सबके प्रति कृतज्ञता प्रकट करना मानस में वर्णित शिवजी के विचारों के अनुकूल है।

अंत में यह स्पष्ट करना भी आवश्यक है कि इस पुस्तक में लिखे हुए विचारों के लिए दक्षिण एशिया अध्ययन केंद्र उत्तरदायी नहीं है क्योंकि ये विचार पूर्णतया लेखक के हैं, किसी अन्य व्यक्ति या संस्था के नहीं।

दक्षिण एशिया अध्ययन केंद्र
कैलिफोर्निया विश्वविद्यालय,
बर्कले, कैलिफोर्निया यू०एस०ए०

सत्य प्रकाश अग्रवाल

अध्याय १

गीता एवं मानस—लोकमंगल-समीक्षा के दो केंद्र

वैदिक धर्म के अनुयायी अपनी-अपनी रुचि के अनुसार एक या अनेक ग्रंथों को प्राथमिकता देते हैं—जैसे वेद, उपनिषत्, गीता, रामायण आदि । यद्यपि मूलतः इन ग्रंथों में कोई पारस्परिक भेद नहीं है, फिर भी विस्तार में जाने पर प्रत्येक ग्रंथ की अपनी-अपनी विशेषता को तो स्वीकार करना ही पड़ता है । उदाहरणतः आर्य समाज के सदस्य केवल वेदों को ही प्रमाण मानकर 'यज्ञ' की विशेष महत्ता पर बल देते हैं । उपनिषदों को महत्त्व देने वाले द्रव्य-यज्ञ की अपेक्षा ज्ञान-यज्ञ की ओर झुकते हैं । रामायण के भक्त रामलीला को गाँव-गाँव में दिखलाकर सामाजिक सद्व्यवहार के आदर्शों को फैलाने पर ज़ोर देते हैं । गीता के वर्तमान अनुयायी जनसेवा-आधारित कर्मयोग को आज की परिस्थिति के अनुकूल बतलाते हैं—किंतु इस मत का मूल्यांकन करने के लिए पिछले हजारों वर्षों में हुए परिवर्तनों की लोकमंगल की दृष्टि से समीक्षा करने की आवश्यकता है । इस समीक्षा से गीता तथा रामचरितमानस की विशेषता तथा समानता—दोनों स्पष्ट हो जाएगीं । इस उद्देश्य से, वैदिककाल से लेकर अब तक के चुने हुए प्रसंगों का संक्षिप्त विवेचन इस अध्याय में प्रस्तुत है । इस विवेचन को संकेत-सूचक ही समझना चाहिए और यह भी आवश्यक नहीं है कि विभिन्न ग्रंथों का उल्लेख ऐतिहासिक क्रमानुसार ही हो ।

वैदिककालीन सामूहिक हित-रक्षण के पाँच दृष्टान्त

वैदिककाल में जिन संस्थाओं, प्रथाओं आदि का आरम्भ हुआ, उनका कालान्तर में क्या रूप बना और उनसे क्या-क्या हानि-लाभ हुए—यह बहुत विशाल और कठिन विषय है और इसकी गहराई में जाना इस पुस्तक का ध्येय नहीं है । इसलिए यहाँ कुछ चुने हुए दृष्टान्तों का उल्लेखमात्र ही किया जाएगा उदाहरणतः अनेक विद्वानों का यह मत है कि वैदिककाल में चार वर्णों—अर्थात् ब्राह्मण, क्षत्रिय, वैश्य, शूद्र—का जो आरम्भ हुआ, उसी के परिणामस्वरूप जाति-प्रथा ने समाज में भेद-भाव उत्पन्न कर दिए जिसका सबसे हानिप्रद रूप था 'अस्पृश्यता' । इस लेखक का मत है कि छुआछूत जैसी

भीषण समस्या से जूझने वालों को भी सारा दोष वैदिककाल पर नहीं थोपना चाहिए क्योंकि प्रथा को बिगाड़ने में अन्य कालों का भी हाथ रहा है ।

वर्तमान प्रसंग का लक्ष्य है—वैदिककाल में सामूहिक हित की रक्षा के लिए उठाए गए कदमों में से पाँच दृष्टान्तों की ओर ध्यान आकर्षित करना । इनमें से प्रथम स्थान है गायत्री मंत्र का—

ॐ भूर्भुवः स्वः तत्सवितुर्वरेण्यं भर्गो देवस्य धीमहि
धियो यो नः प्रचोदयात् ।

सरल भावार्थ—परमात्मा ही सब कुछ है—वही पृथ्वी, अन्तरिक्ष और स्वर्ग है । उस भगवान् का हम सूर्यदेव के तेज के रूप में ध्यान करते हैं । वह हमारी बुद्धियों को सन्मार्ग पर चलने की प्रेरणा दे ।

लोकहित की दृष्टि से गायत्री मंत्र की विशेषता यह है कि इसमें 'धीमहि' तथा 'नः'—ये बहुवचन-सूचक शब्द हैं अर्थात् यह प्रार्थना सामूहिक हित के लिए है, केवल अपने व्यक्तिगत हित के लिए नहीं है । दूसरी बात यह है कि गायत्री मंत्र ने भगवान् से सद्बुद्धि माँगी है । संक्षेप में गायत्री मंत्र सर्वबुद्धि के माध्यम से सर्वहित की प्रार्थना है ।

सामूहिक हित की रक्षा का दूसरा दृष्टांत है—ऋग्वेद द्वारा दी गई चेतावनी—उन सब व्यक्तियों को जो अन्य प्राणियों की उपेक्षा करके केवल अपना ही पेट भरना चाहते हैं—

मोघमन्नं विन्दते अप्रचेताः सत्यं ब्रवीमि वध
इत् स तस्य । नार्यमणं पुष्यति नो सखायं ।
केवलाघो भवति केवलादी ।

सरल भावार्थ—यह अप्रचेता (मूर्ख) मनुष्य विफल अन्न खाता है, मैं सत्य कहता हूँ कि यह उसके विनाश का स्वरूप है । वह अग्नितत्त्व का पोषण नहीं करता तथा अपने सखा (अन्य प्राणियों) का भी पोषण नहीं करता । वह केवल अपना ही पेट भरता है । अपना ही पेट भरने वाला पापी होता है ।

उपरोक्त मंत्र पर श्रीशिवानंद की टिप्पणी इस प्रकार है—

> ''यह मंत्र सर्वपोषण के माध्यम से सर्वसुखप्राप्ति का मंत्र है और यह भारतीय संस्कृति को प्रतिध्वनित करने वाले निम्नलिखित श्लोक की याद दिलाता है—
>
> **सर्वे भवन्तु सुखिनः सर्वे सन्तु निरामयाः ।**
> **सर्वे भद्राणि पश्यन्तु मा कश्चिद् दुःखभाग् भवेत् ॥''**

सामूहिक हित की रक्षा का तीसरा उल्लेखनीय दृष्टांत है—वैदिक यज्ञ में बोले गए मंत्र का वह भाग जिसमें द्रव्य को अग्नि में अर्पित करते समय यजमान कहता है ''इदं

न मम'' अर्थात् मैं इस द्रव्य को अमुक देवता को भेंट चढ़ाता हूँ और यह द्रव्य मेरा नहीं, देवता का है। इस प्रकार के निर्मम-भाव और स्वार्थ-त्याग-भाव से लोकहित की पुष्टि कैसे होती है—इस तथ्य के विस्तार में जाने की यहाँ आवश्यकता नहीं है।

चौथे दृष्टांत का प्रतीक ऋग्वेद का निम्नलिखित मंत्र है—

एकं सद् विप्रा बहुधा वदन्ति ।

सरल भावार्थ—ईश्वर एक है यद्यपि विद्वान् उसे बहुत से नामों से पुकारते हैं। इस प्रकार की उदात्त शिक्षा को मानने वाले इस प्रश्न को लेकर झगड़े नहीं उठाते कि ईश्वर को किस नाम से पुकारें। इससे सामाजिक सद्भाव दृढ़ होता है।

वेदों में प्रकटित सामूहिक हित की भावना का पाँचवां दृष्टांत है—ऋग्वेद का अंतिम मंत्र जिसमें समाज के सभी सदस्यों के हृदयों की एकता की कामना की गई है—अंतिम मंत्र होने के कारण तीन शब्द दो बार लिखे गए हैं—

समानी व आकूतिः समाना हृदयानि वः ।
समानमस्तु वो मनः यथा वः सुसहासति ।
यथा वः सुसहासति ॥

सरल भावार्थ—आप सब के विचार एक-से हों, आप सब के हृदय एक-से हों, आप सब के मन एक-से हों। इस प्रकार के ऐक्य-भाव से आप सब को शक्ति प्राप्त होगी। शक्ति प्राप्त होगी।

उपनिषत्काल के भी पाँच दृष्टान्त

सामूहिक हित तथा ऐक्य-भाव के वैदिककालीन दृष्टान्तों की समाप्ति की गई ऋग्वेद के अन्तिम मंत्र से। उपनिषत्कालीन दृष्टान्तों की गणना करें उस शान्तिपाठ से जिससे कठोपनिषत् तथा कई अन्य उपनिषदों का आरम्भ होता है—

ॐ सह नाववतु । सह नौ भुनक्तु । सह वीर्यं
करवावहै । तेजस्वि नावधीतमस्तु । मा विद्विषावहै ॥
ॐ शान्तिः शान्तिः शान्तिः ॥

सरल भावार्थ—ॐ (परमात्मा) हमारा एकत्र विकास करे, हमारा एकत्र रक्षण करे। हम एकत्र पराक्रम करें। हमारा अध्ययन तेजस्वी हो। हम एक-दूसरे का द्वेष न करें। ॐ शान्तिः शान्तिः शान्तिः।

अद्वेष की गहराई में जाने वाला दूसरा दृष्टान्त है ईशावास्योपनिषत् का छठा मंत्र—

यस्तु सर्वाणि भूतानि आत्मन्येवानुपश्यति ।
सर्वभूतेषु चात्मानं ततो न विजुगुप्सते ॥

सरल भावार्थ—जो व्यक्ति आत्मा में ही समस्त प्राणियों को देखता है और समस्त प्राणियों में एक ही आत्मा को देखता है, वह किसी से घृणा या द्वेष नहीं करता ।

सामूहिक हित का मार्ग दिखलाने वाला है तीसरा दृष्टान्त—अर्थात् कठोपनिषत् में वर्णित यम-नचिकेता संवाद । धर्मराज यम जीवन के लक्ष्यों को दो भागों में विभाजित करते हैं—अर्थात् प्रेयस् और श्रेयस् । जो प्रिय लगे वह प्रेयस् है, इसलिए इसमें अर्थ और काम दोनों का समावेश हो जाता है । जो कल्याणकारी हो वह श्रेयस् है, इसलिए इसमें धर्म और मोक्ष दोनों का समावेश हो जाता है । प्रेयस् तथा श्रेयस् दोनों की प्राप्ति का अर्थ है चारों पुरुषार्थों की प्राप्ति ।

यमराज नचिकेता से कहते हैं—तुम तीन वर माँगो । नचिकेता कहता है—मेरा पहला वर यह है कि मेरे पिताजी क्रोधरहित और शांतसंकल्प होकर मुझ से बात करें ।

दूसरे वर के लिए नचिकेता कहता है—मुझे स्वर्गसाधनभूत अग्नि की शिक्षा दो अर्थात् मुझे यज्ञविधि और योगविधि सिखाओ जिससे स्वर्गतुल्य सांसारिक सुख अर्थात् प्रेयस् प्राप्त होता है ।

तीसरे वर के लिए नचिकेता यमराज से ब्रह्मविद्या माँगता है जिससे श्रेयस् प्राप्त होता है ।

यद्यपि यम-नचिकेता संवाद के अन्तर्गत यह भाव वर्णित है कि धीर पुरुष प्रेयस् की अपेक्षा श्रेयस् को वरण करता है, फिर भी यह उल्लेखनीय है कि नचिकेता अपने तीन वरों के माध्यम से प्रेयस् तथा श्रेयस्—दोनों प्राप्त कर लेता है । इस प्रसंग से शिक्षा लेकर समाज के सभी सदस्य सामूहिक रूप से प्रेयस् तथा श्रेयस् की प्राप्ति कर सर्वांगीण उन्नति के मार्ग पर आगे बढ़ सकते हैं ।

लोकहित को सामाजिक व्यवस्था में प्रतिबिंबित करने का चौथा दृष्टान्त है—आदर्श राज्य के लक्षण जो छांदोग्य उपनिषत् में वर्णित है—

न मे स्तेनो जनपदे न कदर्यो न मद्यपः ।
नानाहिताग्निर्नाविद्वान् न स्वैरी स्वैरिणी कुतः ॥

सरल भावार्थ—मेरे राज्य में कोई चोर नहीं, कोई कंजूस नहीं, कोई मद्यपान करने वाला नहीं, अग्नि की उपासना न करने वाला कोई नहीं, कोई अशिक्षित नहीं, कोई व्यभिचार करने वाला नहीं, तो फिर व्यभिचार करने वाली कहाँ से होगी?

उपनिषदों का पाँचवां दृष्टान्त है—अहिंसा का गुणगान । यहाँ दो उपनिषदों में वर्णित प्रसंग प्रस्तुत हैं—

प्रथम, आरुणिकोपनिषत् में चार सद्‌गुणों की वृद्धि के लिए विशेष प्रयत्न करने का आदेश है—

ब्रह्मचर्यं, अहिंसां च, अपरिग्रहं च, सत्यं च, यत्नेन
हे रक्षतो हे रक्षतो हे रक्षत इति ।

सरल भावार्थ—ब्रह्मचर्य, अहिंसा, अपरिग्रह और सत्य का प्रयत्नपूर्वक रक्षण करें, रक्षण करें, रक्षण करें ।

द्वितीय, छांदोग्य उपनिषत् ने पूरे मनुष्य-जीवन को यज्ञ का रूपक देते हुए, पाँच सद्गुणों की—यज्ञ-दक्षिणा की भाँति—महिमा गाई है—

पुरुषो वाव यज्ञः । . . . . . . अथ यत् तपो दानं आर्जवं
अहिंसा सत्यवचनं इति, ता अस्य दक्षिणाः ।

सरल भावार्थ—मनुष्य-जीवन ही यज्ञ है । . . . . . . तप, दान, ऋजुता, अहिंसा और सत्यवचन—ये उसकी दक्षिणा हैं ।

उपनिषत्काल के उपरोक्त पाँच दृष्टान्तों के अतिरिक्त एक अन्य—अर्थात् छठे दृष्टान्त—का उल्लेख इस पुस्तक के आरम्भ में 'पाठकों की सेवा' में किया जा चुका है ।

तीन समस्याएँ—वेदों तथा उपनिषदों के लिए चुनौतीस्वरूप

वेदों तथा उपनिषदों ने लोकहितरक्षण की ओर ध्यान अवश्य दिया किंतु तीन समस्याओं ने उन्हें घेरा—आंशिक रूप से उन्हीं के युग में और उग्र रूप से कालान्तर में । प्रथम तो यह कि ये ग्रंथ जनसाधारण को सुलभ नहीं थे । द्वितीय यह कि लोकहित प्राप्ति के लिए इन ग्रंथों में उल्लिखित उपाय—क्रमशः द्रव्य-यज्ञ और ज्ञान-प्रेरित संन्यास—समाज-सुधारकों की आलोचना के शिकार बन गए । तृतीय समस्या थी सामाजिक भेदभाव की जिसने कालान्तर में भयंकर रूप ले लिया जब बाह्य आक्रमणों का सामना करने के लिए भी सभी वर्णों ने संयुक्त मोर्चा नहीं बनाया । इन समस्याओं का स्पष्टीकरण करने के लिए कुछ उदाहरण देना उपयोगी होगा ।

वेद एवं उपनिषत् पढ़ने का अधिकार समाज के किन सदस्यों को है—इस प्रश्न का संतोषजनक उत्तर देने में आरम्भ से ही कठिनाई प्रतीत हुई । इस प्रश्न से उपजा हुआ दूसरा प्रश्न यह था कि वेद-उपनिषत् का ज्ञान जनसाधारण तक कौन पहुँचाए । जिन धर्मों में ऐसे कार्यकर्ताओं का संघ या मठ बन जाता है, वहाँ समय बीतने पर हानिकारक रूढ़ियाँ जड़ पकड़ लेती हैं । इसलिए वैदिक धर्म ने साधारणतया संघ या उसी प्रकार की किसी अन्य संस्था को प्रोत्साहन नहीं दिया और यह आशा रखी कि विद्वानों तथा विचारकों के द्वारा—अर्थात् व्यक्तिगत रूप से—लोकहित-कार्यकर्ताओं तथां जनसाधारण को यथोचित मार्गदर्शन मिलता रहेगा । किंतु ऐतिहासिक दृष्टि से यह आशा पूरी तरह से कार्यान्वित नहीं हुई क्योंकि शिक्षा का प्रचार भी सीमित रहा । चाहे अधिकार-निषेध हो, चाहे सार्वजनिक शिक्षा का अभाव, जनसाधारण के लिए वेद-उपनिषत्

को समझने की एक ही सम्भावना रह गई थी—किसी पंडित या पुरोहित की दया पर निर्भर रहना। ऐसी दयनीय परिस्थिति में पुरोहित-वर्ग द्वारा अशिक्षित जनता का शोषण स्वाभाविक था।

लोकहित का ध्येय तभी पूर्ण हो सकता है जब उसकी प्राप्ति का उपाय केवल धार्मिक पंडितों को ही नहीं बल्कि समाजशास्त्र के विद्वानों को भी आकर्षित कर सके। इस दृष्टि से वेदों तथा उपनिषदों में वर्णित मार्गों को तरह-तरह की आलोचनाओं का सामना करना पड़ा। जिन वैदिक यज्ञों में पशुबलि की प्रथा थी, उनके विरुद्ध अहिंसा के पुजारियों ने आवाज़ उठाई। वैदिक मंत्र के सबसे महत्त्वपूर्ण शब्द "इदं न मम" कालान्तर में तोते की भाँति अर्थात् बिना अर्थ समझे उच्चरित होने लगे। स्वयं उपनिषदों ने वैदिक कर्मकाण्ड के स्थान पर ज्ञानकाण्ड को प्राथमिकता दी। किंतु उपनिषदों का ज्ञानकाण्ड भी धीरे-धीरे, व्यवहार से दूर, मुख्यतः बौद्धिक तर्क का विषय रह गया अर्थात् आचरण से हट जाने के कारण उसने भी आलोचकों के प्रहार सहे। ज्ञान और व्यवहार के बीच की दूरी ने उपनिषदों के कर्मफलसिद्धान्त को भी अपनी लपेट में ले लिया। उदाहरणतः यद्यपि इस सिद्धान्त का मूल उद्देश्य यह था कि लोग कुकर्म से दूर रहें, किंतु इसका व्यावहारिक, विकृत रूप यह हो गया कि समाज के दीन-दु:खी लोगों की उपेक्षा होने लगी, यह कहकर कि वे तो अपने पुराने कर्मों का फल भोग रहे हैं।

धार्मिक विचारों, व्यवहार-प्रथाओं तथा समाज-रक्षक संस्थाओं की कमज़ोरियाँ तब सामने आती हैं जब वे बदलती हुई आंतरिक तथा बाह्य परिस्थितियों के अनुकूल स्वयं परिवर्तित न हो सकें। जिन धर्मों का कोई नामरूपधारी स्थापक होता है, उनमें इस समस्या के प्रकट होने की सम्भावना अधिक होती है क्योंकि स्थापक का स्वर्गवास होने पर अन्य नेता पुरानी प्रथा को बदलने में कठिनाई अनुभव करते हैं। इस दृष्टि से वैदिक धर्म का एक विशेष स्थान है क्योंकि इसका कोई नामरूपधारी स्थापक नहीं है। किंतु ऐसे धर्म को सजग, सक्रिय एवं सुरक्षित बनाए रखने के लिए समाज के प्रत्येक सदस्य को अपना-अपना उत्तरदायित्व निभाना पड़ता है—ठीक उसी प्रकार जैसे जनतंत्र की सफलता के लिए प्रत्येक नागरिक का सहयोग आवश्यक है। इस दृष्टि से यह प्रश्न विचारणीय था कि बाह्य आक्रमणों से रक्षा करने के लिए वर्ण-धर्म में क्या परिवर्तन होना चाहिए। वेदों, उपनिषदों तथा स्मृतियों ने ऐसी आशा रखी कि भविष्य में आने वाले विचारक समय-समय पर इस समस्या को सुलझाने का प्रयत्न करते रहेंगे—किंतु यह आशा भी आंशिक रूप से ही पूरी हुई।

गीता की विशेषता—लोकहितशास्त्ररूपेण

लोकहित-विषयक जो-जो विचार वेदों तथा उपनिषदों में थे, उनको क्रमबद्ध इकट्ठा करके और उनमें नि:स्वार्थ सेवारूप भक्ति को सम्मिलित करके गीता ने केवल सात सौ

श्लोकों में कथित एक पूर्ण शास्त्र का रूप ले लिया। गीता का लोकहित-शास्त्र की दृष्टि से विवेचन—यह इस पुस्तक का विषय है, और इसमें वही दृष्टि रामचरितमानस के प्रति भी अपनाई गई है। यहाँ केवल भूमिका रूप से ऐसा लिखना पर्याप्त होगा कि इस विवेचन के दस अंग आगामी अध्यायों में प्रस्तुत किए जाएँगे—जैसे किसी विषय की पूरी जानकारी के लिए उसे दसों दिशाओं से देखा जाता है।

श्री के॰ एम॰ पनिक्कर ने लोकहित के संदर्भ में, ऐतिहासिक दृष्टि से, वेदों, उपनिषदों तथा गीता का तुलनात्मक मूल्यांकन किया है—

> ''गीता के लोकसंग्रह सिद्धान्त के पीछे एक महत्त्वपूर्ण सामाजिक चिंतन है। गीता यह सिखाती है कि सामाजिक व्यवस्था को सुचारू रूप से चलाने के लिए प्रत्येक व्यक्ति के द्वारा लोकहित पर ध्यान देना आवश्यक है। वेदों के समय में इस प्रकार का व्यापक दृष्टिकोण स्पष्ट नहीं हुआ था। और न ही उपनिषदों के सूक्ष्म विचारकों ने सामाजिक उत्थान को प्राथमिकता दी। गीता में वर्णित लोकहित के भावों को स्पष्ट किया लोकमान्य तिलक ने और देश के विचारकों के लिए यह एक नया संदेश ही था।''
>
> (अंग्रेज़ी में लिखित विचारों का सरल भावार्थ)

स्वामी रंगनाथानंद ने भी ''उपनिषदों के संदेश'' पर भाषण देते हुए कहा—

> ''आत्मज्ञान और सांसारिक व्यवहार—इन दोनों के बीच समन्वय स्थापित करने की बहुत आवश्यकता है। उपनिषदों ने इस विषय में केवल कुछ संकेत तथा सुझाव दिए। बाद में भगवद्गीता ने इन सुझावों की नींव पर एक सम्पूर्ण शास्त्र की रचना की जिसका विषय है 'अध्यात्म का व्यावहारिक रूप'।''
>
> (अंग्रेज़ी में प्रकटित विचारों का सरल भावार्थ)

गीता के भावों का विस्तार—महाभारत में

गीता महाभारत का ही एक अंग है—यद्यपि सार-रूप में लोकहित का संदेश देने के लिए इसका अलग भी अपना पूर्ण अस्तित्व है। महाभारत के एक लाख श्लोकों में व्यासदेव ने व्यापक रूप से समाजशास्त्र प्रस्तुत किया है। वर्तमान संदर्भ में यह विचार उपयोगी है कि यदि गीता के भावों का विस्तार ढूँढ़ना हो तो महाभारत की सहायता लें। उदाहरणत: गीता में लोकहित में लीन कर्मयोगियों का दृष्टांत दिया है 'जनक' का नाम लेकर। लोकमान्य तिलक ने महाभारत के उन प्रसंगों को एकत्र किया है जिनमें जनक के विचारों तथा कार्यों का वर्णन है। उनका उल्लेख इस पुस्तक के अध्याय ६ में किया जाएगा जहाँ लोकसंग्रह से संबंधित महाभारत का एक श्लोक भी लिखा जाएगा।

लोकहित के लिए बलिदान देने की कथाओं के द्वारा भी महाभारत ने लोकसंग्रह–भावना की पुष्टि की है। जब वृत्रासुर ने अपने अत्याचार से सारे विश्व में आतंक फैला दिया, तब देवताओं ने इस महान् संकट से छुटकारा पाने का उपाय ढूँढ़ा। उन्हें पता चला कि ऋषि दधीचि की हडिड्यों से बने अस्त्र से ही वृत्रासुर का वध हो सकता है। सारे देवताओं ने ऋषि दधीचि के पास जाकर उनसे प्रार्थना की—

अर्हसि लोकहितार्थं कर्तुं स्वशरीरत्यागम्।

अर्थात् हे ऋषि, लोकहित के लिए आप अपना शरीर–त्याग करने की कृपा करें। ऋषि दधीचि ने सहर्ष इस प्रार्थना को स्वीकार किया और वृत्रासुर के अत्याचार से विश्व को बचाया।

यद्यपि वेद–उपनिषत् का ज्ञान समाज के अनेक भागों की पहुँच के बाहर था, उसी ज्ञान को गीता ने सब के लिए सुलभ बना दिया और महाभारत ने रोचक दृष्टांत देकर गीता के संदेश की पुष्टि कर दी। उदाहरणत: गीता ने स्त्रियों, वैश्यों तथा शूद्रों को भी उच्चतम गति का आश्वासन दिया—

स्त्रियो वैश्यास्तया शूद्रास्तेऽपि यान्ति परां गतिम् ॥ ९.३२॥

सरल भावार्थ—भगवान् कहते हैं कि गीता की शिक्षा का पालन करने से सबको परम गति प्राप्त हो सकती है और यह मार्ग स्त्री, वैश्य, शूद्र—सबके लिए खुला है।

गीता में दिए गए इस आश्वासन की पुष्टि करने के लिए महाभारत की तीन कथाओं का प्रभावशाली वर्णन आचार्य विनोबा ने किया है। इसलिए उन्हीं के शब्दों में इन कथाओं का आनन्द लें—

> ''महाभारत में 'जनक–सुलभा–संवाद' नामक एक प्रकरण है। उसमें व्यास ने एक ऐसे प्रसंग की रचना की है जिसमें राजा जनक ज्ञान–प्राप्ति के लिए एक स्त्री के पास गए हैं। आप लोग भले ही बहस करते रहें कि स्त्रियों को वेदों का अधिकार है या नहीं; परन्तु सुलभा तो यहाँ प्रत्यक्ष जनक राजा को ब्रह्म–विद्या सिखा रही है। वह एक मामूली स्त्री; जनक कितना बड़ा सम्राट्! कितनी विद्याओं से सम्पन्न! पर उस महाज्ञानी जनक के हाथ मोक्ष नहीं था। इसलिए व्यासदेव ने उसे सुलभा के चरणों में गिरने के लिए भेजा है।
>
> ''ऐसी ही बात उस तुलाधार वैश्य की है। जाजलि ब्राह्मण उसके पास ज्ञान पाने के लिए जाता है। तुलाधार कहता है, 'तराजू की डंडी सीधी रखने में ही मेरा सारा ज्ञान समाया हुआ है'। तुलाधार वैश्य सर्वभूतहित को धर्म का सार बतलाता है—

सर्वेषां च सुहृन्नित्यं सर्वेषां च हिते रतः ।
कर्मणा मनसा वाचा स धर्मं वेद जाजले ॥

सरल भावार्थ—हे जाजलि, जो व्यक्ति मन-वचन-कर्म से लगातार सबका सुहृत् है और सबके भले में लीन है, वही धर्म का ज्ञाता है ।

> ''वैसी ही कथा व्याध की है । व्याध तो कसाई । पशुओं को मारकर वह समाज की सेवा करता था । एक अहंकारी तपस्वी ब्राह्मण को उसके गुरु ने उस व्याध के पास जाने के लिए कहा । ब्राह्मण को आश्चर्य हुआ कि यह कसाई मुझे क्या सिखाएगा? ब्राह्मण व्याध के यहाँ गया । व्याध क्या कर रहा था? मांस काट रहा था, धो रहा था । और साफ करके उसे बिक्री के लिए रख रहा था । उसने ब्राह्मण से कहा, 'देखो, मेरा कर्म जितना धर्ममय किया जा सकता है, उतना मैं करता हूँ । अपनी आत्मा जितनी इस कर्म में उंडेली जा सकती है, उतनी उंडेलकर मैं यह कर्म करता हूँ और अपने माँ-बाप की सेवा करता हूँ ।' ऐसे इस व्याध के रूप में व्यासदेव ने आदर्श मूर्ति खड़ी की है ।'' (*गीता-प्रवचन* से)

महर्षि वाल्मीकि द्वारा राम एवं सीता के आदर्शों का गुणगान

आदर्श एवं मर्यादा पर आधारित ग्रंथ के रूप में रामायण का विशेष स्थान है और उसके मूल संस्कृत-लेखक हैं महर्षि वाल्मीकि । विस्तार की दृष्टि से रामायण की गिनती महाभारत के बाद आती है किंतु राम और सीता की कथा न केवल भारत में बल्कि एशिया के कई अन्य देशों में भी, घर-घर में पहुँच गई है । लोकहित के संदेश को समझने के लिए गीता तथा रामायण में समानता है क्योंकि ये दोनों ग्रंथ ईश्वर के अवतार से संबंधित हैं—त्रेतायुग के रामावतार से और द्वापरयुग के कृष्णावतार से ।

वाल्मीकि रामायण के 'श्लोक' का प्रादुर्भाव हुआ कवि के 'शोक' से—और उस शोक का कारण था एक पक्षी के प्रति दया, जिसको एक शिकारी ने बाण से मारा था । बाल्मीकि रामायण के आरम्भ में वर्णित यह कथा बहुत महत्त्वपूर्ण है—और संक्षेप में वह इस प्रकार है—

मुनि नारद देवलोक से वाल्मीकि-आश्रम में आए । वाल्मीकि ने मुनि का स्वागत किया और पूछा कि संसार में सबसे अधिक सद्गुण-सम्पन्न व्यक्ति कौन है? नारद ने कहा ''राम'' और उन्होंने राम और सीता की कथा ऋषि वाल्मीकि को सुनाई ।

नारद मुनि के चले जाने के बाद भी वाल्मीकि ऋषि के हृदय में राम और सीता की कथा गूँजती रही । तमसा नदी के किनारे चलते हुए ऋषि की दृष्टि पड़ी दो क्रौंच-पक्षियों पर जो पेड़ पर बैठे हुए, प्रेम में मग्न हुए, गा रहे थे । सहसा एक शिकारी का तीर लगा और नर-पक्षी मरकर पृथ्वी पर गिर पड़ा । ऋषि ने मादा-पक्षी की चीत्कार सुनी ।

पक्षी की चीत्कार से द्रवित महर्षि वाल्मीकि के दयालु हृदय से शिकारी के प्रति श्राप के रूप में निम्नलिखित श्लोक उच्चरित हुआ—

मा निषाद प्रतिष्ठां त्वं अगमः शाश्वतीः समाः ।
यत् क्रौञ्चमिथुनादेकं अवधीः काममोहितम् ॥

सरल भावार्थ—अरे ओ शिकारी, तुझे जीवन में कभी शान्ति नहीं मिलेगी क्योंकि तूने प्रेम में मग्न दो क्रौंच पक्षियों में से एक की हत्या कर दी है ।

किंतु अगले ही क्षण महर्षि वाल्मीकि पश्चात्ताप में डूब गए कि मैंने शिकारी को श्राप क्यों दिया । ध्यान में मग्न महर्षि को चतुर्मुखी ब्रह्मा के शब्द सुनाई दिए—डरो मत, महर्षि । अभी जो कुछ हुआ है उससे तुम राम की कथा आरम्भ करोगे । तुम्हारे शोक से श्लोक की उत्पत्ति हुई है और इसी प्रकार के श्लोकों में तुम रामायण लिखोगे । मैं तुम्हें दिव्य दृष्टि दूँगा और तुम्हें राम और सीता की कथा का पूरा ज्ञान प्राप्त हो जाएगा । मेरे आशीर्वाद से तुम संसार के हित के लिए रामायण की रचना करोगे ।

महर्षि वाल्मीकि ने राम का गुणगान एक आदर्श पुरुष के रूप में तथा सीता का गुणगान एक आदर्श नारी के रूप में किया । श्रीराम विष्णु के अवतार हैं—यह भाव उस समय आंशिक रूप में ही मान्य था । बचपन से ही राम ने सबको सुख पहुँचाया । उन्होंने कर्त्तव्य-पालन को प्राथमिकता दी—पुत्र के रूप में, भाई के रूप में, शिष्य के रूप में । सीता-स्वयंवर में उन्होंने अपना अतुलित बल भी दिखलाया—किन्तु शांत एवं निरहंकार-भाव से । कैकेयी की कुचाल से उत्पन्न संकट के समय उन्होंने अपनी त्याग-भावना भी दिखलाई—कर्मयोगी की भाँति प्रिय-अप्रिय को समान समझकर ।

राम और सीता के चरित्र का पूर्णत्व अयोध्या या मिथिला के महलों में रहते हुए इतना स्पष्ट नहीं हुआ जितना वनवास के समय हुआ । राम ने मुनियों के अस्थि-समूह को देखकर राक्षसों को निर्मूल करने का व्रत लिया—

क्षत्रियैर्धार्यते चापो नार्तशब्दो भवेदिति ।

सरल भावार्थ—अति या पीड़ित व्यक्तियों के दुःखों को दूर करने के लिए ही क्षत्रिय धनुष धारण करते हैं ।

सामाजिक क्षेत्र में नरों तथा वानरों की मित्रता का अर्थ है उत्तर तथा दक्षिण भारत के लोगों की मित्रता । वानरों द्वारा अस्त्र-शस्त्र से सज्जित राक्षसी सेना को हराने का तात्पर्य है धर्म की विजय तथा अधर्म की पराजय ।

सीता ने महल छोड़कर राम के साथ वन में रहने का निश्चय किया । ऋषि-पत्नियों को सीता ने वही आदर दिया जो अयोध्या में रहते हुए अपनी सास कौशल्याजी को दिया था । लंका में कैदी बनकर रहते हुए भी सीता ने अपना पतिव्रत धर्म निभाया और कठिनाइयों में भी धर्म-पालन का ज्वलन्त उदाहरण समाज के सामने रखा ।

महर्षि वाल्मीकि ने राम तथा सीता के साथ-साथ कई अन्य आदर्श चरित्रों का भी विशद् वर्णन किया। भरत के त्याग और भ्रातृ-प्रेम ने चित्रकूट की सभा में सबका मन मोह लिया। कौशल्याजी ने परिवार की एकता के लिए अपने व्यक्तिगत सुख को तिलांजलि दे दी। जटायु ने सीता की रक्षा करने के प्रयत्न में अपने प्राण त्याग दिए। हनुमान् ने सच्चे कर्मयोगी और राम-भक्त का कर्त्तव्य निभाया—रात-दिन राम और सीता की सेवा करते हुए।

बाल्मीकि रामायण के युद्धकाण्ड में विभीषण की शरणागति का प्रसंग है। जिन शब्दों में श्रीराम विभीषण को अभयदान देने की घोषणा करते हैं उनसे यह संकेत मिलता है कि वे विष्णु के अवतार हैं। अधर्म को छोड़कर धर्म-मार्ग पर चलने वाला अभय हो जाता है—ऐसा आश्वासन लोकहित की भावना को दृढ़ करता है। अब श्रीराम द्वारा कथित शब्दों को देखें—

सकृदेव प्रपन्नाय तवास्मीति यो याचते।
अभयं सर्वभूतेभ्यो ददाम्येतद् व्रतं मम॥

सरल भावार्थ—श्रीराम कहते हैं कि जो एक बार भी शरणागत होकर 'मैं आपका ही हूँ'—ऐसा निवेदन करता है, मैं उसे सब प्राणियों से अभय दे देता हूँ—यह मेरा प्रण है।

बौद्ध तथा जैन धर्मों द्वारा अहिंसा को प्राथमिकता

यद्यपि इस पुस्तक में वैदिक धर्म से संबंधित ग्रंथों पर ही ध्यान केंद्रित है, फिर भी बौद्ध तथा जैन धर्मों द्वारा अहिंसा को दी गई प्राथमिकता का संक्षिप्त उल्लेख करना आवश्यक प्रतीत होता है क्योंकि यज्ञ में पशुबलि रुकवाने में उनका भी हाथ था। महाभारत का प्रसिद्ध वाक्य "अहिंसा परमो धर्मः" सर्वविदित होते हुए भी बौद्ध तथा जैन संतों के अथक प्रयत्न तथा त्याग भूले नहीं जा सकते।

सम्राट् अशोक के शिलालेख

अहिंसा, शान्ति तथा सर्वधर्मसमादर-भाव का प्रचार करने वालों में सम्राट् अशोक का विश्व-इतिहास में विशेष स्थान है। आरम्भ में उन्होंने कलिंग प्रदेश को जीतने के लिए युद्ध किया किंतु युद्ध की मार-काट को देखकर उनका हृदय-परिवर्तन हो गया। उन्होंने स्वयं तो बौद्धधर्म को स्वीकार किया किंतु जनता में उन्होंने सर्वधर्मसमादर-भाव को जगाया। पशु-हत्या को रोकने के लिए उन्होंने विशेष प्रयत्न किए।

क्या बौद्धधर्म की महायान शाखा गीता से प्रभावित थी?

ऐतिहासिक दृष्टि से बौद्धधर्म की दो शाखाएँ बन गई थीं—एक थी थेरवाद या हीनयान जो श्रीलंका, बर्मा, थाईलैंड आदि दक्षिण के देशों में फैली और दूसरी शाखा थी महायान

जो तिब्बत, चीन, जापान आदि उत्तरी देशों में फैली । लोकहित की दृष्टि से महायान शाखा अधिक आकर्षक है क्योंकि इस शाखा के अनुसार साधना में पूर्णत्व प्राप्त करने वाला व्यक्ति निर्वाण की इच्छा न करके जनसाधारण के दुःखों को दूर करने के लिए संसार में ही रहना चाहता है । इस आदर्श स्थिति का नाम है "बोधिसत्व" और वह गीता–कथित पूर्ण योगी के समान है । लोकमान्य तिलक का मत है कि महायान शाखा के ऐसे विचार गीता का प्रभाव दर्शित करते हैं । इस प्रसंग के विस्तार में जाने का यहाँ औचित्य प्रतीत नहीं होता किंतु लोकमंगल–समीक्षा में इसका उल्लेख करना तो आवश्यक है ।

महर्षि पतञ्जलि द्वारा अहिंसा का गौरव-वर्णन

महर्षि पतञ्जलि ने योगशास्त्र में अहिंसा का गौरव–वर्णन करते हुए लिखा है—

अहिंसाप्रतिष्ठायां तत्सन्निधौ वैरत्यागः ।

सरल भावार्थ—अहिंसा के पूर्णतया प्रतिष्ठित होने पर अहिंसक संत के निकट हिंसक प्राणी भी वैर का त्याग कर देते हैं ।

अहिंसा–प्रयोग के इतिहास में महर्षि पतञ्जलि द्वारा दिए गए इस आश्वासन ने सत्याग्रही कार्यकर्ताओं को बल दिया है । जब महात्मा गांधी से उनके आलोचक कहते थे कि दमन करने वालों का हृदय–परिवर्तन नहीं हुआ है, तब गांधीजी उत्तर देते थे कि हमारी अहिंसा 'पूर्ण' नहीं हुई है, इसलिए साधना में शिथिलता लाने का प्रश्न ही नहीं उठता ।

मनुस्मृति द्वारा भी अहिंसा तथा पंचमहायज्ञों का समर्थन

महर्षि पतञ्जलि ने अहिंसा की गिनती 'यम' नाम से सूचित साधन–क्रम के सद्‌गुणों में की है । मनुस्मृति ने भी अहिंसा का गौरव–गान किया है । इसके अतिरिक्त मनुस्मृति में पंचमहायज्ञों की आवश्यकता पर भी ज़ोर दिया है । इन यज्ञों के पीछे भावना यह है कि प्रत्येक व्यक्ति को औरों से ली हुई सहायता को ऋण समझना चाहिए और विविध प्रकार के यज्ञों द्वारा यह ऋण चुकाया जा सकता है । ये यज्ञ द्रव्य–यज्ञ या सामग्री द्वारा किए गए हवन से भिन्न हैं, जैसे—

(अ) ब्रह्मयज्ञ होता है वेदों और शास्त्रों के अध्ययन से ।
(आ) पितृयज्ञ होता है पूर्वजों के सम्मान से ।
(इ) देवयज्ञ होता है देवताओं के सम्मान से ।
(इ) भूतयज्ञ होता है प्राणियों की सेवा से ।
(उ) मनुष्ययज्ञ होता है अतिथि–सत्कार से ।

मनुस्मृति में वर्णित लोक–विवृद्धि का उल्लेख इस पुस्तक के अध्याय ६ में किया जाएगा ।

भागवत-महापुराण में भी भूतप्रियहितेहा का गुणगान

पौराणिक साहित्य का मुख्य उद्देश्य था—साधारण जनता को कथाओं के माध्यम से धर्म का ज्ञान कराना। बहुत से आलोचकों का मत है कि पुराणों ने अंधविश्वास को बढ़ावा दिया। इस आलोचना की गहराई में न जाकर यहाँ केवल लोकहित के समर्थक प्रसंगों की ओर ध्यान दें। उदाहरणार्थ भागवत-महापुराण ने कहा है कि सब प्राणियों के हित की इच्छा (ईहा) सभी वर्ण के लोगों के लिए धर्म का मुख्य अंग है—

अहिंसा सत्यमस्तेयं अकामक्रोधलोभना ।
भूतप्रियहितेहा च धर्मोऽयं सार्ववर्णिकः ॥

सरल भावार्थ—सभी वर्ण के लोगों के लिए धर्म के सात मुख्य अंग हैं—अहिंसा, सत्य, अस्तेय, निष्काम भावना, अक्रोध, लोभ का त्याग, तथा सब प्राणियों का हित करने की इच्छा।

भागवत-पुराण में यह आश्वासन भी दिया गया है कि भक्ति के माध्यम से जाति-पाँति के भेद मिट जाते हैं—

भक्तिः पुनाति मन्निष्ठा श्वपाकानपि सम्भवान् ॥

सरल भावार्थ—भगवान् कहते हैं कि श्रद्धापूर्ण भक्ति से सब पवित्र हो जाते हैं—समाज में जो चाण्डाल कहलाते हैं, वे भी।

कालिदास तथा भर्तृहरि द्वारा परोपकार-भाव का प्रचार

संस्कृत के कवियों ने अपने ग्रंथों में परोपकार-भाव की सराहना की है। यहाँ केवल दो उदाहरण देना पर्याप्त होगा। कालिदास ने अभिज्ञानशाकुन्तलम् में लोकहित को स्वसुख की तुलना में प्राथमिकता दी है—

स्वसुखनिरभिलाषः खिद्यसे लोकहिते ।

सरल भावार्थ—लोकहित के लिए अपने व्यक्तिगत सुख की इच्छा न करना सराहनीय है।

भर्तृहरि ने स्वार्थ या परार्थ—इनमें से किसको प्राथमिकता दें और किसकी उपेक्षा करें—इन दो मापदण्डों के आधार पर चार प्रकार के व्यक्तियों का वर्णन किया है जिनमें से प्रथम—अर्थात् सत्पुरुष वे हैं जो अपने लाभ को छोड़कर दूसरों को लाभ पहुँचाते हैं। नीतिशतक का यह प्रसिद्ध श्लोक इस प्रकार है—

एते सत्पुरुषाः परार्थघटकाः स्वार्थान्परित्यज्य ये ।
सामान्यास्तु परार्थमुद्यमभृतः स्वार्थाविरोधेन ये ॥
तेऽमी मानुषराक्षसाः परहितं स्वार्थाय निघ्नन्ति ये ।
ये निघ्नन्ति निरर्थकं परहितं ते के न जानीमहे ॥

सरल भावार्थ—जो व्यक्ति अपने लाभ को छोड़कर दूसरों को लाभ पहुँचाते हैं वे सत्पुरुष हैं ।

जो अपने लाभ को जोख़िम में न डालते हुए दूसरों के लाभ के कार्यों में लगे रहते हैं वे साधारण कोटि के लोग हैं ।

जो अपने लाभ के लिए दूसरों के हितों पर आघात करते हैं वे मनुष्य के रूप में राक्षस हैं ।

जो बिना कारण, व्यर्थ ही दूसरों के हितों का हनन करते हैं, वे कौन लोग हैं मैं नहीं जानता (अर्थात् वे राक्षसों से भी नीचे हैं क्योंकि वे न अपना हित साधते हैं, न दूसरों का) ।

भारत की वर्तमान भाषाओं में लोकमंगल

जब संस्कृत का स्थान वर्तमान भाषाओं ने ले लिया तब रामायण, महाभारत और भागवत-पुराण आदि का सहारा लेकर भक्ति-साहित्य का नव-निर्माण हुआ । रामायण के इन नए संस्करणों ने वाल्मीकि रामायण की कथा में कुछ परिवर्तन भी किए—मुख्यतः इस कारण से कि इन्होंने श्रीराम को भगवान् के पूर्ण अवतार के रूप में ही चित्रित किया । कम्बन की तमिल-रामायण, कृत्तिवास की बंगला-रामायण और तुलसीदास-लिखित हिंदी रामायण अर्थात् रामचरितमानस या मानस—इन सबने जनता को मोह लिया । इसी प्रकार कृष्ण-भक्ति से संबंधित साहित्य की भी रचना हुई जिसमें हिंदी भाषा की दृष्टि से सूरदास और मीराबाई के नाम विशेष रूप से उल्लेखनीय हैं । पूरी रामकथा या कृष्णकथा न लिखकर केवल उपदेशात्मक भजनों, पदों आदि के द्वारा भी संतों ने धर्म का प्रचार किया जैसे नरसी मेहता, कबीर, तुकाराम आदि ।

लोकमंगल समीक्षा के वर्तमान प्रसंग के लिए संत-साहित्य में से चयन किए हुए केवल तीन उदाहरण देना पर्याप्त होगा । गुजरात के संत नरसी मेहता परोपकार-भाव को ही ईश्वरभक्ति का मुख्य लक्षण अपने भजन में बतलाते हैं जो महात्मा गांधी को बहुत प्रिय था—

वैष्णव जन तो तेने कहिए जे पीर पराई जाने रे ।
परदुःखे उपकार करे तोंए मन अभिमान न आने रे ॥

उत्तर प्रदेश के संत कबीर के पदों में सर्वहित का संदेश बहुत सरल तथा प्रभावशाली ढंग से व्यक्त हुआ है—

कबिरा खड़ा बजार में सबकी माँगे खैर ।
ना काहू से दोस्ती ना काहू से बैर ॥

महाराष्ट्र के संत तुकाराम ने मराठी भाषा में जनसाधारण को यह ज्ञान दिया कि सब प्राणियों में भगवान् का दर्शन करो । आचार्य विनोबा ने संत तुकाराम के शब्दों का हिंदी में रूपान्तर किया है—

नर नारी बच्चे सब ही नारायण ।
ऐसा मेरा मन बनाओ प्रभु ॥

श्रीशिवानन्द का मत है कि संतों के द्वारा किए गए लोकहितकार्य इसलिए अधिक प्रभावशाली हुए क्योंकि अनेक प्रमुख संतों ने स्वयं साधारण जीवन बिताया था । श्रीशिवानंद के मत को उन्हीं के शब्दों में पढ़ें—

"भारत के अधिकांश प्रमुख संत भक्त तथाकथित निम्न कुलों एवं जातियों में उत्पन्न हुए हैं । नामदेव (दर्जी), कबीर (जुलाहा), दादू (धुनिया), रैदास (चर्मकार), सेन (नाई), नाभादास (डोम), सदना (कसाई), नरहरि (सुनार), सावंता (माली), तुकाराम (वाणी), चोखामेला तथा गुलाबराव महाराज आदि । अनेक मुसलमान तथा ईसाई भी कृष्ण-भक्त हुए हैं । नारदभक्तिसूत्र के अनुसार भक्तों में जाति, विद्या, रूप, कुल, धन, कर्म आदि का भेद नहीं है ।"
(*गीता-रसामृत* से)

रामचरितमानस की लोककल्याण-प्राथमिकता

लोकमंगल को प्राथमिकता देने वाले हिंदी भाषा साहित्य में रामचरितमानस का अनुपम स्थान है । इस ग्रंथ में आरम्भ से अंत तक एक भाव की प्रधानता स्पष्ट है और वह है 'मंगल' अर्थात् कल्याण, जिसके लिए अन्य पर्यायवाची शब्द भी प्रयुक्त किए गए हैं । यह बतलाने के लिए कि यह मंगल सभी प्राणियों का मंगल है, तुलसीदासजी ने जगमंगल या सकलमंगल शब्दों का प्रयोग अनेक बार किया है । गीता के साथ-साथ मानस का भी लोकहित की दृष्टि से विस्तृत विवेचन—यह इस पुस्तक का विषय है, इसलिए मानस की लोककल्याण-प्राथमिकता पर यहाँ अधिक लिखना उपयुक्त न होगा ।

इसी अध्याय के एक पूर्व-वर्णित प्रसंग में, वेदों तथा उपनिषदों की तुलना में, गीता की विशेषता की पुष्टि करने के लिए श्री के॰ ऐम॰ पनिक्कर के शब्द लिखे गए थे । उसी प्रकार की तुलना डॉ॰ श्रीपाल सिंह 'क्षेम' ने प्रस्तुत की है—यह दिखलाते हुए कि मीराबाई तथा सूरदास लोक-निरपेक्ष थे जब कि तुलसीदास ने लोकमंगल को ही अपना लक्ष्य बना लिया था । डॉ॰ क्षेम के विचारों की झलक देखें निम्नलिखित शब्दों में—

" सर्व-परित्यागिनी 'मीरा' सारे 'लोक-लाज' को चुनौती देकर अपने आत्म-लोक के 'साँवलिया' पर निछावर होने का संदेश दे चुकी थी । 'सूर' का सम्पूर्ण

अन्तर्नाद 'लीला-बिहारी' (लीला-पुरुषोत्तम) कृष्ण के 'सगुण-साकार' किंतु लोक-निरपेक्षस्वरूप पर सर्वतोभावेन निछावर था। . . . .

''गोस्वामी तुलसीदास की दृष्टि में समन्वय और लोक-संग्रही मंगल-भावना ही किसी अवतार का मूल ध्येय होता है। . . . . . .साधक 'गोस्वामी' जी ने अपनी शुद्ध आध्यात्मिक आस्था की लोक-मंगल में परिणति को ही अपना कवि-लक्ष्य निर्धारित किया था। उनका समस्त तत्त्वावबोध लोकमंगल के लिए ही था।''

(*मानस चन्दन पत्रिका* के ग्यारहवें पुष्प से)

गीता एवं मानस की विशेषता तथा समानता

उपरोक्त विवेचन का सार यह है कि गीता एवं मानस को लोकमंगल-समीक्षा के दो केंद्रों की भाँति देखना पूर्णतया न्यायसंगत है। जैसे इन ग्रंथों की विशेषता के पीछे एक लम्बा इतिहास है, उसी प्रकार इनकी समानता में भी अनेक विद्वानों ने रुचि ली है। इसका मुख्य कारण यह था कि भारत के स्वतंत्रता आंदोलन में दोनों ग्रंथों का उपयोग हुआ। महात्मा गांधी ने अहिंसक सत्याग्रह के सिद्धान्त के लिए गीता को आधार माना। स्वतंत्र भारत में समाज का आदर्श क्या होगा—इस प्रश्न का उत्तर देने के लिए गांधीजी ने मानस में वर्णित रामराज्य का रूप सबके सामने रखा। इन विषयों से संबंधित विवेचन इस पुस्तक के भिन्न-भिन्न अध्यायों में दिया जाएगा, इसलिए यहाँ विस्तार में जाने की आवश्यकता नहीं है।

जब स्वतंत्रता आंदोलन लगभग समाप्त होने वाला था, तब गीता तथा मानस के विचारों की समानता ने विद्वानों को आकर्षित किया। पिछले बावन वर्षों में इस प्रकार के कई ग्रंथ प्रकाशित हुए, यद्यपि यहाँ निम्नलिखित पाँच पुस्तकों की ही चर्चा की जा रही है। उदाहरणतः १९४६ में प्रकाशित आचार्य विनोबा की पुस्तक 'स्थित प्रज्ञ-दर्शन' में इस विषय का संक्षिप्त उल्लेख है। तत्पश्चात् १९६२ में साधु टी॰ ऐल॰ वास्वानी ने 'श्रीराम' विषय पर एक छोटी-सी पुस्तिका लिखी जो लोकसंग्रह प्रेस, पूना में छपी। उन्होंने इस पुस्तिका में लिखा कि जब वे रामचरितमानस को पढ़ते हैं तो उनका ध्यान गीता की ओर जाता है क्योंकि दोनों में समानता है। उन्होंने मानस के कुछ प्रसंगों की ओर संकेत भी किया किंतु उनसे मिलते हुए गीता के श्लोकों को ढूँढ़ने का कार्य उन्होंने पाठकों पर छोड़ दिया। साधु वास्वानी द्वारा प्रकटित विचारों के साथ-साथ उनकी पुस्तिका को छापने वाले प्रेस का नाम भी सार्थक है क्योंकि 'लोकसंग्रह' शब्द जो गीता से लिया गया है (मानस के जगमंगल की भाँति) सर्वजनकल्याण का भाव प्रदर्शित करता है।

तीसरी पुस्तक के लेखक आचार्य विनोबा के छोटे भाई बालकोबा भावे हैं। उन्होंने अपनी पुस्तक 'गीता-तत्त्व-बोध' में गीता से समानता प्रदर्शित करने वाली मानस की चौपाइयों का अनेक स्थानों पर उल्लेख किया जैसा कि १९८१ में छपे उनकी पुस्तक

के दूसरे संस्करण से स्पष्ट होता है । यही बात चौथी पुस्तक अर्थात् श्रीशिवानंद की रचना 'गीता-रसामृत' के विषय में कही जा सकती है जिसका दूसरा संस्करण १९८६ में छपा ।

पाँचवीं पुस्तक के लेखक हैं श्रीराम किंकर उपाध्याय । पुस्तक के दो खण्ड हैं और शीर्षक है ''मानस एवं गीता का तुलनात्मक विवेचन''। १९८७ में प्रकाशित इस पुस्तक में लेखक ने मानस के लंकाकाण्ड में वर्णित विजय-रथ के प्रसंग पर विशेष ध्यान दिया है जिसमें राम-विभीषण संवाद है । लेखक के शब्दों में—

> ''भगवान् राम ने रामायण में जो ज्ञान उपदेश के रूप में, विभीषण को दिया उसी का विस्तार भगवान् कृष्ण ने गीता तथा महाभारत में कर दिया । और तीनों योगों का जो उपदेश दिया, उसके पीछे भावना यह है कि जैसे—महारथी, सारथी और रथ तीनों मिल करके विजय प्राप्त करते हैं, इसी प्रकार ज्ञान, भक्ति तथा कर्मयोग के सामंजस्य को जब हम अपने जीवन में स्थापित कर लेंगे, जब मस्तिष्क में ज्ञानयोग, शरीर में कर्मयोग और हृदय में भक्तियोग की प्राप्ति होगी, तब कहीं जाकर हम बुराइयों को परास्त कर सकेंगे ।''

इस पुस्तक का उद्देश्य

गीता तथा मानस में वर्णित लोकमंगल के संदेश का विस्तृत विवेचन प्रस्तुत करना इस पुस्तक का उद्देश्य है । इस विवेचन को सार्थक बनाने के लिए पाँच प्रश्नों का उत्तर देने की आवश्यकता है—जो शृंखला के रूप में निम्नलिखित हैं—

प्रथम प्रश्न—प्राचीनकाल से लेकर अब तक के लम्बे समय में रचे गए वैदिक धर्मग्रंथों में से विशेषत: गीता एवं मानस को इस विवेचन के लिए क्यों चुना गया?

इस प्रश्न का उत्तर इस अध्याय में दिया जा चुका है—अर्थात् वेद, उपनिषत्, वाल्मीकि रामायण, गीता, महाभारत, रामचरितमानस आदि की संक्षिप्त समीक्षा लोकमंगल की दृष्टि से करके यह निष्कर्ष निकाला गया है कि गीता तथा मानस का चयन उपयुक्त है ।

द्वितीय प्रश्न—गीता-कथित लोकहित का संदेश कौन-कौन से शब्दों या शब्द-समूहों के द्वारा—तथा किस प्रकार की व्याख्या के द्वारा—स्पष्ट किया जा सकता है?

तृतीय प्रश्न—मानस ने गीता-कथित लोकहित के संदेश को अपनाते हुए, उसे देश-काल-परिस्थिति के अनुकूल भाषा में व्यक्त करने के लिए, किन-किन नए शब्दों या शब्द-समूहों का प्रयोग किया है और उनकी व्याख्या किस प्रकार की जाए?

चतुर्थ प्रश्न—गीता तथा मानस में दिया गया लोकहित का संदेश किस मात्रा में, और कब-कब, पंडितों तथा अन्य व्यक्तियों के द्वारा उपेक्षित हुआ या अपनाया गया और इससे किस प्रकार के सामूहिक हानि-लाभ हुए?

पञ्चम प्रश्न—गीता तथा मानस के लोकहित संदेश को सर्वमान्य बनाने के लिए क्या सुझाव दें जिससे व्यक्ति, समाज और देश की—और अन्ततोगत्वा विश्व की—राजनैतिक, आर्थिक, सामाजिक, सांस्कृतिक, नैतिक—सभी दृष्टियों से उन्नति हो सके? अथवा थोड़े-से शब्दों में—लोकमंगल-प्रवाह को तीव्रतर कैसे बनाएँ?

आगामी अध्यायों का सांकेतिक परिचय

उपरोक्त शृंखला के चार प्रश्नों का उत्तर आगामी आठ अध्यायों में दिया जाएगा—क्योंकि प्रथम प्रश्न का उत्तर इस अध्याय में दिया जा चुका है ।

द्वितीय तथा तृतीय प्रश्न एक दूसरे से जुड़े हुए हैं क्योंकि गीता तथा मानस के बीच गहरी समानता है । इसलिए इन दोनों प्रश्नों का उत्तर भी साथ-साथ प्रस्तुत किया जाएगा । यह भी ध्यान में रखने की आवश्यकता है कि इन दोनों ग्रंथों का लोकहितसंदेश इतना व्यापक है कि उसका संतोषजनक चित्रण दस अंगों के माध्यम से पूरा होगा । इस प्रकार अध्याय २ से ८ तक यह चित्रण चलता रहेगा अर्थात् इन सात अध्यायों में द्वितीय तथा तृतीय प्रश्नों का सम्मिलित उत्तर सम्पन्न होगा ।

अध्याय ९ में—जो इस पुस्तक का अन्तिम अध्याय है—चतुर्थ तथा पंचम प्रश्नों का उत्तर दिया जाएगा ।

गीता तथा मानस के कुछ चुने हुए प्रसंगों को मूल-रूप में प्रस्तुत करने के लिए चार परिशिष्टों का उपयोग भी किया जाएगा ।

अध्याय २

लोकहित का संदेश देने वाले दस प्रमुख शब्द या शब्द-समूह

पिछले अध्याय में इस पुस्तक का उद्देश्य पाँच प्रश्नों का उत्तर खोजने के रूप में प्रस्तुत किया गया। ये प्रश्न उस अध्याय के अन्तिम पृष्ठों में लिखे गए हैं, इसलिए उन्हें फिर से यहाँ लिखने की आवश्यकता नहीं है। पाँच प्रश्नों में से प्रथम प्रश्न का उत्तर अध्याय १ में ही पूरा हो गया। अब इस अध्याय में द्वितीय तथा तृतीय प्रश्नों का सम्मिलित उत्तर खोजने की प्रक्रिया आरम्भ की जायेगी जो अध्याय ८ में पूरी होगी। तदन्तर अन्तिम दो प्रश्नों का उत्तर अध्याय ९ में दिया जायेगा।

अध्याय की पूर्व-झलक

यद्यपि इस अध्याय का विचार-क्षेत्र गीता तथा मानस—दोनों ही ग्रंथों से संबंधित है, फिर भी विचारों के प्राचीन स्रोत—गीता से विवेचन आरम्भ किया गया है और समानता प्रदर्शित करने वाले मानस के प्रसंग बाद में लिखे गए हैं। ऐसा करने से मानस की अपनी विशेषता को कोई आँच नहीं लगी है क्योंकि अनेक स्थलों पर गीता के एक या दो श्लोकों में प्रदर्शित भावों को मानस ने विस्तार से समझाया है जिसका उल्लेख प्रसंगानुसार इस पुस्तक में किया गया है।

गीता में अर्जुन के माध्यम से प्रत्येक व्यक्ति को लोकहित का संदेश इस विश्वास के बल पर दिया गया है कि भगवान् स्वयं सारे विश्व का भरण-पोषण करते हैं और उन्हीं के उदाहरण से शिक्षा लेकर यथाशक्ति लोकहित के कार्यों में संलग्न होना ही भगवान् की पूजा है। गीता के अनुसार प्रभु-प्रणीत धर्म का यही वास्तविक रूप है क्योंकि ईश्वर ही 'शाश्वतधर्मगोप्ता' अर्थात् सनातन धर्म की रक्षा करने वाला है। इस प्रकार का धर्माचरण करने वाले व्यक्ति को ही भगवान् ने 'मत्कर्मकृत्'—अर्थात् मेरा काम करने वाला—ऐसी संज्ञा दी है।

स्वयं भगवान् द्वारा उदाहृत लोकहित के संदेश को स्पष्ट करने के लिए गीता ने यह भी बतलाया है कि ईश्वर के अतिरिक्त किस-किस का नाम उदाहरणस्वरूप लिया जा

सकता है । गीता में उल्लिखित इस प्रकार की सूची में सूर्य, मनु, इक्ष्वाकु और जनक का नाम तो है ही, साथ ही भगवान् ने जनक के साथ 'आदि' शब्द का बहुवचन 'आदय:' लगा दिया है और एक अन्य प्रसंग में सभी लोकहितकारी पूर्वजों के पदचिह्नों पर चलने का आदेश दिया है । उपरोक्त उदाहरणों द्वारा वर्णित आचरण को 'योगारूढ़-वृत्ति' शब्द से सूचित कर सकते हैं क्योंकि गीता-कथित किसी भी योग—कर्म, भक्ति, ज्ञान—के द्वारा पूर्णत्व प्राप्त करने वाले व्यक्ति के लिए यह सहज वृत्ति हो जाती है। 'योगारूढ़' शब्द गीता का ही है और गीता ने भिन्न-भिन्न शीर्षक देकर छ: प्रसंगों में 'योगारूढ़-वृत्ति' का वर्णन किया है ।

यद्यपि लोकहित का आदर्श ईश्वर या ईश्वरीय विभूतियों पर आधारित है, फिर भी गीता ने यह स्पष्ट किया है कि परम्परागत मार्ग को ज्यों-का-त्यों—अर्थात् बिना परिवर्तन किए—अपनाना आवश्यक नहीं है । गीता का आदेश है कि देश-काल-पात्र एवं परिस्थिति के अनुकूल—अर्थात् समयोचित मर्यादा एवं नीति की रेखा के अन्दर—ही स्वधर्म का पालन करना चाहिए, किंतु भावना लोकहित की होनी चाहिए ।

गीता ने इस सन्देह को भी दूर किया है कि क्या लोकहित का कार्य केवल प्रसिद्ध या पूर्णत्व-प्राप्त व्यक्तियों द्वारा ही हो सकता है? इस सन्देह-सूचक प्रश्न का सीधा उत्तर देते हुए गीता ने कहा है कि प्रत्येक व्यक्ति को अपने पौरुष के अनुकूल लोकहित का कार्य करना चाहिए—चाहे ऐसा कार्य छोटा ही दिखलाई दे । महत्ता इस बात की नहीं है कि कितना कार्य किया—बल्कि इस बात की है कि किस भावना से जनसेवा की ।

जैसे 'पौरुषानुकूल' शब्द से व्यक्तिविशेष के कार्यक्रम की सीमा का संकेत मिलता है, उसी प्रकार का संकेत 'स्व' शब्द के प्रयोग से भी मिलता है । गीता में प्रयुक्त 'स्वधर्म' एवं 'स्व स्व कर्म' शब्दों से कर्ता के सामर्थ्य की सीमा का भान होता है । ऐसा होते हुए भी भावरूप से सर्वभूतहित के आदर्श गीता ने किसी प्रकार की संकुचित दृष्टि की झलक को भी सहन नहीं किया है गीतोपदेश को ठीक प्रकार समझने के लिए 'स्व' और 'सर्व'—इन दो शब्दों के बीच समुचित समन्वय किस प्रकार स्थापित हो, यह भाव ग्रहण करना आवश्यक है ।

गीता का कहना है कि स्वधर्म-पालन से स्वहित तभी प्राप्त हो सकता है जब सब कर्मों में अहंभाव का स्थान परस्पर-भाव ले ले । गीता के स्वहित में धर्म, अर्थ, काम, मोक्ष तथा लोकसंग्रह—इन पाँचों के लिए अपना-अपना स्थान है और इसलिए 'मम हित' 'सर्वहित' का ही एक अंग बन जाता है । गीता के इस मत में मम-भाव तथा अहं-भाव—दोनों का त्याग निहित है, इसलिए इस मत को 'निर्ममो निरहंकार भाव' शब्द से भी प्रकट किया जा सकता है ।

गीता के अनुसार जैसे 'स्व' से 'सर्व' एवं 'अहं-भाव' से 'परस्पर-भाव' तक जाना आवश्यक है, वही बात 'स्वार्थ' तथा 'लोकसंग्रह' पर लागू होती है । साधारण भाषा में जिसे स्वार्थलाभ कहा जाता है वह गीता की दृष्टि में सात्त्विक लाभ नहीं है यदि उसके

द्वारा लोकसंग्रह—अर्थात् लोककल्याण—के उद्देश्य को धक्का लगता हो । संकुचित दृष्टि से स्वार्थलाभ के लिए प्रयत्न करने वालों को गीता 'कामकामी' कहकर पुकारती है और सामूहिक लाभ के प्रति उनकी उदासीनता को निन्दनीय बतलाती है । गीता द्वारा वर्णित सात्त्विक मार्ग 'कामकामी' से भिन्न 'निष्काम कर्म' का है जिसका मुख्य लक्षण है स्वार्थप्रेरित फल की इच्छा का त्याग । इसी का दूसरा नाम है अनासक्तियोग ।

लोकसंग्रह का प्रमुख स्थान

गीता-प्रतिपादित निष्काम कर्म का वास्तविक अर्थ समझने के लिए मानव हृदय में उठने वाली इच्छाओं को दो मुख्य वर्गों में विभाजित करना आवश्यक है जिनमें से एक वर्ग 'स्व' से संबंधित है और दूसरा 'सर्व' से । गीता कहती है कि 'स्व' से संबंधित इच्छा—जैसे स्वार्थलाभ की इच्छा—का त्याग करना निष्काम कर्म के लिए आवश्यक है । इसके विपरीत 'सर्व' से संबंधित इच्छा—जैसे सर्वलोकहित की इच्छा—को बनाए रखने में कोई हानि नहीं है यदि उसके साथ अनासक्ति का आदर्श निभ सके । भगवान् ने गीता के श्लोक ३.२५ के 'असक्तः' तथा 'चिकीर्षुर्लोकसंग्रहम्'—इन दोनों शब्दों को साथ-साथ प्रयुक्त करके यह स्पष्ट कर दिया है कि सच्चा ज्ञान प्राप्त होने पर—अर्थात् विद्वान् व्यक्ति के द्वारा—सर्वलोकहित की इच्छा से प्रेरित हो कर जनसेवाकार्य में संलग्न रहते हुए अनासक्ति का आदर्श भी निभाया जा सकता है । इस स्पष्टीकरण से गीता में निष्काम कर्म एवं लोकसंग्रह के बीच सामञ्जस्य स्थापित हो गया है और 'लोकसंग्रह' शब्द ने लोकहित-संदेश की घोषणा करने वाले शब्दों में प्रमुख स्थान ले लिया है ।

गीता का मत है कि लोकहित की प्राप्ति में सबसे भयंकर बाधा आती है भेदभाव से और इसलिए उसने समदृष्टि को बहुत ऊँचा स्थान दिया है । वेदान्त की शिक्षा के अनुसार भी प्राणियों में एक ही आत्मा है, इसलिए गीता ने भी 'आत्मौपम्य' को समदृष्टि का आधार माना है । किंतु गीता चाहती है कि आत्मौपम्य भाव, जो मूलतः दार्शनिक एवं आध्यात्मिक है, व्यावहारिक क्षेत्र में भी उतारा जाये जिससे सबके सुख-दुःख में पारस्परिक सहानुभूति-प्रदर्शन और सहायता देने का वातावरण बन जाये । गीता ने इस प्रकार की 'व्यावहारिक समदृष्टि' अथवा 'साम्य' का उपयोग अनेक बार लोकहित का संदेश देने के लिए किया है ।

गीता की यह मान्यता है कि समाज में सात्त्विक, राजसी, तामसिक—तीनों प्रकार की वृत्तियाँ हैं । यदि किसी समाज में तामसिक वृत्तियों—जैसे हिंसा, द्वेष, अन्याय आदि—को रोका न जाये तो सभी लोगों के सुख और शान्ति को धक्का लगेगा । इस प्रकार की चेतावनी देने का अभिप्राय यह है कि सब लोग मिल-जुलकर लोकहित में बाधक वृत्तियों को राकने का प्रयत्न करें । इस दृष्टि से गीता ने 'लोकहित-नाशक वृत्तियों के दोष-दर्शन' का उपयोग लोकहित का संदेश परोक्ष रूप से देने के लिए किया है ।

गीता में सद्गुण-विषयक विवेचन अनेक स्थलों पर विद्यमान है । योगारूढ़-वृत्ति के छः प्रसंगों को इसी विवेचन में सम्मिलित कर सकते हैं । इनके अतिरिक्त दैवी संपत् सात्त्विक कर्म आदि अन्य प्रसंगों के द्वारा भी सद्गुणों की ओर ध्यान आकृष्ट किया गया है । अहिंसा, दया, दान आदि सेवा-प्रेरक गुणों की महिमा विशेषतः गाई गई है । इस प्रकार गीता में 'लोकहित-वर्धक गुणों की प्रशंसा' से भी लोकहित का संदेश दिया गया है ।

उपरोक्त विवेचन का सारांश यह है कि गीता-मतानुसार लोकहित-संदेश की घोषणा करने में निम्नलिखित दस शब्दों या शब्द-समूहों का प्रमुख स्थान है—

१. प्रभु-प्रणीत धर्म
२. मत्कर्म
३. योगारूढ़-वृत्ति
४. देशकालपौरुषानुकूल सेवा
५. सर्वभूतहित
६. निर्ममो निरहंकार भाव
७. लोकसंग्रह
८. व्यावहारिक समदृष्टि
९. लोकहित-नाशक वृत्तियों के दोष-दर्शन
१०. लोकहित-वर्धक गुणों की प्रशंसा

मानस में जगमंगल का प्रमुख स्थान

मानस ने उपरोक्त विचारों को अपनाया है और उन्हें सरल भाषा में प्रकट करने के लिए कुछ शाब्दिक परिवर्तन कर दिए हैं जिनमें से मुख्य ये हैं—

(अ) 'मत्कर्म' का स्थान लिया है 'रामकाज' ने ।
(आ) 'योगारूढ़-वृत्ति' का स्थान लिया है 'संत-लक्षण' ने ।
(इ) 'सर्वभूतहित' का स्थान लिया है 'सकलमंगल' ने ।
(ई) 'लोकसंग्रह' का स्थान लिया है 'जगमंगल' ने ।

इनके अतिरिक्त मानस में प्रयुक्त दो नए शब्द भी उल्लेखनीय हैं । गीता ने लोकहित में बाधक वृत्तियों के दोषों के प्रति चेतावनी देने के लिए उन्हें आसुरी संपत् अथवा तामसिक कहा है । मानस ने लोकहित के विपरीत समाजिक दशा का वर्णन 'कलयुग' नाम से किया है । इसी प्रकार गीता ने लोकहित-वर्धक गुणों की प्रशंसा करते हुए उन्हें दैवी संपत् या सात्त्विक गुण कहकर पुकारा है । मानस ने लोकहित-वर्धक गुणों पर आधारित आदर्श समाज का चित्रण करने के लिए 'रामराज्य' शब्द का उपयोग किया है ।

गीता-प्रतिपादित 'लोकसंग्रह' एवं मानस-प्रतिपादित 'जगमंगल'—इन दोनों का एक-एक शब्द लेने से 'लोकमंगल' शब्द बनता है जो इस पुस्तक के शीर्षक में प्रयुक्त किया गया है ।

उपरोक्त सूची में सम्मिलित प्रत्येक भाव पर गीता तथा मानस की छाप लगाने के लिए दोनों ग्रन्थों के तद्विषयक मूल शब्दों को प्रस्तुत करने की आवश्यकता है । पाठकों की सुविधा के लिए संस्कृत के शब्दों का हिन्दी में सरल भावार्थ देना भी उपयोगी है । इसके अतिरिक्त यह भी बतलाना महत्त्वपूर्ण है कि समाज-सुधारकों तथा स्वतंत्रता-संग्राम के नेताओं ने जनसेवा के कार्य में किस प्रकार गीता तथा मानस से सहायता ली । इस प्रकार साहित्यिक तथा ऐतिहासिक—दोनों प्रयासों ने मिलकर आकार दिया है पुस्तक के शेष भाग को । यद्यपि प्रत्येक भाव पर विस्तृत विवेचन अलग-अलग अध्याय में है, फिर भी भूमिका या दृष्टांत रूप से उसकी झलक इस अध्याय में दी जा रही है जिससे पाठकों की रुचि लगातार बनी रहे ।

अब क्रमशः दस शब्दों या शब्द-समूहों की संक्षिप्त व्याख्या प्रस्तुत है—यह बतलाते हुए कि लोकहित की घोषणा को प्रत्येक शब्द या शब्द-समूह ने क्या रूप दिया है ।

१. प्रभु-प्रणीत धर्म

'धर्म' शब्द का मूल अर्थ है 'लोगों को एकता के सूत्र में धारण करने वाला' । गीता में भगवान् ने कहा है—

मयि सर्वमिदं प्रोतं सूत्रे मणिगणा इव ॥ ७.७ ॥

सरल भावार्थ—यह सारा जगत मुझ में इसी प्रकार गुंथा हुआ है जैसे माला की मणियाँ एक ही सूत्र में गुंथी रहती हैं ।

यह उल्लेखनीय है कि स्वामी विवेकानन्द ने सन् १८९३ में विश्व-धर्म-सम्मेलन के समक्ष बोलते हुए गीता के जिन चुने हुए श्लोकों का प्रयोग किया था, उनमें से एक श्लोक यह था ।

सारे प्राणियों को माला की मणियों की भाँति एकता के सूत्र में बाँधने वाला धर्म यह सिखाता है कि प्रभु की संतान होने के कारण हम सब एक ही परिवार के सदस्य हैं । ईश्वर ही जगत का भरण-पोषण करने वाला—अर्थात् भर्ता—है, जैसे माँ-बाप अपने बच्चों का पालन-पोषण करते हैं—यह भाव गीता के निम्नलिखित श्लोकों में प्रकटित है—

पिताहमस्य जगतो माता धाता पितामहः । ९.१७ ।

. . . .

गतिर्भर्ता प्रभुः साक्षी निवासः शरणं सुहृत् । ९.१८ ।

सरल भावार्थ—भगवान् कहते हैं कि मैं ही सारे जगत् का पिता हूँ , मैं ही माता हूँ । मैं ही धारण-पोषण करने वाला हूँ और मैं ही पितामह हूँ । इसी भाव को थोड़ा और विस्तार से स्पष्ट करते हुए भगवान् कहते हैं कि मैं ही सब प्राणियों के लिए परम गति अर्थात् प्राप्त होने योग्य लक्ष्य हूँ । मैं ही भर्ता—भरण-पोषण करने वाला हूँ, मैं ही प्रभु अर्थात् सब का स्वामी हूँ । मैं ही साक्षी अर्थात् शुभाशुभ का देखने वाला हूँ । मैं ही सब प्राणियों का निवास स्थान हूँ । मैं ही सबको शरण देता हूँ । मैं ही सबका सुहृत् अर्थात् निःस्वार्थ हितकारी हूँ ।

श्रीअरविंद का मत है कि ईश्वर के लोक-हित-पालक रूप का सबसे प्रभावशाली वर्णन 'पुरुषोत्तम योग' नामक पंद्रहवें अध्याय में है । उस वर्णन की झलक का आनन्द लेने के लिए श्लोक १५.१७ को देखें—

उत्तमः पुरुषस्त्वन्यः परमात्मेत्युदाहृतः।
यः लोकत्रयमाविश्य विभर्त्यव्यय ईश्वरः ॥ १५.१७ ॥

सरल भावार्थ—परमात्मा पुरुषोत्तम है और वह तीनों लोकों के कण-कण में व्याप्त है । संसार का नियमित रूप से संचालन और सच्चा कल्याण ईश्वर के द्वारा ही होता है—और होता रहेगा, क्योंकि ईश्वर अव्यय है ।

सभी वैदिक धर्मग्रन्थों ने 'वसुधैव कुटुम्बकम्' का पाठ पढ़ाया है और कहा है कि ईश्वरीय विधान से ही सबका पालन-पोषण हो रहा है । सूर्य का प्रकाश धरती की अन्न-उत्पादन शक्ति, शुद्ध वायु, पीने योग्य जल—सब ईश्वर की देन है । ईश्वर ने ही वेद, उपनिषत्, गीता, रामायण आदि सद्ग्रन्थों के द्वारा सबको जीवन की कला सिखाई है जिसका आधार है—सत्य, अहिंसा तथा पारस्परिक सहयोग ।

ईश्वर के लिए भर्ता या विभर्ति—इन शब्दों का प्रयोग करके गीता ने जो भाव प्रकट किया है, उसी की विस्तृति की गई है ''सुहृत्'' शब्द से जिसका पूरा अर्थ है ''प्रत्युपकार न चाह कर हित करने वाला'' अर्थात् निःस्वार्थ हितकारी । ''सुहृत्'' शब्द उपरोक्त ९.१८ में तो प्रयुक्त हुआ ही है, उसके अतिरिक्त श्लोक ५.२९ भी इस दृष्टि से विशेषतः महत्त्वपूर्ण है—

सुहृदं सर्वभूतानां ज्ञात्वा मां शान्तिमृच्छति ॥ ५.२९ ॥

सरल भावार्थ—सच्चा ज्ञानी जानता है कि ईश्वर सब प्राणियों का सुहृत् है । ऐसे ज्ञान—तथा उसके अनुकूल आचरण—से शान्ति प्राप्त होती है ।

उपरोक्त ज्ञान से उत्पन्न जनसेवा-भाव का प्रसिद्ध उदाहरण रन्तिदेव ने प्रस्तुत किया—

न त्वहं कामये राज्यं न सुखं नापुनर्भवम् ।
कामये दःखतप्तानां प्राणिनामार्त्तिनाशनम् ॥

सरल भावार्थ—मैं राज्य, सुख या मोक्ष की कामना नहीं करता। मैं तो सन्तप्त प्राणियों का कष्ट-निवारण चाहता हूँ।

उपरोक्त विचारों से समानता प्रदर्शित करने वाले प्रसंग मानस में अनेक हैं। उदाहरणतः बालकाण्ड में शिवजी की पहली पत्नी सती ने शिवजी का वर्णन जगदात्मा, जगत्पिता आदि शब्दों के द्वारा किया है—

जगदातमा महेसु पुरारी। जगत जनक सबके हितकारी॥

शरीर का अन्त होने पर सती 'पार्वती-रूप' में अवतरित हुईं और वे फिर शिवजी की पत्नी बनीं। तुलसीदासजी बालकाण्ड में ही शिव-पार्वती के विषय में लिखते हैं—

जगत मातु पितु संभु भवानी।

भगवान् और उनकी आदिशक्ति को चाहे शिव-पार्वती के रूप में देखें या राम-सीता के रूप में, तुलसीदासजी ने उनका वर्णन किया है—जगत् के माता-पिता, भरण-पोषण करने वाले और जीवन के लिए उत्तम शिक्षा देने वाले—

—एहि विधि जग हरि आश्रित रहई। (*बालकाण्ड* में)
—विस्व भरन पोषन कर जोई। (*बालकाण्ड* में)
—श्रुति सेतु पालक राम तुम्ह जगदीस माया जानकी।
जो सृजति जगु पालति हरति रुख पाइ कृपानिधान की।
(*अयोध्याकाण्ड* में)

—सुनत सुधा सम वचन राम के। गहे सबनि पद कृपाधाम के॥
जननि जनक गुर बंधु हमारे। कृपा निधान प्रान ते प्यारे॥
तनु धनु धाम राम हितकारी। सब विधि तुम्ह प्रनतारति हारी॥
असि सिख तुम्ह बिनु देइ न कोऊ।.... (*उत्तरकाण्ड* में)

अब 'सुहृत्' शब्द के विशेष महत्त्व को ध्यान में रखते हुए, उससे समानता प्रदर्शित करने वाले निम्नलिखित प्रसंगों को भी देखें—

रामु प्रान प्रिय जीवन जी के। स्वारथ रहित सखा सब ही के॥
पूजनीय प्रिय परम जहाँ तें। सब मानिअहिं राम के नातें॥
(*अयोध्याकाण्ड* में)

हेतु रहित जग जुग उपकारी। तुम्ह तुम्हार सेवक असुरारी॥
स्वारथ मीत सकल जग माहीं। सपनेहुँ प्रभु परमारथ नाहीं॥
(*उत्तरकाण्ड* में)

आकर चारि लच्छ चौरासी। जोनि भ्रमत यह जिव अविनासी॥
फिरत सदा माया का प्रेरा। काल कर्म सुभाव गुन घेरा॥

कबहुँक करि करुना नर देही । देत ईस बिनु हेतु सनेही ॥

(*उत्तरकाण्ड में*)

गीता तथा मानस—दोनों में वर्णित प्रभु-प्रणीत धर्म का सार यह है कि जिस प्रकार ईश्वर प्रत्युपकार न चाह कर सबका हित करता है, वैसा ही करना सब प्राणियों के लिए उत्तम है । अधिक विस्तार के लिए देखें अध्याय ३ ।

२. मत्कर्म अथवा रामकाज

गीता में प्रयुक्त "मत्कर्म" शब्द के टीकाकारों ने अनेक अर्थ किए हैं किंतु इसका सीधा सरल एवं लोकोपयोगी अर्थ है "मेरा काम" अर्थात् ईश्वर का काम—और पिछले विभाग के विवेचन के अनुसार इसका सार है "प्रत्युपकार न चाह कर सबका हित करना"। इसीलिए श्लोक ११.५५ में "मत्कर्मकृत्" और "निर्वैरः सर्वभूतेषु"—ये दोनों भाव साथ-साथ उल्लिखित हैं—

मत्कर्मकृत् . . . .
निर्वैरः सर्वभूतेषु यः स मामेति पाण्डव ॥ ११.५५ ॥

सरल भावार्थ—जो मेरा काम करने वाला है वह किसी भी प्राणी से वैर-भाव नहीं रखता और वह मुझे प्राप्त हो जाता है ।

आदि-शंकराचार्य के मतानुसार सम्पूर्ण गीताशास्त्र का सार इस श्लोक में है ।

मानस में तुलसीदासजी ने गीतोक्त 'मत्कर्म' के स्थान पर 'रामकाज' शब्द का प्रयोग किया है । राम का काम करना या सबका भला करना—इन दोनों को मानस ने एक ही माना है । लंकाकाण्ड में जब भगवान् राम अंगद को अपने दूत के रूप में रावण के पास भेजते हैं तब वे उसे कहते हैं कि 'मेरा काज' और 'रावण का हित'—इन दोनों को साथ-साथ पूरा करने का प्रयत्न करना—

अंगद सन कह कृपानिधाना ।

बालितनय बुधि बल गुन धामा । लंका जाहु तात मम कामा ॥
बहुत बुझाइ तुम्हहि का कहऊँ । परम चतुर मैं जानत अहऊँ ॥
काजु हमार तासु हित होई । रिपु सन करेहु बतकही सोई ॥

अंगद ने यही संदेश रावण को दिया—

मैं रघुबीर दूत दसकंधर । . . . .
तव हित कारन आयउँ भाई । . . . .
उत्तम कुल पुलस्ति कर नाती । सिव बिरंचि पूजेहु बहु भाँती ॥
वर पायहु कीन्हेहु सब काजा । जीतेहु लोकपाल सब राजा ॥

. . . .

अब सुभ कहा सुनहु तुम्ह मोरा । . . . .

अंगद के शब्दों से रावण भी समझ गया कि श्रीराम ने 'रिपु सन प्रीति' का संदेश भेजा है किंतु उसने 'निर्वैर' को शोभा का चिह्न न समझ कर लज्जा का चिह्न बतलाया—

जौं पै समर सुभट तब नाथा । पुनि पुनि कहसि जासु गुन गाथा ॥
तौ बसठि पठवत केहि काजा । रिपु सन प्रीति करत नहिं लाजा ॥

सारी बात सुनकर रावण की पत्नी मंदोदरी ने तो 'रामकाज' का ठीक अर्थ समझा और रावण से कहा—

जेहिं जलनाथ बँधायउ हेला । उतरे प्रभु दल सहित सुबेला ॥
कारुनीक दिनकर कुल केतू । दूत पठायउ तव हित हेतू ॥

'रामकाज' करने वालों में विशेष स्थान है हनुमान्‌जी का और जटायु का । विस्तृत विवरण के लिए देखें अध्याय ३ ।

३. योगारूढ़-वृत्ति अथवा संत-लक्षण

भगवान् से लोकहित की शिक्षा लेकर विश्वसेवा में निरन्तर लीन रहने का ज्वलन्त उदाहरण—गीता के श्लोक ४.१ के अनुसार—सूर्य का है—

इमं विवस्वते योगं प्रोक्तवानहमन्ययम् । ४.१ ।

सरल भावार्थ—भगवान् कहते हैं कि मैंने यह योग—अर्थात् लोकसंग्रह-आधारित कर्मयोग—सूर्य को सिखाया । यह योग अव्यय है, इसलिए इसके द्वारा लोकहित के कार्य सदा ही होते रहेंगे ।

सूर्य अपने प्रकाश से अंधकार को मिटाता है और सारे प्राणियों को, बिना किसी भेदभाव के, अपने-अपने कर्म में प्रवृत्त होने की प्रेरणा देता है। वेदों के सबसे प्रसिद्ध मंत्र गायत्री में (जिसका उल्लेख पिछले अध्याय में किया जा चुका है) भगवान् की प्रार्थना सविता अर्थात् सूर्य-रूप में की गई है और सामूहिक रूप से प्रभु से यह माँगा है कि वह हम सब की बुद्धियों को सन्मार्ग पर चलाए । आचार्य विनोबा भावे ने लिखा है कि सामूहिक हित की भावना का आरम्भ भारत में गायत्री मंत्र से हुआ और गीता ने उसे प्रमुख रूप दिया—

> ''गीता में कहा है—गायत्री छंदसामहम् । वेद में जितने मंत्र हैं, उन सबका सार गायत्री मंत्र है । . . . . कुल भारत की रक्षा गायत्री से होती है । उसकी खूबी यह है कि वह एकांत में चिंतन करने का मंत्र है, लेकिन एकांत में चिंतन करते हुए भी उसमें 'धीमहि' कहा जिसका अर्थ है 'हम ध्यान करते हैं' । मतलब

एकांत में रहते हुए भी हृदय को समाज की भावना के साथ जोड़ दिया । एकांत में होते हुए भी हृदय का सामूहिक कर लिया . . . ." ('*महागुहा* में प्रवेश' से)

संस्कृत साहित्य में, सूर्य से सामाजिक हित की शिक्षा लेने का एक और विख्यात उदाहरण निम्नलिखित श्लोक है—

उदेति सविजा ताम्रस्ताम्र एवास्तमेति च ।
संपत्तौ च विपत्तौ च महतामेकधीमता ॥

सरल भावार्थ—सूर्य उदय होने के समय ताम्रवर्ण—अर्थात् लाल रंग का—होता है और अस्त होने के समय भी ताम्रवर्ण ही होता है । इसी प्रकार महापुरुष वही है जो संपत्ति और विपत्ति—दोनों स्थितियों में—समबुद्धि रहे ।

यह भी उल्लेखनीय है कि भगवान् श्रीराम के पूर्वजों ने अपने वंश—रघुवंश—का आरम्भ सूर्य से माना था, इसलिए यह वंश सूर्यवंश भी कहलाया । गीतोक्त इक्ष्वाकु सूर्यवंश के प्रवर्तक थे ।

सूर्य के अतिरिक्त गीता में लोकहित की शिक्षा देने वाले तीन प्रसिद्ध नाम उल्लिखित हैं—मनु, इक्ष्वाकु, जनक—जिनमें से महाभारत के अनुसार जनक के विचारों तथा तदनुकूल कार्यों का विशेष महत्त्व है । गीता ने जनक का उदाहरण लोकसंग्रह-विषयक प्रसंग में दिया है, इसलिए उसका विस्तृत विवेचन अध्याय ६ में दिया जाएगा ।

लोकहित की शिक्षा देने वाले जो नाम मानस ने लिखे हैं, वे गीता से भिन्न हैं किंतु संदेश वही है । सूर्य के स्थान पर तुलसीदासजी ने पृथ्वी, पर्वत, बादल, नदी और वृक्ष के उदाहरण—अलग-अलग प्रसंगों में दिए हैं—

संत विटप सरिता गिरि धरनी । पर हित हेतु सबन्ह के करनी ॥
(*उत्तरकाण्ड* में)

ससि संपन्न सोह महि केसी । उपकारी के संपति जैसी ॥
. . . .
बूँद अघात सहहिं गिरि कैसें । खल के वचन संत सह जैसें ॥
. . . .
बरसहिं जलद भूमि निअराएँ । जथा नवहिं बुध विद्या पाएँ ॥
(*किष्किन्धाकाण्ड* में)

अयोध्याकाण्ड में भरत ने अपने सूर्यवंशी पूर्वजों के आदर्शों के प्रति आदरभाव प्रकट किया—

भानुबंस भए भूप घनेरे । अधिक एक तें एक बड़ेरे ॥

अयोध्याकाण्ड में ही राजा दशरथ ने 'रघुकुलरीति' द्वारा प्राप्त हुई 'सत्य' के प्रति दृढ़ निष्ठा की सराहना की—

रघुकुल रीति सदा चलि आई । प्रान जाहुँ बरु बचनु न जाई ॥
नहिं असत्य सम पातक पुंजा । गिरि सम होहिं कि कोटिक गुंजा ॥
सत्यमूल सब सुकृत सुहाए । वेद पुरान विदित मनु गाए ॥

जब राम-सीता एवं लक्ष्मण वन की ओर चले तब अयोध्या के मंत्री सुमंत्र को संकट के समय धैर्य रखने की सलाह देते हुए श्रीराम ने शिवि, दधीचि, हरिश्चन्द्र, रन्तिदेव और बलि द्वारा किए गए त्याग की याद दिलाई—

मंत्रिहि राम उठाइ प्रबोधा । तात धरम मतु तुम्ह सबु सोधा ॥
सिबि दधीचि हरिचंद नरेसा । सहे धरम हित कोटि कलेसा ॥
रंतिदेव बलि भूप सुजाना । धरमु धरेउ सहि संकट नाना ॥
धरमु न दूसर सत्य समाना । आगम निगम पुरान बखाना॥

(*अयोध्याकाण्ड में*)

रंतिदेव की उक्ति का संस्कृत श्लोक इस अध्याय में लिखा जा चुका है । योगारूढ़-वृत्ति अथवा संत-लक्षण की विस्तृत व्याख्या के लिए देखें अध्याय ४ ।

४. देशकालपौरुषानुकूल सेवा

यद्यपि गीता ने सुविख्यात पूर्वजों के आदर्शों का अनुसरण करने की शिक्षा दी है, फिर भी गीता नहीं चाहती कि बिना सोचे-समझे किसी भी विचार का अन्धानुकरण किया जाए । इसलिए श्लोक ४.१५ में पूर्वजों द्वारा कृत कर्म की चर्चा करने के तुरन्त बाद —अर्थात् श्लोक ४.१६ में—भगवान् ने चेतावनी दी कि कर्म के कल्याणकारी रूप का चयन करना बहुत कठिन है—

कुरु कर्मैव तस्मात्वं पूर्वैः पूर्वतरं कृतम् ॥ ४.१५ ॥
किं कर्म किमकर्मेति कवयोऽप्यत्र मोहिताः ॥ ४.१६ ॥

सरल भावार्थ—भगवान् कहते हैं कि पूर्वजों द्वारा किए गए कर्म—जो अनुसरणीय हों—उन्हें तुम भी करो किंतु कर्म का चयन ध्यानपूर्वक करो कयोंकि क्या कर्म है और क्या अकर्म—ये प्रश्न बहुत गूढ़ हैं ।

श्लोक ४.२ में भी भगवान् ने कहा कि परम्परा-प्राप्त साधन-मार्ग की अनेक बातें, बहुत लम्बा समय बीतने के कारण, नष्ट हो गई हैं अर्थात् अप्रासंगिक हो गई हैं । 'नष्ट' शब्द का ऐसा अर्थ करना उचित है क्योंकि श्लोक ४.१ में भगवान् ने इस योग को 'अव्यय' बतलाया है ।

उपरोक्त विवेचन का तात्पर्य यह है कि पुराने विचारों को बदलती हुई परिस्थितियों के अनुकूल बनाना आवश्यक है । गीता के श्लोक १७.२२-२२ में देश-काल-पात्र

को ध्यान में रखने का आदेश है । इन श्लोकों से संबंधित भाव अध्याय ५ में प्रस्तुत हैं ।

श्लोक १८.२५ मे गीता कहती है कि अपनी सामर्थ्य से परे किसी कार्य का दायित्व लेने से वह कार्य तामसिक बन जाता है । इस श्लोक के भावार्थ को भी देखें अध्याय ५ में ।

देश-काल-परिस्थिति एवं सामर्थ्य—इन सबके अनुकूल कार्य ऐसा सात्त्विक हो जो भगवान् को अर्पित किया जा सके । यह है तात्पर्य ''स्वकर्मणा तमभ्यर्च्य'' का जो श्लोक १८.४६ की शिक्षा है क्योंकि सेवामय कर्म ही पूजा का रूप ले सकता है ।

मानस ने भी गीता के उपरोक्त विचारों को यथोचित प्रसंगो में व्यक्त किया है । अयोध्याकाण्ड में वर्णित चित्रकूट की सभा में जटिल समस्या का समाधान ढूँढ़ना कठिनाइयों से भरा हुआ था । वहाँ श्रीराम और गुरु वशिष्ठ—दोनों के वचनों को देशकालअवसरानुकूल कहकर तुलसीदासजी ने गीता के सिद्धान्त के प्रति अपना समर्थन प्रकट किया है—

देखि दयाल दसा सबही की । राम सुजान जानि जन जी की ॥
धरम धुरीन धीर नय नागर । सत्य सनेह सील सुख सागर ॥
देसु कालु लखि समउ समाजू । नीति प्रीति पालक रघुराजू ॥
बोले वचन बानि सरबसु से । हित परिनाम सुनत ससि रसु से ॥

(*अयोध्याकाण्ड में*)

कहहिं भरत मुनि कहा सो कीन्हे । फलु जग जीवन्ह अभिमत दीन्हे ॥
कानन करउँ जनम भरि बासू । एहि ते अधिक न मोर सुपासू ॥
. . . .
बोले मुनिबरु वचन विचारी । देस काल अवसर अनुहारी ।

(*अयोध्याकाण्ड में*)

तुलसीदासजी ने यह भी स्पष्ट कर दिया है कि देश-काल-आदि को ध्यान मे रखते हुए, चित्रकूट की सभा में जो निर्णय लेना था उसका उद्देश्य था ''सबका हित'' । गुरु वशिष्ठ ने राजा जनक को सम्बोधित करते हुए इन्हीं शब्दों का प्रयोग किया—

रिषि धरि धीर जनक पहिं आए । . . .
राम वचन गुरु तृपहि सुनाए । सील सनेह सुभायँ सुहाए ॥
महाराज अब कीजिअ सोई । सब कर धरम सहित हित होई॥

(*अयोध्याकाण्ड में*)

इसी प्रकार गीता-कथित पौरुषानुकूल सेवा करने का भाव भी तुलसीदासजी ने किष्किन्धाकाण्ड में लिखा है । श्रीराम सुग्रीव को मित्र-धर्म समझाते हुए कहते हैं—

बल अनुमान सदा हित करई ।

अधिक विस्तार के लिए देखें अध्याय ५ ।

५. सर्वभूतहित अथवा सकलमंगल

कुछ लोग वैदिक धर्म-ग्रन्थों के विरुद्ध यह आरोप लगाते हैं कि इनमें प्रत्यक्ष रूप से, स्पष्ट शब्दों द्वारा कथित, सामाजिक हित का संदेश ढूँढ़ने में कठिनाई होती है । ऐसे आलोचकों को भी इतना तो स्वीकार करना ही पड़ता है कि गीता ने 'सर्वभूतहित' शब्द का प्रयोग एक नहीं, दो अध्यायों में किया है । मानस में तदर्थक शब्द 'सकल-मंगल का प्रयोग स्थान-स्थान पर पाठको को आकर्षित करता है । इन सब उदाहरणों का सहारा लेकर वर्तमान काल के अनेक विद्वानों ने वैदिक धर्मग्रन्थ-विषयक आरोपों को निर्मूल सिद्ध करने के लिए सराहनीय प्रयास किया है । विस्तार में न जाकर यहाँ केवल गीता के सर्वभूतहित तथा मानस के सकलमंगल का संक्षिप्त विवेचन ही प्रस्तुत है ।

'स्व' तथा 'सर्व' के बीच समुचित समन्वय स्थापित करना—यह गीतोपदेश का एक प्रमुख अंग है । जब अर्जुन ने धर्मसम्मूढचेताः होकर भगवान् से प्रश्न किया तब वह स्व-हित के स्तर से थोड़ा-सा ऊपर उठकर स्वजनहित को भी ध्यान में रखने की अपनी इच्छा प्रकट कर चुका था—जैसे श्लोक १.३७ में—

स्वजनं हि कथं हत्वा सुखिनः स्याम माधव ॥ १.३७ ॥

सरल भावार्थ—अर्जुन कहता है कि स्वजनों को मारकर हम कैसे सुखी हो सकते हैं अर्थात् मुझे स्व-हित और स्वजनहित—दोनों चाहिएँ ।

किंतु भगवान् ने अर्जुन के समक्ष—और उसके माध्यम से समस्त प्राणियों के समक्ष—सबसे ऊँचा आदर्श 'सर्वभूतहित' का रखा । यह स्पष्ट है कि सर्वभूतहित का आदर्श 'बहुजनहित' या 'बहुजनसुख' के आदर्श से भी अधिक विशाल है । किंतु इस प्रसंग में यह प्रश्न उठना स्वाभाविक है कि पौरुषानुकूल स्वधर्म का पालन करते हुए क्या सर्वभूतहित निभाया जा सकता है । गीता ने इस प्रश्न का उत्तर दो भागों में दिया है । एक तो यह कि व्यक्तिविशेष का कार्यक्रम सीमित होते हुए भी भावना सर्वहित की हो । उत्तर के दूसरे भाग में गीता ने यह आश्वासन दिया है कि सर्वहित के लिए प्रयत्न करने वालों की ईश्वर भी सहायता करता है । इस प्रकार 'स्व' से ऊपर उठकर 'सर्व' तक पहुँचने का मार्ग भक्तों के लिए सुलभ बन जाता है । इन दोनों भावों को व्यक्त करने वाले गीता के श्लोकों को देखें अध्याय ५ में ।

मानस ने 'सर्वभूतहित-संबंधी' गीता के उपरोक्त विचारों से समानता प्रदर्शित करने वाले भावों को सकलमंगल, सर्वहित, पर-हित या पर-उपकार जैसे शब्दों के माध्यम से लिखा है । यहाँ केवल दो उदाहरण देना पर्याप्त होगा ।

प्रथम उदाहरण देखें उत्तरकाण्ड में । रामराज्य के वर्णन में 'स्वधर्म' एवं 'पर-उपकार'—दोनों के साथ-साथ पालन होने का उल्लेख है—

चारिउ चरन धर्म जग माहीं । पूरि रहा सपनेहूँ अध नाहीं ॥
सब नर करहिं परस्पर प्रीती । चलहिं स्वधर्म निरत श्रुति नीती ॥
सब उदार सब पर उपकारी । . . . .

दूसरा उदाहरण किष्किन्धाकाण्ड तथा सुंदरकाण्ड पर आधारित है । 'रामकाज' और 'सब का भला'—इन दोनों की अभिन्नता इसी अध्याय के पूर्व-लिखित प्रसंग में स्पष्ट की जा चुकी है । तुलसीदासजी कहते हैं कि वानर-सेना ने रामकाज में लवलीन होकर अपने शरीर के प्रति ममत्व-भाव छोड़ दिया—

रामकाज लयलीन मन विसरा तन कर छोह ॥ (*किष्किन्धाकाण्ड* में)

किंतु वानर-सेना के प्रभावशाली होने का कारण था 'राम-कृपा-बल' क्योंकि राम की कीर्ति उनके 'सकलमंगल' के आदर्श के साथ जुड़ी हुई है—

देखी राम सकल कपि सेना । चितइ कृपा करि राजिव नैना ॥
रामकृपा बल पाइ कपिंदा । भए पच्छजुत मनहुँ गिरिंदा ॥
हरषि राम तब कीन्ह पयाना । सगुन भए सुंदर सुभ नाना ॥
जासु सकल मंगलमय कीती । तासु पयान सगुन यह नीती ॥

(*सुंदरकाण्ड* में)

अधिक विस्तार के लिए देखें अध्याय ५ ।

६. निर्ममो निरहंकार भाव

गीता में लोकहित का संदेश देने वाले दस शब्दों में से 'सर्वभूतहित' का विशेष स्थान पिछले विभाग में बतलाया गया—इस मापदण्ड से कि इस शब्द के प्रत्यक्ष तथा संशयरहित ढंग से दिए गए संदेश ने आलोचकों को भी निरुत्तर कर दिया है । इससे नितान्त विपरीत स्थिति है 'निर्ममो निरहंकार' शब्द-समूह की क्योंकि इससे लोकहित का संदेश परोक्ष रूप से मिलता है। किंतु गहराई से विचार करने पर यह समझ में आ जाता है कि गीता ने 'निर्ममो निरहंकार' शब्द के अनेक प्रयोग करके पूर्णत्व प्राप्त किए हुए, योगारूढ़ व्यक्तियों की परोपकार में लीन स्थिति का आभास दिया है । इस महत्त्वपूर्ण भाव को सरल भाषा में समझाने वाले विद्वानों में से, दृष्टान्त रूप से, यहाँ आचार्य विनोबा का नाम उल्लेखनीय है जिन्होंने गीता के श्लोक २.७१ की निम्नलिखित व्याख्या की है जो वर्तमान प्रसंग के लिए उपयुक्त है—

"स्थितप्रज्ञ की स्थिति ऐसी होती है कि वह विश्वमय हो जाता है; मैं और मेरा—यह भाषा ही वहाँ नहीं रहती । वह लोगों से कहता है—अब न मैं हूँ, न मेरा है; जो कुछ है सो तुम और तुम्हारा; तुम अपना सँभालो । यही अर्थ श्लोक २.७१ की द्वितीय पंक्ति में समाविष्ट है—'निर्ममो निरहंकारः' । वह सब भूतों पर उपकार करने के लिए ही जीता है ।" (*स्थितिप्रज्ञ-दर्शन* से)

स्वामी चिन्मयानंद ने 'निर्मम' शब्द से स्वार्थ-परित्याग का वही अर्थ निकाला है जो 'इदं न मम' शब्दों से यज्ञ करने वालों को निकालना चाहिए जिससे वे यज्ञ का वास्तविक भाव समझ सकें । इस विचारधारा के अनुसार यज्ञ का नया रूप सामने आता है जिसका वर्णन स्वामी चिन्मयानन्द ने "पारस्परिक सहयोग पर आधारित लोकहित के कार्य"—इन शब्दों के द्वारा किया है । गीता के श्लोक ३.१३ तथा ४.३१ से संबंधित स्वामी चिन्मयानंद के विचारों के लिए देखें अध्याय ७ ।

मानस के बालकाण्ड में तुलसीदासजी ने दक्ष प्रजापति के यज्ञ की कथा को विस्तार से लिखकर यही संदेश दिया है कि यदि किसी यज्ञ में से 'इदं न मम' की भावना को हटा लिया जाए तो वह यज्ञ कल्याणप्राप्ति के स्थान पर कल्याणहानि करता है । इस प्रसंग के विस्तृत विवरण के लिए भी देखें अध्याय ७ ।

दक्ष-यज्ञ के अतिरिक्त अन्य प्रसंगों में भी तुलसीदासजी ने निर्ममो निरहंकार भाव और लोकहित के बीच घनिष्ट संबंध दिखलाया है। उदाहरणत: अरण्यकाण्ड में श्रीराम नारदमुनि से संतों के लक्षण बतलाते हुए कहते हैं कि संतों को 'निज' की अपेक्षा 'पर' गुणों से अधिक हर्ष होता है, वे अभिमान से दूर रहते हैं और परहित के कार्यों में लीन रहते हैं—

सुनु मुनि संतन्ह के गुन कहऊँ । जिन्ह ते मैं उन्ह कें बस रहऊँ ॥
निज गुन श्रवन सुनत सकुचाहीं । पर गुन सुनत अधिक हरषाहीं ॥
सम सीतल नहिं त्यागहिं नीती । सरल सुभाउ सबहि सन प्रीती ॥
दंभ मान मद करहिं न काऊ । भूलि न देहिं कुमारग पाऊ ॥
गावहिं सुनहिं सदा मम लीला । हेतु रहित पर हित रत सीला ॥

मानस के ऐसे अन्य प्रसंगों के लिए भी देखें अध्याय ७ ।

७. लोकसंग्रह अथवा जगमंगल

गीता में लोकहित का संदेश प्रत्यक्ष रूप से देने वाले शब्दों में जो विशेष स्थान 'सर्वभूतहित' का है, लगभग वही स्थान 'लोकसंग्रह' का है । किंतु विद्वानों की दृष्टि में 'लोकसंग्रह' के प्रति आकर्षण बढ़ाने वाला तथ्य यह है कि तद्विषयक प्रसंग एक ही

क्रम से, लगातार सात श्लोकों—३.२० से ३.२६—में वर्णित है । श्रीअरविंद ने इन सात श्लोकों को—जिन्हें लोकसंग्रहसप्तकम् भी कह सकते हैं—अत्यन्त महत्त्वपूर्ण बतलाया है । लोकमान्य तिलक ने भी लिखा है कि 'लोकसंग्रह' शब्द में गीता के सर्वहित-संदेश की कुंजी है और वही मानव-जीवन का लक्ष्य है ।

गीता के उपरोक्त सातों श्लोकों की विस्तृत व्याख्या अध्याय ६ में दी जाएगी । यहाँ संक्षेप में इतना ही लिखना पर्याप्त है कि भगवान् ने अर्जुन को न केवन स्व-हित से, बल्कि स्वजन-हित से भी आगे बढ़कर लोकहित को आचरण में लाने की शिक्षा दी है । लोकमान्य तिलक के अनुसार 'लोकसंग्रह' शब्द का व्यापक अर्थ है— "समाज के सदस्यों को एकता के सूत्र में बाँधना, तथा ऐसे ढंग से उनकी रक्षा, पालन और मार्गदर्शन करना जिससे वे पारस्परिक सहयोग-जनित शक्ति प्राप्त कर सकें और व्यक्तिगत तथा सामाजिक—दोनों प्रकार से उनका कल्याण हो सके ।" (*गीतारहस्य* से)

आदि-शंकराचार्य ने 'लोकसंग्रह' शब्द की व्याख्या करते हुए इस बात पर बल दिया है कि "कुमार्ग-गमन की वृत्ति से लोगों को दूर रखा जाये" । विभिन्न टीकाकारों की सम्मति का अभिप्राय यही है कि लोगों का भौतिक, नैतिक, आध्यात्मिक—सभी दृष्टियों से कल्याण करना ही लोगसंग्रह है । श्रीअरविंद ने आध्यात्मिक विकास को प्राथमिकता दी है । समाज सुधारकों ने जनसाधारण के भौतिक तथा नैतिक उत्थान को महत्त्व दिया है । अनेक वर्तमान लेखक पर्यावरण की शुद्धि के द्वारा लोकहित करने पर ज़ोर देते हैं । विभिन्न मतों का विवेचन देखें अध्याय ६ में ।

मानस में 'लोकसंग्रह' शब्द का स्थान लिया है 'जगमंगल' ने । यों तो मानस ने लोकहित का भाव प्रकट करने के लिए अनेक शब्दों का उपयोग किया है—जैसे सकलमंगल, सकल लोकहित, सर्वहित, जगत हित, संसार हित, विश्व उपकार आदि—फिर भी जगमंगल की विशेष महत्ता इस बात से सिद्ध होती है कि मानस की चार प्रसिद्ध घोषणाओं में यह शब्द प्रयुक्त हुआ है—

—राम कथा जगमंगल करनी । (*बालकाण्ड में*)

—राम जनमु जगमंगल हेतू । (*अयोध्याकाण्ड में*)

—जगमंगल गुन ग्राम राम के । (*बालकाण्ड में*)

—जगमंगल भल काजु विचारा । बेगिअ नाथ न लाइअ बारा ॥
(*अयोध्याकाण्ड में*)

प्रथम तीन घोषणाओं का अर्थ तो स्पष्ट है ही । चौथी घोषणा का आदेश यह है कि जगमंगलकारी कार्य के करने में विलम्ब नहीं करना चाहिए ।

विस्तृत विवरण छठे अध्याय में प्रस्तुत है ।

८. व्यावहारिक समदृष्टि

गीतामतानुसार सामाजिक विषमता—अर्थात् ऊँच-नीच की भेद-भावना—से लोकहित को बहुत हानि हुई है। गीता ने इसका उपाय सुझाया है—सबको ठीक प्रकार की शिक्षा देना, जिसका दायित्व माता-पिता पर तो है ही किंतु अन्ततोगत्वा शिक्षकों एवं पण्डितों पर है। इसलिए गीता ने विशेषरूप से यह आवश्यक समझा कि विद्वान् एवं पण्डित स्वयं अपने अन्दर समदृष्टि की ज्योति जगाएँ। गीता के श्लोक ५.१८ में समदृष्टि को पाण्डित्य के लक्षण के रूप में प्रस्तुत किया गया है—

विद्याविनयसम्पन्ने ब्राह्मणे गवि हस्तिनि।
शुनि चैव श्वपाके च पण्डिताः समदर्शिनः ॥ ५.१८ ॥

सरल भावार्थ—सच्चे पण्डित वही हैं जो विद्या और विनय से सम्पन्न ब्राह्मण, गाय, हाथी, कुत्ते और चाण्डाल—अर्थात् सब प्राणियों के प्रति समदृष्टि रखें।

गीता ने समदृष्टि को बहुत व्यापक और व्यावहारिक रूप दिया है। इस प्रसंग में दो बातें विशेषरूप से उल्लेखनीय हैं—

(अ) समदर्शी के लिए शत्रु भी मित्र-समान बन जाते हैं जैसा श्लोक १२.१८, १४.२५, ६.१ आदि में वर्णित है।

(आ) दैनिक आचरण पर समदृष्टि की छाप लगाना।

विस्तृत व्याख्या के लिए देखें अध्याय ७।

मानस ने भी समदृष्टि और परहित-भावना में मेल बैठाया है। उत्तरकाण्ड में श्रीराम समदर्शी व्यक्तियों को 'अभूत रिपु' बतलाते हैं अर्थात् वे किसी को शत्रु नहीं मानते, तथा वे दीनों पर दया करते हैं—

सम अभूतरिपु विमद बिरागी। लोभामरष हरष भय त्यागी ॥
कोमलचित दीनन्ह पर दाया। . . . .

इस विषय पर आगे विवेचन अध्याय ७ में है।

९. लोकहित-नाशक वृत्तियों के दोष-दर्शन

गीता यह चाहती है कि समाज के सभी सदस्य मिल-जुलकर ऐसा प्रयत्न करें कि लोकहित को हानि पहुँचाने वाली तामसिक या आसुरी वृत्तियाँ पनपने न पायें। इस प्रसंग में गीता ने पारस्परिक द्वेष तथा सामाजिक अन्याय की ओर विशेष ध्यान दिया है। उदाहरणः अन्याय से धनसंचय करने की हानिकारक स्थिति का वर्णन देखें श्लोक १६.१२ में—

आशापाशशतैर्बद्धाः कामक्रोधपरायणाः ।
ईहन्ते कामभोगार्थमन्यायेनार्थसंचयात् ॥ १६.१२ ॥

सरल भावार्थ—अन्यायपूर्वक अर्थसंचय की चेष्टा करने वाले व्यक्ति स्वयं तो कामना के जाल में फँसे हुए होते ही हैं, साथ में उनके काम-क्रोधादि के कारण सारे समाज का वातावरण भी दूषित हो जाता है ।

लोकहित-नाशक वृत्तियों से संबंधित गीता के अन्य प्रसंगों के लिए देखें अध्याय ८ ।

मानस ने लोकहित के प्रति उदासीन समाज का वर्णन बहुत ही रोचक एवं प्रभावशाली ढंग से, 'कलियुग' नाम से किया है । उत्तरकाण्ड में काकभुशुंडि गरुड़ से कहते हैं कि कपट, हठ, दंभ आदि के कारण समाज में द्वेष-भावना फैल जाती है—

सुनु खगेस कलि कपट हठ दंभ द्वेष पाषड ।

कलियुग के दोषों का एक अन्य रूप यह है कि शासक लोग न्याय के स्थान पर अधर्म का मार्ग अपनाते हैं और निरपराधी व्यक्तियों को दण्ड देते हैं—

नृप पाप परायन धर्म नहीं । करि दंड विडंब पूजा नितहीं ॥

कलियुग की गम्भीर दशा का वर्णन समाप्त करते हुए तुलसीदासजी वैर-विरोध की स्थिति के प्रति विशेष चिंता प्रकट करते हैं—

तामस बहुत रजोगुन थोरा । कलि प्रभाव विरोध चहुँ ओरा ॥

विरोध से कल्याण-हानि—यह चेतावनी बालकाण्ड में शिवजी देते हैं—

तदपि विरोध मान जहँ कोई । तहाँ गएँ कल्यानु न होई ॥

गीता की भाँति मानस का भी लक्ष्य यही है कि लोकहित में बाधक वृत्तियों को समूल नष्ट करने के लिए सामूहिक प्रयत्न किया जाए । विस्तृत विवेचन के लिए देखें अध्याय ८ ।

१०. लोकहितवर्धक गुणों की प्रशंसा

धर्मशास्त्र एवं नीतिशास्त्र के विद्वान् सद्‌गुणों को दो वर्गों में विभाजित करते हैं—

(अ) आत्मोद्धार में सहायक गुण जैसे सत्य, शौच, इंद्रियनिग्रह, दम आदि ।
(आ) लोकहितवर्धक गुण जैसे अहिंसा, दया, दान, अक्रोध आदि ।

वर्तमान प्रसंग लोकहितवर्धक गुणों की प्रशंसा से संबंधित है । यह तो सर्वविदित ही है कि महात्मा गांधी ने सत्याग्रह तथा अहिंसा का सिद्धान्त गीता से निकाला । गीता

में 'अहिंसा' शब्द चार बार प्रयुक्त हुआ है । दैवी संपत् में अहिंसा का महत्त्वपूर्ण स्थान है तथा अहिंसा को सात्त्विक तप का एक प्रमुख अंग भी बतलाया गया है । गीता ने दया, करुणा और दान की भी प्रशंसा की है । दान के विषय में गीता ने यह आदेश दिया है कि सुपात्र को दिया हुआ दान ही सात्त्विक दान हो सकता है । इस प्रकार गीता ने दान के माध्यम से लोकहितकार्य को आगे बढ़ाने की युक्ति बतलाई है जिसका उपयोग आचार्य विनोबा ने भूटान आन्दोलन के लिए किया । विस्तार के लिए देखें अध्याय ९ ।

तुलसीदासजी ने मानस के उत्तरकाण्ड में लोकहितवर्धक गुणों पर आधारित आदर्श समाज का भव्य चित्रण 'रामराज्य' के नाम से किया है । तुलसीदासजी कहते हैं कि रामराज्य में कोई 'शत्रु' नहीं है, इसलिए 'जीतो' शब्द केवल मन को जीतने के लिए प्रयुक्त होता है—

जीतहु मनहि सुनिअ अस रामचंद्र के राज ।

महात्मा गांधी का भी यह स्वप्न था कि स्वतंत्र भारत में 'रामराज्य' की स्थापना हो । इस प्रकार मानस में वर्णित रामराज्य का प्रेममय रूप वर्तमान काल के महान् नेता के द्वारा सम्मानित हुआ । मानस के बालकाण्ड की निम्नलिखित पंक्ति से भी स्वतंत्रता के लिए अहिंसक आन्दोलन करने वालों को प्रोत्साहन मिला—

पराधीन सपनेहुँ सुखु नाहीं ।

इस विषय से संबंधित विस्तृत विवेचन के लिए देखें अध्याय ८ तथा ९ ।

अध्याय ३

प्रभु-प्रणीत धर्म तथा सर्वहितप्राप्तिसाधन—मत्कर्म या रामकाज

अध्याय २ में यह बतलाया गया कि गीता तथा मानस द्वारा दिए गए लोकहित-संदेश की घोषणा करने में दस शब्दों या शब्द-समूहों का प्रमुख स्थान है । इन दस शब्दों में से प्रथम दो का विस्तृत विवेचन इस अध्याय में प्रस्तुत है । एक ही अध्याय में दो शब्दों पर साथ-साथ ध्यान देना इसलिए आवश्यक है कि इन दोनों शब्दों द्वारा दर्शित भावों का प्रभु या ईश्वर या अवतार से सीधा संबंध है । उदाहरणतः प्रभु-प्रणीत धर्म में दो भावों का समावेश है—प्रभु द्वारा सिखाया गया धर्म तथा प्रभु के उदाहरण पर आधारित धर्म । इसी प्रकार 'मत्कर्म' शब्द का भी ईश्वर से सीधा संबंध है क्योंकि प्रभु-प्रणीत धर्म का ही यह व्यावहारिक रूप है । गीता में जिसे 'मत्कर्म' अर्थात् 'मेरा काम' या 'ईश्वर का काम' कहा है, उसी को मानस ने 'रामकाज' कहकर पुकारा है । तात्पर्य यह है कि इस प्रकार के काम या काज के द्वारा ही सच्चा लोकहित प्राप्त हो सकता है और वही इन दोनों ग्रंथों में वर्णित ईश्वर-आधारित धर्म का वास्तविक लक्ष्य है ।

अवतार-घोषणा

गीता के श्रीकृष्ण तथा मानस के श्रीराम—ये दोनों प्रभु के अवतार हैं । वैदिक धर्म के अनुसार जब-जब समाज में अनीति और अन्याय बहुत अधिक बढ़ जाता है, तब-तब अवतार रूप में प्रकट होकर ईश्वर स्वयं, नीति और न्याय के लिए प्रयत्न करने वालों का साथ देता है । इस विचारधारा से संबंधित तीन महत्त्वपूर्ण बातों को स्पष्ट करना आवश्यक है । प्रथम तो यह कि ईश्वर के अवतार एक नहीं, अनेक होते हैं । इसलिए किसी एक अवतार को ही ''एकमात्र'' या '' अन्तिम'' अवतार समझना वैदिक धर्म के अनुकूल नहीं है । दूसरी महत्त्वपूर्ण बात यह है कि नीति और न्याय के लिए यथाशक्य मानव प्रयत्न तो लगातार होना ही चाहिए, क्योंकि इन्हीं प्रयत्नों को आगे बढ़ाने में इश्वरीय भी अवतार साथ देगा । इन्हीं प्रयत्नों का नाम है ''मत्कर्म'' या ''रामकाज'' । तीसरी महत्त्वपूर्ण बात यह है कि धर्मविषयक आचरण की कई बातें,

लम्बा समय बीतने पर, अप्रासंगिक हो जाती हैं और नए-नए अवतारों के द्वारा देश-काल-परिस्थिति के अनुकूल परिवर्तनों की आवश्यकता पर बल दिया जाता है । धर्म का मूल भाव शाश्वत रहते हुए भी उसका व्यावहारिक रूप बदलता रहता है अर्थात् प्राथमिकताएँ बदलती रहती हैं । गीता ने श्लोक २.४२ में उन व्यक्तियों को चेतावनी दी है जो कहते हैं ''नान्यदस्ति'' अर्थात् स्वर्गप्राप्ति की कामना के अतिरिक्त और कोई ध्येय नहीं है । तात्पर्य यह है कि चाहे वैदिक काल में सकाम कर्म की महत्ता रही हो, गीता काल तक पहुँचते-पहुँचते यह आवश्यक हो गया कि सकाम कर्म का स्थान निष्काम कर्म ले ले—अर्थात् धर्म का व्यावहारिक रूप बदले ।

गीता तथा मानस की अवतार-घोषणाओं का अध्ययन करने से पहले यह समझना उपयोगी है कि इन दोनों ग्रंथों ने अवतार से पूर्व की अधार्मिक परिस्थिति की कौन-सी बातों को विशेषरूप से बुरा बतलाया है । गीता के चार प्रसंग—जो निम्नलिखित श्लोकों में वर्णित है—इस प्रश्न का उत्तर देने में सहायक हैं—

(अ) कौरव-प्रसंग—श्लोक १.२३ तथा १.३६ से १.४६ तक ।
(आ) अवतार प्रसंग—श्लोक ४.७ तथा ४.८ ।
(इ) आसुरी संपत् प्रसंग—श्लोक १६.४ से १६.२३ तक ।
(ई) तमोगुण प्रसंग—अध्याय १७ तथा १८ में तामसिक बुद्धि आदि से संबंधित श्लोक ।

इन प्रसंगों का विस्तृत विवेचन आठवें अध्याय में दिया जाएगा । यहाँ संक्षेप में इतना लिखना पर्याप्त होगा कि दुर्योधनादि को गीता ने दूषित कर्म करने वाले (दुष्कृताम्), दुर्बुद्धि, लोभी, आसुरी, तामसी तथा आततायी (आततायिनः)—ऐसा कहा है । स्वामी चिद्भवानन्द ने लिखा है कि कौरवों ने प्रजा के प्रति तो अन्याय किया ही था, साथ ही उन्होंने पाण्डवों को मारने के लिए कई जाल रचे, उनको न्यायपूर्ण तरीके से राज्य का उचित भाग नहीं दिया और उनकी पत्नी द्रौपदी का तिरस्कार किया ।

अवतार से पूर्व की स्थिति का विस्तृत वर्णन जो मानस ने किया है उसका कुछ भाग यहाँ उद्धृत है । तुलसीदासजी ने राक्षसों के ''भ्रष्ट आचरण'' में से तीन पापों को पृथ्वी पर अधिक भार डालने वाले अर्थात् सामाजिक वातावरण को अत्यन्त दूषित करने वाले—ऐसा बतलाया है । ये तीन कुकर्म हैं—

(क) परद्रोह अर्थात् दूसरों का अनिष्ट करना
(ख) हिंसा
(ग) अनीति ।

अब मानस के प्रभावशाली शब्दों को देखें—

अस भ्रष्ट अचारा या संसारा धर्म सुनिअ नहिं काना ।
तेहि बहुविधि त्रासइ देस निकासइ जो कह वेद पुराना ॥
बरनि न जाइ अनीति घोर निसाचर जो करहिं ।
हिंसा पर अति प्रीति तिन्ह के पापहि कबनि मिति ॥
अतिसय देखि धर्म कै ग्लानी । परम समीत धरा अकुलानी ॥
गिरि सरि सिंधु भार नहिं माहीम । जस मोहि गरुअ एक परद्रोही ॥

अवतार से पूर्व की स्थिति के ज्ञान से एक लाभ यह होता है कि जिन पापों के कारण भगवान् ने अवतार लिया उन पापों से छुटकारा पाने वाले कर्म तो अवश्य ही प्रभु-प्रणीत धर्म के अंग बन जाते हैं । इस विचारधारा की गहराई में जाने से पहले गीता तथा मानस की अवतार घोषणा को देखना आवश्यक है ।

गीता की अवतार घोषणा दो श्लोकों में प्रस्तुत है—

यदा यदा हि धर्मस्य ग्लानिर्भवति भारत ।
अभ्युत्थानमधर्मस्य तदात्मानं सृजाम्यहम् ॥ ४.७ ॥

सरल भावार्थ—भगवान् कहते हैं कि जब-जब धर्म की ग्लानि होती है और अधर्म का अभ्युत्थान होता है, तब तब मैं अवतार लेता हूँ ।

परित्राणाय साधूनां विनाशाय च दुष्कृताम् ।
धर्मसंस्थापनार्थाय संभवामि युगे युगे ॥ ४.८ ॥

सरल भावार्थ—भगवान् कहते हैं कि मैं युग-युग में अवतार लेता हूँ और अवतार लेकर तीन प्रकार के कार्य करता हूँ—(अ) सज्जनों की रक्षा, (आ) दूषित कर्म करने वालों का नाश तथा (इ) धर्म का संस्थापन ।

मानस की अवतार घोषणा में—जो कि बालकाण्ड में है और जो गीता के समान ही है—गीता की अपेक्षा कुछ अधिक शब्दों का उपयोग हुआ है—

जब जब होइ धरम कै हानी । बाढ़हिं असुर अधम अभिमानी ॥
करहिं अनीति जाइ नहिं बरनी । सीदहिं विप्र धेनु सुर धरनी ॥
तब तब प्रभु धरि विविध सरीरा । हरहिं कृपानिधि सज्जन पीरा ॥
असुर मारि भापहिं सुरन्ह राखहिं निज श्रुति सेतु ।
जग विस्तारहिं विसद जस राम जन्म कर हेतु ॥
सोइ जस गाइ भगत भव तरहीं । कृपासिंधु जनहित तनु धरहीं ॥

उपरोक्त विवेचन के आधार पर प्रभु-प्रणीत धर्म के कुछ अंशों को समझा जा सकता है—जैसे कौरवों द्वारा किए गए अन्याय और दूषित कर्मों से दूर रहना । कौरवों के कुकर्मों का एक रूप था द्रौपदी का—स्त्रीजाति का—अपमान । इसलिए मानव-अपमान

को अपने व्यवहार में न आने देना धर्म का अंग बन जाता है । आचार्य विनोबा ने गीता के श्लोक ९.११–१३ से यह भाव निकाला है । गीता–प्रवचन तथा गीताई चिन्तनिका के कुछ शब्दों को देखें—

> ''साकार रूप में ईश्वरत्व का ग्रहण न होने के कारण मानव द्वारा उसका तिरस्कार हुआ करता है । अति–परिचय के कारण मानवरूपधारी ईश्वर की विशेष उपेक्षा होती है । ऐसी अवगणना करना आसुरी संपत्ति है । इसके विपरीत मानव में छिपा ईश्वररूप पहचान कर ईश्वरार्पण–बुद्धि से मानव–सेवा करते रहना दैवी संपत्ति है ।''
>
> (*गीताई चिन्तनिका* से)
>
> ''परमेश्वर क्या कहीं छिप कर बैठा है? . . . . भगवान् को कहीं से खोदकर थोड़े ही बाहर निकालना है । वह तो हमेशा हम सब के सामने और सर्वत्र खड़ा ही है । ये जितने लोग हैं सब परमात्मा की ही तो मूर्तियाँ हैं । भगवान् गीता के श्लोक ९.११ में कहते हैं—इस मानव रूप में प्रकटित हरि–मूर्ति का अपमान मत करो भाई । . . . . तुम जो कुछ सेवा–कार्य करो, उस सब का संबंध भगवान् से जोड़ दो । तुम राम के गुलाम हो जाओ, जैसा तुलसीदासजी ने कहा है—
>
> **को जानै को जैहै जमपुर को सुर–पुर पर–धाम को ।**
तुलसिहि बहुत भलो लागत जग जीवन राम–गुलाम को ॥''
>
> **(*गीता–प्रवचन* से)**

गीता में केवल सात सौ श्लोक हैं, इसलिए संक्षेप में दिए गए ज्ञान या परोक्ष रूप से वर्णित भाव को ठीक प्रकार से समझने के लिए आचार्य विनोबा जैसे विद्वानों का सहारा लेना उपयोगी है । श्लोक ४.३४ में इस तरीके से ज्ञान प्राप्त करने का उल्लेख है और इस प्रसंग में भगवान् ने कहा है कि ज्ञान प्राप्ति के लिए तीन बातें आवश्यक हैं—

(अ) प्रणिपात अर्थात् आदरपूर्ण व्यवहार
(आ) परिप्रश्न अर्थात् सही ज्ञान प्राप्त करने की इच्छा से किए गए प्रश्न
(इ) सेवा ।

यह ऊपर लिखा जा चुका है कि मानस ने अवतार घोषणा के लिए गीता की अपेक्षा अधिक शब्दों का प्रयोग किया है । गीता में ''जनहित'' और अवतार के पारस्परिक संबंध का संकेत है और मानस ने उसे स्पष्ट रूप से घोषित कर दिया है—

कृपासिंधु जन हित तनु धरहीं ।

इसके अतिरिक्त मानस के अन्य प्रसंगों में भी अवतार का लक्ष्य वर्णित है—जैसे अयोध्याकाण्ड में गुरु वसिष्ठ कहते हैं—

राम जनमु जगमंगल हेतू

इसी प्रकार प्रभु-प्रणीत धर्म के विषय में भी मानस ने यह स्पष्ट कर दिया है कि राक्षसों के कुकर्मों से बचाने वाले धर्म के कौन-कौन से अंग हैं, जैसे—

(क) परद्रोह से छुटकारा दिलाने वाला परहित-आधारित धर्म । उत्तरकाण्ड में श्रीराम भरत से कहते हैं—

पर हित सरिस धर्म नहिं भाई । पर पीड़ा सम नहिं अधमाई ॥
निर्नय सकल पुरान बेद कर । कहेउँ तात जानहिं कोविद् नर ॥

(ख) हिंसा से बचाने वाला अहिंसा-धर्म । उत्तरकाण्ड में ही काकभुशुंडि गरुड़ से कहते हैं—

परम धर्म श्रुति बिदित अहिंसा ।

(ग) अनीति से रक्षा करने वाला ध्रुवानीति-पालक धर्म । "ध्रुवानीति" शब्द गीता के अंतिम श्लोक में प्रयुक्त हुए हैं और मानस के उत्तरकाण्ड में भगवान् राम अयोध्यावासियों से कहते हैं—

जौं अनीति कछु भाषौं भाई । तौ मोहि बरजहु भय बिसराई ॥

अवतरित प्रभु के द्वारा विश्वसेवा की प्रेरणा—विविध प्रकारेण

गीता का मानस—दोनों ग्रंथों में, अवतरित प्रभु ने मानवमात्र को यह समझाने का प्रयत्न किया है कि बिना प्रत्युपकार की इच्छा के एक दूसरे का हित करना ही ईश्वर की पूजा है । भगवान् ने यह संदेश अनेक प्रकार से दिया है—पुनरुक्ति का दोष स्वीकार करके भी—इस विचार से कि भिन्न-भिन्न दृष्टिकोण वाले व्यक्तियों की भिन्न-भिन्न रुचियों को तृप्त करने की केवल यही विधि हो सकती है । भगवान् द्वारा प्रकटित भावों की झलक देखने के लिए पाँच चुने हुए प्रसंग यहाँ प्रस्तुत हैं जिनमें प्रभु-प्रणीत धर्म का मुख्य संदेश—अर्थात् विश्वसेवा का संदेश—सरल भाषा में व्यक्त किया गया है ।

(अ) **ईश्वर संसार-वृक्ष का मूल तथा पोषण-कर्ता है**

कुछ लोगों का यह विचार है कि ईश्वर, जगत् और जीव—इन तीनों में से जगत् की उपेक्षा करके जीव तथा ईश्वर के बीच सीधा संबंध स्थापित करने से ही ईश्वर की पूजा हो सकती है । ऐसा सोचने वाला व्यक्ति जगत्-हित के प्रति उदासीन हो सकता है, इसलिए गीता ने जगत् के प्रति आसक्ति-त्याग की सलाह दी है, न कि जगत्-हित-त्याग की । जगत् की उत्पत्ति ईश्वर से हुई है और वही जगत् का पालन-पोषण करता है—इसका एक रूपक यह है कि ईश्वर संसार-वृक्ष का मूल है । गीता के श्लोक १५.१ में प्रयुक्त शब्द 'ऊर्ध्वमूलं' के द्वारा यह भाव प्रकट किया गया है ।

तुलसीदासजी ने मानस के उत्तरकाण्ड में 'संसार-वृक्ष' के लिए 'संसार विटप' शब्द का प्रयोग किया है । वे कहते हैं कि संसार विटप ईश्वर की ही रचना है, इसलिए वन्दनीय है । ईश्वर नहीं चाहता कि राक्षसों के कुकर्मों के कारण संसार-तरु के अस्तित्व को ही खतरा हो जाए—इसलिए संसार के भार को हल्का करने के लिए प्रभु अवतार लेता है—

पल्लवत फूलत नवल नित संसार विटप नमामहे ।
अवतार नर संसार भार विभंजि दारुन दुख दहे ।
जय प्रनतपाल दयाल प्रभु संजुक्त सक्ति नमामहे ॥

जगत् के प्रति जीव क्या दृष्टि अपनाए—इस प्रश्न के कई उत्तर भारतीय दार्शनिकों ने दिए हैं । उदाहरणतः आदिशंकराचार्य द्वारा प्रतिपादित अद्वैत वेदान्त तथा मायावाद के सिद्धांत को संक्षेप में लिखने के लिए निम्नलिखित श्लोक का बहुधा उपयोग किया जाता है—

श्लोकार्धेन प्रवक्ष्यामि यदुक्तं ग्रंथकोटिभिः ।
ब्रह्म सत्यं जगन्मिथ्या जीवो ब्रह्मैव नापरः ॥

सरल भावार्थ—करोड़ों ग्रंथों में लिखे हुए ज्ञान का सार आधे श्लोक में इस प्रकार बोला जा सकता है—ब्रह्म सत्य है, जगत् मिथ्या है, और जीव तथा ब्रह्म एक हैं, दो नहीं ।

आचार्य विनोबा ने सुझाव दिया कि जगत् को 'मिथ्या' न समझकर 'स्फूर्ति' समझने से लोकहित के कार्यक्रमों को विशेष प्रोत्साहन मिल सकता है, इसलिए उन्होंने निम्नलिखित श्लोक सर्वोदय-कार्यकर्ताओं को ध्यान में रखकर लिखा—

वेदवेदान्तगीतानां विनुना सार उद्धृतः ।
ब्रह्म सत्यं जगत् स्फूर्तिः जीवनं सत्यशोधनम् ॥

सरल भावार्थ—विनु अर्थात् विनोबा ने वेद, वेदान्त तथा गीता का सार इस प्रकार प्रकट किया है—ब्रह्म सत्य है, जगत् स्फूर्ति है, और जीवन का लक्ष्य सत्य की खोज करना है ।

उपरोक्त दोनों श्लोकों में 'ब्रह्म सत्यं' शब्द प्रयुक्त हुए हैं । इस पुस्तक के लेखक का मत है कि 'ब्रह्म मूल' शब्द का प्रयोग करने से सेवा का संदेश और भी अधिक स्पष्ट किया जा सकता है । इस नए श्लोक की प्रथम पंक्ति आचार्य विनोबा के श्लोक के समान है क्योंकि संसार वृक्ष के भाव को भी वेदवेदान्तगीतासार कह सकते हैं । नए श्लोक की द्वितीय पंक्ति में जगत् को वृक्ष, ब्रह्म को मूल तथा जीव को उभयसेवक—यह नया भाव स्पष्टतया लिखा गया है । सेवा में लीन कार्यकर्ताओं की सेवा में

इस पुस्तक के लेखक (अर्थात् सत्य का) का निम्नलिखित श्लोक नम्रतापूर्वक प्रस्तुत है —

वेदवेदान्तगीतानां सत्येन सार उद्धृतः
ब्रह्म मूलं जगद् वृक्षो जीव उभयसेवकः ॥

सरल भावार्थ—सत्य (अर्थात् इस पुस्तक के लेखक) ने वेद, वेदान्त तथा गीता का सार इस प्रकार प्रकट किया है—ब्रह्म मूल है, जगत् वृक्ष है, और जीव का कर्तव्य उन दोनों की सेवा करना है ।

(आ) **विभूतियोग की शिक्षा—परोपकाराय सतां विभूतिः**

गीता में वर्णित विभूतियोग का सार ग्रहण करने के लिए श्लोक १०.४१ बहुत उपयोगी है—

यद्यद्विभूतिमत्सत्त्वं श्रीमदूर्जितमेव वा ।
तत्तदेवावगच्छ त्वं मम तेजोंऽशसंभवम् ॥ १०.४१॥

सरल भावार्थ—भगवान् कहते हैं कि विश्व की समस्त विभूति, कान्ति तथा शक्ति भगवान् की ही देन है ।

इसका तात्पर्य यह है कि जिस व्यक्ति को अन्य व्यक्तियों की अपेक्षा अधिक प्रतिभा, शक्ति या वैभव प्राप्त हो गया हो, उसे ईश्वर के प्रति कृतज्ञ होकर उस विभूतिविशेष का सदुपयोग ही करना चाहिए । यह संदेश गीता के श्लोक १८.७८ द्वारा भी मिलता है क्योंकि वहाँ 'भूति' तथा 'ध्रुवानीति' के साथ-साथ विद्यमान होने की घोषणा है । भूति तथा विभूति पर्यायवाची शब्द हैं, और ध्रुवानीति का पालन विभूति के सदुपयोग का सूचक है ।

विभूति के सदुपयोग का ही दूसरा नाम है—उस विभूति के द्वारा लोककल्याण के लिए प्रयत्न करना । बादल, नदी, वृक्ष आदि को देखकर पर-उपकार का संदेश ग्रहण करने का एक प्रसिद्ध उदाहरण निम्नलिखित श्लोक में देखें—

स्वयं न खादन्ति फलानि वृक्षाः ।
पिवन्ति नाम्भः स्वयमेव नद्यः ॥
धाराधरो वर्षति नात्महेतोः ।
परोपकाराय सतां विभूतिः ॥

सरल भावार्थ—वृक्ष अपने फल स्वयं नहीं खाते, नदियाँ अपना जल स्वयं नहीं पीतीं, बादल अपने पानी का उपयोग स्वयं नहीं करता—इसी प्रकार संत अपनी विभूति से पर-उपकार करते हैं ।

तुलसीदासजी ने गीता में लिखित विभूतियोग की शिक्षा को न केवल स्वयं अपनाया है बल्कि मानस के माध्यम से उस शिक्षा के प्रतिपालन का एक ज्वलंत उदाहरण भी संसार के सामने रख दिया है । इस विचार के दोनों पक्षों पर प्रकाश डालने वाले अनेक प्रसंग. हैं । पहले, भरत द्वारा उच्चरित अयोध्याकाण्ड के उन शब्दों को देखें जो गीता के श्लोक १०.४१ का सार प्रकट करते हैं—

संपति सब रघुपति कै आही ।

अब सुनें मानस में घोषित विभूति के सदुपयोग का संदेश । तुलसीदासजी ने मानस के आरम्भ में ही यह प्रभावशाली घोषणा की है कि कीर्ति, कविता (भनिति) और भूति (सम्पत्ति) वही उत्तम है जो गंगा नदी की भाँति सबका हित करने वाली हो—

कीरति भनिति भूति भलि सोई । सुरसरि सम सब कहँ हित होई ॥

और सर्वहित को ही तुलसीदासजी ने अपनी रचना का उद्देश्य बतलाया है—अनेकों प्रकार से—

कथा जो सकल लोकहित कारी ।
. . . .
रामकथा जगमंगल करनी । **(*बालकाण्ड* से)**
अब श्रीराम कथा अति पावनि ।
सदा सुखद दुख पुंज नसावनि ॥ **(*उत्तरकाण्ड* से)**
सकल सुमंगलदायक रघुनायक गुन गान । **(*सुंदरकाण्ड* से)**

(इ) **विश्वरूप का संदेश—निर्वैर रहो, सेवा करो**

भगवान् द्वारा विश्वरूपदर्शन का प्रसंग गीता तथा मानस—दोनों में वर्णित है । गीता में श्रीकृष्ण अर्जुन को विश्वरूप दिखलाते हैं जिसका अनोखा चित्र पाठकों की दृष्टि के समक्ष भी अध्याय ११ को पढ़कर आ जाता है । मानस में श्रीराम के द्वारा विश्वरूप दिखलाने का उल्लेख दो काण्डों में है—बालकाण्ड में माता कौशल्या को और उत्तरकाण्ड में काकभुशुंडि को । इन दोनों में से उत्तरकाण्ड का वर्णन अधिक विस्तृत है, और गीता से समानता प्रदर्शित करने के लिए यहाँ उसी का उपयोग किया जाएगा ।

विश्वरूपदर्शन के द्वारा अर्जुन को भगवान् की सर्वव्यापकता का अनुभव हुआ और वह बोला—

नान्तं न मध्यं न पुनस्तवादिं
पश्यामि विश्वेश्वर विश्वरूप ॥ ११.१६ ॥

सरल भावार्थ—अर्जुन ने कहा—हे विश्वेश्वर, हे विश्वरूप, मेरी दृष्टि में न आपका अंत है, न मध्य, न आदि ।

अर्जुन के वचनों के समान ही मानस में काकभुशुंडि के वचन हैं । उत्तरकाण्ड में काकभुशुंडि कहते हैं कि मुझे विश्वरूपदर्शन का जो अदभुत अनुभव हुआ, उसका वर्णन मैं नहीं कर सकता—

जो नहिं देखा नहिं सुना जो मनहूँ न समाइ ।
सो सब अद्‌भुत देखेउँ बरनि कवनि विधि जाइ ॥

गीता में विश्वरूपदर्शनयोग नामक ग्यारहवें अध्याय का अंतिम श्लोक क्या उपदेश देता है? ''निर्वैरः सर्वभूतेषु'' अर्थात् सब प्राणियों के प्रति निर्वैरभाव रखो । आचार्य विनाबा इस श्लोक पर अपनी टिप्पणी में लिखते हैं कि व्यापक विश्वरूपदर्शन का यह सहज फलित है ।

स्वामी रंगनाथानंद ईशावास्योपनिषत् के छठे मंत्र में प्रयुक्त शब्द ''ततो न विजुगुप्सते'' का अर्थ समझाते हुए लिखते हैं कि सब प्राणियों में एक ही आत्मा को देखने वाला व्यक्ति किसी से द्वेष नहीं करता क्योंकि द्वेष का मूल है पृथक्-भाव । यह पूरा मंत्र इस पुस्तक के प्रथम अध्याय में प्रस्तुत किया जा चुका है ।

मानस में भी काकभुशुंडि को अपना विश्वरूप दिखलाकर अंत में भगवान् ने दो विशेष बातें कहीं—

(अ) सब प्राणी ईश्वर की संतान हैं और सब पर ईश्वर की बराबर दया रहती है—

अखिल विस्व यह मोर उपाया । सब पर मोहि बराबरि दाया ॥

(आ) जो प्राणी ईश्वर के प्रति तथा सब प्राणियों के प्रति सेवाभाव रखता है वह ''सर्वभाव से भेजने वाला'' ईश्वर को परम प्रिय होता है—

पुरुष नपुंसक नारि वा जीव चराचर कोइ ।
सर्व भाव भज कपट तजि मोहि परम प्रिय सोइ ॥
सत्य कहउँ खग तोहि सुचि सेवक मम प्रानप्रिय ।

यह उल्लेखनीय है कि गीता के श्लोक १५.१९ में भी ''सर्वभावेन भजति''—इन शब्दों का प्रयोग हुआ है ।

(ई) अन्तर्यामी प्रभु की अनुमति या प्रेरणा—सर्वहित के लिए

कौन-सा कर्म प्रभु-प्रणीत धर्म के अनुकूल है और कौन-सा प्रतिकूल—इस प्रश्न का उत्तर देने के अनेकों प्रयत्न वैदिक धर्मग्रंथों ने किए हैं । महाभारत में यक्ष के प्रश्न का उत्तर युधिष्ठिर ने निम्नलिखित श्लोक के द्वारा दिया—

तर्कोऽप्रतिष्ठः श्रुतयो विभिन्नाः
नैको ऋषिर्यस्य वचः प्रमाणम् ।
धर्मस्य तत्त्वं निहितं गुहायाम्
महाजनो येन गतः स पन्थाः ॥

सरल भावार्थ—केवल तर्क पर भरोसा रखना ठीक नहीं, श्रुति अर्थात् वेदों में भी एक ही प्रश्न के कई उत्तर मिल सकते हैं, स्मृतियों में भी अनेक ऋषि हैं जिनमें से केवल एक का चयन करना कठिन है । इस प्रकार धर्म का तत्त्व मानो गुफा में छिपा हुआ है । धर्म का मार्ग समझने का सरल उपाय यह है कि महाजनों का अनुसरण किया जाए ।

उपरोक्त श्लोक में प्रयुक्त शब्द 'महाजन' का अर्थ अनेक विद्वानों ने 'महापुरुष' या 'श्रेष्ठ पुरुष'—इस प्रकार किया है किंतु अरविंद शर्मा की सम्मति में इसका अर्थ 'बहुमत' के रूप में लेना अधिक उपयोगी है ।

मनुस्मृति ने धर्म-निर्धारण के लिए चार लक्षणों का उल्लेख किया—

वेदः स्मृतिः सदाचारः स्वस्य च प्रियमात्मनः ।
एतच्चतुर्विधं प्राहुः साक्षाद् धर्मस्य लक्षणम् ॥

सरल भावार्थ—धर्म के चार प्रमुख लक्षण हैं—वेद, स्मृति, सदाचार तथा जो अपनी अन्तरात्मा को उचित लगे ।

उपरोक्त उदाहरणों से यह स्पष्ट हो जाता है कि वैदिक परम्परा धर्म-लक्षणों के विषय में उदार दृष्टि अपनाती है । गीता ने भी कार्य-अकार्य के बीच निर्णय लेने के लिए कई मापदण्ड सुझाए हैं जिनमें से साधक अपनी रुचि तथा देश-काल-पौरुष को ध्यान में रखते हुए चयन कर सकते हैं । उदाहरणतः महात्मा गांधी ने समाज की निःस्वार्थ सेवा तथा अहिंसा का मार्ग अपनाया जिसका समर्थन गीता में वर्णित, निम्नलिखित दो मापदण्डों से हुआ—

(क) कर्मफलत्याग अथवा अनाशक्ति या निष्काम भावना
(ख) अन्तर्यामी प्रभु की अनुमति ।

पहले मापदण्ड—अर्थात् कर्मफलत्याग—का विस्तृत विवेचन छठे अध्याय में प्रस्तुत किया जाएगा । दूसरे मापदण्ड—अर्थात् अन्तर्यामी प्रभु की अनुमति—का भाव समझने के लिए गीता का श्लोक १३.२२ प्रासंगिक है । पहले इस श्लोक के शब्दों को देखें—

उपद्रष्टानुमन्ता च भर्ता भोक्ता महेश्वरः ।
परमात्मेति चाप्युक्तो देहेऽस्मिन्पुरुषः परः ॥ १३.२२ ॥

सरल भावार्थ—प्रत्येक प्राणी के देह में स्थित परमात्मा का उत्तरोत्तर अनुभव करने

के लिए पाँच अवस्थाओं को समझना उपयोगी है—उपद्रष्टा, अनुमंता, भर्ता, भोक्ता, महेश्वर ।

आचार्य विनोबा ने इन पाँचों अवस्थाओं को सरल भाषा में इस प्रकार समझाया है—

> ''प्रथम अवस्था में मनुष्य साधारण क्रियाओं में ही तल्लीन रहता है । आध्यात्मिक विकास का आरम्भ अभी नहीं हुआ है । इस अवस्था में आत्मा सिर्फ देखता रहता है । इस स्थिति को 'उपद्रष्टा' कहा है अर्थात् साक्षी रूप से सब देखने वाला ।
>
> ''द्वितीय अवस्था में मनुष्य की नैतिक भूमिका शुरू होती है । स्वच्छंदता की जगह संयम आता है । जब जीव इस नैतिक भूमिका में आता है तब आत्मा केवल देखता नहीं, बल्कि भीतर से अनुमोदन देता है—'शाबास', 'खूब', ऐसी आवाज़ अंदर से आती है । अब वह केवल 'उपद्रष्टा' न रहा, 'अनुमन्ता' हो गया ।
>
> ''तृतीय अवस्था कर्मयोग में प्रगति की सूचक है । सत्कर्म होते-होते जब चित्त के स्थूल मल धुल जाते हैं और सूक्ष्म मल धुलने का समय आता है, और जब उसके सारे प्रयत्न थकने लगते हैं, तब जीव परमात्मा को पुकारता है और परमात्मा 'अभी आया' कहकर दौड़ आता है । इस अवस्था में परमात्मा 'भर्ता' होता है अर्थात् सब तरह सहायक ।
>
> ''चतुर्थ अवस्था कर्म–सर्म्पण की सूचक है । इस अवस्था में भक्त सारा फल-लाभ परमात्मा को अर्पण कर देता है । 'उपद्रष्टा', 'अनुमन्ता', 'भर्ता'—इन स्वरूपों में प्रतीत होने वाला परमात्मा अब 'भोक्ता' हो जाता है । अब जीव उस भूमिका में आ जाता है जब परमात्मा ही इस शरीर में भोगों को भोगता है ।
>
> ''पंचम अवस्था सम्पूर्ण समर्पण की सूचक है । इस अवस्था में कर्म का संकल्प करने वाला भी परमेश्वर हो जाता है । तमाम संकल्प प्रभु के अर्पण करने से सारा जीवन हरिमय हो जाता है । कर्मयोग तथा भक्तियोग रूपी दोनों पंखों से उड़ता हुआ साधक अंतिम मंज़िल तक पहुँच जाता है जहाँ प्रभु ही उसके जीवन का 'महेश्वर' हो जाता है ।''

''रामचरितमानस'' अर्थात् अपनी रचना के विषय में तुलसीदासजी लिखते हैं कि उनका यह प्रयास श्रीहरि की प्रेरणा से ही आरम्भ हुआ है और इसलिए यह रचना 'सकल जन रंजनि' अर्थात् सबको आनन्द प्रदान करने वाली बनेगी—

जस कछु बुधि विवेक बल मोरें । तस कहिहउँ हियँ हरि के प्रेरें ॥
बुध विश्राम सकल जन रंजनि । रामकथा कलि कलुष विभंजनि ॥

"अन्तर्यामी प्रभु की प्रेरणा'' के लिए किशोर लाल मशरूवाला ने 'गांधी विचार दोहन' में ''अंतःकरण की आवाज़''—ऐसे शब्दों का प्रयोग भी किया है । उन्होंने लिखा

है कि विरोधी के हृदय को 'अंतःकरण की आवाज़' के प्रति जागृत करना प्रत्येक सत्याग्रह का साध्य है ।

अन्तर्यामी प्रभु की प्रेरणा से महत्त्वपूर्ण निर्णय लेने का एक सुविख्यात अवसर श्रीअरविंद के जीवन में भी आया था । उन्होंने स्वयं लिखा है कि सन् १९१० में राजनीति छोड़कर पूर्णयोग की साधना में लीन होने का ''आदेश'' उनको ईश्वर से मिला । श्रीअरविंद ने इस आदेश का पालन किया और धीरे-धीरे पांडुचेरी में योगारूढ़-अवस्था अर्थात् जीवन्मुक्तावस्था में प्रवेश करके वे लोककल्याण के कार्यों में न केवल स्वयं लीन रहे बल्कि अपने अनुयायियों के द्वारा भी उन्होंने ऐसे सत्कार्य करवाए ।

(उ) **गीता में पुरुषोत्तम, मानस में मर्यादा पुरुषोत्तम**

श्रीअरविंद का मत है कि गीता–वर्णित पुरुषोत्तम योग ने विश्वसेवा का संदेश बहुत ही प्रभावशाली ढंग से दिया है । पुरुषोत्तम योग गीता के अध्याय १५ का शीर्षक है । इस अध्याय का आरम्भ संसार-वृक्ष से होता है जिसका उल्लेख इस पुस्तक के इसी अध्याय में किया जा चुका है । गीता के अध्याय १५ का अंत पुरुषोत्तम योग की विशेषता से होता है क्योंकि इस योग के अनुसार सारे विश्व का भरण-पोषण करने वाला परमात्मा क्षर और अक्षर से भी अधिक उत्तम है । श्रीअरविंद की व्याख्या पढ़ने से पहले गीता के श्लोक १५.१७-१८ के शब्दों को देखना उपयोगी है । श्लोक १५.१७ के शब्द इस पुस्तक के अध्याय २ में लिखे जा चुके हैं, इसलिए यहाँ केवल १५.१८ प्रस्तुत है—

यस्मात्क्षरमतीतोऽहमक्षरादपि चोत्तमः ।
अतोऽस्मि लोके वेदे च प्रथितः पुरुषोत्तमः ॥ १५.१८ ॥

सरल भावार्थ—भगवान् कहते हैं कि परमात्मा का 'पुरुषोत्तम' नाम इसलिए प्रसिद्ध हो गया है क्योंकि इस नाम से यह स्पष्ट हो जाता है कि परमात्मा, क्षर और अक्षर—दोनों से अधिक उत्तम है ।

अब श्रीअरविंद द्वारा प्रकटित गूढ़ विचारों को सरल भाषा में लिखने की आवश्यकता है । ये विचार उन्होंने ''गीता पर निबंध'' के रूप में अंग्रेजी भाषा में लिखे थे । श्रीअरविंद कहते हैं कि यदि हम ईश्वर के सर्वोत्तम स्वरूप को 'अक्षर ब्रह्म' समझें जो जगत् से परे और निर्लिप्त है, तो कुछ साधक जगत् की उपेक्षा करने की ओर झुकेंगे । ईश्वर को पुरुषोत्तम समझने पर जगत् की उपेक्षा करना अनुचित दिखलाई देता है क्योंकि मानो ईश्वर हम से यह कह रहा है—मैं स्वयं सारे विश्व का पालन-पोषण कर रहा हूँ । मैं ही तुम्हारे हृदय में अंतर्यामी रूप से स्थित होकर तुम्हें सत्कर्म करने की प्रेरणा दे रहा हूँ । कर्म करो—अपने स्वार्थ के लिए नहीं, बल्कि ईश्वर के लिए अर्थात् जगत् के भले के लिए । ऐसा कर्म आरम्भ में तुम्हारी साधना का रूप लेगा । बाद में जब तुम्हारी साधना परिपक्व हो जाएगी, अर्थात् तुम जीवन्मुक्त हो जाओगे,

तब ऐसा कर्म तुम्हारे लिए सहज हो जाएगा । पूर्णयोगी बनने के बाद तुम्हें साधारण जनता के स्तर पर लौटना होगा क्योंकि तुम्हें केवल व्यक्तिगत मुक्ति के लिए नहीं, बल्कि सर्वमुक्ति के लिए प्रयत्न करना है । ("ऐसेज़ ऑन दि गीता" के शब्दों का सरल भावार्थ)

मानस में पुरुषोत्तम योग से समानता प्रदर्शित करने वाले प्रसंग दो प्रकार के हैं । प्रथम तो यह कि बालकाण्ड में पार्वतीजी को रामकथा सुनाने का आरम्भ करते हुए शिवजी ने ईश्वर के लिए 'पुरुष प्रसिद्ध' शब्दों का उपयोग किया है । द्वितीय प्रकार के प्रसंगों में—जो अनेक हैं—तुलसीदासजी ने 'प्रभुता' के साथ-साथ 'मर्यादा' को मिला दिया है । इन प्रसंगों का महत्त्व इस बात से सिद्ध होता है कि श्रीराम को सभी 'मर्यादा पुरुषोत्तम' के रूप में याद करते हैं । इसका तात्पर्य यह है कि श्रीराम ने वैदिक धर्म के अनुसार अपना जीवन व्यतीत करके उच्चतम व्यावहारिक आदर्श स्थापित कर दिया । ऐसा भाव प्रदर्शित करने वाले प्रसंगों में से कुछ का उल्लेख यहाँ किया जाएगा । इन प्रसंगों को लिखने से पहले गुरु वसिष्ठ के उन वचनों की ओर ध्यान दिलाना आवश्यक है जिनमें उन्होंने 'मर्यादा पालन' और 'जगमंगल'—इन दोनों को श्रीराम-अवतार के साथ जोड़ा है अर्थात् श्रीराम को सेतु-पालक भी और जगमंगलकारी भी बतलाया है (सेतु और मर्यादा पर्यायवाची हैं)—

सत्यसंध पालक श्रुति सेतू । राम जनमु जगमंगल हेतू ॥

बचपन से ही श्रीराम ने अपने प्रेमपूर्ण एवं सुशील व्यवहार से माता-पिता-गुरु-बन्धु-सखा तथा अयोध्या के सभी लोगों को सुख पहुँचाया, जैसा कि बालकाण्ड में वर्णित है—

कोसलपुर वासी नर नारि वृद्ध अरु बाल ।
प्रानहु ते प्रिय लागत सब कहुँ राम कृपाल ॥
अनुज सखा सँग भोजन करहीं । मातु पिता अग्या अनुसरहीं ॥
जेहि विधि सुखी होहिं पुर लोगा । करहिं कृपानिधि सोइ संजोगा ॥
वेद पुरान सुनहिं मन लाई । आपु कहहिं अनुजन्ह समुझाई ॥
प्रातकाल उठि कै रघुनाथा । मातु पिता गुरु नावहिं माथा ॥
आयसु मागि करहिं पुर काजा । देखि चरित हरषइ मन राजा ॥

बड़े होने पर जब राम-लक्ष्मण ऋषि विश्वामित्र के साथ जनकपुर पहुँचे, तब विश्वामित्रजी ने भी उनको 'धर्म की मर्यादा का पालन करने वाले' कहकर सम्बोधित किया—

सुनि मुनीसु कह वचन सप्रीती । कस न राम तुम्ह राखहु नीती ॥
धरम सेतु पालक तुम्ह ताता । प्रेम विवस सेवक सुखदाता ॥

विवाह के बाद जब सीता ने जनकपुरी से विदा होकर राम के साथ अयोध्या के लिए प्रस्थान किया तब जनकपुरी के नर–नारी तो व्याकुल हुए ही, साथ में वहाँ के पशु–पक्षी भी सीता के वियोग के कारण बहुत दुखी हुए ।

प्रेम विवस नर नारि सब सखिन्ह सहित रनिवासु ।
मानहुँ कीन्ह विदेहपुर करुनाँ बिरहँ निवासु ॥
सुक सारिका जानकी ज्याए । कनक पिंजरन्हि राखि पढ़ाए ॥
व्याकुल कहहिं कहाँ वैदेही । सुनि धीरजु परिहरइ न केही ॥
भए विकल खग मृग एहि भाँति । मनुज दसा कैसें कहि जाती ॥

जब मंथरा ने कैकेयी को राम के विरुद्ध भड़काना आरम्भ किया, तब कैकेयी ने भी राम और सीता के प्रति अपना विश्वास प्रकट किया ।

जौं विधि जनमु देइ करि छोहू । होहुँ राम सिय पूत पुतोहू ॥
प्रान तें अधिक रामु प्रिय मोरें । तिन्ह कें तिलक छोभु कस तोरें ॥

राजा दशरथ ने भी कैकेयी से कहा कि राम तो शत्रुओं का भी अनहित नहीं कर सकते, फिर तुम्हारा अनहित वे कैसे कर सकते हैं?

जासु सुभाउ अरिहि अनुकूला । सो किमि करिहि मातु प्रतिकूला ॥

राम ने कैकेयी को विश्वास दिलाया कि माता–पिता की आज्ञा का पालन करना उनकी दृष्टि में परम धर्म है ।

सुनु जननी सोइ सुतु बड़भागी । जो पितु मातु वचन अनुरागी ॥
तनय मातु पितु तोषनिहारा । दुर्लभ जननि सकल संसारा ॥
मुनिगन मिलनु विसेषि बन सबहि भाँति हित मोर ।
तेहि महँ पितु आयसु बहुरि संमत जननी तोर ॥

जब राम ने सीता का आग्रह मानकर उनके वन जाने के लिए सहमति दे दी तब सीता ने कौशल्याजी से क्षमा–याचना करते हुए विदा ली ।

तब जानकी सासु पग लागी । सुनिअ माय मैं परम अभागी ॥
सेवा समय दैअँ वन दीन्हा । मोर मनोरथु सफल न कीन्हा ॥
. . . .
सीतहि सासु असीस सिख दीन्हि अनेक प्रकार ।
चली नाइ पद पदुम सिरु अति हित बारहिं बार ॥

जब राम–सीता–लक्ष्मण ने वन के लिए प्रस्थान किया तब अयोध्या के नर–नारियों की तो बात ही क्या, पशु–पक्षी भी अत्यन्त व्याकुल हुए ।

हय गय कोटिन्ह केलिमृग पुरपसु चातक मोर ।
पिक रथांग सुक सारिका सारस हंस चकोर ॥
राम वियोग विकल सब ठाढ़े । जहँ तहँ मनहुँ चित्र लिखि काढ़े ॥

राम-सीता-लक्ष्मण ने अपने आदर्श व्यवहार के द्वारा वन-वासियों के साथ प्रेम का सम्बन्ध स्थापित किया । गंगा-तट-वासी निषादराज गुह को राम ने 'सुजान सखा' कहकर सम्बोधित किया और उसे अपने पास बैठाकर कुशल पूछी ।

यह सुधि गुहँ निषाद जब पाई । मुदित लिए प्रिय बंधु बोलाई ॥
. . . .
सहज सनेह विवस रघुराई । पूँछी कुसल निकट बैठाई ॥

केवट की नाव से गंगा पार करने का प्रसंग तो राम-भक्तों को विशेष प्रिय है । जो प्रभु भक्तों को भवसागर पार करवाते हैं, वही केवट के साथ प्रेम-लीला करते हैं ।

सुनि केवट के बैन प्रेम लपेटे अटपटे ।
विहसे करुनाऐन चितइ जानकी लखन तन ॥
कृपासिंधु बोले मुसुकाई । सोइ करु जेहिं तव नाव न जाई ॥
. . . .
बहुत कीन्ह प्रभु लखन सियँ नहि कछु केवटु लेइ ।
विदा कीन्ह करुनायतन भगति विमल बरु देइ ॥

सीताजी का वन के गाँवों की स्त्रियों के साथ इतना मधुर व्यवहार था कि उन्होंने यह इच्छा प्रकट की कि लौटते समय भी वे इसी रास्ते जाएँ ।

सीय समीप ग्रामतिय जाहीं । पूँछत अति सनेहँ सकुचाहीं ॥
बार बार सब लागहिं पाएँ । कहहिं वचन मृदु सरल सुभाएँ ॥
. . . .
सुनि सनेहमय मंजुल बानी । सकुची सिय मन महुँ मुसुकानी ॥
. . . .
सकुचि सप्रेम बाल मृग नयनी । बाली मधुर वचन पिकवयनी ॥
सहज सुभाय सुभग तन गोरे । नामु लखनु लघु देवर मोरे ॥
बहुरि बदनु बिधु अंचल ढाँकी । पिय तन चितइ भौंह करि बाँकी ॥
खंजन मंजु तिरीछे नयननि । निज पति कहेउ तिन्हहि सियँ सयननि ॥
भईं मुदित सब ग्रामवधूटीं । रंकन्ह राय रासि जनु लूटीं ॥
. . . .
पुनि पुनि विनय करिअ कर जोरी । जौं एहि मारग फिरिअ बहोरी ॥

चित्रकूट में दो कुटियाँ बनाकर जब राम–सीता एवं लक्ष्मण वहाँ रहे, तब सीताजी ने मुनियों की स्त्रियों को सास के समान आदर दिया और पशु–पक्षियों को अपना कुटुम्बी समझा ।

परनकुटी प्रिय प्रियतम संगा । प्रिय परिवारु कुरंग विहंगा ॥
सासु ससुर सम मुनितिय मुनिवर । असनु अमिअ सम कंद मूल फर ॥

राम–भरत–मिलन के समय राजा जनक भी सपरिवार चित्रकूट पहुँचे । अपनी पुत्री सीता को तपस्विनी–वेष में देखकर जनकजी को उनके प्रति विशेष प्रेम हुआ और उन्होंने कहा कि बेटी! तूने दोनों कुल पवित्र कर दिए—

तापस वेष जनक सिय देखी भयउ पेमु परितोषु विसेषी ॥
पुत्रि पवित्र किए कुल दोऊ । सुजस धवल जगु कह सबु कोऊ ॥

धर्म–नीति–व्यवहार—सभी दृष्टिकोणों से चित्रकूट का मिलन तथा विचार–विनिमय बहुत महत्त्वपूर्ण था । तुलसीदासजी कहते हैं कि कठिन समस्याओं को सुलझाने के लिए श्रीराम द्वारा दिए गए सुझाव सबको अच्छे लगे क्योंकि वे देश, काल, अवसर और समाज के अनुकूल थे ।

देखि दयाल दसा सबही की । राम सुजान जानि जन जी की ॥
धरम धुरीन धीर नय नागर । सत्य सनेह सील सुख सागर ॥
देसु कालु लखि समउ समाजू । नीति प्रीति पालक रघुराजू ॥
बोले वचन वानि सर बसु से । हित परिनाम सुनत ससि रसु से ॥

सीता को खोजते हुए राम–लक्ष्मण शबरी के आश्रम में गए । यद्यपि शबरी ने अपने आपको एक मन्दबुद्धि स्त्री समझा किन्तु राम ने उन्हें विश्वास दिलाया कि वे तो केवल भक्ति का ही सम्बन्ध मानते हैं ।

पानि जोरि आगें भइ ठाढ़ी । प्रभुहि विलोकि प्रीति अति बाढ़ी ॥
केहि विधि अस्तुति करौं तुम्हारी । अधम जाति मैं जड़मति भारी ॥
कह रघुपति सुनु भामिनि बाता । मानउँ एक भगति कर नाता ॥

भक्त इस बात से बहुत प्रेरणा लेते हैं कि राम ने शबरी के झूठे बेर खाए । मानस में तुलसीदासजी ने लिखा है कि शबरी द्वारा अर्पित फलों को प्रभु ने बार–बार प्रशंसा करके प्रेम सहित खाया ।

कुद मूल फल सुरस अति दिए राम कहुँ आनि ।
प्रेम सहित प्रभु खाए बारंबार बखानि ॥

तुलसीदासजी ने श्रीराम को 'शीलनिधान स्वामी' कहकर उनके बड़प्पन के गुण इसलिए गाए हैं कि उन्होंने बन्दरों को भी अपने समान समझा ।

प्रभु तरु तर कपि डार पर ते किए आपु समान ।
तुलसी कहूँ न राम से साहिब सीलनिधान ॥

सुग्रीव से मित्रता करते समय राम ने सच्चे मित्र के लक्षण बतलाए और इस बात पर बल दिया कि दुःख और विपत्ति के समय ही मित्रता की परख होती है ।

जे न मित्र दुख होहिं दुखारी । तिन्हहि बिलोकत पातक भारी ॥
कुपथ निवारि सुपंथ चलावा । गुन प्रगटै अवगुनन्हि दुरावा ॥
देत लेत मन सक न धरई । बल अनुमान सदा हित करई ॥
बिपति काल कर सतगुन नेहा । श्रुति कह संत मित्र गुन एहा ॥

भारत-लंका के बीच जब सेतु-रचना पूरी हो गई, तब श्रीराम ने शिवलिंग की स्थापना करके यह महत्त्वपूर्ण घोषणा की कि रामभक्ति और शिवभक्ति में कोई भेद नहीं समझना चाहिए । विभिन्न धर्मों एवं सम्प्रदायों के बीच पारस्परिक मेल-जोल बढ़ाने के लिए मानस के कई प्रसंग बहुत उपयोगी हैं । रामेश्वर-स्थापना के समय स्वयं श्रीराम ने सबको इस आशय का सन्देश दिया ।

सिव द्रोही मम भगत कहावा । सो नर सपनेहुँ मोहि न पावा ॥
संकर बिमुख भगति चह मोरी । सो नारकी मूढ़ मति थोरी।
संकर प्रिय मम द्रोही सिव द्रोही मम दास ।
ते नर करहिं कलप भरि घोर नरक महुँ बास ॥

राम-रावण युद्ध के समय रावण ने विभीषण को मारने के लिए प्रचण्ड शक्ति छोड़ी किन्तु श्रीराम ने विभीषण को पीछे कर लिया और प्रहार स्वयं अपने ऊपर लिया ।

पुनिदसकंठ क्रुद्ध होइ छाँड़ी सक्ति प्रचंड ।
चली बिभीषन सन्मुख मनहुँ काल कर दंड ॥
आवत देखि सक्ति अति घोरा । प्रनतारनि भंजन पन मोरा ॥
तुरत बिभीषन पाछें मेला । सन्मुख राम सहेउ सोइ सेला ॥

राम ने रावण के विरुद्ध युद्ध में विजय प्राप्त करने का श्रेय स्वयं न लेकर भालुओं और वानरों को दिया । विभीषण से कहकर उन्होंने सबको गहने, कपड़े आदि दिलवाए और युद्ध में दिखलाई हुई वीरता के लिए उनकी प्रशंसा की ।

भालु कपिन्ह पट भूषन पाए । पहिरि पहिरि रघुपति पहिं आए ॥
नाना जिनस देखि सब कीसा । पुनि पुनि हँसत कोसलाधीसा ॥
चितइ सबन्हि पर कीन्ही दाया । बोले मृदुल बचन रघुराया ॥
तुम्हरें बल मैं रावनु मार्यो तिलक बिभीषन कहँ पुनि सार्यो ॥

अयोध्या लौटने पर श्रीराम ने पहले गुरु–वन्दना की और फिर भरत से मिले। सीताजी ने अपनी तीनों सासुओं का चरण–स्पर्श किया। सबको यथायोग्य सम्मान देना भी मर्यादा-पालन का एक प्रमुख अंग है, जिसे श्रीराम और सीताजी ने पूरी तरह निभाया।

धाइ धरे गुर चरन सरोरुह। अनुज सहित अति पुलक तनोरूह॥

. . . .

गहे भरत पुनि प्रभु पद पंकज। नमत जिन्हहि सुर मुनि संकर अज॥

. . . .

सीता चरन भरत सिरु नावा। अनुज समेत परम सुख पावा॥

. . . .

सासुन्ह सबनि मिली बैदेही। चरनन्हि लागि हरषु अति तेही॥

. . . .

अमित रूप प्रगटे तेहि काला। जथाजोग मिले सबहि कृपाला॥

सर्वहितप्राप्तिसाधन

इस अध्याय के अब तक के विवेचन ने यह स्पष्ट किया कि चाहे अवतारघोषणा को लें या विभूतियोग, विश्वरूपदर्शन योग मर्यादा पुरुषोत्तम प्रसंग आदि किसी भी विचार को लें, 'सर्वहित' की स्थापना ही प्रभु–प्रणीत धर्म का मुख्य उद्देश्य है। दूसरी ओर यह भी ध्यान में रखना आवश्यक है कि प्रत्येक व्यक्ति के लिए व्यावहारिक साधन है 'स्वधर्म' का आचरण। इस शंका को दूर करने के लिए कि क्या 'सर्वहित' जैसा विशाल आदर्श 'स्वधर्म' के द्वारा प्राप्त हो सकता है, भगवान् ने 'मत्कर्म' शब्द का प्रयोग करके साधन और साध्य को जोड़ दिया है। मत्कर्म का अर्थ है 'मेरा काम' या 'ईश्वर का काम'। तात्पर्य यह है कि जब 'स्वधर्म' का आचरण 'सर्वहित' की भावना से किया जाता है, तब वह 'मत्कर्म बन जाता है। जो स्थान गीता में 'मत्कर्म' का है, वही स्थान मानस में 'रामकाज' का है। अब इन दोनों महत्त्वपूर्ण शब्दों पर क्रमशः ध्यान दें।

गीता में मत्कर्म

गीता में भगवान् ने 'मत्' के साथ अनेक शब्दों का—एक-एक करके प्रयोग किया है, जिनमें से दस निम्नलिखित हैं—अर्पण, आश्रम, कर्म, चित्त, परायण, प्रसाद, भक्ति, भाव, मन, योग। इस प्रकार बने संयुक्त शब्दों में से, आचार्य विनोबा ने 'विश्वसेवा' के प्रतीक के रूप में 'मत्कर्म' को विशेष महत्ता दी है। स्वयं भगवान् द्वारा कृत 'विश्वसेवा' का ही दूसरा नाम है 'लोकसंग्रह' जिसका विस्तृत विवेचन छठे अध्याय में प्रस्तुत किया जाएगा।

मानस में रामकाज

तुलसीदासजी ने गीतोक्त 'मत्कर्म' का भाव प्रकट किया है ''रामकाज'' शब्द के द्वारा— क्योंकि जैसा उन्होंने विनयपत्रिका में लिखा है, राम के साथ जुड़ना ही उत्तमता की कसौटी है—

नाते नेह राम सौं मनियत सुहृद सुसेव्य जहाँ लौं ।

व्यावहारिक दृष्टि से 'रामकाज' का अर्थ है—लोककल्याण के लिए किया गया कर्म । लंकाकाण्ड में श्रीराम अंगद से कहते हैं—

काजु हमार तासु हित होई ।

अर्थात् 'मेरा काम' और 'रावण का हित'—इन दोनों को साथ-साथ पूरा करने का प्रयत्न करना ।

रामकाज में निरन्तर लगे हुए हैं हनुमान्जी जिनकी वंदना करते हुए तुलसीदासजी ने विनयपत्रिका में लिखा है—

मंगल मूरति मारुति नंदन । सकल अमंगल-मूल निकंदन ॥
. . . .
लोकगन-शोक-संतापहारी ।
. . . .
जगदार्तिहर्ता . . . कल्याण कर्ता ॥

मानस में वर्णित हनुमान्जी द्वारा कृत सेवा का विश्व-व्यापक रूप किष्किन्धाकाण्ड की निम्नलिखित पंक्तियों से स्पष्ट होता है—

सेवक प्रिय अनन्य गति सोऊ ।
सो अनन्य जाकें असि मति न टरइ हनुमंत ।
मैं सेवक सचराचर रूप स्वामि भगवंत ॥

किष्किन्धाकाण्ड में ही जाम्बवान् ने हनुमान्जी को याद दिलाया—

कवन सो काज कठिन जग माहीं । जो नहिं होइ तात तुम्ह पाहीं ।
राम काज लगि तव अवतारा । . . . .

जब हनुमान्जी आकाशमार्ग से लंका जा रहे थे, तब समुद्र ने मैनाक पर्वत से कहा कि तुम इनको अपने ऊपर थोड़ा विश्राम करने के लिए कहो । हनुमान्जी ने मैनाक पर्वत को आदरपूर्वक छुआ और कहा कि रामकाज को पूरा किए बिना मैं विश्राम कैसे कर सकता हूँ ।

जलनिधि रघुपति दूत बिचारी । तै मैनाक होहि श्रमहारी ॥
हनूमान तेहि परसा कर पुनि कीन्ह प्रनाम ।
राम काजु कीन्हें बिनु मोहि कहाँ बिश्राम ॥

देवताओं ने सर्पों की माता सुरसा से कहा कि तुम हनुमान् के बल-बुद्धि की परीक्षा लो । परीक्षा में हनुमान्‌जी खरे उतरे । तब सुरसा ने उनको आशीर्वाद दिया और बताया कि मुझे देवताओं ने भेजा था । सुरसा ने यह विश्वास प्रकट किया कि तुम रामकाज करने में सफलता प्राप्त करोगे ।

मोहि सुरन्ह जेहि लागि पठावा। बुधि बल मरमु तोर मैं पावा ॥
राम काजु सबु करिहहु तुम्ह बल बुद्धि निधान ।
आसिष देइ गई सो हरषि चलेउ हनुमान ॥

लंका में हनुमान्‌जी ने विप्ररूप धारण करके विभीषण से परिचय किया और उन्हें आश्वासन दिया कि सच्चे हृदय से सेवा करने वाले को श्रीराम की कृपा और प्रेम अवश्य प्राप्त होंगे ।

बिप्र रूप धरि बचन सुनाए । सुनत बिभीषन उठि तहँ आए ॥
तब हनुमंत कही सब राम कथा निज नाम ।
सुनत जुगल तन पुलक मन मगन सुमिरि गुन ग्राम ॥
. . . .
सुनहु बिभीषन प्रभु कै रीती । करहिं सदा सेवक पर प्रीती ॥

अशोक वाटिका में पहुँचकर हनुमान्‌जी ने सीताजी को बताया कि मैं श्रीराम का दूत हूँ और मैं ही श्रीराम की मुद्रिका आपके लिए लाया हूँ ।

राम दूत मैं मातु जानकी । सत्य सपथ करुनानिधान की ॥
यह मुद्रिका मातु मैं आनी । दीन्हि राम तुम्ह कहँ सहिदानी ॥
. . . .
कपि के बचन सप्रेम सुनि उपजा मन बिस्वास ।
जाना मन क्रम बचन यह कृपासिंधु कर दास ॥

रावण के दरबार में पहुँचकर हनुमान्‌जी ने उसको समझाया कि तुम अभिमान का त्याग करो जिसके कारण तुम कुपंथ पर ही लगातार चल रहे हो । किंतु रावण ने हितकारी सुझाव को सुना-अनसुना कर दिया । हनुमान्‌जी ने यह भी कहा कि रामकाज करते समय बँध जाने में मुझे कोई लज्जा प्रतीत नहीं होती ।

मोहि न कछु बाँधे कइ लाजा । कीन्ह चहउँ निज प्रभु कर काजा ॥

मोहमूल बहु सूल प्रद त्यागहु तम अभिमान ।
भजहु राम रघुनायक कृपा सिंधु भगवान ॥
प्रनतपाल रघुनायक करुना सिंधु खरारि ।
गएँ सरन प्रभु राखिहैं तव अपराध बिसारि ॥
जदपि कही कपि अति हित बानी । भगति बिबेक बिरति नयसानी ॥
बोला बिहसि महा अभिमानी । मिला हमहि कपि गुर बड़ ग्यानी ॥

लंका को जलाकर हनुमान्‌जी सीताजी से फिर मिले और उनका संदेश लेकर समुद्र के उस पार आ गए । तब जाम्बवान्, अंगद और हनुमान् श्रीराम के पास पहुँचे । श्रीराम ने हनुमान्‌जी द्वारा कृत उपकार की सराहना की ।

पवनतनय के चरित सुहाए । जामवंत रघुपतिहि सुनाए ॥
सुनत कृपानिधि मन अति भए । पुनि हनुमान हरषि हियँ लाए ॥
. . . . .
सुनु कपि तोहि समान उपकारी । नहिं कोउ सुर नर मुनि तनुधारी ॥
प्रति उपकार करौं का तोरा । सनमुख होइ न सकत मन मोरा ॥
सुनु सुत तोहि उरिन मैं नाहीं । देखेउँ करि बिचार मन माहीं ॥
पुनि पुनि कपिहि चितव सुरत्राता । लोचन नीर पुलक अति गाता ॥
सुनि प्रभु बचन बिलोकि मुख गात हरषि हनुमंत ।
चरन परेउ प्रेमाकुल त्राहि त्राहि भगवंत ॥

राम-रावण युद्ध में हनुमान्‌जी ने अनेक कठिन परिस्थितियों से वानर सेना को बचाया । उदाहरणार्थ लंका के पश्चिम द्वार पर जहाँ मेघनाद भीषण लड़ाई लड़ रहा था, हनुमान्‌जी ने पहाड़ के द्वारा प्रहार करके राक्षस सेना के छक्के छुड़ा दिए ।

पवन तनय मन भा अति क्रोधा । गर्जेउ प्रबल काल सम जाधा ॥
कूदि लंक गढ़ ऊपर आवा । गहि गिरि मेघनाद कहुँ धावा ।
भंजेउ रथ सारथी निपाता । ताहि हृदय महुँ मारेसि लाता ॥
दुसरें सूत बिकल तेहि जाना । स्यंदन घालि तुरत गृह आना ।

जब मेघनाद की वीरघातिनी शक्ति से लक्ष्मण मूर्छित हो गए, तब हनुमान्‌जी पहले तो सुषेण वैद्य को लंका से लाए और फिर हिमालय पहाड़ से उस पर्वत को लाए जिस पर औषधि थी । रास्ते में उन्होंने कालनेमि द्वारा रचित चाल को असफल किया जो कि कपट से मुनि का वेष बनाकर हनुमान्‌जी की औषधि लाने की यात्रा में देर करवाना चाहता था । तुलसीदासजी ने लिखा है कि हनुमान्‌जी द्वारा की गई इस अमूल्य सेवा के प्रति श्रीराम ने अपनी कृतज्ञता प्रकट की ।

धरि लघु रूप गयउ हनुमंता । आनेउ भवन समेत तुरंता ॥

राम पदारविंद सिर नायउ आई सुषेन ।
कहा नाम गिरि औषधी जाहु पवनसुत लेन ॥
राम चरन सरसिज उर राखी । चला प्रभंजनसुत बल भाषी ॥

. . . .

देखा सैल न औषध चीन्हा । सहसा कपि उपारि गिरि लीन्हा ॥

. . . .

हरषि राम भेटेउ हनुमाना । अति कृतग्य प्रभु परम सुजाना ॥

लंका-युद्ध में विजय प्राप्त करने पर श्रीराम ने हनुमान्जी के द्वारा ही सीताजी को संदेश भेजा । हनुमान्जी द्वारा कृत सेवा से प्रसन्न होकर सीताजी ने उन्हें आशीर्वाद दिया कि हे पुत्र ! तेरे हृदय में समस्त सद्‌गुण सदा निवास करेंगे ।

दूरिहि ते प्रणाम कपि कीन्हा । रघुपति दूत जानकी चीन्हा॥

. . . .

अति हरष मन तन पुलक लोचन सजल कह पुनि पुनि रमा ।
का देउँ तोहि त्रैलोक महुँ कपि किमपि नहीं बानी समा ॥
सुनु मातु मैं पायो अखिल जग राजु आजु न संसयं ।
रन जीति रिपुदल बंधु जुत पस्यामि राममनामयं ॥
सुनु सुत सदगुन सकल तव हृदयँ बसहुँ हनुमंत ।
सानुकूल कोसलपति रहहुँ समेत अनंत ॥

चौदह वर्ष के बनवास को पूरा करके राम-सीता-लक्ष्मण तथा उनके प्रमुख साथी पुष्पक विमान द्वारा अयोध्या लौटते हुए प्रयाग रुके । वहाँ से श्रीराम ने हनुमान्जी को भरतजी के पास अपना संदेश देने के लिए भेजा । हनुमान्जी के द्वारा भरतजी का प्रेम-भरा उत्तर मिलने पर ही श्रीराम ने अयोध्या पहुँचने का कार्यक्रम निश्चित किया ।

प्रभु हनुमन्तहि कहा बुझाई । धरि बटु रूप अवधपुर जाई ॥
भरतहि कुसल हमारि सुनाएहु । समाचार लै तुम्ह चलि आएहु ॥

. . . .

राम बिरह सागर महँ भरत मगन मन होत ।
बिप्र रूप धरि पवन सुत आइ गयउ जनु पोत ॥

. . . .

मारूत सुत मैं कपि हनुमाना । नामु मोर सुनु कृपानिधाना ॥
दीनबंधु रघुपति कर किंकर । सुनत भरत भेंटेउ उठि सादर ॥

. . . .

भरत चरन सिरु नाइ तुरित गयउ कपि राम पहिं ।
कही कुसल सब जाइ हरषि चलेउ प्रभु जान चढ़ि ॥

श्रीराम एवं सीताजी के राज्याभिषेक के कुछ समय बाद यह निश्चय किया गया कि सुग्रीव, अंगद आदि तो अयोध्या से दक्षिण भारत लौट जाएँ किन्तु हनुमान्‌जी रामदरबार के सदस्य बनकर अयोध्या में ही रहें। विदा लेते समय सुग्रीव ने हनुमान्‌जी के लिए 'पुण्य की राशि' शब्दों का प्रयोग किया क्योंकि भगवान् ने उनको अपनी सेवा में रख लिया।

तब सुग्रीव चरन गहि नाना। भाँति विनय कीन्हें हनुमाना॥
दिन दस करि रघुपति पद सेवा। पुनि तब चरन देखिहउँ देवा॥
पुण्य पुंज तुम्ह पवन कुमारा। सेवहु जाइ कृपा आगारा॥

शिवजी ने रामकथा पूरी करने से पहले पार्वतीजी को सार-रूप में यह कहा कि हनुमान् के समान न तो कोई बड़भागी है और न कोई श्रीराम के चरणों का ऐसा प्रेमी है जिसके प्रेम और सेवा की स्वयं प्रभु ने अपने श्रीमुख से बार-बार बड़ाई की है।

हनुमान सम नहिं बड़भागी। नहिं कोउ राम चरन अनुरागी॥
गिरिजा जासु प्रीति सेवकाई। बार बार प्रभु जिन मुख गाई॥

मानस के आरम्भ में तुलसीदासजी ने एक ही श्लोक में महर्षि वाल्मीकि और हनुमान्‌जी की एक साथ वंदना की है और यह कहा है कि ये दोनों राम-सीता के 'गुण-ग्राम' के पवित्र रस में रमे हुए हैं। इस रूपक के आधार पर ऐसा कह सकते हैं कि हनुमान्‌जी द्वारा कृत 'रामकाज' जगमंगल के उद्देश्य को ही आगे बढ़ाता है क्योंकि तुलसीदासजी ने स्वयं ही लिखा है कि—

जगमंगल गुन-ग्राम राम के।

मानस में रामकाज करते-करते अपने जीवन की बलि देने वाले हैं 'जटायु'—

कह अंगद विचारि मन माहीं। धन्य जटायू सम कोउ नाहीं॥
रामकाज कारन तनु त्यागी। हरि पुर गयउ परम बड़भागी॥

जब राम-सीता-लक्ष्मण अगस्त्य ऋषि की सलाह मानकर दंडक वन में पंचवटी नामक स्थान में रहे, तब गृध्रराज जटायु को उन्होंने पिता-तुल्य समझा।

गीधराज सैं भेंट भइ बहु विधि प्रीति बढाइ।
गोदावरी निकट प्रभु रहे परन गृह छाइ॥

रावण द्वारा सीता हरण करने पर जटायु का राम-सीता-लक्ष्मण के प्रति प्रेम तथा पर-हित-भाव प्रबल हो उठा। उन्होंने सीताजी की दुःखभरी वाणी सुनकर उन्हें पहचान लिया और वे बोले, हे पुत्री! तू डर मत, मैं तुझे इस राक्षस से बचाऊँगा।

गीधराज सुनि आरत बानी । रघुकुलतिलक नारि पहिचानी ॥
अधम निसाचर लीन्हें जाई । जिमि मलेछ बस कपिला गाई ॥
सीते पुत्रि करसि जनि त्रासा । करिहउँ जातुधान कर नासा ॥

तुलसीदासजी ने लिखा है कि आरम्भ में जटायु ने रावण के प्रति क्रोध तो प्रकट किया, किन्तु साथ ही उसे चेतावनी देकर समझाने का भी प्रयत्न किया ।

सुनत गीध क्रोधातुर धावा । कह सुनु रावन मोर सिखावा ॥
तजि जानकिहि कुसल गृह जाहू । नाहिं त अस होइहि बहुबाहू ॥
राम रोष पावक अति घोरा । होइहि सकल सलभ कुल तोरा ॥

जब जटायु के नीतिपूर्ण शब्दों का रावण ने कोई उत्तर नहीं दिया तो जटायु ने आक्रमण करके रावण को एक घड़ी के लिए मूर्च्छित कर दिया ।

उतरु न देत दसानन जोधा । तबहिं गीध धावा करि क्रोधा ॥
धरि कच विरथ कीन्ह महि गिरा । सीतहि राखि गीध पुनि फिरा ।
चोचन्ह मारि विदारेसि देही । दंड एक भइ मुरुछा तेही ॥

किन्तु रावण के पास तो भयानक कृपाण थी जिससे उसने जटायु के पंख काट डाले और वे श्रीराम की अद्‌भुत लीला का स्मरण करके पृथ्वी पर गिर पड़े ।

तब सक्रोध निसिचर खिसिआना । काढ़ेसि परम कराल कृपाना ॥
काटेसि पंख परा खग धरनी । सुमिरि राम करि अदभुत करनी ॥

रावण सीताजी को लेकर लंका चला गया । श्रीराम और लक्ष्मण सीताजी को ढूँढते-ढूँढते उस स्थान पर पहुँचे जहाँ जटायु पृथ्वी पर पड़े थे । जटायु ने श्रीराम को सीता-हरण के विषय में बताया और कहा कि अब मेरे प्राण चलना चाहते हैं ।

तब कह गीध बचन धरि धीरा । सुनहु राम भंजन भव भीरा ।
नाथ दसानन यह गति कीन्ही । तेहिं खल जनक सुता हरि लीन्ही ॥
लै दच्छिन दिसि गयउ गोसाईं । विलपति अति कुररी की नाईं ॥
दरस लागि प्रभु राखेउँ प्राना । चलन चहत अब कृपा निधाना ॥

श्रीराम ने नेत्रों में जल भरकर जटायु से कहा कि आपके द्वारा किए गए श्रेष्ठ कर्म का उदाहरण संसार को पर-हित की शिक्षा देगा ।

जल भरि नयन कहहिं रघुराई । तात कर्म निज तें गति पाई ॥
परहित बस जिन्ह के मन माहीं । तिन्ह कहुँ जग दुर्लभ कछु नाहीं ॥

जटायु के चरित्र से यह स्पष्ट हो जाता है कि परहित में लीन होना और रामकाज करना—इन दोनों का एक ही अर्थ है ।

अध्याय ४

योगारूढ़-वृत्ति अथवा संत-लक्षण

पिछले अध्याय में यह दिखलाया गया कि गीता तथा मानस—दोनों ग्रंथों में भगवान् ने विश्वसेवा का उपदेश दिया है, विविध प्रकारेण। इस उपदेश को देने के लिए जिन योगों को प्रभु ने माध्यम बनाया उनमें विभूतियोग का महत्त्वपूर्ण स्थान है। विभूतियोग के माध्यम से दी गई शिक्षा का उल्लेख पिछले अध्याय में किया जा चुका है जिसका संक्षिप्त भाव है "परोपकाराय सतां विभूतिः"। वर्तमान अध्याय का लक्ष्य है—इसी भाव की विस्तृत व्याख्या प्रस्तुत करना, विशेषतः ऐसे व्यक्तियों के संदर्भ में जो लोककल्याण के कार्यों में लीन रहते हैं और जिनकी महिमा गीता तथा मानस ने गाई है—संत, योगी, भक्त, ज्ञानी, जीवन्मुक्त आदि सम्मानसूचक नामों या संकेतों से।

'योगारूढ़' शब्द का व्यापक अर्थ

'योगारूढ़' शब्द का व्यापक अर्थ समझने के लिए 'योग' तथा 'आरूढ़'—इन दोनों शब्दों पर ध्यान देने की आवश्यकता है। पहले 'योग' को लें। यह तो सर्वविदित ही है कि गीता के अनुसार भिन्न-भिन्न व्यक्ति जीवन का लक्ष्य प्राप्त करने के लिए भिन्न-भिन्न मार्ग अपना सकते हैं—और इन प्रसंगों में 'मार्ग' और 'योग' पर्यायवाची हैं। गीता के अधिकांश भाग में तीन मार्गों या योगों का विवेचन है—कर्मयोग, भक्तियोग, ज्ञानयोग—किंतु श्लोक १३.२४-२५ में—तथा अन्यत्र भी—इन योंगों के अतिरिक्त अन्य साधनों का भी उल्लेख है। 'योग' शब्द के व्यापक अर्थ में इन सभी मार्गों का समावेश है।

अब 'आरूढ़' शब्द को लें। वर्तमान प्रसंग में इसका अर्थ है—उच्चतम अवस्था को प्राप्त। इसलिए 'योगारूढ़' शब्द के व्यापक अर्थ में वे सब व्यक्ति सम्मिलित हैं जो साधना की पूर्णत्व-अवस्था तक पहुँच चुके हैं, चाहे उनकी साधना का कोई भी मार्ग रहा हो। उदाहरणतः ज्ञानी, भक्त, योगी (अर्थात् कर्मयोगी)—इन सब के लिए 'योगारूढ़' शब्द प्रयुक्त हुआ है। यह उल्लेखनीय है कि व्याकरण की दृष्टि से पुल्लिंग शब्दों का प्रयोग होने पर भी, सैद्धान्तिक दृष्टि से इन व्यक्तियों में स्त्रियों तथा पुरुषों—दोनों का समावेश है। उन्हें ईश्वर की विभूति मानना उपयुक्त है क्योंकि वे

न केवल स्वयं विश्वसेवा में लीन रहते हैं बल्कि वे साधारण जनता को भी प्रभु-प्रणीत धर्म के मार्ग पर टिकाए रखने का प्रयत्न करते हैं ।

मानस में भी सिद्धान्त रूप से कर्मयोग, भक्तियोग, ज्ञानयोग—इन तीनों मार्गों का उल्लेख है । बालकाण्ड के आरम्भ में ही तुलसीदासजी संत समाज की उपमा तीर्थराज प्रयाग से करते हैं । जिस प्रकार प्रयाग में गंगा-यमुना-सरस्वती तीन पवित्र नदियाँ हैं, उसी प्रकार संत समाज में तीन उपयोगी साधनाएँ हैं । मानस के निम्नलिखित प्रसंग में भक्तियोग को गंगा के समान बतलाया गया है, ज्ञानयोग को सरस्वती के समान और कर्मयोग को यमुना के समान—

मुद मंगलमय संत समाजू । जो जग जंगम तीरथराजू ॥
राम भक्ति जहँ सुरसरि धारा । सरसइ ब्रह्म विचार प्रचारा ॥
विधि निषेधमय कलिमल हरनी । करम कथा रविनंदनि वरनी ॥

किसी भी मार्ग से पूर्णत्व प्राप्त करने वाले—अर्थात् योगारूढ़-व्यक्तियों के लिए तुलसीदासजी का प्रिय शब्द है 'संत' । 'संत' शब्द गीता में भी एक बार (अर्थात् श्लोक ३.१३ में) प्रयुक्त हुआ है किंतु मानस में तो संत-महिमा के तीस प्रसंग हैं जिनका विस्तृत विवेचन इसी अध्याय के उत्तरार्ध में दिया जाएगा । गीता में योगारूढ़-वृत्ति-वर्णन के छः प्रसंग हैं जिनमें पूर्णत्व-अवस्था भिन्न-भिन्न नामों से व्यक्त की गई है ।

योगारूढ़ अवस्था दुर्लभ किंतु लोकहितमार्ग सभी के लिए

गीता तथा मानस—दोनों ग्रंथों के अनुसार धार्मिक, नैतिक तथा आध्यात्मिक दृष्टि से पूर्णत्व प्राप्त करने वाले व्यक्ति दुर्लभ होते हैं अर्थात् उनकी संख्या बहुत कम होती है । गीता के श्लोक ७.३ में 'सहस्रेषु कश्चित्' अर्थात् 'हजारों में कोई-कोई'—ऐसे शब्द प्रयुक्त हुए हैं और मानस के उत्तरकाण्ड में भी लगभग ये ही शब्द हैं । पहले गीता के श्लोक ७.३ की प्रथम पंक्ति देखें—

मनुष्याणां सहस्रेषु कश्चिद्यतति सिद्धये । ७.३ ।

सरल भावार्थ—भगवान् कहते हैं कि हजारों मनुष्यों में कोई-कोई सिद्धि के लिए यत्न करता है ।

अब मानस के शब्दों का एक भाग देखें जो उत्तरकाण्ड में पार्वतीजी ने शिवजी से कहे—

नर सहस्र महँ सुनहु पुरारी । कोउ एक होइ धर्म व्रतधारी ॥
. . . .
ग्यानवंत कोटिक महँ कोऊ । जीवनमुक्त सकृत जग सोऊ ॥

लोकमान्य तिलक का मत है कि योगारूढ़ अवस्था की दुर्लभता से समाज-सेवकों को उचित संदेश लेना चाहिए । उदाहरणतः लोकहित के कार्यों को यह सोचकर टालना उचित नहीं कि पहले साधना मे पूर्णत्व प्राप्त कर लिया जाए । इस मत का समर्थन तीन दृष्टिकोणों से किया गया है ।

प्रथम दृष्टिकोण यह है कि गीता के श्लोक २.४० के अनुसार, यदि आन्तरिक भावना शुद्ध हो तो कर्मयोगसाधना हितकारी होती है चाहे वह बाह्यरूप से अपूर्ण ही हो । इसलिए अपना स्वधर्म पालन करने के लिए पूर्णत्व-प्राप्ति का इन्तज़ार करने की आवश्कता नहीं है ।

द्वितीय दृष्टिकोण का आधार है—कर्मयोग द्वारा ज्ञानप्राप्ति तथा सिद्धि में विश्वास । इस विश्वास को गीता के श्लोक ४.३८ से बल मिलता है—

तत्स्वयं योगसंसिद्धः कालेनात्मनि विन्दति ॥ ४.३८ ॥

सरल भावार्थ—भगवान् कहते हैं कि कर्मयोगी को, समय बीतने पर, अपने कर्म के माध्यम से ही ज्ञानप्राप्ति हो जाती है ।

इसके अतिरिक्त गीता के श्लोक ६.४०-४५ उपरोक्त विश्वास को दो प्रकार से दृढ़ करते हैं । प्रथम, गीता के श्लोक ६.४० की महत्त्वपूर्ण घोषणा है कि लोककल्याण में लीन व्यक्ति को सद्गति प्राप्त होना निश्चित है—

न हि कल्याणकृत्कश्चिद् दुर्गतिं तात गच्छति ॥ ६.४० ॥

सरल भावार्थ—भगवान् कहते हैं कि कल्याणकारी कार्य करने वाले व्यक्ति की दुर्गति कभी नहीं हो सकती ।

गीता के श्लोक ६.४०-४५ का द्वितीय भाव जो उपरोक्त विश्वास का दृढ़ करता है वह यह है कि प्रत्येक कर्मयोगी पूर्णत्व प्राप्त करेगा—यदि एक जन्म में नहीं तो अनेक जन्मों में । मानस में भी काकभुशुंडि 'अनेकजन्मसंसिद्धः' के प्रतीक के रूप में विद्यमान हैं । इस प्रकार गीता-वर्णित पूर्णत्व-प्राप्ति का विश्वास मानस द्वारा भी समर्थित है । इसलिए लोकहित के कार्यों में लगने से पूर्णत्व-प्राप्ति के प्रयत्नों को ठेस नहीं लगेगी, बल्कि सहारा ही मिलेगा ।

लोकमान्य तिलक द्वारा प्रकटित तृतीय दृष्टिकोण का आधार है—पारस्परिक सहयोग की महत्ता । यह तो सर्वमान्य ही है कि लोकहित के कार्य तभी सफल होंगे जब उनको पूरा करने में सबका योगदान होगा । लोकमान्य तिलक ने इस तथ्य को यंत्रसमूह का उदाहरण देकर समझाया है । 'गीता-रहस्य' नामक ग्रन्थ में लिखे उनके शब्दों का भावार्थ देखें—

> ''विशाल यंत्रसमूह में छोटे यंत्रो का भी महत्त्व होता है क्योंकि केवल बड़े यंत्रों से काम पूरा नहीं हो सकता । इसी प्रकार साधारण व्यक्तियों का सहयोग मिले

बिना केवल नेता लोग समाज का कार्य सुचारू रूप से पूरा नहीं कर सकते—चाहे उन नेताओं में श्रीव्यासदेव के समान योग्यता हो। लोकहित के कार्यों में सबका यथाशक्ति योगदान आवश्यक है।''

उपरोक्त विषय पर आचार्य विनोबा के विचारों को 'चतुर्थ दृष्टिकोण' कहा जा सकता है। लोकमान्य तिलक से प्रधानतः सहमति प्रकट करते हुए आचार्य विनोबा यह मत भी प्रस्तुत करते हैं कि विश्व-सेवा को ही पूर्णत्व-प्राप्ति की साधना समझना चाहिए। 'गीता-प्रवचन' में लिखित आचार्य विनोबा के शब्दों को देखें—

''जब हमारे सब कर्म सात्त्विक होंगें, तभी हम उन्हें ईश्वरार्पण कर सकेंगे। यज्ञ, दान और तप सब सात्त्विक होने चाहिए। सात्त्विकता की यह योजना करने में गीता का उद्देश्य दुहरा है। बाहर से यज्ञ, दान व तप-रूप जो मेरी सेवा चल रही है, उसी को भीतर से आध्यात्मिक साधना का नाम दिया जा सके। सृष्टि की सेवा और साधना के भिन्न-भिन्न कार्यक्रम नहीं होने चाहिए। सेवा और साधना, ये दो भिन्न बातें हैं ही नहीं। दोनों के लिए एक ही प्रयत्न, एक ही कर्म।''

सहजावस्था की विशेषता

उपरोक्त विवेचन का सार यह है कि चाहे योगारूढ़-अवस्था प्राप्त हो या न हो, लोकहितकार्य सभी के लिए हैं। ऐसी विचारधारा से एक महत्त्वपूर्ण प्रश्न यह उठता है कि यदि सभी व्यक्ति विश्वसेवा का कार्य करेंगे तो योगारूढ़ व्यक्तियों और अन्य व्यक्तियों में अंतर क्या होगा। गीता इसका उत्तर यह देती है कि योगारूढ़ व्यक्तियों के द्वारा विश्वसेवा के कार्य सहजभाव से—स्वाभाविक रूप से—होते हैं जबकि अन्य व्यक्तियों को ऐसा करने के लिए प्रयत्न करना पड़ता है। यह भाव गीता के श्लोक ५.२९ तथा ६.१-४ को साथ-साथ पढ़ने से स्पष्ट होता है। श्लोक ५.२९ के शब्द हैं—

सुहृदं सर्वभूतानां ज्ञात्वा . . . ॥ ५.२९ ॥

सरल भावार्थ—भगवान् कहते हैं कि जैसे ईश्वर सब प्राणियों का सुहृत् अर्थात् निःस्वार्थ हितकारी है, उसी प्रकार सब व्यक्तियों को भी एक दूसरे का सहृत् होना चाहिए।

गीता के श्लोक ६.१ में इसी प्रकार के कर्म को 'कार्यं कर्म' अर्थात् कर्त्तव्य कर्म बतलाया गया है। श्लोक ६.२ में कर्मयोगी बनने के लिए संकल्प-त्याग पर बल दिया है।

श्रीशिवानंद अपनी टिप्पणी मे लिखते हैं कि—

''संकल्परहित होने से मनुष्य निष्क्रिय नहीं हो जाता, बल्कि उसके कर्म बंधनकारक नहीं रहते तथा सहजभाव से अनुष्ठित होते हैं ।''

श्लोक ६.४ में संकल्पत्याग को ही योगारूढ़ व्यक्ति का लक्षण घोषित किया गया है—

सर्वसंकल्पसंन्यासी योगारूढ़स्तदोच्यते ॥ ६.४ ॥

सरल भावार्थ—भगवान् कहते हैं कि पूर्णत्व-प्राप्त कर्मयोगी सहज भाव से लोककल्याण के कार्य करता है—उसे न स्वार्थ है, न भोगों की इच्छा । वह तो मानो निमित्तमात्र होकर ईश्वर का ही कार्य करता है और सब कुछ ईश्वर को ही अर्पण करता है ।

श्लोक ६.३ में साधक और योगारूढ़ व्यक्तियों का तुलनात्मक विवेचन है । गीता में कर्मसंन्यास ढूँढ़ने वाले टीकाकारों ने इस श्लोक से दूसरा ही भाव निकालने का प्रयत्न किया है किंतु डॉ॰ राधाकृष्णन् तथा अन्य विद्वानों ने इस प्रकार के प्रयत्न का समर्थन नहीं किया है । पहले इस श्लोक के शब्दों को देखें—

आरुरुक्षोर्मुनेर्योगं कर्म कारणमुच्यते ।
योगारूढ़स्य तस्यैव शमः कारणमुच्यते ॥ ६.३ ॥

सरल भावार्थ—भगवान् कहते हैं कि कर्मयोग में आरूढ़ होने की इच्छा वाले मननशील साधक के लिऐ कर्म साधनरूप है (और शम अर्थात् शान्ति साध्य है) । इसके विपरीत योगारूढ़ होने पर उस व्यक्ति का शम (अर्थात् शान्ति) उसके द्वारा सहज भाव से कर्म किए जाने में कारण कहा जा सकता है ।

डॉ॰ राधाकृष्णन् अपनी टिप्पणी में लिखते हैं—

''सिद्धावस्था प्राप्त होने पर हम फल की इच्छा से कर्म नहीं करते । शम अर्थात् शान्ति के द्वारा सत्कर्म सहज भाव से होते हैं । शम का अर्थ यह नहीं कि हम कर्म नहीं करते । योगारूढ़ व्यक्ति का कर्म ईश्वर-प्रेरित होता है । यह भी कहना ठीक नहीं कि वह ज्ञान-प्राप्ति के लिए कर्म करता है क्योंकि योगारूढ़ होने का अर्थ है कि उसे ज्ञान प्राप्त हो चुका है ।''

(अंग्रेज़ी में प्रकटित विचारों का सरल भावार्थ)

तुलसीदासजी ने मानस में भी यह स्पष्टतया लिखा है कि संत लोग सहज भाव से परोपकार करते हैं । उत्तरकाण्ड में काकभुशुंडि गरुड़ से कहते हैं—

पर उपकार वचन मन काया । संत सहज सुभाउ खगराया ॥
भूर्ज तरू सम संत कृपाला । पर हित निति सह विपति विसाला ॥
संत उ़दय संतत सुखकारी । विस्व सुखद जिमि इंदु तमारी ॥

भर्तृहरि कहते हैं कि क्षमा आदि गुण महात्माओं के लिए प्रकृतिसिद्ध अर्थात् स्वाभाविक या सहज हो जाते हैं—

विपदि धैर्यमथाभ्युदये क्षमा
सदसि वाक्पटुता युधि विक्रमः ।
यशसि चामिरुचिर्व्यसनं श्रुतौ
प्रकृतिसिद्धमिदं हि महात्मनाम् ॥

सरल भावार्थ—महात्माओं के लिए यह स्वाभविक हो जाता है कि विपत्ति में धैर्य रखें, अभ्युदय होने पर क्षमाभाव दिखलाएँ, सभा में नीतिवचन कहें, संघर्ष के समय विक्रम का प्रदर्शन करें, पवित्र सुयश में रुचि रखें तथा शास्त्रों एवं सत्संग के श्रवण की ओर विशेषतः आकर्षित हों ।

मध्ययुगीन संतों में सहजावस्था का प्रभावशाली वर्णन करने वाले कबीर लिखते हैं कि 'जो कछु करौं सो सेवा' । कबीर का पूरा पद इस प्रकार है—

साधो सहज समाध भली ।
गुरु प्रताप जा दिन से जागी दिन दिन अधिक चली ॥
जहँ जहँ डोलौं सो परिकरमा जो कछु करौं सो सेवा ।
जब सोवौं तब करौं दंडवत पूजौं और न देवा ॥
कहौं सो नाम सुनौं सो सुमिरन खावौं पिवौं सो पूजा ।
गिरह उजाड़ एक सम लेखौं भाव मिटावौं दूजा ॥
आँख न मूँदौं कान न रूँधौं तनिक कष्ट नहिं धारौं ।
खुले नयन पहिचानौं हँसि हँसि सुंदर रूप निहारौं ॥

गीता में योगारूढ़-वृत्ति-वर्णन के छः प्रसंग

गीता ने पूर्णत्व प्राप्त किए हुए व्यक्तियों का वर्णन बार-बार किया है, यह स्पष्ट करने के लिए कि उनके लक्षणों में समानता है, चाहे उन्होंने किसी भी साधना-मार्ग को अपनाया हो । अनुकरणीय आचरण को कई बार बतलाने का उद्देश्य यह भी हो सकता है कि 'अभ्यास योग' के प्रभाव की भाँति, पाठकों की रुचि स्वयं-चयनित योग के प्रति दृढ़ हो । मुख्य रूप से निम्नलिखित छः अध्यायों में योगारूढ़-वृत्ति का चित्रण है—और इनमें कुल मिलाकर ५७ श्लोकों का समावेश है जिनमें से प्रत्येक प्रसंग के श्लाकों की संख्या छः और उन्नीस के बीच में है—

(अ) अध्याय २—स्थितप्रज्ञ (१९ श्लोक)
(आ) अध्याय ५—जीवन्मुक्त (११ श्लोक)
(इ) अध्याय ६—व्यावहारिक साम्ययोगी (६ श्लोक)
(ई) अध्याय १२— भक्त (८ श्लोक)

(उ) अध्याय १४—त्रिगुणातीत (७ श्लोक)
(ऊ) अध्याय १८—ब्रह्मभूत (६ श्लोक)

उपरोक्त सूची के क्रमानुसार प्रत्येक योगारूढ़-अवस्था की झांकी प्रस्तुत करने से पहले तीन बातें उल्लेखनीय हैं । प्रथम बात यह है कि 'योग' की दो परिभाषाएँ गीता में हैं, जैसे—

—योगः कर्मसु कौशलम् (श्लोक २.५०)
—समत्वं योग उच्यते (श्लोक २.४८)

इसलिए कार्यकुशलता और समत्व—ये दो महत्त्वपूर्ण विभूतियाँ प्रत्येक योगारूढ़-अवस्था में सम्मिलित हैं—ऐसा मानना उचित है । 'समत्व' का उल्लेख तो अलग-अलग वर्णनों में भी मिल जाता है किंतु 'कौशलम्' शब्द गीता में केवल एक बार ही प्रयुक्त हुआ है—अर्थात् श्लोक २.५० में ।

द्वितीय उल्लेखनीय बात यह है कि योगारूढ़-वृत्ति-वर्णन के छः प्रसंगों में पारस्परिक समानता-सूचक शब्द तथा भाव इतने अधिक हैं कि पाठकों की दृष्टि अनायास ही उनकी ओर आकृष्ट हो जाती है । उदाहरणतः निम्नलिखित नौ प्रकार के शब्द या शब्द-समूह दो या तीन प्रसंगों में प्रयुक्त हुए हैं—

—सेवा-सूचक शब्द हैं "सर्वभूतहिते रताः", "सेवते" ।
—स्थिरता-सूचक शब्द हैं "स्थितप्रज्ञ", "स्थिरबुद्धि", "स्थिरमति" ।
—शत्रु-मित्र के प्रति समभाव प्रदर्शित करने वाले शब्द हैं "समः शत्रौ च मित्रे च", "तुल्यो मित्रारिपक्षयोः" ।
—सब प्राणियों के प्रति अद्वेष-भाव या समभाव दिखलाने वाले शब्द हैं "अद्वेष्टा सर्वभूतानां", "समः सर्वेषु भूतेषु", "सर्वत्र समं पश्यति" ।
—निःस्वार्थ-भाव तथा परस्पर-भाव के प्रतीक शब्द हैं "निर्ममो निरहंकारः" जिनकी गीता ने पुनरुक्ति की है ।
—पवित्रता-सूचक शब्द हैं "क्षीणकल्मषाः", "विगतकल्मषः" ।
—राग-भय-क्रोध से मुक्ति प्रदर्शित करने वाले शब्द हैं "वीतरागभयक्रोधः", "विगतेच्छाभयक्रोधः" ।
—शोक तथा कामना से मुक्ति-सूचक शब्द हैं "न शोचति न कांक्षति" जिनकी गीता ने पुनरुक्ति की है ।
—पूर्णत्वप्राप्ति-सूचक शब्द हैं "ब्रह्मनिर्वाण", "ब्रह्मभूत", ब्रह्मयोगयुक्तात्मा", "ब्रह्मभूयाय कल्पते"।

तृतीय उल्लेखनीय बात यह है कि डॉ॰ राधाकृष्णन् ने पूर्णत्व-विषयक गीता के सारे प्रसंगों तथा उपप्रसंगों की सूची बनाकर यह मत प्रकट किया है कि जैसे पर्वत

की चोटी पर पहुँचने के बाद मार्गों की विभिन्नता समाप्त हो जाती है, उसी प्रकार सब योगों की पूर्णावस्था का प्रधानतः रूप एक-ही है । अंगज़ी में लिखे डॉ॰ राधाकृष्णन् के शब्दों में से कुछ का सरल भावार्थ निम्नलिखित है—

> "मुक्तात्माएँ ऐसा अनुभव करती हैं मानो सारी पृथ्वी का भार उन्हीं को हल्का करना है । इसलिए वे लोकसंग्रह की भावना से ही सब काम करती हैं ।"

अब क्रमशः छः प्रसंगों का एक-एक करके अवलोकन करें । पूरे ५७ श्लोक—सरल भावार्थ सहित—परिशिष्ट १ में प्रस्तुत हैं । यहाँ प्रत्येक प्रसंग की विशेषता पर ध्यान केंद्रित है ।

(अ) **स्थितप्रज्ञ**

महात्मा गांधी की दृष्टि में गीता के अध्याय २ में वर्णित स्थितप्रज्ञ-प्रसंग का विशेष महत्त्व था क्योंकि उन्होंने आदर्श सत्याग्रही का चित्रण स्थितप्रज्ञ के आधार पर ही किया था । उनका कहना था कि स्थितप्रज्ञ जनसेवक ही अहिंसा-मार्ग पर दृढ़ रहकर सामाजिक अन्याय को दूर करवाने के लिए अपना सर्वस्व त्याग कर सकता है । उन्होंने कहा कि कोरे शब्दार्थ के द्वारा चाहे ऐसा वर्णन गीता से न मिले किंतु शब्दों के मूल में जो भाव निहित है उसके अनुसार आचरण करने पर स्थितप्रज्ञ और सत्याग्रही—दोनों समान बन जाते हैं ।

स्थितप्रज्ञ प्रसंग में १९ श्लोक हैं—एक श्लोक अर्जुन के प्रश्न का है और १८ श्लोकों में भगवान् द्वारा दिया गया उत्तर है । यहाँ केवल छः श्लोकों में से चुने हुए शब्दों की संक्षिप्त व्याख्या है ।

श्लोक २.५५ में भगवान् कहते हैं कि कामना-त्याग—अर्थात् स्वार्थभाव का त्याग—स्थितप्रज्ञ के लिए अनिवार्य है—

प्रजहाति यदा कामान्सर्वान्पार्थ मनोगतान् । २.५५ ।

सरल भावार्थ—भगवान् कहते हैं कि स्थितप्रज्ञ मन में स्थित सब कामनाओं का त्याग करता है अर्थात् वह स्व-लाभ को प्राथमिकता नहीं देता ।

टिप्पणी—महात्मा गांधी ने आदेश दिया था कि सत्याग्रही अपने ऊपर होने वाले वैयक्तिक अन्याय के लिए आन्दोलन नहीं करता क्योंकि उसका लक्ष्य है—सामाजिक अन्याय को दूर करवाना ।

श्लोक २.५६ में भगवान् कहते हैं कि राग-भय-क्रोध—इन तीनों पर विजय पाना स्थितप्रज्ञ का लक्षण है—और यह इसलिए सम्भव है क्योंकि वह सर्वसुख चाहते हुए भी अपने स्वयं के सुख-दुःख में समभाव रखता है—

दुःखेष्वनुद्विग्नमनाः सुखेषु विगतस्पृहः ।
वीतरागभयक्रोधः स्थितधीर्मुनिरुच्यते ॥ २.५६ ॥

सरल भावार्थ—समत्व स्थितप्रज्ञ का लक्षण है अर्थात् दु:ख में उद्विग्न न होना और सुख के लिए स्पृहा न करना । इसी प्रकार स्थितप्रज्ञ राग, भय और क्रोध पर विजय पाता है ।

टिप्पणी—विदेशी साम्राज्य का उद्देश्य था—जनता को भय दिखलाकर अपने अधीन रखना । भय के वातावरण से छुटकारा दिलाना सत्याग्रह का उद्देश्य था । किंतु स्थितप्रज्ञ अहिंसा का मार्ग अपनाता है, क्रोध का नहीं ।

श्लोक २.६०-६१ को मिलाकर आचार्य विनोबा ने स्थितप्रज्ञ की तीन विशेषताएँ बतलाई हैं—यत्न करने वाला, विपश्चित् अर्थात् ज्ञान का प्रयोग करने वाला, मत्पर अर्थात् ईश्वर-परायण । कर्मयोग, ज्ञानयोग, भक्तियोग—इन तीनों का समन्वय करने से स्थितप्रज्ञ को पूर्णत्व की प्राप्ति होती है—

यततो ह्यपि कौन्तेय पुरुषस्य विपश्चितः । २.६० ।
. . . . युक्त आसीत मत्परः । २.६१ ।

सरल भावार्थ—स्थितप्रज्ञ यत्न करता है, ज्ञान का प्रयोग करता है, और ईश्वर-परायण होता है ।

श्लोक २.६१ ने अलंकारिक ढंग से यह बतलाया है कि स्थितप्रज्ञ की विचारधारा तथा आचरण—दोनों साधारण व्यक्तियों से भिन्न होते हैं—

या निशा सर्वभूतानां तस्यां जागर्ति संयमी ।
यस्यां जाग्रति भूतानि सा निशा पश्यतो मुनेः ॥

सरल भावार्थ—स्वार्थवश काम करने वाले व्यक्ति तथा निःस्वार्थ सेवा करने वाले स्थितप्रज्ञ में इतना अंतर है जितना रात और दिन में ।

मानस के अयोध्याकाण्ड में भी इसी प्रकार का रूपक है—

मोह निसाँ सबु सोवनिहारा । . . . .
एहिं जग जामिनि जागहिं जोगी ।

श्लोक २.७१ में स्थितप्रज्ञ की विश्वसेवारति का आधार स्पष्ट किया गया है—"निर्ममो निरहंकारः" शब्दों के द्वारा । आचार्य विनोबा ने 'स्थितप्रज्ञ-दर्शन' नामक ग्रंथ में इस श्लोक की विशद् व्याख्या की है जो इस पुस्तक के सातवें अध्याय में प्रस्तुत की जाएगी । यहाँ उसका सार लिखना पर्याप्त होगा कि "स्थितप्रज्ञ व्यक्ति सब भूतों पर उपकार करने के लिए ही जीता है ।"

(आ) **जीवन्मुक्त**

इस अवस्था का वर्णन ११ श्लोकों में—अर्थात् ५.१९ से ५.२९ तक—किया गया है । यहाँ केवल चार श्लोकों के द्वारा उसकी झांकी प्रस्तुत है ।

श्लोक ५.१९ की घोषणा है कि भूतमात्र के प्रति समदृष्टि रखने वाला व्यक्ति, अपने पवित्र आचरण के द्वारा, जीवन्मुक्तावस्था को प्राप्त हो जाता है—अर्थात् वह जीवित रहते हुए भी ब्रह्म में स्थित है, ऐसा कह सकते हैं—

इहैव तैर्जितः सर्गो येषां साम्ये स्थितं मनः । ५.१९ ।

सरल भावार्थ—जिनका मन 'साम्य' में स्थित है उनके द्वारा इस जीवित अवस्था में ही संपूर्ण संसार जीत लिया गया है अर्थात् वे जीते हुए ही संसार से मुक्त हैं ।

टिप्पणी—इस श्लोक में प्रयुक्त 'साम्य' शब्द का वही भाव है जो श्लोक ५.१८ में वर्णित समदृष्टि का है । डॉ॰ राधाकृष्णन् का मत है कि समदृष्टि प्राप्त होने पर सब के प्रति करुणा, दया, सेवाभाव—सहज बन जाते हैं और आचरण निर्दोष अथवा पवित्र बन जाता है । डॉ॰ राधाकृष्णन् ने लिखा है कि इसे ईश्वरत्व का ही रूप समझना चाहिए ।

श्लोक ५.२० में स्थिरबुद्धि' शब्द के प्रयोग से जीवन्मुक्त और स्थितप्रज्ञ की समानता प्रदर्शित की गई है—

न प्रहृष्येत्प्रियं प्राप्य नोद्विजेत्प्राप्य चाप्रियम् ।
स्थिरबुद्धिः . . . . ॥ ५.२० ॥

सरल भावार्थ—जीवन्मुक्त और स्थितप्रज्ञ के लक्षण समान हैं—उदाहरणतः समभाव रखना, चाहे प्रिय की प्राप्ति हो या अप्रिय की ।

टिप्पणी—इस श्लोक का भाव वही है जो स्थितप्रज्ञ-प्रसंग के श्लोक २.५६ में वर्णित है और ऊपर लिखा जा चुका है । पूर्णत्व को प्राप्त करने वाला व्यक्ति अपने सुख-दुःख को समान समझकर सर्वसुख के लिए प्रयत्न करता है ।

श्लोक ५.२५ में ''सर्वभूतहिते रताः'' शब्दों के प्रयोग से यह स्पष्ट किया गया है कि 'जीवन्मुक्तावस्था' को 'सर्वभूतहितकर-अवस्था' भी कह सकते हैं ।

श्लोक ५.२८ में इच्छा-भय-क्रोध से छुटकारा पाने का उल्लेख है जो स्थितप्रज्ञ-प्रसंग के श्लोक २.५६ के समान है ।

(इ) व्यावहारिक साम्ययोगी

पूर्णत्व-अवस्था में साम्य-भाव की महत्ता के विषय में जीवन्मुक्तावस्था-सम्बन्धी विवेचन में ऊपर लिखा जा चुका है; इसलिए छठे अध्याय का तद्विषयक वर्णन एक प्रकार से पाँचवें अध्याय के समान ही है । किंतु गीता की दृष्टि में साम्य-भाव इतना महत्त्वपूर्ण है कि थोड़ा-थोड़ा परिवर्तन करके इसकी महिमा अनेक बार गाई गई है । उदाहरणतः व्यावहारिक साम्ययोगी के प्रसंग में—जो श्लोक ६.२७ से ६.३२ तक के छः श्लोकों में वर्णित है—एक नई बात का समावेश है जो निम्नलिखित है—

"साम्ययोगी अन्य व्यक्तियों के सुख से सुखी और दुःख से दुखी होता है जिससे समाज में पारस्परिक सहयोग तथा सहानुभूति का वातावरण दृढ़ होता है।"

इस प्रसंग की विशेषता पर ध्यान केंद्रित करने के लिए छः में से केवल एक श्लोक (६.३२) को यहाँ लिखना पर्याप्त होगा—

आत्मौपम्येन सर्वत्र समं पश्यति योऽर्जुन।
सुखं वा यदि वा दुःखं स योगी परमो मतः ॥ ६.३२ ॥

सरल भावार्थ—आत्मौपम्य भाव का अर्थ है सब में एक ही आत्मा को देखना। व्यावहारिक साम्ययोगी इस भाव के आधार पर सब प्राणियों के प्रति सम-भाव रखता है और उनके दःख से दुखी और सुख से सुखी होता है।

टिप्पणी—"व्यावहारिक" शब्द के प्रयोग के पीछे यह भावना है कि सम-भाव केवल बौद्धिक स्तर पर ही न रहे बल्कि व्यवहार में भी प्रतिबिंबित हो।

(ई) **भक्त**

भक्त के लक्षण गीता के ८ श्लोकों में—अर्थात् १२.१३ से १२.२० तक—वर्णित हैं। इन लक्षणों में अधिकांश उन्हीं गुणों का समावेश है जिनका उल्लेख पूर्णत्व-प्राप्ति के पिछले तीन प्रसंगों में हो चुका है। उदाहरणतः पूर्व-वर्णित स्थितप्रज्ञ के लक्षणों में यह बतलाया गया था कि "निर्ममो निरहंकारः" शब्दों से विश्वसेवा में लीन होने का भाव प्रकट किया गया है। श्लोक १२.१३ में भक्त के लिए भी यही प्रभावशाली शब्द प्रयुक्त हुए हैं। इसी प्रकार व्यावहारिक साम्ययोगी के वर्णन में जो भाव "सर्वत्र समं पश्यति" के द्वारा दिखलाया गया है, उसी समभाव को भक्त के वर्णन में सम्मिलित करने वाले शब्द हैं "अद्वेष्टा सर्वभूतानां"—श्लोक १२.१३ में ही। दो महत्त्वपूर्ण भावों को एक साथ प्रकटित करने वाले श्लोक १२.१३ के पूरे शब्द इस प्रकार हैं—

अद्वेष्टा सर्वभूतानां मैत्रः करुण एव च।
निर्ममो निरहंकारः समदुःखसुखः क्षमी ॥ १२.१३ ॥

सरल भावार्थ—भक्त किसी भी प्राणी से द्वेष नहीं करता अर्थात् यदि कोई भक्त से द्वेष करे तो भी बदले में भक्त द्वेष नहीं करता। दया तथा मैत्री भक्त के मन में बसती हैं। भक्त निर्ममो निरहंकार है अर्थात् विश्वसेवा में लीन रहता है। दूसरों को सुख पहुँचाने का प्रयत्न करते हुए भी भक्त अपने स्वयं के सुख-दुःख को समान समझता है। क्षमा करना भी भक्त का लक्षण है।

द्वेष-भाव को अपने मन से निकाल देना—इन शब्दों से गीता ने भक्त के लक्षणों का आरम्भ किया है। इसी का दूसरा रूप है शत्रु तथा मित्र को समान समझना अर्थात् अपने मन से शत्रुत्व-भाव को निकाल देना। भक्त का यह लक्षण श्लोक १२.१८ में वर्णित है—

समः शत्रौ च मित्रे च . . . . । १२.१८ ।

(उ) **त्रिगुणातीत**

प्रत्येक साधक को अपना नैतिक विकास करने के लिए तमोगुण और रजोगुण को छोड़कर सत्त्वगुण अपनाने की आवश्यकता है, जैसा कि गीता के श्लोक १४.१० का भाव है—

रजस्तमश्चाभिभूय सत्त्वं भवति भारत । १४.१० ।

सरल भावार्थ—रजोगुण और तमोगुण को दबाओ और सत्त्वगुण की वृद्धि करो।

सत्त्वगुण के साथ किसी प्रकार की आसक्ति या अहंकार न आ जाए—ऐसी शंका को निर्मूल करने के लिए गीता ने 'त्रिगुणातीत' नाम से पूर्णत्त्व-प्राप्ति की अवस्था का वर्णन श्लोक १४.२२ से १४.२७ तक के छः श्लोकों में किया है। प्रसंग-पूर्ति के लिए श्लोक १४.२१ को भी सम्मिलित करना उचित है क्योंकि उसमें अर्जुन द्वारा पूछा गया प्रश्न है। इस प्रकार त्रिगुणातीत-प्रसंग में श्लोकों की कुल संख्या सात है।

लक्षणों की दृष्टि से त्रिगुणातीत अवस्था भी पूर्व-वर्णित चार पूर्णत्व-प्राप्त अवस्थाओं के समान है। उदाहरणतः जैसे भक्त का वर्णन है "समः शत्रौ च मित्रे च", उसी के समान गुणातीत का वर्णन है, श्लोक १४.२५ में—

तुल्यो मित्रारिपक्षयोः । १४.२५ ।

समानता का द्वितीय उदाहरण "विश्वसेवा" से संबंधित है। जैसे जीवन्मुक्त व्यक्तियों का लक्षण है "सर्वभूतहिते रताः", वही भाव श्लोक १४.२६ में "सेवते" शब्द के द्वारा गुणातीत व्यक्तियों के लिए प्रकट किया गया है—

मां च योऽव्यभिचारेण भक्तियोगेन सेवते । १४.२६ ।

सरल भावार्थ—त्रिगुणातीत की पूर्णत्व अवस्था को प्राप्त करने का उपाय बतलाते हुए भगवान् सेवारूप अव्यभिचारिणी भक्ति को प्राथमिकता देते हैं। इन शब्दों की व्याख्या करते हुए स्वामी चिन्मयानन्द लिखते हैं—

> "भगवान् चाहते हैं कि उनके भक्त सेवा को ही पूजा समझें अर्थात् अपनी दिनचर्या में पर-हित-भाव से किए गए सेवाकार्यों को ही भगवान् की पूजा समझें"।
>
> (अंग्रेज़ी में लिखे विचार का भावार्थ)

(ऊ) **ब्रह्मभूत**

गीता में पूर्णत्व-प्राप्त अवस्था का छठा अर्थात् अंतिम वर्णन श्लोक १८.५१ से १८.५६ तक के छः श्लोको में किया गया है। इस वर्णन की विशेषता है—इस भाव को स्पष्ट करना कि कर्मयोग, भक्तियोग, ज्ञानयोग, ध्यानयोग—अर्थात् सब योगों के समन्वय से ही पूर्णत्व अवस्था प्राप्त होती है।

लक्षणों की दृष्टि से, ब्रह्मभूत-अवस्था के वर्णन में पूर्व-वर्णित प्रसंगों की याद आना स्वाभाविक है, जैसे—

(क) "निर्ममों निरहंकार:"—शब्दों का प्रयोग श्लोक २.७१ तथा १२.१३ में हो चुका है। वर्तमान प्रसंग के श्लोक १८.५३ में उनके समानार्थक शब्द हैं "अहंकारं विमुच्य . . . निर्मम:"।

(ख) श्लोक ५.१९ के शब्द हैं "साम्ये स्थितं मन:" तथा श्लोक ६.२९ के शब्द हैं "सर्वत्र समदर्शन:"। वर्तमान प्रसंग के श्लोक १८.५४ में प्रयुक्त शब्द हैं "सम: सर्वेषु भूतेषु"।

(ग) वर्तमान प्रसंग के श्लोक १८.५४ में प्रयुक्त शब्द "न शोचति न कांक्षति", भक्त-लक्षण-प्रसंग के श्लोक १२.१७ में भी आ चुके हैं।

(घ) वर्तमान प्रसंग के श्लोक १८.५३ में प्रयुक्त शब्द "ब्रह्मभूयाय कल्पते", त्रिगुणातीत-प्रसंग के श्लोक १४.२६ में भी आ चुके हैं।

(ङ) वर्तमान प्रसंग के श्लोक १८.५४ में प्रयुक्त शब्द "ब्रह्मभूत:", जीवन्मुक्त-प्रसंग के श्लोक ५.२४ में तथा व्यावहारिक साम्ययोगी प्रसंग के श्लोक ६.५६ में भी आ चुका है। इसी शब्द के आधार पर वर्तमान प्रसंग में वर्णित अवस्था को "ब्रह्मभूतावस्था" की संज्ञा दी जाती है।

ब्रह्मभूत व्यक्ति सेवा में लीन रहता है—यह बतलाने के लिए श्लोक १८.५६ में "सर्वकर्माणि . . . कुर्वाण:" शब्दों का प्रयोग हुआ है—

सर्वकर्माण्यपि सदा कुर्वाणो मद्व्यपाश्रय: । १८.५६ ।

सरल भावार्थ—भगवान् कहते हैं कि मेरे परायण हुआ निष्काम कर्मयोगी सदा-सर्वदा सेवारूप सब कर्मों मे लीन रहता है और ब्रह्मभूतावस्था को प्राप्त होता है। स्वामी चिन्मयानन्द का मत है कि इन शब्दों के द्वारा ईश्वरार्पित नि:स्वार्थ लोकसेवा के माध्यम से पूर्णत्व-प्राप्ति का संदेश मिलता है।

मानस में संत-महिमा के तीस प्रसंग

मानस में रामकथा और शिवकथा के साथ-साथ तीसरा महत्त्वपूर्ण विषय है संत-महिमा। संतों के लिए 'सज्जन' शब्द का भी प्रयोग किया गया है, क्योंकि वे अवगुणों को छोड़कर सद्गुण ग्रहण करते हैं। इसलिए असंत और असज्जन का एक ही तात्पर्य है, जैसे—

बंदउँ संत असज्जन चरना ।

अरण्यकाण्ड में श्रीराम नारद से कहते हैं—

सुनु मुनि संतन्ह के गुन कहऊँ ।

श्रीराम का वक्तव्य समाप्त होने पर तुलसीदासजी कहते हैं—

अस दीनबंधु कृपाल अपने भगत गुन निज मुख कहे ।

इससे स्पष्ट हो जाता है कि संत और रामभक्त—दोनों एक ही हैं और दोनों की विशेषता यह है कि वे जगत् का हित करते हैं, जिसके लिए मानस में पर-हित शब्द भी अनेक बार प्रयुक्त हुआ है । उदाहरणत: बालकाण्ड में तुलसीदासजी कहते हैं—

संत सरल चित जगतहित . . . . ।

इससे मिलते हुए शब्द अयोध्याकाण्ड में इस प्रकार हैं—

राम भगत पर हित निरत . . . .।

मानस में संत-महिमा के तीस प्रमुख प्रसंग हैं जिनमें से कुछ विस्तार से लिखे गए हैं और कुछ संक्षेप में । सातों काण्डों में से कोई भी ऐसा नहीं है जिसमें संत-महिमा का प्रसंग न हो । तुलसीदासजी ने संतों की महिमा बारह प्रमुख वक्ताओं के द्वारा बुलवाई है, जिनमें से दस के नाम इस प्रकार हैं—

श्रीराम, शिवजी काकभुशुंडि, याज्ञवल्क्य, वाल्मीकि, हनुमान्, विभीषण, देवगुरु बृहस्पति, गरुड़, तुलसीदास स्वयं ।

शेष के दो नाम इसलिए अलग से लिखे जा रहे हैं क्योंकि उनको सुनकर श्रोताओं को आश्चर्य हो सकता है । वे हैं—कामदेव तथा लंकिनी नाम की राक्षसी ।

अब प्रत्येक वक्ता द्वारा कथित संत-महिमा का सारांश प्रस्तुत है ।

श्रीराम के विचार

मानस में श्रीराम ने पाँच अवसरों पर संतों की विशेषताएँ बतलाई हैं, जिनमें से राम-भरत संवाद सबसे अधिक विस्तृत है । विस्तार में दूसरा स्थान राम-नारद संवाद का है । इनके अतिरिक्त तीन संक्षिप्त प्रसंग हैं, जैसे राम-लक्ष्मण संवाद, श्रीराम द्वारा सनकादि मुनियों का स्वागत और श्रीराम द्वारा विभीषण को अपनी शरण में रखने का निश्चय ।

राम-भरत संवाद उत्तरकाण्ड में वर्णित है । श्रीराम संत और असंत का भेद समझाने के लिए चंदन और कुल्हाड़ी का उदाहरण देते हैं । कुल्हाड़ी चंदन को काटती है किन्तु चंदन काटने वाली कुल्हाड़ी को भी अपनी सुगंध दे देता है ।

संत असंतन्हि कै असि करनी । जिमि कुठार चंदन आचरनी ॥
काटइ परसु मलय सुनु भाई । निज गुन देइ सुगंध बसाई ॥

श्रीराम आगे कहते हैं कि संतों को दूसरों का दुःख देखकर दुःख होता है और सुख देखकर सुख । वे किसी को शत्रु नहीं समझते । वे दीनों पर विशेष दया करते हैं । वे सबको सम्मान देते हैं पर स्वयं अभिमानरहित होते हैं ।

विषय अलंपट सील गुनाकर । पर दुख दुख सुख सुख देखे पर ॥
सम अभूतरिपु विमद विरागी । लोभामरष हरष भय त्यागी ॥
कोमलचित दीनन्ह पर दाया । मन वच क्रम मम भगति अमाया ॥
सबहि मानप्रद आपु अमानी । भरत प्रान सम मम ते प्रानी ॥

संतों के लिए निंदा और स्तुति दोनों समान हैं । उनकी ममता के केन्द्र सांसारिक भोग नहीं बल्कि श्रीराम के चरणकमल हैं ।

निंदा अस्तुति उभय सम ममता मम पद कंज ।
ते सज्जन मम प्रानप्रिय गुन मंदिर सुख पुंज ॥

संत-महिमा के माध्यम से श्रीराम ने पर-हित का संदेश न केवल भरत को दिया बल्कि सारे संसार को दिया । बहुत से सामाजिक कार्यकर्ताओं। का मत है कि श्रीराम द्वारा कथित निम्नलिखित चौपाई मानस की सबसे प्रसिद्ध चौपाई है—

पर हित सरिस धर्म नहिं भाई । पीड़ा सम नहिं अधमाई ।
निर्नय सकल पुरान वेद कर । कहेउँ तात जानहिं कोविद नर ॥

अब राम-नारद संवाद को लें जो अरण्यकाण्ड के अन्त में वर्णित है । श्रीराम कहते हैं कि संतों को न केवल धर्म का ज्ञान होता है बल्कि उनकी गति अर्थात् आचरण धर्मानुकूल होता है । वे ईश्वर की लीलाओं को गाते-सुनते हैं और बिना किसी स्वार्थ के दूसरों के हित में लगे रहते हैं ।

सावधान मानद मदहीना । धीर धर्म गति परम प्रवीना ॥

. . . .

गावहिं सुनहिं सदा मम लीला । हेतु रहित परहित रत सीला ॥

श्रीराम नारद को कहते हैं कि समत्व और शीतलता संतों के गुण हैं । वे सबसे प्रेम करते हैं । श्रद्धा, क्षमा, मैत्री, दया और भगवान् के चरणों में निष्कपट प्रेम उनके अन्य गुण हैं । वे दम्भ, अभिमान और मद को छोड़ते हैं और भूलकर भी कुमार्ग पर पैर नहीं रखते ।

सम सीतल नहिं त्यागहिं नीती । सरल सुभाउ सबहि सन प्रीती ॥

. . . .

श्रद्धा छमा मयत्री दाया । मुदिता मम पद प्रीति अमाया ॥

. . . .

दम्भ मान मद करहिं न काऊ । भूलि न देहिं कुमारग पाऊ ।

राम–लक्ष्मण संवाद भी अरण्यकाण्ड में वर्णित है । यह संवाद ईश्वर–जीव भेद के ज्ञान से आरम्भ होता है किन्तु बाद में उसमें भक्तियोग की भी चर्चा है । श्रीराम कहते हैं कि भक्ति सुख की मूल है किंतु वह मिलती तभी है जब संत प्रसन्न होते हैं । जिस साधना से भक्ति प्राप्त होती है उसका एक महत्त्वपूर्ण अंग है—संतों के चरणों में प्रेम ।

भगति तात अनुपम सुखमूला । मिलइ जो संत होइँ अनुकूला ॥

. . . .

संत चरण पंकज अति प्रेमा । मन क्रम वचन भजन दृढ़ नेमा ॥

. . . .

काम आदि मद दम्भ न जाकें । तात निरंतर बस मैं ताकें ॥

सनकादि मुनियों का श्रीराम द्वारा किए गए स्वागत का संक्षिप्त वर्णन उत्तरकाण्ड में है । श्रीराम ने मुनियों से कहा कि आपके आगमन से सत्संग का जो अवसर मिला है वह बहुत सौभाग्य से प्राप्त होता है ।

कर गहि प्रभु मुनिवर बैठारे । परम मनोहर वचन उचारे ॥
बड़े भाग पाइव सतसंगा । बिनहिं प्रयास होहिं भव भंगा ॥
संत संग अपवर्ग कर कामी भव कर पंथ ।
कहहिं संत कवि कोविद श्रुति पुरान सदग्रंथ ॥

विभीषण द्वारा श्रीराम की शरण में आने का प्रसंग सुंदरकाण्ड में वर्णित है । श्रीराम ने कहा कि तुमने रावण द्वारा अपनाए गए कुमार्ग को छोड़कर निष्काम भाव से मेरी भक्ति का आश्रय लिया, इसलिए मैं तुम्हें संत अर्थात् अपना प्रिय भक्त समझता हूँ । उन्होंने यह भी कहा कि ईश्वर की सगुण भक्ति और पर–हित भाव—ये दोनों साथ–साथ चलते हैं ।

जौं नर होइ चराचर द्रोही । आवै सभय सरन तकि मोही ॥
समदरसी इच्छा कछु नाहीं । हरष सोक भय नहिं मन माहीं ॥
अस सज्जन मम उर बस कैसें । लोभी हृदयँ बसइ धनु जैसें ॥
तुम्ह सारिखे संत प्रिय मोरें । धारउँ देह नहिं आन निहोरें ॥
सगुन उपासक परहित निरत नीति दृढ़ नेम ।
ते नर प्रान समान मम जिन्ह के द्विज पद प्रेम ॥

श्रीराम ने विभीषण से सहानुभूति, दिखलाते हुए कहा कि तुम जैसे संत को राक्षसों के मध्य रहना पड़ा इसका मुझे दुःख है क्योंकि दुष्टों का—असंतों का—संग तो नरक से भी बुरा है ।

बरु भल वास नरक कर ताता । दुष्ट संग जनि देइ विधाता ॥

शिवजी के विचार

तुलसीदासजी ने मानस मे शिवजी को रामकथा के सबसे प्रमुख वक्ता के रूप में प्रस्तुत किया है । पार्वतीजी को कथा सुनाते हुए वे बीच-बीच में संतों के लक्षण तथा सत्संग की महिमा के विषय में अपने विचार प्रकट करते हैं । उदाहरणतः सुन्दरकाण्ड में रावण द्वारा विभीषण को लात मारने का प्रसंग है । बदले में विभीषण ने बार-बार अपने बड़े भाई रावण के चरण ही पकड़े और कहा कि आप पिता तुल्य हैं, आप भले ही मुझे मारें किंतु आपका भला श्रीराम को भजने में ही है । शिवजी विभीषण के व्यवहार की प्रशंसा करते हुए कहते हैं कि संत लोग बुराई करने वाले की भी भलाई ही चाहते हैं ।

उमा संत कइ इहइ बड़ाई । मंद करत जो करइ भलाई ॥

किंतु सब को अपने कर्म का फल मिलता है । विभीषण तो श्रीराम की शरण में चला गया, किन्तु रावण और उसके साथी विभीषण का अपमान करके अपनी ही हानि कर बैठे । शिवजी ने पार्वतीजी से कहा कि संत का अपमान करने वाले का कल्याण कैसे हो सकता है ।

साधु अवग्या तुरत भवानी । कर कल्याण अखिल कै हानी ॥

बुराई किए जाने पर भी विरोध न करने का दूसरा उदाहरण उत्तरकाण्ड में वर्णित है । काकभुशुंडि के अन्तिम जन्म में लोमश मुनि ने क्रोधित होकर उन्हें श्राप दे दिया, किन्तु काकभुशुंडि ने बदले में क्रोध न दिखलाकर लोमश मुनि की चरण वन्दना की । ऐसे व्यवहार की प्रशंसा करते हुए शिवजी कहते हैं कि श्रीराम के चरणों के प्रेमी अर्थात् संत लोग सारे जगत् को प्रभुमय ही देखते हैं, इसलिए वे किसी से विरोध नहीं करते ।

उमा जे राम चरन रत विगत काममद क्रोध ।
निज प्रभुमय देखहिं जगत केहि सन करहिं विरोध ॥

उत्तरकाण्ड में श्रीराम की स्तुति करते हुए भी शिवजी कहते हैं कि संत लोगों के सुखी होने का यही कारण है कि वे मान-अपमान के प्रति समत्व भाव रखते हैं ।

सम मानि निरादर आदरही । सब संत सुखी विचरन्ति मही ॥

उत्तरकाण्ड में ही शिवजी सत्संग की महिमा बतलाते हुए काकभुशुंडि-गरुड़ संवाद का विस्तार से वर्णन करते हैं । उनका यह विश्वास है कि श्रीहरि की कृपा से सत्संग प्राप्त होता है और सत्संग से सारे संदेहों का नाश हो जाता है ।

गिरिजा संत समागम सम न लाभ कछु आन ।
बिनु हरि कृपा न होई सो गावहिं वेद पुरान ॥

जब गरुड़ को मोह हुआ और उसने शिवजी से उसको दूर करने का उपाय पूछा, तब शिवजी ने कहा कि तुम सत्संग करो क्योंकि सत्संग में श्रीहरि की कथा सुनने से ही तुम्हारा मोह नाश होगा ।

मिलेहु गरुड़ मारग महँ मोही । कवन भाँति समुझावौं तोही ॥
तबहिं होइ सब संसय भंगा । जब बहुकाल करिअ सतसंगा ॥
सुनिअ तहाँ हरि कथा सुहाई । नाना भाँति मुनिन्ह जो गाई ॥
बिनु सतसंग न हरि कथा तेहि बिनु मोह न भाग ।
मोह गएँ बिनु राम पद होइ न दृढ़ अनुराग ॥

पार्वतीजी के लिए रामकथा आरम्भ करने से पहले भी शिवजी ने सत्संग की महिमा संक्षेप में कही । बालकाण्ड में उन्होंने इतना तक कह दिया कि जिन नेत्रों ने संत के दर्शन नहीं किए, उन नेत्रों को तो नकली ही समझो, जैसे मोर के पंखों पर नकली आँखें बनी हुई होती हैं ।

नयनन्हि संत दरस नहिं देखा । लोचन मोरपंख कर लेखा ॥

मानस के अन्त में, रामकथा समाप्त करने से पहले, शिवजी फिर सत्संग की महिमा संक्षेप में कहते हैं—

धन्य घरी सोइ जब सतसंगा ।

काकभुशुंडि के विचार

मानस में रामकथा के दूसरे प्रमुख वक्ता हैं काकभुशुंडि । उनसे कथा सुनने के बाद गरुड़ ने विशेषरूप से प्रार्थना की कि आप मुझे संतों और असंतों का भेद बतलाइए । काकभुशुंडि ने कहा कि संत परहित के लिए दु:ख सहते हैं जबकि असंत दूसरों को दु:ख पहुँचाने के लिए ऐसा करते हैं ।

संत सहहिं दुख पर हित लागी । पर दुख हेतु असंत अभागी ॥

इसी भाव को उदाहरण देकर काकभुशुंडि ने स्पष्ट किया । उन्होंने संतों की उपमा देने के लिए चुना भोज का वृक्ष जो दूसरों के हित के लिए अपनी खाल तक उधड़वा देता है । इसके विपरीत असंतों की उपमा के लिए उन्होंने चुना सन को जो

दूसरों को बाँधने के लिए अपनी खाल खिंचवा कर स्वयं मर भी जाते हैं ।

भूर्ज तरू सम संत कृपाला । परहित निति सह विपति बिसाला ॥
सन इव खल पर बंधन करई । खाल कढ़ाई विपति सहि मरई ॥

काकभुशुंडि कहते हैं कि यदि असंतों को मनचाही करने से न रोका जाए तो बढ़ते-बढ़ते वे सारे जगत् को दुःख देते हैं जैसे केतु ग्रह । इसके विपरीत यदि संतों को प्रोत्साहन मिले तो उनके अभ्युदय से विश्व को सुख मिलता है जैसे चन्द्रमा एवं सूर्य से ।

दुष्ट उदय जग आरति हेतू । जथा प्रसिद्ध अधम ग्रह केतू ॥
संत उदय संतत सुखकारी । बिस्व सुखद जिमि इन्दु तमारी ॥

अरण्यकाण्ड के राम-नारद संवाद के प्रसंग से यह स्पष्ट होता है कि संत और रामभक्त एक ही हैं । काकभुशुंडि संतों को श्रीराम के दास बतला कर अपना विश्वास प्रकट करते हैं कि संसार का लगातार हित करने के लिए संतों का कार्य-क्षेत्र एक दृष्टि से श्रीराम द्वारा अपनाए हुए क्षेत्र से भी अधिक विस्तृत हो सकता है । वे कहते हैं कि श्रीराम को समुद्र समझो और संतों को बादल, जो समुद्र के पानी को वर्षा के रूप में जगह-जगह पहुँचाते हैं । इसी प्रकार श्रीराम यदि चंदन के वृक्ष हैं तो संत हैं पवन, जो चंदन की सुगन्ध को चारों ओर फैलाते हैं ।

मोरें मन प्रभु अस बिस्वासा । राम ते अधिक राम कर दासा ॥
राम सिन्धु घन सज्जन धीरा । चंदन तरू हरि संत समीरा ॥

काकभुशुंडि गरुड़ का स्वागत करते हुए कहते हैं कि संत-समागम का यह अवसर उनको श्रीराम की कृपा से ही मिला है । सब श्रोताओं को सम्बोधित करते हुए वे कहते हैं कि सत्संग करो और दुष्टों का संग छोड़ो ।

आजु धन्य मैं धन्य अति जद्यपि सब विधि हीन ।
निज जन जानि राम मोहि संत समागम दीन ॥
सत संगति दुर्लभ संसारा । निमिष दण्ड भरि एकउ बारा ॥

. . . .

अस विचारि जोइ कर सतसंगा । राम भगति तेहि सुलभ विहंगा ॥

. . . .

काहू सुमति कि खल सँग जामी । . . . .

याज्ञवल्क्य तथा वाल्मीकि के विचार

याज्ञवल्क्य मुनि प्रतापभानु की कथा के माध्यम से संतों के स्नेहपूर्ण व्यवहार की ओर ध्यान दिलाते हैं । राजा प्रताप भानु वन में भटक जाते हैं जहाँ उनका एक पुराना शत्रु

मुनि का वेष बनाकर छिपा हुआ है । प्रताप भानु धोखे में आ जाते हैं और कपटी मुनि को सच्चा संत समझकर उससे सहायता की प्रार्थना करते हैं । उसका परिणाम अन्त में विनाशकारी होता है । किंतु संत दूसरों के लिए कष्ट सहते हैं—ऐसे शब्द याज्ञवल्क्य मुनि इस प्रसंग में प्रतापभानु से कहलवाते हैं ।

अस कहि गहे नरेस पद स्वामी होहु कृपाल ।
मोहि लागि दुख सहिअ प्रभु सज्जन दीनदयाल ॥

सज्जनों अर्थात् संतों के स्नेहपूर्ण व्यवहार के तीन उदाहरण भी याज्ञवल्क्य मुनि देते हैं । वे कहते हैं कि पर्वत घास को सहारा देते हैं, समुद्र फेन को और धरती धूल को ।

बड़े सनेह लघुन्ह पर करहीं । गिरि निज सिरनि सदा तृन धरहीं ॥
जलधि अगाध मौलि वह फेनू । संतत धरनि धरत सिर रेनू ॥

याज्ञवल्क्य मुनि परहित भाव की सराहना कामदेव द्वारा भी करवाते हैं । इसका वर्णन गरुड़ द्वारा कृत संत महिमा के बाद इसी अध्याय में प्रस्तुत किया जाएगा ।

वाल्मीकि ऋषि द्वारा वर्णित भक्तों की महिमा भी संत महिमा का ही एक रूप है—ऐसा कहना मानस के भावों के अनुकूल है । भक्तों या संतों के हृदय में दूसरे व्यक्तियों के प्रति सहानुभूति की भावना की वाल्मीकिजी ने सराहना की है । वे कहते हैं कि श्रीराम के प्राणप्यारे वही हैं जो दूसरों की सम्पत्ति देखकर हर्षित होते हैं तथा दूसरों की विपत्ति देखकर दुखी होते हैं ।

जे हरषहिं पर संपति देखी । दुखित होहिं पर विपति विसेषी ॥
जिन्हहिं राम तुम्ह प्रानपिआरे । तिन्ह के मन सुभ सदन तुम्हारे ॥

हनुमान् तथा विभीषण के विचार

हनुमान् एवं विभीषण का प्रथम मिलन सुंदरकाण्ड का एक महत्त्वपूर्ण प्रसंग है जिसने आगे होने वाली घटनाओं के लिए भूमिका तैयार कर दी । हनुमान्जी जैसे संत ने अपने विवेक के ही कारण राक्षसों के बीच में रहने वाले विभीषण जैसे संत को पहचान लिया । जो संकेत हनुमान्जी को मिले और जो शंका भी हनुमान्जी को आरम्भ में हुई, उनका वर्णन मानस में इस प्रकार हुआ है—

भवन एक पुनि दीख सुहावा । हरि मंदिर तहँ भिन्न बनावा ॥
रामायुध अंकित गृह सोभा बरनि न जाइ ।
नव तुलसिका बृंद तहँ देखि हरष कपिराइ ॥
लंका निसिचर निकर निवासा । इहाँ कहाँ सज्जन कर वासा ॥
मन महुँ तरक करैं कपि लागा । तेहीं समय बिभीषनु जागा ॥
राम राम तेहिं सुमिरन कीन्हा । हृदयँ हरष कपि सज्जन चीन्हा ॥

हनुमान्‌जी को यह विश्वास हो गया कि इस घर में कोई संत रहते हैं तब उन्होंने निश्चय किया कि मैं अपनी ओर से ही पहल करके इनसे परिचय करूँगा क्योंकि संतों से मिलना कल्याणकारी होता है ।

एहि सन हठि करिहउँ पहिचानी । साधु ते होइ न कारज हानी ॥

विभीषण ने हनुमान्‌जी को बताया कि राक्षसों के बीच में रहने के कारण उन्हें अभी तक यह भरोसा नहीं था कि उन्हें श्रीराम की कृपा प्राप्त होगी । किंतु अब हनुमान्‌जी जैसे संत के दर्शन होने से उन्हें विश्वास हो गया है कि उन पर श्रीराम की कृपा है ।

अब मोहि भा भरोस हनुमंता । बिनु हरिकृपा मिलहिं नहिं संता ॥

इसी विश्वास के बल पर बाद में विभीषण श्रीराम की शरण में आ गए ।

बृहस्पति तथा गरुड़ के विचार

देवताओं के गुरु बृहस्पति द्वारा कथित एक उल्लेखनीय दोहा अयोध्याकाण्ड में है । भरत श्रीराम से मिलने चित्रकूट की ओर जा रहे थे । देवराज इंद्र को यह भय हो गया कि कहीं भरतजी के प्रेमवश श्रीराम अयोध्या लौटने को तैयार न हो जाएँ—क्योंकि फिर रावण के अत्याचारों का अंत कैसे होगा? इंद्र ने बृहस्पति से कहा कि कुछ छल-कपट करके ऐसा उपाय कीजिए जिससे भरत की श्रीराम से भेंट ही न हो । इसका उत्तर देते हुए बृहस्पति ने इंद्र को सलाह दी कि राम के भक्त अर्थात् संत के विरुद्ध कभी छल-कपट नहीं करना चाहिए ।

जो अपराधु भगत कर करई । राम रोष पावक सो जरई ॥
अस जियँ जानि तजहु कुटिलाई । करहु भरत पर प्रीति सुहाई ॥

रामभक्त अर्थात् संत का परहित भाव बतलाने वाला प्रसिद्ध दोहा बृहस्पति इस अवसर पर इंद्र को सुनाते हैं । वे कहते हैं कि श्रीराम के भक्त सदा दूसरों के हित में लगे रहते हैं और वे दयालु होने के कारण दूसरों के दुःख से दुखी होते हैं । फिर, भरतजी तो भक्तों के शिरोमणि हैं, इसलिए उनसे किसी प्रकार का भय मत रखो ।

राम भगत परहित निरत पर दुख दुखी दयाल ।
भगत सिरोमनि भरत तें जनि डरपहु सुरपाल ॥

संतों के परहित-भाव का वर्णन करते हुए उत्तरकाण्ड में गरुड़ ने बहुत अच्छी उपमाएँ दी हैं । उदाहरणतः गरुड़ काकभुशुंडि से कहते हैं कि कवियों ने संतों के हृदय को मक्खन के समान बताया है । किंतु गरुड का कहना है कि यह उपमा अधूरी है,

क्योंकि मक्खन तो तब पिघलता है जब उसे अर्थात् स्वयं को ताप मिलता है, जबकि संत पिघल जाते हैं, दूसरों के दु:ख से ।

संत हृदय नवनीत समाना । कहा कविन्ह परि कहै न जाना ॥
निज परिताप द्रवइ नवनीता । पर दुख द्रवहिं संत सुपुनीता ॥

परहित करने वाले संतों की उपमा गरुड़ ने पेड़, नदी, पर्वत और पृथ्वी से भी दी है । पेड़ यात्रियों को छाया तथा फल देते हैं । नदियाँ दूर–दूर तक पानी पहुँचाती हैं । पर्वतों में नदियों का उद्‌गम होता है और पृथ्वी कष्ट सहकर भी सब का भार वहन करती है ।

संत विटप सरिता गिरि धरनी । पर हित हेतु सबन्ह कै करनी ॥

गरुड़ ने काकभुशुंडि के प्रति कृतज्ञता प्रकट करते हुए कहा कि मुझे आपके दर्शन श्रीराम की कृपा से ही हुए और आपने मेरा सारा संदेह दूर कर दिया । गरुड़ ने कहा कि आप जैसे सच्चे संत बिना राम कृपा के नहीं मिल सकते ।

संत विसुद्ध मिलहिं परि तेही । चितवहिं राम कृपा करि जेही ॥
राम कृपाँ तव दरसन भयऊ । तव प्रसाद सब संसय गयऊ ॥

कामदेव तथा लंकिनी के विचार

मानस में रामकथा तथा शिवकथा—दोनों का ही वर्णन है । याज्ञवल्क्य मुनि शिवकथा सुनाते हुए बालकाण्ड में कहते हैं कि शिवजी की लम्बी समाधि को भंग करने के लिए देवताओं ने कामदेव से प्रार्थना की । कामदेव समझ गए कि शिवजी के कार्यक्रम में बाधा डालना अपने लिए घोर संकट बुलाने जैसा है, हो सकता है मुझे अपना शरीर भी त्याग करना पड़े । कामदेव ने देवताओं से कहा कि यह सब जानते हुए भी मैं परहित का कार्य करने को तैयार हूँ, क्योंकि वेदों ने परोपकार को परम धर्म बतलाया है और संत लोगों के जीवन से भी यही शिक्षा मिलती है ।

सुरन्ह कही निज विपति सब मुनि मन कीन्ह विचार ।
संभु विरोध न कुसल मोहि विहसि कहेउ अस मार ॥
तदपि करब मैं काजु तुम्हारा । श्रुति कह परम धरम उपकारा ॥
परहित लागि तजइ जो देही । संतत संत प्रसंसहिं तेही ॥

तुलसीदासजी ने सुंदरकाण्ड में लंकिनी नाम की राक्षसी के मुख से भी सत्संग की महिमा कहलवाई है । आरम्भ में तो इस राक्षसी ने हनुमान्‌जी को ललकारा, किंतु जब हनुमान्‌जी ने उस पर प्रहार किया तब उसको ब्रह्माजी के वचन याद आ गए । ब्रह्माजी ने कहा था कि जब तू बंदर के प्रहार से व्याकुल हो जाए, तब समझ लेना कि राक्षसों

का अंत निकट है । यह सब याद करके लंकिनी ने हनुमान्‌जी से कहा कि आप श्रीराम के दूत हैं और संत हैं, और यह मेरा सौभाग्य है कि मुझे आपके दर्शन हुए। लंकिनी ने आगे कहा कि क्षणमात्र के सत्संग से जितना सुख मिलता है, उतना सुख स्वर्ग और मोक्ष से भी नहीं मिल सकता ।

तात स्वर्ग अपवर्ग सुख धरिअ तुला एक अंग ।
तूल न ताहि सकल मिलि जो सुख लव सतसंग ॥

तुलसी के विचार

अब इस अध्याय के अंत में स्वयं तुलसीदासजी द्वारा वर्णित संत-महिमा का सारांश प्रस्तुत है । बालकाण्ड के आरम्भ में वे कहते हैं कि संत-समाज को चलता-फिरता तीर्थराज प्रयाग समझो । जिस प्रकार प्रयाग की महिमा का आधार है तीन पवित्र नदियाँ—गंगा, सरस्वती, यमुना—उसी प्रकार संत-समाज में तीन पवित्र साधन हैं—भक्ति, ज्ञान, कर्म । इसका यह तात्पर्य हुआ कि सत्संग की पूर्णता तभी समझनी चाहिए जब उसके द्वारा भक्तियोग, ज्ञानयोग और कर्मयोग—तीनों योगों की समुचित जानकारी प्राप्त हो जाए । इन तीनों योगों में से किसी भी योग की अवहेलना या निंदा करना संत-समाज की गरिमा के अनुकूल नहीं है ।

मुद मंगलमय संत समाजू । जो जग जंगम तीरथराजू ॥
राम भक्ति जहँ सुरसरि धारा । सरसइ ब्रह्म विचार प्रचारा ॥
विधि निषेधमय कलिमल हरनी । करम कथा रविनंदनि बरनी ॥

तुलसीदासजी ने संतों की पहचान करने का एक सरल उपाय यह बतलाया है कि वे अवगुणों को छोड़कर सदगुणों को ग्रहण करते हैं ।

जड़ चेतन गुन दोषमय विस्व कीन्ह करतार ।
संत हंस गुन गहहिं पय परिहरि वारि विकार ॥

सद्‌गुण ग्रहण करने से संतों में आन्तरिक तथा बाह्य—दोनों प्रकार की विशेषताएँ आती हैं, इसलिए तुलसीदासजी उन्हें सरल हृदय तथा जगत् के हितकारी कहकर पुकारते हैं—

संत सरलचित जगत हित . . . .

इसके विपरीत असंत हैं जिनको तुलसीदासजी खल अर्थात् दुष्ट कहकर पुकारते हैं और उनकी पहचान यह है कि वे किसी का भी हित सुनकर जलते हैं—चाहे वह व्यक्ति शत्रु हो, या मित्र, चाहे उदासीन ।

उदासीन अरि मीत हित सुनत जरहिं खल रीति ।

मानस के लिए शुभकामनाएँ प्राप्त करने के लिए तुलसीदासजी संतों और असंतों—दोनों की ही वन्दना करते हैं क्योंकि उनकी दृष्टि में सारा संसार सियाराममय है । व्यावहारिक रूप से इन दोनों में वे इतना भेद अवश्य मानते हैं कि संतों के बिछुड़ने से दुःख होता है और असंतों के मिलने से भी ।

वंदउँ संत असज्जन चरना । दुखप्रद उभय बीच कछु वरना ॥
बिछुरत एक प्रान हरि लेहीं । मिलत एक दुख दारुन देहीं ॥

तुलसीदासजी सबको चेतावनी देते हैं कि बुरे संग से हानि होगी और अच्छे संग से लाभ ।

हानि कुसंग सुसंगति लाहू । लोकहुँ वेद विदित सब काहू ॥
ग्रह भेषज जल पवन पट पाइ कुजोग सुजोग ।
होहिं कुवस्तु सुवस्तु जग लखहिं सुलच्छन लोग ॥

रामकथा के विभिन्न प्रसंगों के उदाहरण देते हुए तुलसीदासजी अयोध्याकाण्ड में कहते हैं कि मंथरा के बुरे संग ने कैकेयी को विनाश के पथ पर धकेल दिया ।

कैकयसुता हृदयँ अति दाहू । . . . .
को न कुसंगति पाइ नसाई । रहइ न नीच मतें चतुराई ॥

इसके विपरीत प्रसंग सुंदरकाण्ड में वर्णित है । हनुमान्‌जी जैसे संत के मिलने से विभीषण को श्रीराम की कृपा के विषय में विश्वास हो गया ।

अब मोहि भा भरोस हनुमंता । बिनु हरिकृपा मिलहिं नहिं संता ॥

संतों द्वारा परहित का कार्य करते समय कठिनाइयाँ अवश्य आती हैं किन्तु उन्हें प्रभुकृपा का भरोसा होता है, इसलिए वे धर्म और नीति का मार्ग नहीं छोड़ते । लंकाकाण्ड में तुलसीदासजी लिखते हैं—

कोटि विघ्न ते संत कर मन जिमि नीति न त्याग ।

गरुड़ ने संतों की उपमा पर्वत से दी है । किष्किन्धाकाण्ड में वर्षाकाल का वर्णन करते हुए तुलसीदासजी कहते हैं कि पर्वत और संत—दोनों सहनशील होते हैं । पर्वत बूँदों की चोट सहते हैं और संत लोग दुष्टों के कटु वचन सहते हैं ।

बूँद अघात सहहिं गिरि कैसें । खल के वचन संत सह जैसें ।

संतों में इस प्रकार की सहनशीलता भी इसलिए है कि वे प्रहार करने वाले खल का भी भला चाहते हैं—

संत सरल चित जगत हित . . . . ।

अध्याय ५

देशकालोचित सर्वभूतहित अथवा सकलमंगल

गीता तथा मानस—दोनों के द्वारा प्रतिपादित धर्म को 'युग-धर्म' कहना उचित है, और इस मत के समर्थन में दोनों ग्रंथों के शब्द भी हैं, जैसे—

सम्भवामि युगे युगे ॥ *गीता* **४.८ ॥**
बुध जुग धर्म जानि मन माहीं । तजि अधर्म रति धर्म कराहीं ॥
(*मानस–उत्तकाण्ड* में)

यदि ''युगधर्म'' का शाब्दिक अर्थ लिया जाए तो चार युगों—सत्ययुग, त्रेतायुग द्वापरयुग, कलियुग—के चार, भिन्न-भिन्न धर्म—ऐसा विचार इस शब्द से निकल सकता है । महाभारत और मनुस्मृति—दोनों में पाए जाने वाला निम्नलिखित श्लोक इस विचार की पुष्टि करता है—

अन्ये कृतयुगे धर्मास्त्रेतायां द्वापरेऽपरे ।
अन्ये कलियुगे नृणां युगह्रासानुरूपतः ॥

सरल भावार्थ—युग-परिवर्तन के साथ-साथ धर्म का रूप भी बदल जाता है, इसलिए सत्ययुग, त्रेतायुग, द्वापरयुग, कलियुग—इन चारों के धर्म भी अलग-अलग हैं ।

किंतु किसी भी युग की पूरी अवधि में धर्म के एक ही रूप से व्यक्ति तथा समाज—दोनों की आवश्यकताएँ ठीक प्रकार पूरी होती रहेंगी—ऐसा सोचना 'युगधर्म' शब्द के प्रति संकुचित दृष्टि अपनाने के समान है । युग की लम्बी अवधि के बीच में भी धर्म के कुछ अंगों को बदलने की आवश्यकता हो सकती है । इसलिए 'युगधर्म' का व्यावहारिक अर्थ यह लेना उचित है कि—युग-परिवर्तन के बिना भी—जब-जब नए धर्म की आवश्यकता प्रतीत हो, तब-तब उसके लिए जनमत को तैयार करना उपयोगी है । गीता तथा मानस—दोनों में प्रकटित विचार युगधर्म के व्यावहारिक अर्थ के अनुकूल हैं—इस प्रकार का विवेचन इस अध्याय में प्रस्तुत है—किंतु धर्म का मूल उद्देश्य सदा लोकहित ही रहेगा जिसका एक सुविख्यात रूप है 'सर्वभूतहित' । अध्याय २ में

उल्लिखित दस शब्दों या शब्द-समूहों की शृंखला में से इस अध्याय में दो का विवेचन है—अर्थात् देशकालपौरुषानुकूल सेवा का तथा सर्वभूतहित का ।

समयानुकूल परिवर्तन का सिद्धान्त

"नवीन भारत की आधारशिलाएँ"—इस आशय की एक अंग्रेज़ी पुस्तक के लेखक श्री के० एम० पनिक्कर का मत है कि अवतार-घोषणा से धर्म एवं समाज—दोनों में परिवर्तन लाने के सिद्धान्त को पुष्टि मिलती है । श्रीपनिक्कर की पुस्तक के कुछ चुने हुए शब्दों का सरल भावार्थ देखें—

> "परिवर्तन के सिद्धान्त को दार्शनिक समर्थन देना—वर्तमान भारत के लिए गीता की यह महत्त्वपूर्ण देन है । यहाँ का समाज रूढ़ियों एवं पुराने रीति-रिवाज़ों के बोझ से दब गया था । गीता की अवतार-घोषणा ने बताया कि समय-समय पर परिवर्तन लाना ईश्वर का आदेश है । नई परिस्थितियों के उपयुक्त नया धर्म तथा नया समाज—इससे अधिक प्रभावशाली संदेश क्या हो सकता है? इस संदेश ने उन नेताओं को बल दिया है जो भारतीय समाज को नए ज़माने की आवश्यकताओं के अनुकूल बनाने के लिए उसमें सार्थक नवजीवन का मंत्र फूँकना चाहते हैं । "
>
> (*फाउण्डेशन्स ऑफ न्यू इंडिया* से)

गीता द्वारा दिए गए नए मोड़ का प्रथम उदाहरण—यज्ञ

वैदिक धर्मग्रंथों में अपना विशेष स्थान बनाए रखते हुए भी गीता ने स्वयं वैदिक काल से चले आ रहे कई विचारों को नया मोड़ दिया । इसका सबसे प्रमुख तथा प्रथम उदाहरण है "यज्ञ" । ऋग्वेद के पुरुष सूक्त के अनुसार यज्ञ के द्वारा ही सृष्टि की रचना हुई । वैदिक यज्ञ के चार प्रमुख अंग थे—द्रव्य, त्याग, देवता, मंत्र । 'द्रव्य' को अग्नि में अर्पित करने का उद्देश्य था 'इष्ट-देवता' को भेंट चढ़ाना क्योंकि अग्नि को सब देवताओं का मुख माना गया था । 'मंत्र' के द्वारा देवता की प्रार्थना होती थी और 'त्याग-भावना' का प्रतीक था मंत्र का वह भाग जिसमें कहते थे "इदं न मम" अर्थात् यह मेरा नहीं, देवता का है । यज्ञ के माध्यम से द्रव्य, प्रार्थना तथा श्रद्धा को पाकर तथा यजमान द्वारा कृत त्याग को देखकर देवता प्रसन्न होते थे और वे व्यक्ति तथा समाज—दोनों को लाभ पहुँचाते थे ।

यद्यपि 'श्रुति' शब्द में वेदों के साथ-साथ उपनिषदों को भी सम्मिलित किया जाता है, फिर भी उपनिषत्-काल में यज्ञ-संबंधित विचारों में परिवर्तन आया । इस प्रसंग में दो बातें उल्लेखनीय हैं । एक तो यह कि प्राचीन कर्मकाण्ड के स्थान पर ऋषियों ने ज्ञानकाण्ड को प्राथमिकता दी । दूसरी बात यह है कि जैमिनी-कृत पूर्वमीमांसा का स्थान वेदान्त अर्थात् उत्तरमीमांसा ने ले लिया । वेदान्त के अनुसार द्रव्यों द्वारा किए हुए

यज्ञ से केवल स्वर्ग-प्राप्ति हो सकती है, न कि कर्म-बंधन से मुक्ति—क्योंकि स्वर्ग के भोग सीमित काल तक ही भोगे जा सकते हैं और तत्पश्चात् पुनः संसार में आना पड़ता है। कर्म-बंधन से मुक्ति के लिए उपनिषदों ने ब्रह्म-ज्ञान को आवश्यक बतलाया। इस प्रकार द्रव्य-यज्ञ की अपेक्षा ज्ञान-यज्ञ को अधिक समर्थन मिला। ज्ञान-काण्ड के समर्थकों में से अनेक ने संन्यास-मार्ग अपना लिया, यद्यपि ईशावास्योपनिषत् ने कर्म करते हुए केवल विषय-वासना के त्याग को ही आवश्यक समझा।

गीता ने कर्मकाण्ड तथा ज्ञानकाण्ड के चुने हुए विचारों को लेकर—और उनकी मूल विचारधारा में कुछ नए तत्त्वों को सम्मिलित करके—यज्ञ-संबंधी विचारों को नया मोड़ दिया। गीता द्वारा प्रतिपादित दो नए तत्त्व उल्लेखनीय हैं। एक तो यह कि गीता ने स्वार्थ-प्रेरित कामनाओं की पूर्ति के लिए यज्ञ करने का समर्थन नहीं किया। दूसरा यह कि गीता ने ज्ञान-मार्गियों द्वारा संन्यास लेने को आवश्यक नहीं समझा क्योंकि गीता की दृष्टि में लोकहित के कार्यों का त्याग उचित नहीं है। इस प्रकार गीता ने वेदों के 'यज्ञ' शब्द को अपना कर भी उसको सम्पन्न करने की विधि तथा उसको प्रेरित करने वाली भावना में महत्त्वपूर्ण परिवर्तन कर दिए।

पूर्वमीमांसा का यह सिद्धान्त था कि यज्ञ के लिए किए गए कार्य से सांसारिक बंधन नहीं होता। गीता ने यह मत प्रकट किया कि स्वार्थ-प्रेरित फल की इच्छा से किया हुआ कोई भी कार्य बंधनकारक होगा। बंधन से मुक्ति के लिए गीता ने अनासक्ति को आवश्यक बतलाया। मीमांसा तथा गीता के सिद्धान्तों का मेल देखें गीता के श्लोक ३.९ में। इस श्लोक की पहली पंक्ति में मीमांसा-सिद्धान्त का सार है किंतु दूसरी पंक्ति में गीता ने 'मुक्तसंगः' शब्द को लिखकर अपने मत को भी संक्षेप में प्रकट कर दिया है। पूरा श्लोक इस प्रकार है—

यज्ञार्थात्कर्मणोऽन्यत्र लोकोऽयं कर्मबन्धनः।
तदर्थं कर्म कौन्तेय मुक्तसंगः समाचर ॥ ३.९ ॥

सरल भावार्थ—बन्धनकारक कर्म वह है जो यज्ञ के लिए न किया गया हो अर्थात् यज्ञ के लिए किए गए कर्म से बन्धन नहीं होता। भगवान् कहते हैं कि ऐसा तभी होगा जब उस कर्म में तथा उस कर्म के फल में आसक्ति नहीं होगी।

मीमांसा-सिद्धान्त और गीता का मत—इन दोनों को मिलाने से लोकहित के कार्यों को प्रोत्साहन मिला क्योंकि उन्हीं कार्यों के लिए 'सात्त्विक यज्ञ' शब्द का प्रयोग उचित था, न कि व्यक्तिगत लाभ के कार्यों के लिए जो गीता की भाषा में राजसी या तामसिक यज्ञ की श्रेणी में आते थे।

ज्ञानमार्ग के कई अनुयायियों ने, कर्म-संन्यास का समर्थन करते हुए, यज्ञ-सहित सभी कार्यों का त्याग किया—इस विचार से कि इस प्रकार वे कर्म-बंधन से छूट जाएँगे। गीता ने उन्हें याद दिलाया कि बंधन का कारण कर्म नहीं, फलासक्ति है। गीता

ने यह मत भी उनके सामने रखा कि लोकहित से प्रेरित स्वधर्म के त्याग से समाज को भी हानि होगी—क्योंकि भिक्षावृत्ति को बढ़ावा मिलेगा। इस मत को मनुस्मृति ने भी स्वीकार किया, और उसने स्वधर्मपालन को यज्ञ का ही अंग माना।

यज्ञ–संबंधी विचारों को गीता ने परिवर्तनशील समय तथा परिस्थिति के अनुकूल बनाया—इस तथ्य को समाज–सुधारकों ने बहुत महत्त्व दिया है। उदाहरणत: महात्मा गांधी ने इस प्रसंग में निम्नलिखित विचार प्रकट किए हैं—

> ''सम्भव है कि गीता से पूर्व के समय में किसी–किसी यज्ञ में पशु–बलि हो सकती थी। किंतु गीता ने यज्ञ के जितने भी प्रकार बतलाए हैं, उनमें से किसी में भी पशु–बलि की तृण–मात्र भी संभावना नहीं है। गीता ने जप यज्ञ को प्रधानता दी है। गीता के तीसरे अध्याय के अनुसार सेवा के लिए शरीर–श्रम करना भी यज्ञ का रूप ले सकता है। तीसरे और चौथे अध्यायों को मिलाकर पढ़ने से यज्ञ के अनेक अर्थ निकल सकते हैं, किंतु उनमें से किसी में भी पशु–बलि का कोई स्थान नहीं है।''

गीता द्वारा दिए गए नए मोड़ का द्वितीय उदाहरण—संन्यास

जिस प्रकार वैदिक काल में 'यज्ञ' को प्राथमिकता दी गई थी, उसी प्रकार उपनिषत्–काल में 'संन्यास' को प्रतिष्ठा मिली। बृहदारण्यक उपनिषत् में प्रयुक्त 'परिव्राजक' शब्द का अर्थ है ''भ्रमणशील संन्यासी महात्मा'' और उनके द्वारा एषणा या कामना का त्याग करके भिक्षावृति अपनाने का इस उपनिषत् में उल्लेख है, जैसे—

> ''आत्मलोक की इच्छा से परिव्राजक परिव्रज्या करते हैं। इसी कारण से पहले के विद्वान् प्रजा की इच्छा नहीं करते थे। 'प्रजा से हमें क्या प्रयोजन'—ऐसा वे कहते थे। पुत्रैषणा, वित्तैषणा तथा लोकैषणा से निवृत्त होकर वे भिक्षा से जीवन जीते हैं।''

गीता ने इस प्रकार के संन्यासी के लिए 'निरग्नि' शब्द का प्रयोग भी किया है क्योंकि संन्यास लेने पर 'यज्ञ' आदि गृहस्थाश्रम की क्रियाओं का त्याग हो जाता था और 'अग्नि' प्रतीक था 'यज्ञ' का। इस प्रकार के 'कर्मसंन्यास' के पीछे भावना यह थी कि सांसारिक बंधन से मुक्ति के लिए आत्मज्ञान की आवश्यकता है, न कि कर्म की। किंतु गीता ने मुक्ति के लिए कर्मयोग का नया मार्ग भी सुझाया। गीता का कर्मयोग वैदिक कर्मकाण्ड से भिन्न है—क्योंकि कर्मयोग में स्वार्थप्रेरित फल की इच्छा का त्याग किया जाता है, जब कि कर्मकाण्ड में फल की इच्छा प्रधान होती है।

दार्शनिक दृष्टि से गीता कर्मसंन्यास तथा कर्मयोग—दोनों को स्वीकार करती है। श्लोक ५.२ की पहली पंक्ति में भगवान् कहते हैं कि मुक्ति दोनों मार्गों के द्वारा मिल

सकती है । फिर भी व्यावहारिक दृष्टि से गीता कर्मसंन्यास की अपेक्षा कर्मयोग को अधिक श्रेष्ठ बतलाती है—क्योंकि लोकहित की वृद्धि के लिए कर्मयोग अधिक उपयोगी है । यह भाव श्लोक ५.२ की दूसरी पंक्ति में निहित है । दार्शनिक तथा व्यावहारिक—दोनों दृष्टियों का भेद समझने के लिए श्लोक ५.२ के पूरे शब्दों को देखें—

संन्यासः कर्मयोगश्च निःश्रेयसकरावुभौ ।
तयोस्तु कर्मसंन्यासात्कर्मयोगो विशिष्यते ॥ ५.२ ॥

सरल भावार्थ—मोक्ष-प्राप्ति के लिए कर्मसंन्यास तथा कर्मयोग—दोनों को दार्शनिक सर्मथन मिलता है, किंतु लोकहित की दृष्टि से अर्थात् सम्पूर्ण जीवन की सार्थकता के लिए, कर्मसंन्यास की अपेक्षा कर्मयोग अधिक उपयोगी है ।

व्यावहारिक दृष्टि से संन्यास को विशेष महत्ता न देने से संबंधित अनेक प्रसंग गीता में हैं । उदाहरणतः, गीतामतानुसार, अकर्म-स्थिति, निर्द्वन्द्व-स्थिति आदि की प्राप्ति के लिए भी कर्मयोग श्रेष्ठ है । कर्मयोग का सिद्धान्त है कि स्वार्थप्रेरित फलासक्ति का त्याग करके किया हुआ कर्त्तव्य कर्म बंधन-कारक नहीं होता, इसलिए ऐसे सात्त्विक कर्म को दार्शनिक दृष्टि से अकर्म भी कह सकते हैं । इसी प्रकार द्वन्द्वातीत होना—अर्थात् लाभ-हानि, हर्ष-शोक आदि द्वन्द्वों से प्रभावित न होना—भी कर्मयोगी का ही लक्षण है । गीता बार-बार कहती है कि कर्मबंधन से मुक्ति अर्थात् सिद्धि या परमगति को प्राप्त करने के लिए—कर्म करते हुए—कर्मफलत्याग या अनासक्ति की आवश्यकता है, न कि कर्म-त्याग की या संन्यास की—

समः सिद्धावसिद्धौ च कृत्वापि न निबध्यते ॥ ४.२२ ॥
असक्तो ह्याचरन्कर्म परमाप्नोति पुरुषः ॥ ३.१९ ॥
न च संन्यसनादेव सिद्धिं समधिगच्छति ॥ ३.४ ॥

सरल भावार्थ—जो सिद्धि और असिद्धि में समभाव रखता है, ऐसे कर्मयोगी के कर्म बन्धनकारक नहीं होते । . . . अनासक्तिपूर्वक अपने कर्त्तव्य कर्म करने वाला कर्मयोगी परमगति पाता है । . . . केवल संन्यास लेने से अर्थात् कर्मों को त्यागनेमात्र से सिद्धि प्राप्त नहीं होती ।

महात्मा गांधी ने लिखा है कि "जिस प्रकार गीता ने 'यज्ञ' शब्द का अर्थ बदल दिया, वही बात संन्यास शब्द के लिए भी लागू होती है । गीता-प्रतिपादित संन्यासी लोकहित के कार्यों अर्थात् सेवा को कभी नहीं छोड़ता" ।

मानस में भी यज्ञ तथा संन्यास के विकृत रूपों की निन्दा

जैसा ऊपर लिखा जा चुका है, गीता ने यज्ञ के तीन रूप—सात्त्विक, राजसी, तामसिक—इस आधार पर निश्चित किए हैं कि उनके द्वारा लोकहित की वृद्धि होती है

या नहीं । मानस ने भी विभिन्न प्रकार के यज्ञों का उल्लेख किया है । उदाहणतः मानस में निम्नलिखित पाँच यज्ञों का वर्णन है जिनमें से दो सात्त्विक हैं और तीन तामसिक—

(अ) राजा दशरथ द्वारा किया गया पुत्रकामेष्टि यज्ञ जो श्रीराम के जन्म से संबंधित था । पुत्र की कामना के पीछे लोकहित की भावना थी, इसलिए बालकाण्ड में वर्णित इस यज्ञ को तुलसीदासजी ने 'शुभ यज्ञ' बतलाया है—अर्थात् गीता की भाषा में 'सात्त्विक' ।

(आ) महामुनि विश्वामित्र द्वारा किया गया यज्ञ जिसकी रक्षा के लिए वे राम और लक्ष्मण को अयोध्या से लाए थे । यह यज्ञ भी बालकाण्ड में वर्णित है । इस यज्ञ का उद्देश्य भी लोकहित की वृद्धि था, इसलिए इस यज्ञ का रूप था 'सात्त्विक' ।

(इ) दक्ष प्रजापति द्वारा किया गया यज्ञ जिसमें शिवजी का अपमान किया गया था और जिसकी अग्नि में सती ने अपना शरीर भस्म कर डाला । इस यज्ञ के पीछे दक्ष प्रजापति का अभिमान था । यह यज्ञ बालकाण्ड में वर्णित है और इसे तामसिक यज्ञ कहना उचित है ।

(ई) मेघनाथ द्वारा किया गया यज्ञ जो लंकाकाण्ड में 'अपावन यज्ञ' के नाम से वर्णित है—इस यज्ञ में पशुबलि दी जा रही थी । वानर-सेना ने इस यज्ञ को विध्वंस कर दिया । यह यज्ञ स्पष्ट रूप से तामसिक था ।

(उ) रावण द्वारा किया गया यज्ञ जिसे तुलसीदासजी ने लंकाकाण्ड में 'राम विरोधी, यज्ञ कहा है—अर्थात् लोकहित का विरोधी—और जिसे वानर-सेना ने विध्वंस कर दिया । यह यज्ञ भी तामसिक था ।

अब मानस में वर्णित संन्यास-संबंधी प्रसंगों को देखें जिनमें से तीन विशेष रूप से उल्लेखनीय हैं । इन तीनों प्रसंगों में तुलसीदासजी ने संन्यास के विकृत रूप की निन्दा की है ।

प्रथम प्रसंग अरण्यकाण्ड का है । तुलसीदासजी ने लिखा है कि रावण ने यति अर्थात् संन्यासी का वेष बनाकर सीताजी का हरण किया और इसलिए उसका यह कार्य विशेष रूप से निन्दनीय था—

सून बीच दसकंधर देखा । आवा निकट जती कें वेषा ॥
जाकें उर सुर असुर डेराहीं । निसि न नींद दिन अन्न न खाहीं ॥
सो दससीस स्वान की नाईं । इत उत चितइ मला भड़िहाईं ॥
इमि कुपंथ पग देत खगेसा । बरह न तेज तन बुधि बल लेसा ॥
. . . .
कह सीता सुनु जती गोसाईं । बोलेहु वचन दुष्ट की नाईं ॥

संन्यास-संबंधी दूसरा प्रसंग बालकाण्ड में राजा प्रतापभानु को ठगने का है। एक राजा जिसका देश प्रतापभानु ने जीत लिया था—वह तपस्वी का वेष बनाकर वन में रहने लगा। एक दिन प्रतापभानु शिकार के लिए फिरते हुए राह भूल गया। भटकते-भटकते रात के अंधेरे में वह कपटी तपस्वी के आश्रम में जा पहुँचा। कपटी तपस्वी ने उलटी-सीधी बातें बनाकर प्रतापभानु का विश्वास प्राप्त कर लिया। अन्त में कपटी तपस्वी ने कालकेतु असुर की सहायता से प्रतापभानु द्वारा कुकर्म करवा दिया जिससे कुलसहित प्रतापभानु का नाश हो गया। इस प्रसंग में भी संन्यास का विकृत रूप वर्णित है।

संन्यास-संबंधी तीसरा प्रसंग उत्तरकाण्ड में है। वहाँ तुलसीदासजी ने लिखा है कि विशेषत: कलियुग में संन्यास का विकृत रूप दिखलाई देता है। वे कहते हैं कि कलियुग में अधिकतर संन्यासी ऐसे हैं जिन्हें ज्ञानदृष्टि प्राप्त नहीं हुई है। उन्होंने संन्यास-धारण इसलिए किया क्योंकि उनकी पत्नी मर गई और सम्पत्ति नष्ट हो गई। ऐसी स्थिति में सिर मुँडाकर संन्यासी बनना उनके लिए भिक्षा माँगने का सबसे सरल तरीका था। कलियुग के लोग उनके बड़े-बड़े नख और लम्बी-लम्बी जटाएँ देखकर उन्हें तपस्वी समझते हैं। वे कुछ शिष्यों को पकड़ लेते हैं। लोगों को चेतावनी देते हुए तुलसीदासजी कहते हैं—गुरु अंधा है अर्थात् ज्ञानदृष्टिरहित है, और शिष्य बहरा है अर्थात् उपदेश सुनने में अरुचिवाला है, इसलिए इस प्रकार के कपटी संन्यासियों से सावधान रहना चाहिए—

नारि मुई गृह संपति नासी। मूंड़ मुड़ाइ होहिं संन्यासी॥
जाकें नख अरु जटा बिसाला। सोई तापस प्रसिद्ध कलिकाला॥
गुर सिष बधिर अंध का लेखा। एक न सुनई एक नहिं देखा॥

गीता तथा मानस में देश-काल-आदि पर ध्यान देने की सलाह

गीता एवं मानस—दोनों ने, अपने-अपने ढंग से, यज्ञ तथा संन्यास के विविध प्रसंगों के द्वारा यह दिखलाया है कि चाहे कोई प्रथा वैदिक काल में आरम्भ हुई हो, चाहे उपनिषत्काल में, समय बीतने पर उसमें अवाञ्छनीय विकार प्रवेश कर सकते हैं। इसलिए समय-समय पर प्रत्येक प्रथा के सात्त्विक, राजसी, तामसिक—ऐसे तीन रूपों को पहचानने से ही व्यक्ति तथा समाज—दोनों के हितों की रक्षा हो सकती है।

देश-काल-पात्र पर ध्यान देने की सलाह गीता के श्लोक १७.२०-२२ में दी गई है। इन श्लोकों में वर्णित प्रसंग 'दान' देने का है किंतु देश-काल-पात्र को ध्यान में रखना प्रत्येक विचार या कार्य के लिए उपयोगी है। श्लोक १७.२० का सार यह है कि यदि दान लेने वाला सुपात्र है और यदि यह कार्य समयस्थानानुकूल है, तो दान सात्त्विक है। इसके विपरीत श्लोक १७.२२ का सार यह है कि कुपात्र को दिया हुआ दान और अनुचित परिस्थिति में दिया हुआ दान तामसिक है।

कुछ लोगों का यह मत है कि जो भी दान माँगने के लिए आते हैं उन सबको यथाशक्ति दान देना उचित है—जैसे वृक्ष के फल उन सब व्यक्तियों के लिए हैं जो उसकी छाया में बैठकर फल लेना चाहते हैं। इस मत का कुपरिणाम तब दिखलाई देता है जब आतंकवादी संस्थाएँ चंदा या दान इकट्ठा करके शस्त्र आदि खरीद लेते हैं और उनका दुरुपयोग करते हैं। इसलिए स्वामी चिद्‌भवानन्द ने स्पष्ट रूप से यह सलाह दी है कि जो संस्थाएँ लोकहित के विरुद्ध कार्य करती हों उन्हें दान नहीं देना चाहिए।

दान-संबंधी गीता के श्लोकों का जनकल्याण के लिए सबसे अधिक उपयोग आचार्य विनोबा ने किया। इसका विवरण नवें अध्याय में है। यहाँ आचार्य विनोबा की टिप्पणी का सार लिखना पर्याप्त होगा—

> ''दान की ओर केवल व्यक्तिगत भावना से देखना, दान के विषय में तुच्छ दृष्टि है। दान से सामाजिक संविभाजन होता है, यह तद्विषयक उच्च दृष्टि है।''

मानस ने भी गीता के उपरोक्त विचारों का समर्थन किया है। उदाहरणस्वरूप, श्रीराम और गुरु वसिष्ठ ने, कठिन परिस्थितियों में, समस्या को सुलझाने के लिए वही सुझाव दिए जो समयस्थानानुकूल थे। पहले श्रीराम से संबंधित प्रसंग देखें। अयोध्याकाण्ड में कैकेयी की कुमति के कारण राजा दशरथ के शोक में डूबने का वर्णन है। श्रीराम ने पहचान लिया कि कैकेयी की 'कटु वाणी' से पिताजी का दुःख लगातार बढ़ रहा है। फिर भी श्रीराम ने कैकेयी का अनादर नहीं किया और समस्या को सुलझाने का प्रयत्न किया। विषम स्थिति में बोले हुए श्रीराम के वचनों की, तुलसीदासजी ने 'देस काल अवसर अनुसारी'—कहकर प्रशंसा की है—

निधरक बैठि कहइ कटु बानी। सुनत कठिनता अति अकुलानी॥
सचिवँ सँभारि राउ बैठारे। चरन परत नृप रामु निहारे॥
रघुपति पितहि प्रेमबस जानी। पुनि कछु कहिहि मातु अकुलानी॥
देस काल अवसर अनुसारी। बोले वचन विनीत विचारी॥

अब गुरु वसिष्ठ से संबंधित प्रसंग देखें। अवसर चित्रकूट की सभा का है जो अयोध्याकाण्ड में वर्णित है। भरत चाहते हैं कि श्रीराम अयोध्या को लौटें। राजा जनक चाहते हैं कि बिना अनुचित दबाव के राम और भरत, समस्या को सुलझाने का, परस्पर संतोषप्रद उपाय ढूँढ़ लें। जब सब ने मिलकर गुरु वसिष्ठ से सलाह माँगी, तब उत्तर में बोले गए गुरु वसिष्ठ के वचनों की भी, तुलसीदासजी ने यह कहकर प्रशंसा की है कि ये वचन 'समय, समाज और धर्म के अनुकूल' थे—

भरत वचन सुनि देखि सुभाऊ। सहित समाज सराहत राऊ॥

गए जनकु रघुनाथ समीपा । सनमाने सब रविकुल दीपा ॥
समय समाज धरम अविरोधा । बोले तब रघुवंस पुरोधा ॥

पौरुषानुकूल सर्वभूतहित सब की पहुँच के भीतर

'स्व' और 'सर्व'—इन दोनों के बीच सामञ्जस्य कैसे स्थापित किया जाए—इस प्रश्न का उत्तर गीता ने कई दृष्टिकोणों से दिया है वर्तमान प्रसंग में 'स्व' का संबंध साधन से है और 'सर्व' का संबंध लक्ष्य से है । पहले लक्ष्य को देखें । गीता में 'सर्वभूतहिते रता:'—ये शब्द दो अध्यायों में प्रयुक्त हुए हैं और दोनों जगह भगवान् ने कहा है कि सर्वभूतहित में लीन हुए व्यक्ति ही ईश्वर को या ब्रह्मनिर्वाण को प्राप्त होते हैं । श्लोक १२.४ के निम्नलिखित शब्दों ने यह भाव व्यक्त किया है—

ते प्राप्नुवन्ति मामेव सर्वभूतहिते रताः ॥ १२.४ ॥

और श्लोक ५.२५ में इसी भाव को प्रकट करने वाले शब्द इस प्रकार हैं—

लभन्ते ब्रह्मनिर्वाणं . . . . सर्वभूतहिते रताः ॥ ५.२५ ॥

यद्यपि इन दोनों श्लोकों के भावार्थ को फिर से लिखना अनावश्यक है, फिर भी यह स्पष्ट है कि इन श्लोकों की गूँज से सर्वभूतहित का संदेश सभी पाठकों के लिए सुलभ हो गया है ।

अब साधन पर ध्यान दें—अर्थात् स्वधर्म पर । यद्यपि स्वधर्म अर्थात् कर्म के द्वारा पूर्णत्व प्राप्त करना एक लम्बी यात्रा है, फिर भी इस यात्रा का पहला कदम है—तामसिक कर्म से दूर रहना । श्लोक १८.२५ में वर्णित तामसिक कर्म के लक्षणों में से दो को विशेषत: समझने की आवश्यकता है—अर्थात् हिंसारूपी तामसिक वृत्ति से बचना, और कर्म का दायित्व लेते समय अपने सामर्थ्य की सीमा को पहचानना । अब श्लोक १८.२५ के शब्दों को देखें—

अनुबन्धं क्षयं हिंसामनवेक्ष्य च पौरुषम् ।
मोहादारभ्यते कर्म यत्तत्तामसमुच्यते ॥ १८.२५ ॥

सरल भावार्थ—जो कर्म परिणाम, हानि, हिंसा और सामर्थ्य को न विचार कर केवल मोह से किया जाता है, वह कर्म तामसिक कहलाता है ।

स्वकर्म से हिंसा न हो—इस आदेश से सर्वभूतहित की भावना को पुष्टि मिलती है । वर्तमान प्रसंग के उपयुक्त दूसरा आदेश यह है कि स्वधर्म का कार्यक्षेत्र 'यथाशक्ति' अर्थात् अपनी सामर्थ्य के अनुकूल ही हो । लोकमान्य तिलक का मत है कि इस आदेश ने सर्वभूतहित के आदर्श को सब लोगों की पहुँच में ला दिया है । यंत्रसमूह का उदाहरण देकर लिखे हुए लोकमान्य तिलक के शब्द अध्याय ४ में दिए जा चुके हैं, इसलिए उनको यहाँ फिर से लिखना अनावश्यक है ।

लोकमान्य तिलक के मत को बल देने वाली गीता की यह शिक्षा है कि पौरुषानुकूल किए हुए लोकहित का मूल्य, ईश्वर की दृष्टि में, कर्म की स्थूल मात्रा पर नहीं, बल्कि आन्तरिक भावना पर निर्भर करता है । गीता के श्लोक ३.२५ तथा २.४० इस विषय में प्रासंगिक हैं और इन श्लोकों के चुने हुए शब्द निम्नलिखित हैं—

चिकीर्षुर्लोकसंग्रहम् ॥ ३.२५ ॥
स्वल्पमप्यस्य धर्मस्य त्रायते महतो भयात् ॥ २.४० ॥

सरल भावार्थ—लोकसंग्रह अर्थात् लोकहित की इच्छा से किया हुआ कर्म महान् संकट को टाल सकता है चाहे वह कर्म देखने में 'स्वल्प' अर्थात् थोड़ा-सा ही प्रतीत हो ।

'स्व' से 'सर्व' तक पहुँचाने में ईश्वरीय सहायता

पिछले विभाग की घोषणा यह है कि स्वधर्म-पालन के लिए स्व-सामर्थ्य सीमित होते हुए भी सब व्यक्तियों को भावरूप से सर्वभूतहित का विशाल लक्ष्य अपने सामने रखना चाहिए । इस घोषणा की सार्थकता के प्रति भक्तों की आस्था अडिग रहे इस विचार से भगवान् ने गीता में यह आश्वासन दिया है कि सर्वहित के लिए प्रयत्न करने वालों की ईश्वर भी सहायता करता है । इस प्रकार 'स्व' से ऊपर उठकर 'सर्व' तक पहुँचने का मार्ग भक्तों के लिए सुलभ बन जाता है । गीता के श्लोक ११.३ तथा ११.८ इस विषय में प्रांसगिक हैं । इन श्लोकों का भाव ग्रहण करने से पहले श्लोक ११.३ की दूसरी पंक्ति तथा श्लोक ११.८ के पूरे शब्दों को देखें—

द्रष्टुमिच्छामि ते रूपमैश्वरं पुरुषोत्तम ॥ ११.३ ॥
न तु मां शक्यसे द्रष्टुमनेनैव स्वचक्षुषा ।
दिव्यं ददामि ते चक्षुः पश्य मे योगमैश्वरम् ॥ ११.८ ॥

सरल भावार्थ—अर्जुन ने कहा, हे पुरुषोत्तम, मैं आपके विश्वरूप का दर्शन करना चाहता हूँ । अर्जुन की इस 'इच्छा' को भगवान् ने 'सात्त्विक इच्छा' समझा और वे बोले—तुम अपने 'स्वचक्षु' से विश्वरूप नहीं देख सकते, इसलिए तुम्हारी सात्त्विक इच्छा को पूरी करने के लिए मैं तुम्हें 'दिव्य चक्षु' देता हूँ । तात्पर्य यह है कि भगवान् ने अपने प्रिय भक्त के 'स्वचक्षु' की सीमित दृष्टि को 'विश्वव्यापी' बनाने के लिए उसे 'दिव्य चक्षु' दिए ।

मानस में 'स्व' से सकल'

'स्व' से 'सर्व' तक पहुँचने का जो चित्रण गीता के आधार पर प्रस्तुत किया गया है, वही भाव मानस पर भी लागू होता है—किंतु तुलसीदासजी को 'सर्व' के स्थान पर

'सकल' शब्द अधिक प्रिय है। यद्यपि मानस में 'सर्व' शब्द भी अनेक बार प्रयुक्त हुआ है, परन्तु 'सकल' शब्द तो आदि-मध्य-अवसाना—अर्थात् सर्वत्र छाया हुआ है, श्रीराम सकलसुखदायक हैं, श्रीराम की कीर्ति सकलमंगलमय है, रामकथा सकललोकहितकारी है—आदि आदि। मानस के ये सब प्रसंग कथा के प्रभाव के साथ जुड़े हुए हैं और बहुत रोचक तथा प्रभावशाली ढंग से लिखे गए हैं। इनमें से थोड़े-से चयनित प्रसंग ही यहाँ प्रस्तुत किए जाएँगे। 'स्व' से 'सकल' तक पहुँचने का स्पष्टतम वर्णन है—स्वांतःसुख से आरम्भ करके सकलसुख के आदर्श में रम जाना। इसलिए अगले विभाग में इसका आनन्द लें। तत्पश्चात् 'मंगल' से 'सकलमंगल' तक पहुँचने की गूँज सुनें।

सकल सुख—अर्थात् स्वांतःसुख का व्यापक रूप

तुलसीदासजी ने मानस के आरंभ में कहा है कि उन्होंने स्वान्तःसुख अर्थात् अपने अंतःकरण के सुख के लिए रामकथा को सरल भाषा में लिखा। किंतु शीघ्र ही उन्होंने स्पष्ट कर दिया कि यह सुख केवल व्यक्तिगत नहीं बल्कि सभी के लिए है। स्वान्तःसुख का यह व्यापक रूप प्रस्तुत करने के लिए उन्होंने अनेक शब्दों का प्रयोग किया है जैसे 'विश्वसुख', 'सुखद सब काहू', 'सकल सुख', आदि। यह भाव मानस के सभी भागों में वर्णित है जिनमें से कुछ चुने हुए प्रसंगों का यहाँ उल्लेख किया जा रहा है।

मानस के प्रारम्भिक भाग में कौशल्याजी की वंदना करते हुए तुलसीदासजी कहते हैं कि उन्होंने 'विश्व सुखद' श्रीराम को जन्म दिया—

वंदउँ कौसल्या दिसि प्राची। कीरति जासु सकल जग माची॥
प्रगटेउ जहँ रघुपति ससि चारू। विस्व सुखद खल कमल तुसारू॥

तुलसीदासजी ने राम-नाम के दो अक्षरों की वंदना की है और इस प्रसंग में उन्होंने इन दोनों अक्षरों को 'सुखद सब काहू' बतलाया है—

आखर मधुर मनोहर दोऊ। बरन विलोचन जन जिय जोऊ॥
सुमिरत सुलभ सुखद सब काहू। लोक लाहु परलोक निबाहू॥

बालकाण्ड में ही राम-जन्म के हेतु का वर्णन करते हुए तुलसीदासजी ने मनु-शतरूपा द्वारा कृत साधना का प्रसंग प्रस्तुत किया है जो बाद में दशरथ-कौशल्या के रूप में अवतरित हुए। मनु-शतरूपा की तपस्या से प्रसन्न होकर भगवान् ने आकाशवाणी के माध्यम से उन्हें कहा कि 'वर माँगो'। मनु ने वर माँगने से पहले भगवान् को 'सकल सुखदायक' कहकर पुकारा—

श्रवन सुधा सम बचन सुनि पुलक प्रफुल्लित गात।
बोले मनु करि दंडवत प्रेम न हृदयँ समात॥

सुनु सेवक सुरतरु सुरधेनू । बिधि हरि हर वंदित पद रेनु ॥
सेवत सुलभ सकल सुखदायक । प्रनतपाल सचराचर नायक ॥

जब श्रीराम ने अयोध्या में दशरथ–कौशल्या के पुत्र के रूप में जन्म लिया तब उन्होंने बचपन से ही 'सकल सुख' प्रदान करने वाली लीलाएँ कीं—

चारिउ सील रूप गुन धामा । तदपि अधिक सुखसागर रामा ॥

. . . .

सुख संदोह मोह पर ग्यान गिरा गोतीत ।
दंपति परम प्रेम बस कर सिसुचरित पुनीत ॥

. . . .

एहि विधि सिसुविनोद प्रभु कीन्हा । सकल नगरवासिन्ह सुख दीन्हा ॥

कुछ बड़े होने पर भाइयों सहित श्रीराम ने विद्याध्ययन किया और माता-पिता की आज्ञापालन आदि सद्व्यवहार के उच्च आदर्श सबके सामने रखे । तुलसीदासजी कहते हैं कि श्रीराम की सारी लीलाएँ सब नगरवासियों को सुखी करने वाली थीं ।

गुरगृहँ गए पढ़न रघुराई । अलप काल विद्या सब आई ॥

. . . .

विद्या विनय निपुन गुल सीला । खेलहिं खेल सकल नृपलीला ॥

. . . .

अनुज सखा सँग भोजन करहीं । मातु पिता अग्या अनुसरहीं ॥
जेहि विधि सुखी होहिं पुर लोगा । करहिं कृपानिधि सोइ संजोगा ॥

श्रीराम की सुखदायिनी लीला का क्षेत्र धीरे-धीरे विस्तृत हुआ । मुनि विश्वामित्र के साथ राम-लक्ष्मण जनकपुर पहुँचे । जब लक्ष्मण ने जनकपुर देखने की इच्छा प्रकट की तो राम ने मुनि से आज्ञा माँगी । विश्वामित्रजी ने आज्ञा देते हुए दोनों भाइयों को 'सुख निधान' कहकर सम्बोधित किया । तुलसीदासजी ने राम-लक्ष्मण को 'लोक लोचन सुखदाता' अर्थात् सब लोगों के नेत्रों को सुख देने वाले—ऐसा बतलाकर इस प्रसंग का वर्णन किया है ।

जौं राउर आयसु मैं पावौं । नगर देखाउ तुरत लै आवौं ।
सुनि मुनीस कह वचन सप्रीती । कस न राम तुम्ह राखहु नीती ॥
धरम सेतु पालक तुम्ह ताता । प्रेम विवस सेवक सुखदाता ॥
जाइ देखि आवहु नगरु सुख निधान दोउ भाइ ।
करहु सुफल सबके नयन सुंदर बदन देखाइ ॥
मुनि पद कमल बंदि दोउ भ्राता । चले लोक लोचन सुखदाता ॥

जनकपुर में जब श्रीराम और लक्ष्मण धनुषयज्ञशाला में पहुँचे तो उन्हें देखकर सब लोग सुखी हुए—

राजकुअँर तेहि अवसर आए । मनहुँ मनोहरता तन छाए ॥
. . . .
देखि लोग सब भए सुखारे । एकटक लोचन चलत न तारे ॥

विवाह के पश्चात् विदा के समय राजा जनक ने श्रीराम से कहा कि आप 'समस्त सुख मूल' हैं और यह मेरा सौभाग्य है कि ईश्वर की कृपा से आप मुझे दामाद के रूप में प्राप्त हुए हैं ।

राम करौं केहि भाँति प्रसंसा । मुनि महेस मन मानस हंसा ॥
करहिं जोग जोगी जेहि लागी । कोहु मोहु ममता मद त्यागी ॥
. . . .
महिमा निगम नेति कहि कहई । जो तिहुँ काल एकरस रहई ॥
नयन विषय मों कहुँ भयउ सो समस्त सुखमूल ।
सबइ लाभु जग जीव कहँ भएँ ईसु अनुकूल ॥

अयोध्याकाण्ड में जब राम-सीता-लक्ष्मण ने चौदह वर्ष का वनवास आरंभ किया तो उन्होंने पैदल चलते हुए अनेक ग्रामवासियों को सुख प्रदान किया । तुलसीदासजी ने राम-दर्शन से प्राप्त सभी लोगों के सुख का विस्तृत वर्णन किया है ।

सीता लखन सहित रघुराई । गाँव निकट जब निकसहिं जाई ॥
सुनि सब बाल बृद्ध नर नारी । चलहिं तुरत गृहकाजु बिसारी ॥
राम लखन सिय रूप निहारी । पाइ नयनफलु होहिं सुखारी ॥
. . . .
कहहिं परसपर लोग लोगाईं । बातें सरल सनेह सुहाईं ॥
ते पितु मातु धन्य जिन्ह जाए । धन्य सो नगरु जहाँ ते आए ॥
धन्य सो देसु सैलु बन गाऊँ । जहँ जहँ जाहि धन्य सोइ ठाऊँ ॥
सुखु पायउ बिरंचि रचि तेही । ए जेहि के सब भाँति सनेही ॥
राम लखन पथि कथा सुहाई । रही सकल मग कानन छाई ॥
एहि बिधि रघुकुल कमल रबि मग लोगन्ह सुख देत ।
जाहि चले देखत बिपिन सिय सौमित्रि समेत ॥

जब भरत श्रीराम से मिलने के लिए चित्रकूट की ओर जा रहे थे तब रास्ते में उन्होंने निषादराज से कहा कि तुम मुझे वह स्थान दिखलाओ जहाँ राम-सीता-लक्ष्मण ने अपनी वनवास की यात्रा करते हुए विश्राम किया था । कुश की शय्या को देखकर भरत के

नेत्र प्रेमाश्रु से भर गए और उन्होंने यह कहकर अपने-आपको धिक्कारा कि 'सुखस्वरूप' श्रीराम के द्वारा वनवास की विपत्तियों को झेलना मेरे ही कारण हुआ।

सजल विलोचन हृदयँ गलानी। कहत सखा सन वचन सुवानी॥

....

राम जनमि जगु कीन्ह उजागर। रूप सील सुख सब गुनसागर॥
पुरजन परिजन गुरु पितु माता। राम सुभाउ सबहि सुखदाता॥
वैरिउ राम बड़ाई करहीं। बोलनि मिलनि विनय मन हरहीं॥

....

सुखस्वरूप रघुवंसमनि मंगल मोद निधान।
ते सोवत कुस डासि महि विधि अति बलवान॥
राम सुना दुखु कान न काऊ। जीवनतरु जिमि जोगवइ राऊ॥

....

ते अब फिरत विपिन पदचारी। कंद मूल फल फूल अहारी॥

....

मैं धिग धिग अध उदधिअभागी। सबु उतपातु भयउ जेहि लागी॥

अयोध्याकाण्ड में ही तुलसीदासजी कहते हैं कि भरत के साथ चित्रकूट पहुँचने वाले अयोध्यावासी अधिक-से-अधिक समय वहीं रहना चाहते हैं—वे श्रीराम से दूर नहीं जाना चाहते। वे मंगलमूर्ति श्रीराम के दर्शन से हर्षित होते हैं और चित्रकूट के पास कामदगिरि पर्वत और वन को देखने जाते हैं जहाँ 'सकल सुख' की प्राप्ति होती है।

मंगलमूरति लोचन भरि भरि। निरखहिं हरषि दंडवत करि करि॥
राम सैल वन देखन जाहीं। जहँ सुख सकल सकल दुख नाहीं॥
झरना झरहिं सुधासम वारी। त्रिविध तापहर त्रिविध बयारी॥
विटप वेलि तृन अगनित जाती। फल प्रसून पल्लव बहु भाँती॥
सुंदर सिला सुखद तरु छाहीं। जाइ बरनि वन छवि केहि पाहीं॥

इसी विभाग में पहले वर्णित बालकाण्ड के एक प्रसंग में राजा जनक ने श्रीराम को 'समस्त सुखमूल' कहकर सम्बोधित किया है। अयोध्याकाण्ड में राजा जनक ने भरत के आदर्श चरित्र को भी 'सुखद सब काहू' बतलाया है—

भरत चरित कीरति करतूती। धरम सील गुन विमल विभूती॥
समुझत सुनत सुखद सब काहू। सुचि सुरसरि रुचि निदर सुधाहू॥

अरण्यकाण्ड में जब श्रीराम अत्रि मुनि से विदा लेकर चित्रकूट से दण्डकवन की ओर प्रस्थान करते हैं, तब तुलसीदासजी पाठकों को याद दिलाते हैं कि श्रीराम का सुयश 'सुखमूल' है। इसी प्रकार किष्किन्धाकाण्ड का आरम्भ करते हुए तुलसीदासजी

श्रीराम-नाम को 'सुखकर' एवं अमृततुल्य बतलाते हैं। सुन्दरकाण्ड में विभीषण श्रीराम से कहते हैं कि मैं आपका सुयश सुनकर आपकी शरण में आया हूँ—क्योंकि आप 'शरण सुखद' हैं। लंकाकाण्ड के अंत में निषादराज गुह श्रीराम को 'सुखधाम' कहकर उनकी स्तुति करते हैं—

सुखधाम पूरनकाम राम नमामि राम नमामि ते।

'सकल सुख' शब्द का प्रयोग उत्तरकाण्ड में अन्य काण्डों से अधिक हुआ है। सनकादि मुनियों ने श्रीराम की स्तुति करते हुए कहा है कि आप 'सकल सुखदायक' हैं। श्रीराम ने नगर-निवासियों की सभा में कहा कि 'सकल सुख' की प्राप्ति के लिए उन्हें भक्तिमार्ग अपनाना चाहिए—

सुलभ सुखद मारग यह भाई। भगति मोरि पुरान श्रुति गाई॥
ग्यान अगम प्रत्यूह अनेका। साधन कठिन न मन कहुँ टेका॥
करत कष्ट बहु पावइ कोऊ। भक्ति हीन मोहि प्रिय नहिं सोऊ॥
भक्ति सुतंत्र सकल सुख खानी। बिनु सतसंग न पावहिं प्रानी॥

काकभुशुंडि ने गरुड़ को श्रीराम की बाल-लीला विस्तार से सुनाई। उन्होंने कहा कि शिशुरूप में श्रीराम के तोतले वचन हैं, लाल-लाल ओंठ हैं चार सुंदर दँतुलियाँ हैं—दो ऊपर और दो नीचे, और 'सकल' सुखद मुस्कान है—

कलवल वचन अधर अरुनारे। दुइ दुइ दसन विसद वर वारे॥
ललित कपोल मनोहर नासा। सकल सुखद ससि कर सम हासा॥

बाल-लीला का वर्णन करते-करते काकभुशुंडि ने श्रीराम के विश्वरूप के दर्शन की प्राप्ति का अपना अनुभव भी सुनाया। प्रभु की अद्‌भुत सृष्टि देखकर जब काकभुशुंडि भ्रमित हो गए तब श्रीराम ने अपनी माया का प्रभाव रोका और कहा कि वर माँगो। इस प्रसंग का वर्णन करते हुए तुलसीदासजी ने 'सकल सुख' तथा 'सब सुख'—दोनों शब्दों का प्रयोग किया है—

काकभुंशुंडि मागु वर अति प्रसन्न मोहि जानि।
अनिमादिक सिधि उपर रिधि मोच्छ सकल सुख खानि॥

....

भगत कल्पतरु प्रनत हित कृपा सिंधु सुख धाम।
सोइ निज भगति मोहि प्रभु देहु दया करि राम॥
एवमस्तु कहि रघुकुलनायक। बोले वचन परम सुखदायक॥

....

सब सुख खानि भगति तैं मागी। नहिं जग कोउ तोहि सम बड़भागी॥

उत्तरकाण्ड में ही तुलसीदासजी रामराज्य का वर्णन करते हुए कहते हैं कि उस आदर्श स्थिति में स्त्री, पुरुष बच्चे और बूढ़े—सभी सुखी, सदाचारी और सुन्दर थे—

सब सुखी सब सच्चरित सुंदर नारि नर सिसु जरठ जे ।

रामराज्य का वास्तविक अभिप्राय है—जगमंगल पर आधारित समाज । इस विभाग का संक्षिप्त सारांश यह है कि सकल सुख न केवल स्वान्तःसुख का व्यापक रूप है बल्कि साथ ही जगमंगल का अनुभूति पक्ष भी है क्योंकि तुलसीदासजी ने अयोध्याकाण्ड में श्रीराम के लिए जगमंगल और सुखदारा (अर्थात् सुखदाता)—दोनों शब्दों का साथ-साथ प्रयोग किया है—

कहत राम गुन भा भिनुसारा । जागे जगमंगल सुखदारा ॥

मंगल से सकल मंगल

'सकल' शब्द तुलसीदासजी को प्रिय है—ऐसा ऊपर लिखा जा चुका है । इसी प्रकार 'मंगल' शब्द भी तुलसीदासजी को प्रिय है । 'मंगल' शब्द की पावन ध्वनि मानस में सर्वत्र गूँज रही है । मानस के प्रथम श्लोक में ही—जो संस्कृत भाषा में है—सरस्वतीजी एवं गणेशजी की वन्दना करते हुए उनको 'मंगलानां कर्त्तारौ' कहकर सम्बोधित किया है । श्रीराम की वन्दना में प्रमुख शब्द 'मंगल भवन अमंगल हारी' घर-घर में गाये जाते हैं । यह स्पष्ट करने के लिए कि यह मंगल व्यक्तिगत से भी अधिक सामूहिक मंगल है, तुलसीदासजी ने 'जगमंगल' शब्द का अनेक बार प्रयोग किया है और मानस के आरम्भ में ही उन्होंने जगमंगल को रामकथा का मुख्य उद्देश्य घोषित कर दिया है—

रामकथा जगमंगल करनी ।

जगमंगल के पर्यायवाची शब्दों में सबसे प्रमुख स्थान है 'सकल मंगल' का किंतु कविता के प्रवाह के अनुसार 'सकल सुमंगल' तथा 'सकल मुद मंगल' शब्दों का भी उपयोग किया गया है । यह बतलाने की आवश्यकता नहीं कि जहाँ तुलसीदासजी के दो प्रिय शब्द—मंगल तथा सकल—साथ-साथ प्रयुक्त हुए हैं ऐसे प्रसंग इतने अधिक हैं कि उनके लिए एक पूरा अध्याय चाहिए । यहाँ केवल चुने हुए प्रसंगों का ही उल्लेख है ।

तुलसीदासजी ने मानस के आरम्भ में संत समाज की महिमा गाते हुए उसकी उपमा तीर्थराज प्रयाग से दी है । जैसे प्रयाग में गंगा-यमुना-सरस्वती हैं उसी प्रकार संत समाज में भक्तियोग-कर्मयोग-ज्ञानयोग की जानकारी दी जाती है । तुलसीदासजी कहते हैं कि भगवान् विष्णु और शिवजी की कथा त्रिवेणी के समान है अर्थात् संत समाज में बैठकर श्रीहरिहर की कथा सुनने से सकल मुद मंगल की प्राप्ति होती है । बालकाण्ड की ये पंक्तियाँ बहुत प्रसिद्ध हैं । एक साथ 'सकल' और मंगल का यह पहला प्रयोग है

यद्यपि ये दोनों शब्द अलग-अलग इससे पहले भी प्रयुक्त हुए हैं। अधिक विस्तार में न जाकर अब इन पंक्तियों का मूलरूप देखें—

मुद मंगलमय संत समाजू। जो जग जंगम तीरथराजू।
राम भक्ति जहँ सुरसरि धारा। सरसइ ब्रह्मविचार प्रचारा॥
विधि निषेधमय कलिमल हरनी। करम कथा रतिवनंदनि बरनी॥
हरि हर कथा विराजति बेनी। सुनत सकल मुद मंगल देनी॥

तुलसीदासजी की सम्मति में सत्संग करना और प्रभु कथा का सुनना—ये दोनों एक-दूसरे से अभिन्न हैं, जैसाकि उन्होंने उत्तरकाण्ड में कहा है—

बिनु सतसंग न हरि कथा।

इसी आधार पर उन्होंने बालकाण्ड में संतसभा की उपमा अयोध्या से भी दी है और इन दोनों को 'सकल सुमंगल मूल' बतलाया है—

संत सभा अनुपम अवध सकल सुमंगल मूल।

तुलसीदासजी ने मानस की रचना श्रीरामनवमी के दिन अयोध्या में आरम्भ की—इस भावना से कि उस दिन 'सकल तीर्थ' अयोध्या में चले आते हैं—

नौमी भौम वार मधु मासा। अवधपुरी यह चरित प्रकासा॥
जेहि दिन राम जनम श्रुति गावहिं। तीरथ सकल तहाँ चलि आवहिं॥

श्रीराम की जन्मभूमि होने के कारण अयोध्या 'सकल मंगल की खान' बन गई है, जैसाकि बालकाण्ड में वर्णित है—

सव विधि पुरी मनोहर जानी। सकल सिद्धिप्रद मंगल खानी॥
विमल कथा कर कीन्ह अरंभा। सुनत नसाहिं काम मद दंभा॥

बालकाण्ड में ही श्रीराम और सीताजी के विवाह के अवसर पर शिवजी सब देवताओं से कहते हैं कि राम और सीता के नाम-स्मरण से ही 'सकल अमगंल' दूर हो जाते हैं।

सिवँ समुझाए देव सब जनि आचरण भुलाहु।
हृदयँ विचारहु धीर धरि सिय रघुवीर विआहु॥
जिन्ह कर नामु लेत जग माहीं। सकल अमंगल मूल नसाहीं॥
करतल होहिं पदारथ चारी। तेइ सिय रामु कहेउ कामारी॥

बालकाण्ड की समाप्ति करते हुए तुलसीदासजी लिखते हैं कि श्रीराम और सीताजी का यश सब मंगलों की खान है। इन पंक्तियों में 'सकल मंगल' के समानार्थक शब्द

प्रयुक्त हुए हैं जैसे 'मंगल की खान' तथा 'मंगलायतन'। यहाँ यह भी उल्लेखनीय है कि 'मंगलायतन' की विशेष उपयोगिता पर इस अध्याय के अंत में ध्यान दिया जाएगा ।

कविकुल जीवनु पावन जानी । राम सीय जसु मंगल खानी ॥
तेहि ते मैं कछु कहा बखानी । करन पुनीत हेतु निज बानी ॥
निज गिरा पावनि करन कारन राम जसु तुलसी कह्यो ।
रघुबीर चरित अपार बारिधि पारु कबि कौनें लह्यो ॥
उपबीत ब्याह उछाह मंगल सुनि जे सादर गावहीं ॥
बैदेहि राम प्रसाद ते जन सर्बदा सुखु पावहीं ॥

. . . .

सिय रघुबीर बिबाहु जे सप्रेम गावहिं सुनहिं ।
तिन्ह कहँ सदा उछाहु मंगलायतन राम जसु ॥

अयोध्याकाण्ड में 'सकल सुमंगल मूल' शब्द का प्रयोग सब काण्डों से अधिक हुआ है । इसका मुख्य कारण यह है कि इस काण्ड में श्रीराम और सीताजी के उच्च आदर्शों के साथ-साथ भरत का 'परम पुनीत आचरण' भी वर्णित है । अयोध्याकाण्ड के जिन प्रसंगों में 'सकल सुमंगल मूल' का उल्लेख हुआ है उनमें से चुने हुए प्रसंग यहाँ प्रस्तुत हैं और उनका अवलोकन करने से इस कथन की पुष्टि हो जाएगी ।

अयोध्याकाण्ड में तुलसीदासजी कहते हैं कि चित्रकूट पहुँचने से पहले भरत प्रयाग में रुके और वहाँ भरद्वाज मुनि के आश्रम में गए । भरद्वाज मुनि ने भरत से कहा कि तुम्हारा चित्रकूट जाकर श्रीराम से मिलने का निर्णय बहुत अच्छा है क्योंकि श्रीराम के चरणों में प्रेम होना ही 'सकल सुमंगल मूल' है ।

सुनत राम गुन ग्राम सुहाए । भरद्वाज मुनिवर पहिं आए ॥

. . . .

मुनि पूँछव कछु यह बड़ सोचू । बोले रिषि लखि सीलु सँकोषू ॥
सुनहु भरत हम सब सुधि पाइ । बिधि करतब पर किछु न बसाई ॥

. . . .

करतेहु राजु त तुम्हहि न दोषू । रामहि होत सुनत संतोषू ॥
अब अति कीन्हेहु भरत भल तुम्हहि उचित मत एहु ।
सकल सुमंगल मूल जग रघुबर चरन सनेहु ॥

जब भरत चित्रकूट के समीप पहुँचे तब केवट ने उन्हें दूर से ही बतलाया कि श्रीराम की पर्णकुटी सामने दिखलाई देने वाले वृक्षों के पास है । तुलसीदासजी कहते हैं कि इसके बाद शीघ्र ही भरत ने श्रीराम का आश्रम देखा जो सकल सुमंगलों का धाम है ।

तब केवट ऊँचें चढि धाई । कहेउ भरत सन भुजा उठाई ॥
नाथ देखिअहिं बिटप बिसाला । पाकरि जंबु रसाल तमाला ॥
. . . .
ए तरु सरित समीप गोसाँई । रघुबर परनकुटी जहँ छाई ॥
. . . .
सखा बचन सुनि बिटप निहारी । उमगे भरत बिलोचन बारी ॥
करत प्रनाम चले दोउ भाई । कहत प्रीति सारद सकुचाई ॥
. . . .
भरत दीख प्रभु आश्रमु पावन । सकल सुमंगल सदनु सुहावन ॥

चित्रकूट में गुरु वसिष्ठ ने श्रीराम को राजा दशरथ के स्वर्गवास का दुःखद समाचार दिया। श्रीराम ने श्रद्धा-भक्ति सहित पिताजी की क्रिया की। तुलसीदासजी कहते हैं कि यद्यपि श्रीराम का नाम ही सकल सुमंगल मूल है, फिर भी लौकिक दृष्टि से श्रीराम अपने पिताजी की क्रिया करके शुद्ध हो गए।

नृप कर सुरपुर गवनु सुनावा । सुनि रघुनाथ दुसह दुखु पावा ॥
मरन हेतु निज नेहु बिचारी । भे अति बिकल धीर धुर धारी ॥
. . . .
मुनिबर बहुरि राम समुझाए । सहित समाज सुसरित नहाए ।
ब्रतु निरंबु तेहि दिन प्रभु कीन्हा । मुनिहु कहें जलु काहुँ न लीन्हा ॥
भोरु भएँ रघुनंदनहि जो मुनि आयसु दीन्ह ।
श्रद्धा भगति समेत प्रभु सो सबु सादरु कीन्ह ॥
करि पितु क्रिया बेद जसि बरनी । भे पुनीत पातक तम तरनी ॥
जासु नाम पावक अघ तूला । सुमिरत सकल सुमंगल मूला ॥
सुद्ध सो भयउ साधु संमत अस । तीरथ आवाहन सुरसरि जस ॥

चित्रकूट में ही भरत को दुखी देखकर पहले गुरु वसिष्ठ ने उन्हें समझाया। फिर श्रीराम ने भरत से कहा कि तुम ग्लानि मत करो क्योंकि तुम्हारा कोई दोष नहीं है। श्रीराम ने भरत के गुणों की प्रशंसा करते हुए कहा कि तुम्हारा नाम स्मरण करने से ही समस्त अमंगल दूर हो जाएँगे।

सुनि अति बिकल भरत बर बानी । आरति प्रीति बिनय नय सानी ॥
सोक मगन सब सभाँ खभारू । मनहुँ कमल बन परेउ तुसारू ॥
कहि अनेक बिधि कथा पुरानी । भरत प्रबोधु कीन्ह मुनि ग्यानी ॥
बोले उचित बचन रघुनंदू । दिनकर कुल कैरव बन चंदू ॥
तात जायँ जियँ करहु गलानी । ईस अधीन जीव गति जानी ॥

तीनि काल तिभुअन मत मोरें । पुन्यसिलोक तात तर तोरें ॥
मिटिहहिं पाप प्रपंच सब अखिल अमंगल भार ।
लोक सुजसु परलोक सुखु सुमिरत नामु तुम्हार ॥

राम–भरत संवाद सुनकर देवताओं को विश्वास हो गया कि चित्रकूट में अब क्या होगा, यह भरत पर निर्भर है । देवताओं ने एक–दूसरे को यही सलाह दी कि सब लोग प्रेम सहित भरत का ही स्मरण करें । देवताओं का मत सुनकर देवगुरु बृहस्पति ने कहा कि भरत के चरणों का प्रेम ही सकल सुमंगल मूल है ।

लगि लगि कान कहहिं धुनि माथा । अब सुर काज भरत के हाथा ॥
आन उपाउ न देखिअ देवा । मानत रामु सुसेवक सेवा ॥
हियँ सपेम सुमिरहु सब भरतरि । निज गुन सील राम बस करतहि ॥
सुनि सुर मत सुर गुर कहेउ भल तुम्हार बड़ भागु ।
सकल सुमंगल मूल जग भरत चरन अनुरागु ॥

चित्रकूट में भरत ने अनेक बार यह प्रयत्न किया कि श्रीराम अयोध्या लौटने के लिए तैयार हो जाएँ किंतु अंत में प्रभु के समझाने पर 'भरतहि भयउ परम संतोषू' । तुलसीदासजी कहते हैं कि भरत–राम संवाद सकल सुमंगल मूल है और उसे सुनकर देवता भी प्रसन्न हो गए क्योंकि श्रीराम के वन में रहने से देवताओं के शत्रु राक्षसों का वध होगा ।

भरत राम संवादु सुनि सकल सुमंगल मूल ।
सुर स्वारथी सराहि कुल वरषत सुरतरु फूल ॥

तुलसीदासजी ने 'सकल सुमंगल मूल' शब्दों का प्रयोग अयोध्याकाण्ड को समाप्त करने से पहले एक बार फिर किया है । अवसर है भरत और शत्रुघ्न द्वारा चित्रकूट से वापिस अयोध्या लौटने का । श्रीराम ने भरत को विदा करते समय फिर समझाया और शत्रुघ्न को हृदय से लगा लिया । भरत और शत्रुघ्न ने श्रीराम के चरण–कमलों की वंदना की और लक्ष्मण से विदा ली । जब दोनों भाइयों ने सीताजी की वंदना की तब उनको सीताजी ने आशीर्वाद दिया । तुलसीदासजी ने सीताजी के आशीर्वाद को 'सकल सुमंगल मूल' कहकर इस प्रसंग का वर्णन किया है ।

भेंटि भरतु रघुवर समुझाए । पुनि रिपुदवनु हरषि हियँ लाए ॥
. . . .
प्रभु पद पदुम वंदि दोउ भाई । चले सीस धरि राम रजाई ॥
मुनि तापस वनदेव निहोरी । सब सनमानि बहोरी बहोरि ॥
लखनहि भेटिं प्रनामु करि सिर धरि सिय पद धूरि ।
चले सप्रेम असीस सुनि समल सुमंगल मूरि ॥

जिस प्रकार बालकाण्ड की समाप्ति करते हुए तुलसीदासजी ने कहा कि 'मंगलायतन राम जसु' उसी प्रकार अयोध्याकाण्ड की समाप्ति करते हुए उन्होंने भरत के आचरण को मुदमंगलकारी बतलाया है—

परम पुनीत भरत आचरनू । मधुर मंजु मुद मंगल करनू ॥

किष्किन्धाकाण्ड में तुलसीदासजी कहते हैं कि सुग्रीव को वानर-प्रदेश का राज्य दिलवाकर श्रीराम ने प्रवर्षण पर्वत पर अपना निवास आरंभ किया । इस पर्वत तथा इसके पास वाले वन का वर्णन करते हुए तुलसीदासजी ने लिखा है कि—

मंगलरूप भयउ वन तब ते । कीन्ह निवास रमापति जब ते ॥

सकल मंगल तथा सकल सुमंगल—ये दोनों शब्द सुंदरकाण्ड में भी प्रयुक्त हुए हैं । जब हनुमान्जी ने लंका से लौटकर श्रीराम को सीताजी का संदेश दिया तब प्रभु ने वानर सेना को दक्षिण दिशा में सुमुद्र तट की ओर प्रस्थान करने का आदेश दिया । तुलसीदासजी कहते हैं कि श्रीराम की कीर्ति 'सकल मंगलमय' है, इसलिए सेना सहित उनके प्रस्थान के समय शुभ शकुन हुए ।

देखी राम सकल कपि सेना । चितइ कृपा करि राजिव नैना ॥
राम कृपा बल पाइ कपिंदा । भए पच्छजुत मनहुँ गिरिंदा ॥
हरषि राम तब कीन्ह पयाना । सगुन भए सुंदर सुभ नाना ॥
जासु सकल मंगलमय कीती । तासु पयान सगुन यह नीती ॥

सुंदरकाण्ड की समाप्ति करते हुए तुलसीदासजी कहते हैं कि श्रीराम के गुणों का गान 'सकल सुमंगलदायक' है—

सकल सुमंगल दायक रघुनायक गुन गान ।

अध्याय ६

लोकसंग्रह अथवा जगमंगल

लोकहित-संदेश की घोषणा करने वाले दस शब्दों या शब्द-समूहों की श्रृंखला में से पाँच का विवेचन पिछले तीन अध्यायों में पूरा हुआ। इस श्रृंखला का ही एक सुविख्यात शब्द है 'लोकसंग्रह' जिस पर इस अध्याय में ध्यान केंद्रित किया जाएगा। 'लोकसंग्रह' शब्द ने किस प्रकार इतनी ख्याति प्राप्त की—इस प्रश्न का उत्तर तीन दृष्टिकोणों से दिया जाएगा। प्रथम—लोकसंग्रह की ख्याति का मुख्य कारण आन्तरिक है अर्थात् गीता का यह प्रसंग बहुत विस्तृत एवं प्रगाढ़ है और जिस संदर्भ में वह लिखा गया है उससे वह विशेष रूप से प्रभावशाली हो गया है। द्वितीय—लोकसंग्रह की ख्याति का दूसरा कारण ऐतिहासिक है अर्थात् पिछले १८० वर्षों में समाज सुधारकों ने लोकसंग्रह-प्रेरित सेवा-संदेश को घर-घर में पहुँचा दिया है। तृतीय—लोकसंग्रह की ख्याति को बढ़ाया है विद्वानों की खोज-वृत्ति ने जिसके परिणामस्वरूप उन्होंने अनेक प्राचीन ग्रंथों में लोकसंग्रह का समर्थन करने वाले भाव ढूँढ़ निकाले हैं।

उपरोक्त तीनों दृष्टिकोणों को प्रस्तुत करने से पहले यह बतलाना उपयोगी है कि इस अध्याय के अन्तिम भाग का विषय है "मानस में जगमंगल", और यह भी उल्लेखनीय है कि जो विशेष स्थान गीता में लोकसंग्रह का है वही स्थान मानस में जगमंगल का है।

लोकसंग्रह की ख्याति का आंतरिक पक्ष

यह एक सर्वमान्य सिद्धान्त है कि किसी भी विचार या शब्द की ख्याति मूलतः उसकी अपनी विशेषता पर ही निर्भर करती है। इसी सिद्धान्त के अनुकूल ही यह तथ्य है कि स्वयं गीता की आन्तरिक रचना ने लोकसंग्रह को प्रमुखता दिलवाई है। लोकसंग्रह से संबंधित रचना-आधारित विशेषता के भी तीन अंग हैं। प्रथम—गीता का लोकसंग्रह प्रसंग लोकहित के अन्य प्रसंगों की अपेक्षा अधिक विस्तृत है। गीता के तीसरे अध्याय में लोकसंग्रह प्रसंग को प्रस्तुत करने वाले एक-साथ सात श्लोक हैं जिनमें लोकहित से संबंधित विचारों का पूर्ण विवेचन है। श्रीअरविंद ने इन सात श्लोकों को—जिन्हें लोकसंग्रहसप्तकम् भी कह सकते हैं—अत्यन्त महत्त्वपूर्ण बतलाया है। द्वितीय—

लोकसंग्रह–विषयक शिक्षा, कृष्णार्जुन–संवाद के अन्तर्गत एक विशेषतया उपयुक्त अवसर पर, भगवान् ने प्रश्न की प्रतीक्षा न करके स्वयं ही दी। तृतीय—लोकसंग्रह प्रसंग के सात श्लोकों में भगवान् ने विषय की गहराई में जाकर सभी महत्त्वपूर्ण बातें स्पष्ट कर दीं।

उपरोक्त तीन अंगों में से द्वितीय तथा तृतीय अंगों को विस्तार से समझना आवश्यक है। इसलिए क्रमशः इनका विवेचन प्रस्तुत है।

गीता के लोकसंग्रह–प्रसंग की भूमिका

गीता का लोकसंग्रह प्रसंग तीसरे अध्याय के मध्य में है। इस प्रसंग की एक विशेषता यह है कि तद्विषयक शब्द भगवान् श्रीकृष्ण ने अर्जुन के प्रश्न की प्रतीक्षा न करके स्वयं ही बोले। पूछा गया प्रश्न तथा उसका उत्तर—इस प्रकार की सीमित परिधि के बंधन को छोड़कर बोले गए भगवान् के शब्दों के प्रति टीकाकारों ने दो प्रकार की अलग–अलग दृष्टियाँ अपनाई हैं। प्राचीन टीकाकारों ने अधिकतर ऐसे शब्दों पर विशेष ध्यान नहीं दिया—जैसे लोकसंग्रह को उन्होंने प्रमुखता नहीं दी। इसके विपरीत, आधुनिक दृष्टि के अनुसार ऐसे प्रसंग इतने महत्त्वपूर्ण हैं कि भगवान् ने स्वयं ही पहल लेकर अर्जुन को—और उसके माध्यम से सब प्राणियों को—तद्विषयक शिक्षा देने की आवश्यकता समझी।

उपरोक्त विवेचन में लोकसंग्रह प्रसंग की विशेषता का संवाद–परिधि से संबंधित पक्ष दर्शित है। विशेषता के अन्य पक्ष को समझने के लिए यह देखना ज़रूरी है कि गीता के प्रथम एवं द्वितीय अध्यायों में तथा तृतीय अध्याय के मध्य तक श्रीकृष्णार्जुन–संवाद किस प्रकार हुआ।

गीता के प्रथम अध्याय का विषय है "अर्जुन का विषाद"। अर्जुन के द्वारा इस प्रसंग में बोले गए बाईस श्लोकों में से निम्नलिखित दो का विशेष महत्त्व है—

न च श्रेयोऽनुपश्यामि हत्वा स्वजनमाहवे ॥ १.३१ ॥
स्वजनं हि कथं हत्वा सुखिनः स्याम माधव ॥ १.३७ ॥

सरल भावार्थ—अर्जुन कहता है कि श्रेयस् अर्थात् कल्याण मेरा ध्येय है। स्वजनों को मारने से न तो मुझे श्रेयस् मिलेगा और न सुख।

प्रथम अध्याय के अनुसार अर्जुन दो लक्ष्यों को प्राप्त करना चाहता है—अपना श्रेयस् (अर्थात् कल्याण) और साथ–साथ में स्वजन–हित भी।

द्वितीय अध्याय में तथा तृतीय अध्याय के मध्य तक, यद्यपि अर्जुन ने 'स्वजन' शब्द का प्रयोग फिर से नहीं किया, किंतु 'श्रेयस्' शब्द का तीन बार और उल्लेख किया है, जैसे—

(अ) श्लोक २.५ में अर्जुन कहता है—

श्रेयो भोक्तुं भैक्ष्यमपीह लोके। २.५।

सरल भावार्थ—अर्जुन कहता है कि श्रेयस् के मार्ग को अपनाते हुए भीख माँग कर जीना शायद मेरे लिए उचित हो ।

(आ) श्लोक २.७ में अर्जुन भगवान् से प्रार्थना करता है कि—

यच्छ्रेयः स्यान्निश्चितं ब्रूहि तन्मे । २.७ ।

सरल भावार्थ—अर्जुन की भगवान् से प्रार्थना है कि मुझे वह मार्ग दिखलाइए जिससे श्रेयस् की प्राप्ति निश्चित हो ।

(इ) श्लोक ३.२ में अर्जुन भगवान् से कहता है कि—

तदेकं वद निश्चित्य येन श्रेयोऽहमाप्नुयाम् ॥ ३.२ ॥

सरल भावार्थ—अर्जुन कहता है कि सांख्ययोग या कर्मयोग—इन दो मार्गों में से एक को चयन करने की ज़िम्मेदारी मैं अपने ऊपर नहीं लेना चाहता । इसलिए हे भगवन्, आप स्वयं ही निश्चय करके एक मार्ग मुझे बतलाइए जिससे मुझे श्रेयस् की प्राप्ति हो सके ।

उपरोक्त विवेचन का सार यह है कि 'श्रेयस् की प्राप्ति किस प्रकार हो?'—यह अर्जुन का मुख्य प्रश्न है । अर्जुन का दूसरा प्रश्न यह है कि अपने श्रेयस् की प्राप्ति के साथ-साथ क्या स्वजन-हित भी हो सकता है?

अर्जुन के प्रश्नों का उत्तर देते हुए भगवान् सांख्ययोग और कर्मयोग—दोनों के विषय में बोलते हैं । भगवान् द्वारा वर्णित सांख्ययोग में भी स्वधर्म-पालन की उपेक्षा नहीं की जा सकती—यह समझना महत्त्वपूर्ण है । भगवान् श्लोक २.११ में सांख्ययोग-विषयक शिक्षा आरम्भ करते हैं और कुल मिलाकर अट्ठाईस श्लोकों में यह प्रसंग पूरा होता है क्योंकि श्लोक २.३९ में भगवान् कहते हैं—

एषा तेऽभिहिता सांख्ये . . . . । २.३९ ।

अर्थात् मैंने अब तक तुम्हें सांख्ययोग की शिक्षा दी । इससे यह स्पष्ट है कि श्लोक २.३१ से २.३८ तक दी गई स्वधर्म-पालन की शिक्षा भी सांख्ययोग की शिक्षा में सम्मिलित है ।

सांख्ययोग की शिक्षा पूरी करके श्लोक २.३९ में ही भगवान् कर्मयोग की शिक्षा आरम्भ करने की घोषणा करते हैं—

बुद्धियोगे त्विमां शृणु । २.३९ ।

अर्थात् हे अर्जुन, अब तू कर्मयोग की शिक्षा सुन । भगवान् का झुकाव कर्मयोग की ओर है—ऐसा संकेत श्लोक २.४० में ही भगवान् स्वयं दे देते है—

स्वल्पमप्यस्य धर्मस्य त्रायते महतो भयात् ॥ २.४० ॥

सरल भावार्थ—कर्मयोग की शिक्षा के अनुसार किया हुआ कर्म महान् संकट को टाल सकता है चाहे वह कर्म देखने में 'स्वल्प' अर्थात् थोड़ा-सा ही प्रतीत हो ।

लोकसंग्रह-प्रसंग की भूमिका को ठीक प्रकार से समझने के लिए कर्मयोग को समझना आवश्यक है । कर्मयोग का मूलमंत्र है—स्वधर्म पालन करते हुए 'कर्मफलत्याग' जिसे 'अनासक्ति' या 'निष्काम भावना' भी कहा गया है । अपना कर्त्तव्य कर्म करो किंतु उसके फल का त्याग कर दो—संक्षेप में यह है कर्मयोग । फल त्याग का यह अर्थ नहीं कि फल मिलेगा नहीं—और यह भी अर्थ नहीं कि फल मिलने पर उसे ग्रहण न करो । फल त्याग का वास्तविक अर्थ यह है कि अपना सारा प्रयत्न कर्म में लगाओ और जो कुछ परिणाम हो उसमें अपना 'समत्व भाव' रखो—अर्थात् लाभ होने पर उछल-कूद नहीं, हानि होने पर निराशा नहीं । साधन-साध्य की भाषा में सारी शक्ति साधन पर लगाना कर्मयोग है और उसी से सफलता मिलने की सम्भावना बढ़ जाती है । इसलिए 'कर्म में कुशलता' भी कर्मयोग का लक्षण माना जाता है ।

अर्जुन ने श्रेयस् की प्राप्ति का उपाय पूछा था और भगवान् ने गीता के द्वितीय अध्याय में तथा तृतीय अध्याय के पहले भाग में निष्काम कर्मयोग को सबसे अच्छे उपाय के रूप में अर्जुन के सामने रखा । श्लोक ३.१९ में भगवान् ने अपनी शिक्षा का सार प्रकट किया—

तस्मादसक्तः सततं कार्यं कर्म समाचर ।
असक्तो ह्याचरन्कर्म परमाप्नोति पूरुषः ॥ ३.१९ ॥

सरल भावार्थ—भगवान् कहते हैं कि कर्मफल में आसक्ति छोड़कर निरन्तर अपने कर्त्तव्य कर्म को ठीक प्रकार पूरा करने का प्रयत्न करो—और इस मार्ग से श्रेयस् की प्राप्ति निश्चित है ।

चाहे अर्जुन की दृष्टि में अपने मुख्य प्रश्न का उत्तर यहाँ प्राप्त हो गया हो, किंतु भगवान् की दृष्टि में लोकहित का संदेश देने के लिए यह उपयुक्त अवसर था । भगवान् यह बतलाना चाहते थे कि तुम्हारे प्रश्न केवल स्व-हित और स्वजन-हित की सीमित परिधि के अन्दर थे । इस सीमित परिधि से बाहर निकलकर लोकहित को भी देखो—यह कहने के लिए भूमिका तैयार हो गई । अब प्रस्तुत है गीता का लोकसंग्रह-प्रसंग ।

लोकसंग्रह-विषयक गीता के सात श्लोकों की व्याख्या

गीता के लोकसंग्रह प्रसंग में सात श्लोक हैं—अर्थात् ३.२० से ३.२६ तक । कुल मिलाकर इन श्लोकों में पूरा लोकहितशास्त्र दर्शित है । व्याख्या के लिए क्रमशः एक-एक श्लोक पर ध्यान दें । उदाहरणतः पहले श्लोक—३.२०—में भगवान् अर्जुन से कहते हैं कि अभी तक तुम्हारी दृष्टि श्रेयस्-प्राप्ति और स्वजन-हित तक ही सीमित है—अब तुम अपनी दृष्टि का विस्तार करो और लोकहित पर भी ध्यान दो, जैसे जनक आदि ने किया था । श्लोक के शब्द इस प्रकार हैं—

कर्मणैव हि संसिद्धिमास्थिता जनकादयः ।
लोकसंग्रहमेवामि संपश्यन्कर्तुमर्हसि ॥ ३.२० ॥

सरल भावार्थ—भगवान् कहते हैं कि कर्मयोग की साधना करो और उसमें लोकसंग्रह अर्थात् लोकहित के कार्यों को भी सम्मिलित करो । ऐसा करने से संसिद्धि अर्थात् श्रेयस् की प्राप्ति भी निश्चित है । जनक आदि ने इसी मार्ग को अपनाया था ।

उपरोक्त भावार्थ में 'लोकसंग्रह' का अर्थ 'लोकहित के कार्य'—ऐसी सरल भाषा प्रयुक्त की गई है । लोकमान्य तिलक ने सुझाव दिया है कि 'लोकसंग्रह' शब्द का व्यापक अर्थ लेना उचित है जो इस प्रकार है—"समाज के सदस्यों को एकता के सूत्र में बाँधना, तथा ऐसे ढ़ंग से उनकी रक्षा, पालन और मार्गदर्शन करना जिससे वे पारस्परिक सहयोग-जनित शक्ति प्राप्त कर सकें और व्यक्तिगत तथा सामाजिक—दोनों प्रकार से उनका कल्याण हो सके ।"

श्लोक ३.२० में 'जनक आदि' का उदाहरण दिया गया है । महाभारत में जनक के विचारों तथा कार्यों की महानता का वर्णन है । जनक आसक्ति-रहित थे—यह सिद्ध करने के लिए अनेक टीकाकारों ने जनक द्वारा बोले गए निम्नलिखित शब्दों का उल्लेख किया है—

मिथिलायां प्रदीप्तायां न मे दह्यति किंचन ।

अर्थात् यदि मेरे राज्य की राजधानी मिथिला में आग लग गई है तो भी मुझे दुःखी होने की आवश्यकता नहीं है क्योंकि "मिथिला मेरी नगरी है"—ऐसा मैं नहीं समझता । लोकमान्य तिलक का मत है कि जनक के इन शब्दों से उनकी अनासक्ति तो सिद्ध होती है किंतु उनके लोकसंग्रह का पूरा चित्र सामने नहीं आता । चित्रण को पूरा करने के लिए लोकमान्य तिलक ने महाभारत में वर्णित जनक के अन्य शब्दों का सार इस प्रकार लिखा है—

> "लोकसंग्रह की दृष्टि से यह जानना उपयोगी है कि राजा जनक राज-कार्य में क्यों लीन थे जब कि इस कार्य से उनको कोई व्यक्तिगत लाभ नहीं मिलता था और उनकी अपने राज्य में कोई आसक्ति भी नहीं थी । इस प्रश्न का उत्तर देते हुए राजा जनक ने कहा कि मेरे राज-कार्य से देवताओं, पूर्वजों, सब प्राणियों तथा अतिथियों का लाभ होना चाहिए, न कि मेरा अपना ।"

श्लोक ३.२१ में भगवान् जनक-जैसे श्रेष्ठ व्यक्तियों की प्रशंसा करते हैं जिनके आचरण को अन्य लोग अनुकरणीय समझते हैं । अर्जुन के प्रति कहे गए भगवान् के वचनों का तात्पर्य यह है कि जैसे श्रेष्ठ व्यक्ति तुम्हारे लिए उदाहरणस्वरूप बन गए हैं, उसी प्रकार तुम स्वयं लोकहित के क्षेत्र में औरों के लिए उदाहरणस्वरूप बनो । श्लोक के शब्द इस प्रकार हैं—

यद्यदाचरति श्रेष्ठस्तत्तदेवेतरो जनः ।
स यत्प्रमाणं कुरुते लोकस्तदनुवर्तते ॥ ३.२१ ॥

सरल भावार्थ—श्रेष्ठ पुरुष जैसा आचरण करता है, अन्य पुरुष उसका अनुसरण करते हैं अर्थात् श्रेष्ठ व्यक्तियों का आचरण समाज के लिए प्रमाणस्वरूप होता है ।

इस श्लोक के माध्यम से भगवान् यह भी बतलाना चाहते हैं कि केवल शब्दों के द्वारा दिया गया उपदेश प्रभावशाली नहीं हो सकता—क्योंकि आचरण के बिना केवल शब्द बोलना ढोंग का लक्षण है । यह महत्त्वपूर्ण संदेश लोकसंग्रह प्रसंग के अन्तिम श्लोक—अर्थात् ३.२६—में भी दिया जाएगा ।

श्लोक ३.२२ में भगवान् अपना स्वयं का उदाहरण देकर यह बतलाते हैं कि सबसे ऊँची स्थिति वह है जब लोकहित का कार्य सहज-भाव से हो—न कुछ प्राप्त करने के लिए और न ही किसी प्रकार के दबाव से या भार समझकर । भगवान् स्वयं इस प्रकार लोकसंग्रह अर्थात् विश्वसेवा में लीन रहते हैं, और मानवमात्र को भी उसी आदर्श का पालन करने का वे उपदेश देते हैं । श्लोक के शब्दों को देखें—

न मे पार्थास्ति कर्तव्यं त्रिषु लोकेषु किंचन ।
नानवाप्तमवाप्तव्यं वर्त एव च कर्मणि ॥ ३.२२ ॥

सरल भावार्थ—भगवान् कहते हैं कि मैं लगातार संसार के पालन-पोषण का कार्य करता रहता हूँ—सजह भाव से । कोई मुझ से नहीं कहता कि मुझे यह कार्य करना है । किसी अप्राप्त वस्तु को पाने के लिए मैं यह कार्य नहीं करता, और न ही इस कार्य से मेरा कोई व्यक्तिगत लाभ होता है ।

महात्मा गांधी का मत है कि सूर्य, चंद्रमा, पृथ्वी आदि की निरंतर तथा नियमित गति को ईश्वर का कार्य ही समझना चाहिए ।

इस श्लोक की टिप्पणी में आचार्य विनोबा लिखते हैं कि—

> ''श्रीकृष्ण के समान अनासक्त सेवक भारत ने नहीं देखा, जो नीच-से-नीच मानी गई सेवा निरहंकार भाव से कर सकते थे । यही नहीं, बल्कि जिन्हें वैसी सेवा करने के लिए लोग निःसंकोच भाव से कह सकते थे ।''
>
> (*गीताई चिन्तनिका* से)

''गीता-प्रवचन'' नामक ग्रंथ में आचार्य विनोबा, श्रीकृष्ण को ''कर्मयोगियों का परमेश्वर''—ऐसी संज्ञा देकर लिखते हैं—

> ''कर्मयोगियों का परमेश्वर कहीं घोड़ों को खुर्रा करता है, राजसूय यज्ञ के समय जूठी पत्तलें उठाता हैं, जंगल में गायें चराने जाता है । . . . . खुद संत भी कोई दरज़ी का, तो कोई कुम्हार का, कोई बुनाई का, तो कोई माली का, कोई

धान कूटने-पीसने का, तो कोई बनिये का, कोई नाई का, तो कोई ढोर घसीटने का काम करते-करते मुक्त पद्वी को प्राप्त हुए हैं ।''

श्लोक ३.२२ में भगवान् बतलाते हैं कि मैं सहज भाव से विश्वसेना का कार्य करता हूँ । आचार्य विनोबा इस श्लोक की व्याख्या करते हुए लिखते हैं कि भगवान् द्वारा स्थापित आदर्श का पालन करने वाले व्यक्ति भी सहज भाव से लोकसंग्रह का कार्य करते हैं—

''कर्तव्य-भावना और प्राप्तव्य-भावना—ये दो प्रेरक शक्तियाँ मनुष्य से कर्म करवाती हैं । ज्ञानी पुरुष के द्वारा होने वाला लोकसंग्रह इन दोनों प्रेरणाओं से वर्जित रहता है । यानी, उसका वह स्वभाव ही होता है । उसका उसे भार नहीं होता ।'' (*गीताई चिन्तनिका* से)

श्लोक ३.२३ में भगवान् कहते हैं कि लोकहित से प्रेरित अपना कर्तव्य कर्म करने में आलस्य तथा असावधानी से बचना चाहिए—इन कमज़ोरियों के लिए यहाँ 'तंद्रा' शब्द प्रयुक्त किया गया है । श्लोक के शब्द इस प्रकार हैं—

यदि ह्यहं न वर्तेयं जातु कर्मण्यतन्द्रितः ।
मम वर्त्मानुवर्तन्ते मनुष्याः पार्थ सर्वशः ॥ ३.२३ ॥

सरल भावार्थ—भगवान् कहते हैं कि विश्वसेवा के लिए किया गया मेरा कर्म बहुत सावधानी से सम्पन्न होता है—और उसमें आलस्य की गंध भी नहीं होती—और भगवान् का आदेश है कि सब प्राणियों को भी इसी प्रकार अपना स्वधर्म पालन करना चाहिए ।

तंद्रा-त्याग से कर्म में कुशलता आती है । इस प्रकार यह श्लोक अध्याय २ में बोले गए शब्द ''योगः कर्मसु कौशलम्'' की याद दिलाता है । तंद्रा-त्याग से तामसी वृत्तियों के त्याग का भी आदेश मिलता है ।

श्लोक ३.२४ से 'लोकसंग्रह-कर्म' की परिभाषा मिलती है—अर्थात् वह कर्म जिसके न करने से लोकहित का नाश हो । इसी परिभाषा का दूसरा रूप यह है—लोकसंग्रह-कर्म वह है जिससे लोकहित की वृद्धि हो । इस परिभाषा की महत्ता के विभिन्न पक्षों का अवलोकन करने से पहले श्लोक के शब्दों को देखें—

उत्सीदेयुरिमे लोका न कुर्यां कर्म चेदहम् ।
संकरस्य च कर्ता स्यामुपहन्यामिमाः प्रजाः ॥ ३.२४ ॥

सरल भावार्थ—टीकाकारों ने 'संकर' शब्द के भिन्न-भिन्न अर्थ किए हैं—उनके विस्तार में न जाकर यहाँ डॉ॰ राधाकृष्णन् द्वारा लिखित शब्दों का भावार्थ प्रस्तुत है । भगवान् कहते हैं कि यदि मैं लोकसंग्रह-कर्म न करूँ तो ये सब संसार नष्ट हो जाएँगे, समाज अव्यवस्थित हो जाएगा और जनसाधारण का अस्तित्व ख़तरे में पड़ जाएगा ।

ज्यों-ज्यों गीता-प्रेमियों ने उपरोक्त श्लोक का गहरा अध्ययन किया है, त्यों-त्यों

लोकहित से संबंधित विभिन्न पक्षों ने उनका ध्यान आकर्षित किया है। देशकालपौरुषानुकूल सेवा के भाव ने भी—जिसका उल्लेख अध्याय ५ में किया जा चुका है—इस प्रक्रिया को आगे बढ़ाया है। परिणामस्वरूप, सामाजिक दायित्व की भावना का विकास, गीता-ज्ञान का लक्षण बन गया है। जब ईश्वर स्वयं लोकसंग्रह के कार्य में लीन है, तो गीता के जानने वालों का भी यह दायित्व बन जाता है कि वे भी सामूहिक हित को आगे बढ़ाएँ। वर्तमान लेखक ने, अंग्रेज़ी में लिखी अपनी पुस्तक में, लोकसंग्रह में सम्मिलित दस प्रकार के कार्यों की सूची बनाई है, जिनका संकेत निम्नलिखित शब्दों से मिल सकता है—

(अ) रक्षात्मक कार्य—जिनमें पर्यावरण की रक्षा भी सम्मिलित है।
(आ) उत्पादक कार्य—जिनमें कृषि-विकास तथा ग्रामीण उद्योग भी सम्मिलित हैं।
(इ) समाज-सुधार—जिसमें सामाजिक न्या य भी सम्मिलित है।
(ई) सेवा कार्य—विशेषतः दीनों की सेवा, उन्हें दरिद्रनारायण समझकर।
(उ) लोगों में आत्म-विश्वास की वृद्धि—विशेषतः उन वर्गों में जो दीर्घ काल तक दबे रहने के कारण हीन-भावना के शिकार बन गए हैं।
(ऊ) सामाजिक दायित्व की भावना का विकास—विशेषतः उन वर्गों में जो ईश्वर-प्रदत्त विभूति का सदुपयोग करके लोकहित की वृद्धि कर सकते हैं।
(ए) निष्काम-भावना का विकास जिसके माध्यम से समाज में निःस्वार्थ सेवा को प्रोत्साहन मिले।
(ऐ) समाज में ध्रुवा नीति की स्थापना तथा अहिंसा के प्रचार में रुचि।
(ओ) समाज में पारस्परिक सहयोग तथा ऐक्य-भाव को प्रोत्साहन।
(औ) लोकसंग्रह-संबंधी विचारों को शिक्षा का अविभाज्य अंग बनाना।

(*सोशल रोल ऑफ गीता* से)

श्लोक ३.२५ में लोकसंग्रह को विद्वत्ता के लक्षण के रूप में वर्णित किया गया है। पहले श्लोक के शब्दों को देखें—

सक्ताः कर्मण्यविद्वांसो यथा कुर्वन्ति भारत।
कुर्याद्विद्वांस्तथासक्तश्चिकीर्षुर्लोकसंग्रहम्॥ ३.२५॥

सरल भावार्थ—भगवान् कहते हैं कि विद्वान् व्यक्ति वही हैं जो लोकसंग्रह-भावना से कर्म करें और कर्म-फल में आसक्ति का त्याग करें।

इस श्लोक में अनासक्ति और लोकसंग्रह को मिलाकर यह स्पष्ट किया गया है कि निष्काम-भावना का वास्तविक अर्थ है—'स्व-हित की अपेक्षा सर्वहित को प्राथमिकता देना'। कर्म-फल में आसक्ति का मूल कारण है स्वार्थ-भावना। लोकहित-भावना से

आसक्ति का त्याग सरल हो जाता है। भगवान् का आदेश है कि लोकहित की भावना से कर्तव्य कर्म करो किंतु उसमें भी आसक्ति मत रखो। इस प्रकार किए हुए लोकहित से स्व-हित भी प्राप्त हो जाएगा।

लोकसंग्रह-सप्तकम् के अन्तिम श्लोक—३.२६—में यह बतलाया गया है कि विद्वान् व्यक्ति लोकसंग्रह-प्रक्रिया को निरन्तर गतिशील कैसे बनाए रखें। श्लोक के शब्द इस प्रकार हैं—

न बुद्धिभेदं जनयेदज्ञानां कर्मसंगिनाम्।
जोषयेत्सर्वकर्माणि विद्वान्युक्तः समाचरन्॥ ३.२६॥

सरल भावार्थ—भगवान् बतलाते हैं कि विद्वान् व्यक्तियों को अन्य व्यक्तियों के प्रति कैसा व्यवहार करना चाहिए—जैसे सबको प्रोत्साहन देना और बुद्धिभेद न होने देना।

इस श्लोक में दो महत्त्वपूर्ण सुझाव भगवान् ने दिए हैं। प्रथम यह है कि लोकहित के कार्यों को व्यक्तिगत स्तर पर सीमित न रखो अर्थात् स्वयं उन कार्यों को करते हुए औरों को भी वैसे कार्य करने के लिए प्ररित करो। इस सुझाव से कर्मयोगियों की शृंखला अटूट बनी रह सकती है। द्वितीय सुझाव यह है कि समाज के जो वर्ग संकुचित धारणाओं में उलझे हुए हैं, उनका विकास दबाव डालकर नहीं, बल्कि जनमत-परिवर्तन के माध्यम से ही करना उचित है—चाहे इस तरीक़े को अपनाने से विकास की गति धीमी हो।

लोकसंग्रह की ख्याति का ऐतिहासिक पक्ष

जितनी ख्याति लोकसंग्रह को ग्रन्थों या टीकाओं से मिली, उससे कहीं अधिक मिली समाज सुधारकों से जिन्होंने घर-घर में यह संदेश पहुँचाया। गीता के श्लोक ३.२६ के आदेशानुसार इन सुधारकों ने जनमत-परिवर्तन पर ज़ोर दिया। वर्तमान काल में यह क्रम सन् १८१८ में आरम्भ हुआ—राजा राममोहन रॉय के प्रयत्नों से। तदनन्तर उन्नीसवीं शताब्दी में ही श्रीरामकृष्ण परमहंस तथा स्वामी विवेकानन्द ने दरिद्रनारायण की सेवा में लोगों को लगाया। बीसवीं शताब्दी में लोकसंग्रह को आधार बनाकर स्वतंत्रता आन्दोलन चलाया गया जिसके प्रमुख नेताओं में लोकमान्य तिलक, श्रीअरविंद घोष और महात्मा गांधी थे। महात्मा गांधी ने लोकसंग्रह के साथ अहिंसा को मिला-कर विश्व में अद्वितीय आदर्श स्थापित कर दिया और सन् १९४७ में स्वतंत्रता आंदोलन को सफल बनाया।

लोकसंग्रह की मान्यता के विस्तार का एक प्रमुख कारण यह था कि लोकहित के कार्यक्रमों को देशकालोचित रूप दिया गया। जिन-जिन कमज़ोरियों के कारण देश अवनति के गर्त में गिरा था, उन-उन को दूर करने पर विशेष ध्यान दिया गया। उदाहरणतः राजा राममोहन रॉय ने विधवा महिलाओं के प्रति किए गए अत्याचार को गीता की सहायता से रुकवाया। स्वामी विवेकानन्द ने कर्मयोग पर आधारित कार्यक्रमों

में दरिद्रों की सेवा को प्रमुखता दी । बीसवीं शताब्दी के आन्दोलनों ने गीता का सहारा लेकर न केवल राजनैतिक स्वतंत्रता पर ज़ोर दिया, बल्कि साथ ही अस्पृश्यता निवारण, साम्प्रदायिक एकता, ग्राम विकास, बुनियादी शिक्षा आदि को भी समान महत्त्व दिया । इन सब प्रयत्नों से लोकसंग्रह का संदेश पुनर्निर्माण और सर्वोदय का संदेश बन गया । अध्याय ९ में इस विषय पर फिर ध्यान दिया जाएगा ।

लोकसंग्रह की ख्याति का अन्य-ग्रंथ-समर्थन-पक्ष

विद्वानों ने गीता के अतिरिक्त अन्य प्राचीन ग्रन्थों में भी लोकसंग्रह या उससे मिलते-जुलते शब्दों तथा भावों की खोज पर ध्यान दिया है जिससे लोकसंग्रह की व्यापकता को बल मिले । अन्य ग्रन्थों से प्राप्त समर्थन ने भी लोकसंग्रह की ख्याति में वृद्धि की है । यहाँ उदाहरणस्वरूप केवल चार प्राचीन ग्रंथों के चुने हुए प्रसंगों का ही उल्लेख किया जा रहा है ।

(अ) 'लोकानां असम्भेदाय'—दो उपनिषदों में

यद्यपि 'लोकानां असम्भेदाय'—ये शब्द दो उपनिषदों—अर्थात् छांदोग्य तथा बृहदारण्यक—में विद्यमान हैं किंतु गीता में प्रतिपादित लोकसंग्रह से उनका संबंध केवल पच्चीस वर्ष पहले—अर्थात् सन् १९७३ में—आचार्य विनोबा ने स्थापित किया । इससे पूर्व इस प्रकार के संबंध पर ध्यान न दिए जाने के कई कारण हैं जिनमें से तीन का उल्लेख यहाँ किया जा रहा है । प्रथम कारण यह है कि आदि शंकराचार्य ने लोकसंग्रह को प्राथमिकता नहीं दी थी इसलिए तद्विषयक खोज की ओर भी विशेष ध्यान नहीं दिया गया । द्वितीय कारण यह है कि यद्यपि दोनों उपनिषदों में प्रयुक्त शब्द 'लोकानां असम्भेदाय' ही है, फिर भी शांकरभाष्य में उनका अर्थ भिन्न-भिन्न प्रकार से किया गया है । एक ही विचार को दो ग्रन्थों मे पढ़ने से जो खोज-भावना जागृत हो सकती थी, वह भिन्न-भिन्न अर्थों के कारण नहीं जगी । तृतीय कारण यह है कि लोकसंग्रह को प्राथमिकता देने वाले वर्तमान टीकाकारों—विशेषत: लोकमान्य तिलक तथा प्रो॰ डी॰ एस॰ शर्मा—ने यह मत प्रकट किया था कि 'लोकसंग्रह' शब्द गीता का अपना ही—अर्थात् मौलिक—शब्द है और प्राचीन टीकाकारों के द्वारा इसकी उपेक्षा किए जाने का प्रमुख कारण यह था कि यह शब्द उपनिषदों का नहीं है । इस मत को अधिकांश वर्तमान टीकाकारों ने भी स्वीकार किया और उसके प्रभाव में आकर उन्होंने लोकसंग्रह से समानता प्रदर्शित करने वाले शब्दों की खोज भी उपनिषदों में नहीं की । आचार्य विनोबा द्वारा इस दिशा में किया गया प्रयास लोकसंग्रह की ख्याति के लिए एक अनुपम देन है ।

छांदोग्य उपनिषत् के शब्द इस प्रकार हैं—

अथ य आत्मा स सेतुर्विधृतिरेषां लोकानामसम्भेदाय ।

आचार्य विनोबा ने इन शब्दों का अर्थ इस प्रकार किया है—

"यह जो आत्मा, वह मानो रोक रखने वाला सेतु—अर्थात् बाँध—है, इस लोक में—समाज में—फूट न पड़े इसलिए—अर्थात् लोकसंग्रह के लिए ।"

अब बृहदारण्यक उपनिषत् के शब्दों को देखें—

एष सर्वेश्वरः । एष भूताधिपतिः । एष भूतपालः । एष सेतुर्विधरणः । एषां लोकानामसम्भेदाय ।

आचार्य विनाबा ने इन शब्दों का अर्थ इस प्रकार किया है—

"यह सर्वेश्वर है । यह भूतों का अधिपति है । यह भूतों का पालक है । इस लोक में—यानी समाज में—फूट न पड़े इसलिए यह रोक रखने वाला सेतु—अर्थात् बाँध—है, यानी यह लोकसंग्रह के लिए है ।"

यह स्पष्ट है कि आचार्य विनोबा ने "लोकानां असम्भेदाय" शब्दों का अर्थ दोनों प्रसंगों में एक ही किया है, और लोकसंग्रह से इन शब्दों का संबंध स्थापित किया है । उपनिषदों से प्राप्त समर्थन ने लोकसंग्रह की ख्याति में महत्त्वपूर्ण वृद्धि की है ।

(आ) **महाभारत में लोकसंग्रह**

महाभारत ने लोकसंग्रह को प्रभावशली समर्थन दिया है । यहाँ केवल दो प्रसंगों का उल्लेख किया जा रहा है ।

प्रथम प्रसंग कौशिक तपस्वी की कथा का है । प्रो॰ अरविंद शर्मा ने इस कथा का सार यह निकाला है कि धर्मसंकट पड़ने पर लोकसंग्रह को प्राथमिकता दी जाए, न कि परिणाम-विचार-रहित स्थूल सत्य भाषण को । प्रो॰ शर्मा द्वारा अंग्रेज़ी में लिखित शब्दों का भावार्थ इस प्रकार है—

"महाभारत में एक कथा है कि कौशिक तपस्वी को, जो सदा सत्य भाषण करते थे, नरक में जाना पड़ा क्योंकि उन्होंने यह विचार नहीं किया कि मेरे सत्य भाषण का परिणाम क्या होगा । कुछ सज्जन व्यक्ति डाकुओं से अपनी रक्षा करने के लिए उसी रास्ते से वन की ओर भाग रहे थे जहाँ कौशिक तपस्वी तप कर रहे थे । डाकुओं ने पूछा कि वे लोग किस मार्ग से भागे हैं? कौशिक तपस्वी के पास दो विकल्प थे । एक यह कि झूठ बोलकर डाकुओं को किसी अन्य मार्ग पर भेज देना जिससे सज्जन व्यक्ति बच जाएँ । दूसरा विकल्प यह था कि परिणाम का विचार किए बिना स्थूल सत्य बोलना । कौशिक तपस्वी ने स्थूल सत्य बोला ।

परिणाम यह हुआ कि डाकुओं ने सज्जन व्यक्तियों को मार डाला । धर्मराज ने कौशिक तपस्वी के कार्य को अनुचित ठहराया और उन्हें नरक में भेज दिया ।''

(*हिन्दूइज़्म फॉर आवर टाइम्स* से)

यह उल्लेखनीय है कि महाभारत में उपरोक्त कथा के वक्ता भगवान् श्रीकृष्ण हैं । महाभारत के द्वितीय प्रसंग के वक्ता भीष्म पितामह हैं । उन्होंने निम्नलिखित शब्दों में लोकसंग्रह की महत्ता प्रतिपादित की है—

लोकसंग्रहसंयुक्तं विधात्रा निहितं पुरा ।
सूक्ष्मधर्मार्थनियतं सतां चरितमुत्तमम् ॥

सरल भावार्थ—धर्म का सूक्ष्म अर्थ समझाने के लिए—अर्थात् धर्मसंकट के समय उचित निर्णय लेने के लिए—ब्रह्मा ने संतों की वे कथाएँ रची हैं जिनमें लोकसंग्रह को प्राथमिकता दी गई है ।

वर्तमान विभाग के उपरोक्त दोनों ग्रंथों से संबंधित विवेचन का सार निम्नलिखित श्लोक में देखें जिसे इस पुस्तक के लेखक ने लोकसंग्रह-प्रेमियों के लिए रचा है—

प्रोक्तमित्युपनिषदि लोकानामसम्भेदाय ।
लोकसंग्रहसंदेशो गीताया भारतस्य च ॥

सरल भावार्थ—उपनिषदों में 'लोकनामसम्भेदाय' शब्द विद्यमान है । गीता ने इस भाव को नया रूप देकर लोकसंग्रह का संदेश दिया और महाभारत ने इस संदेश की पुष्टि की ।

(इ) मनुस्मृति में लोक-विवृद्धि

मनुस्मृति के कई प्रसंगों ने लोकसंग्रह-भावना का समर्थन किया है जिनमें से यहाँ केवल दो का उल्लेख किया जा रहा है । प्रथम तो यह कि वर्ण-व्यवस्था की स्थापना का उद्देश्य —मनुस्मृति के अनुसार—'लोक-विवृद्धि' था अर्थात् लोगों का विकास या समृद्धि । मनुस्मृति के ही द्वितीय उल्लेखनीय प्रसंग के अनुसार धर्म के उन अंगों का त्याग उचित है जो लोगों के द्वारा घृणित या निंदित हों—मनुस्मृति का तदर्थक मूल शब्द है 'लोकविक्रुष्ट' । इन दोनों प्रसंगों में लोगों के हित को महत्ता दी गई है ।

(ई) योगवासिष्ठ में लोक-परामर्श

'योगवासिष्ठ' ग्रंथ के भी दो प्रंसग गीता-कथित विचारों के समर्थन के रूप में उल्लेखनीय हैं । प्रथम प्रसंग जीवन्मुक्तावस्था से संबंधित है जिसका वर्णन इस पुस्तक के अध्याय ४ में दिया जा चुका है । इस विषय में विस्तार से लिखना यहाँ उपयुक्त नहीं

होगा। योगवासिष्ठ के द्वितीय प्रसंग में 'लोक-परामर्श' शब्द के द्वारा गीता-प्रतिपादित लोकसंग्रह के भाव का समर्थन है। योगवासिष्ठ का तद्विषयक श्लोक निम्नलिखित है—

यावल्लोकपरामर्शो निरूढो नास्ति योगिनः।
तावद्रूढसमाधित्वं न भवत्येव निर्मलम्॥

सरल भावार्थ—केवल व्यक्तिगत पूर्णत्व प्राप्त होने से योगी की स्थिति को निर्मल नहीं कह सकते—उसके लिए यह आवश्यक है कि पारस्परिक विचार-विमर्श पूर्ण रूप से स्थापित हो जाए अर्थात् सामूहिक पूर्णत्व में ही व्यक्तिगत योगस्थिति की निर्मलता है।

मानस में जगमंगल

गीता-प्रतिपादित लोकसंग्रह का विवेचन यहीं समाप्त करके अब ध्यान दें—मानस में जगमंगल पर। जगमंगल या उसके पर्यायवाची शब्द, रामकथा के उद्देश्य के साथ घुल-मिल गए हैं—और उद्देश्य का स्पष्टीकरण अनेक बार हुआ है क्योंकि मानस में निम्नलिखित चार संवाद सम्मिलित हैं—

(क) शिव-पार्वती
(ख) काकभुशुंडि-गरुड़
(ग) याज्ञवल्क्य-भरद्वाज
(घ) तुलसीदास-कलियुग के संत

प्रत्येक संवाद के द्वारा जगमंगल के कौन-से रूप को प्राथमिकता मिली है, इसका संक्षिप्त विवरण अब प्रस्तुत है।

(क) जनहित या जगत-हित का संदेश—शिव-पार्वती संवाद से

सबसे पहले शिवजी ने पार्वतीजी के इस प्रश्न का उत्तर दिया कि—

नाथ धरेउ नरतनु केहि हेतू।

शिवजी ने यह स्पष्ट किया कि भगवान् का अवतार 'जनहित' के लिए होता है। मानस की अवतार-घोषणा का यह प्रसंग गीता में दी गई अवतार-घोषणा से मिलता-जुलता है। मानस के शब्द, जो बालकाण्ड में हैं, इस प्रकार हैं—

जब-जब होइ धरम कै हानी। बाढ़हिं असुर अधम अभिमानी॥
करहिं अनीति जाइ नहिं बरनी। सीदहिं विप्र धेनु सुर धरनी॥
तब-तब प्रभु धरि विविध सरीरा। हरहिं कृपा निधि सज्जन पीरा॥

असुर मारि थापहिं सुरन्ह राखहिं निज श्रुति सेतु ।
जग विस्तारहिं विसद जस राम जन्म करह हेतु ॥
सोइ जस गाइ भगत भव तरहीं । कृपासिन्धु जनहित तनु धरहीं ॥

शिवजी ने राम-अवतार की भूमिका के रूप में रावण तथा उसके साथी राक्षसों के द्वारा किए गए अत्याचारों का भी वर्णन किया । निशाचरों का सारा आचरण सामाजिक शांति को भंग करने वाली हिंसा तथा अनीति पर आधारित था । राक्षसों के द्वारा किया जाने वाला परद्रोह (दूसरों का अनिष्ट) पृथ्वी के लिए असह्य भार बन गया ।

बरनि न जाइ अनीति घोर निशाचर जो करहिं ।
हिंसा पर अति प्रीति तिन्ह के पापहि कवनि मिति ॥
बाढ़े खल बहु चोर जुआरा । जे लंपट परधन परदारा ॥
मानहिं मातु पिता नहिं देवा । साधुन्ह सन करवावहिं सेवा ॥
जिन्ह के यह आचरन भवानी । ते जानेहु निसिचर सब प्रानी ।
अतिसय देखि धरम कै ग्लानी । परम सभीत धरा अकुलानी ॥
गिरि सरि सिंधु भार नहिं मोही । जस मोहि गरुअ एक परद्रोही ॥

जब पृथ्वी एवं देवताओं ने भगवान् से प्रार्थना की कि राक्षसों के अत्याचारों से हमारी रक्षा करो, तब आकाशवाणी के द्वारा भगवान् ने आश्वासन दिया कि मैं राम के रूप में अवतार लूँगा और पृथ्वी का सब भार हर लूँगा ।

हरिहउँ सकल भूमि गरुआई ।

पृथ्वी का भार हटाने के लिए श्रीराम ने जो-जो चरित्र किए उन सबका वर्णन तो शिवजी ने किया ही, साथ ही श्रीराम के मंगलमय रूप की वन्दना के लिए उन्होंने जिन शब्दों का प्रयोग बालकाण्ड में किया वे बहुत लोकप्रिय हो गए हैं—

मंगल भवन अमंगल हारी । द्रवउ सो दसरथ अजिर बिहारी ॥

शिवजी पार्वतीजी से कहते हैं कि तुमने श्रीराम के विषय में शंका करके और प्रश्न पूछकर संसार का बहुत उपकार किया है क्योंकि रामकथा जगत् को पवित्र करने वाली गंगाजी के समान है । शिवजी द्वारा बालकाण्ड में प्रयुक्त शब्द हैं—जगतहित, सब कर हित—जो कि जगमंगल के ही पर्यायवाची हैं ।

धन्य-धन्य गिरिराजकुमारी । तुम्ह समान नहिं कोउ उपकारी ॥
पूँछेहु रघुपति कथा प्रसंगा । सकल लोक जग पावनि गंगा ॥
तुम्ह रघुबीर चरन अनुरागी । कीन्हिहु प्रस्न जगत हित लागी ।
राम कृपा तें पारबति सपनेहुँ तव मन माहिं ।
सोक मोह संदेह भ्रम मम बिचार कछु नाहिं ॥

तदपि असंका कीन्हिहु सोई । कहत सुनत सब कर हित होई ॥

बालकाण्ड में ही श्रीराम और सीताजी के विवाह के समय शिवजी सब देवताओं को बतलाते हैं कि राम और सीता का नाम ही सारे अमंगलों को नष्ट कर देता है और धर्म-अर्थ-काम-मोक्ष—चारों पुरुषार्थों को प्राप्त करवा देता है ।

जिन्ह कर नाम लेत जग माहीं । सकल अमंगल मूल नसाहीं ॥
करतल होहिं पदारथ चारी । तेइ सिय राम कहेउ कामारी ॥

श्रीराम ने अपने वनवास के समय जटायु तथा वानरों के प्रति जैसा प्रेमपूर्ण व्यवहार किया, उसका विशेष उल्लेख शिवजी द्वारा वर्णित प्रसंगों में है । उदाहरणत: अरण्यकाण्ड में शिवजी कहते हैं कि जटायु को परमगति देना श्रीराम की कृपा का ही कल्याणकारी रूप है ।

कोमल चित अति दीनदयाला । कारन बिनु रघुनाथ कृपाला ॥
गीध अधम खग आमिष भोगी । गति दीन्हीं जो जाचत जोगी ॥
सुनहु उमा ते लोग अभागी । हरि तजि होहिं विषय अनुरागी ॥

इसी प्रकार किष्किन्धाकाण्ड में शिवजी कहते हैं कि जब सुग्रीव ने सब वानरों को इकट्ठा करके सीताजी की खोज करने के लिए सब दिशाओं में भेजा तब श्रीराम ने प्रत्येक वानर से कुशल से कुशल पूछी ।

वानर कटक उमा मैं देखा । सो मूरख जो करन चह लेखा ॥
आइ राम पद नावहिं माथा । निरखि वदनु सब होहिं सनाथा ॥
अस कपि एक न सेना माहीं । राम कुसल जेहि पूछी नाहीं ।

शिवजी ने रामकथा कहते हुए विभीषण के प्रसंग को भी बहुत महत्त्व दिया है । उन्होंने बतलाया कि विभीषण ने आरम्भ से ही भगवान् के चरणकमलों में निष्काम और अनन्य प्रेम का वर ब्रह्माजी से माँगा—जैसा कि बालकाण्ड में वर्णित है ।

गए विभीषन पास पुनि कहेउ पुत्र वर मागु ।
तेहि मागेहु भगवंत पद कमल अमल अनुरागु ॥

जब रावण की सभा में उसके मंत्री डर के मारे उसकी हाँ में हाँ कर रहे थे, तब विभीषण ने आदरपूर्वक किन्तु निर्भय होकर उसके हित की बात कही । यह प्रसंग सुन्दरकाण्ड में वर्णित है ।

अवसर जानि विभीषनु आवा । भ्राता चरन सीसु तेहिं नावा ॥
पुनि सिरु नाइ बैठ निज आसन । बोला वचन पाई अनुसासन ॥
जौ कृपाल पूँछिहु मोहि बाता । मति अनुरूप कहउँ हित ताता ॥

. . . .

बुध पुरान श्रुति संमत बानी । कहीं बिभीषन नीति बखानी ॥

किंतु रावण तो अभिमान और क्रोध के वश में था । उसने कटु शब्दों में विभीषण पर आरोप लगाया कि तू मेरे शत्रुओं से सहानुभूति कर रहा है । ऐसा कहकर रावण ने विभीषण को लात से मारा, किंतु विभीषण ने बदले में किसी प्रकार का अनादरभाव प्रकट नहीं किया । शिवजी ने सुन्दरकाण्ड में ही पार्वतीजी से कहा कि विभीषण ने लगातार संत की तरह व्यवहार किया और हृदय से रावण का हित चाहा ।

उमा संत कइ इहइ बड़ाई । मंद करत जो करइ भलाई ॥
तुम्ह पितु सरिस भलेहिं मोहि मारा । राम भजें हित नाथ तुम्हारा ॥

राम-रावण युद्ध के समय रावण ने प्रचण्ड शक्ति छोडकर विभीषण को मारना चाहा किंतु श्रीराम ने उसे बचा लिया । तब विभीषण भी गदा लेकर सीधे रावण के साथ ऐसे युद्ध करने लगा मानो वे दोनों बराबर पराक्रम वाले योद्धा हों । इसका वर्णन करते हुए लंकाकाण्ड में शिवजी ने पार्वतीजी से कहा कि देखो, श्रीराम के प्रभाव से ही विभीषण में कितना बल आ गया ।

उमा विभीषनु रावनहि सन्मुख चितब कि काउ ।
सो अब भिरत काल ज्यों श्रीरघुवीर प्रभाउ ॥

उत्तरकाण्ड में रामराज्य का वर्णन करते हुए शिवजी कहते हैं कि श्रीराम के सिंहासन पर बैठने के बाद भी सीताजी निरन्तर अपनी सासुओं की सेवा में लगी रहीं क्योंकि उन्होंने अभिमान को दूर रखा ।

कौशल्यादि सासु गृह माहीं । सेवइ सबन्हि मान मद नाहीं ॥
उमा रमा ब्रह्मादि वंदिता । जगदम्बा संततमनिंदिता ॥

शिवजी से रामकथा सुनकर पार्वतीजी को बहुत हर्ष हुआ और उन्होंने उत्तरकाण्ड में कहा कि इस कथा का विशेष रस तो अनेक बार सुनने से ही जाना जा सकता है ।

सुनि सुभ कथा उमा हरषानी । बोली अति विनीत मृदु बानी ॥
धन्य-धन्य मैं धन्य पुरारी । सुनेउँ रामगुन भव भय हारी ॥
नाथ तवानन ससि स्रवत कथा सुधा रघुवीर ।
श्रवन पुटन्हि मन पान करि नहिं अघात मतिधीर ॥
रामचरित जे सुनत अघाहीं । रस विसेष जाना तिन्ह नाहीं ॥

यद्यपि पार्वतीजी ने रामकथा के विशेष रस के विषय में विस्तार से नहीं बोला, किन्तु

हिंसा पर आधारित आधुनिक समाज की दुर्दशा को मिटाने वाला विशेष रस तो लोकमंगल का संदेश ही हो सकता है ।

(ख) **पर-हित का संदेश—काकभुशुंडि-गरुड़ संवाद से**

इस संवाद की विशेषता यह है कि कौए का शरीर होते हुए भी काकभुशुंडि इतनी उच्च कोटि के रामभक्त बने कि उन्होंने पक्षीराज गरुड़ को रामकथा सुनाई और उनके प्रश्नों का समुचित उत्तर देकर उनका संदेह दूर किया ।

गरुड़ के मोह की उत्पत्ति, जिसको दूर करने के लिए वे काकभुशुंडि के पास गए, राम-रावण युद्ध की एक विशेष घटना से जुड़ी हुई है । नर-अनुरूप लीला करते हुए श्रीराम ने अपने आपको मेघनाद द्वारा रचित नागपाश में बँधवा लिया । पक्षीराज गरुड़ ने माया-सर्पों को खाकर श्रीराम को मुक्त किया, किंतु गरुड़ को यह संदेह होने लगा कि क्या राम सचमुच ही विष्णु के अवतार हैं । गरुड़ का मोह उत्तरकाण्ड में वर्णित है ।

सो अवतार सुनेउँ जग माहीं । देखेउँ सो प्रभाव कछु नाहीं ॥
नाना भाँति मनहि समुझावा । प्रकट न ग्यान हृदयँ भ्रम छावा ॥

अपने मोह को दूर करने का उपाय ढूँढ़ते-ढूँढ़ते गरुड़ शिवजी के पास गए । शिवजी ने कहा कि तुम नील पर्वत पर जाकर काकभुशुंडि के आश्रम में सत्संग करो और रामकथा सुनो ।

तबहिं होइ सब संसय भंगा । जब बहु काल करिअ सतसंगा ॥
सुनिअ तहाँ हरि कथा सुहाई । नाना भाँति मुनिन्ह जो गाई ॥

ऐसा ही हुआ । काकभुशुंडि के आश्रम में गरुड़ का मोह नष्ट हो गया और उन्होंने सुख देने वाली, पवित्र रामकथा को विस्तार से सुनने की इच्छा प्रकट की ।

अब श्रीराम कथा अति पावनि । सदा सुखद दुख पुंज नसावनि ॥

रामकथा सुनाने के अतिरिक्त काकभुशुंडि ने गरुड़ के अन्य प्रश्नों के उत्तर भी दिए जो मुख्यतः उत्तरकाण्ड में वर्णित हैं ।

काकभुशुंडि ने रामकथा को अति पवित्र एवं सुखकारी कहकर गरुड़ को सम्बोधन किया ।

पूँछिहु राम कथा अति पावनि । सुक सनकादि संभु मन भावनि ॥

. . . .

कहइ भुसुंड सुनहु खगनायक । राम चरित सेवक सुखदायक ॥

. . . .

अस रघुपति लीला उरगारी । दनुज विमोहनि जन सुखकारी ॥

काकभुशुंडि ने कहा कि सुख के भण्डार श्रीराम करुणा के भी धाम हैं और वे अपने भक्त के आन्तरिक भाव को अधिक महत्त्व देते हैं ।

भाव वस्य भगवान् सुख निधान करुणा भवन ।
तजि ममता मद मान भजिअ सदा सीता रवन ॥

प्रभु का सच्चा सेवक वही है जो अखिल विश्व के स्वामी श्रीराम को ही सर्वस्व समझकर अपने हृदय से अभिमान को दूर रखे । काकभुशुंडि उत्तरकाण्ड में कहते हैं कि सेवक का हित करने के लिए प्रभु उसके अभिमान को दूर कर देते हैं ।

संसृत मूल सूलप्रद नाना । सकल सोक दायक अभिमाना ॥
ताते करहिं कृपानिधि दूरी । सेवक पर ममता अति भूरी ॥

. . . .

तिभि रघुपति निज दास कर हरहिं मान हित लागि ।

काकभुशुंडि ने बतलाया कि स्वयं श्रीराम ने उनको 'निज सिद्धान्त' सुनाया जिसके अनुसार संसार के सारे प्राणी बिना किसी भेदभाव के ईश्वर-कृपा के पात्र हैं ।

निज सिद्धान्त सुनावउँ तोही । सुनु मन धरु सब तजि भजु मोही ॥
अखिल विस्व यह मोर उपाया । सब पर मोहि बराबरि दाया ॥
तिन्ह महँ जो परिहरि मदमाया । भजै मोहि मन वच अरु काया ॥
पुरुष नपुंसक नारि वा जीव चराचर कोइ ।
सर्वभाव भज कपट तजि मोहि परम प्रिय सोइ ॥

काकभुशुंडि ने इसी प्रसंग की व्याख्या करते हुए कहा कि श्रीराम के 'निज सिद्धान्त' के अनुसार कार्य करने वाले व्यक्तियों पर ही राम की कृपादृष्टि होती है और फिर उनके लिए संसार में शत्रु भी मित्र बन जाते हैं । यह व्याख्या सुन्दरकाण्ड में वर्णित है ।

गरल सुधा रिपु करहिं मिताई । गोपद सिंधु अनल सितलाई ॥
गरुड़ सुमेरु रेनु सम ताही । राम कृपा करि चितवा जाही ॥

इसी प्रसंग का दूसरा पक्ष प्रकट करते हुए, काकभुशुंडि ने अरण्यकाण्ड में गरुड़ को बतलाया कि श्रीराम के 'निज सिद्धान्त' के विपरीत चलने पर, अर्थात् श्रीराम के विमुख होने पर, मित्र भी शत्रु बन जाते हैं ।

मातु मृत्यु पितु समन समाना । सुधा होइ विष सुनु हरिजाना ॥
मित्र करइ सत रिपु कै करनी । तो कहँ विवुधनदी बैतरनी ॥
सब जग ताहि अनलहु ते ताता । जो रघुवीर विमुख सुनु भ्राता ॥

श्रीराम के विमुख होने का ही दुसरा नाम है कुमार्ग पर चलना। काकभुशुंडि कहते हैं कि कुमार्ग पर पैर रखते ही विनाश की यात्रा आरम्भ हो गई—ऐसा समझना चाहिए, और जो कुछ बुद्धि तथा बल पहले प्राप्त किया होगा वह भी समाप्त हो जाता है। काकभुशुंडि का यह कथन भी अरण्यकाण्ड में आता है जब रावण सीताजी को चुराने का कुकर्म करने के लिए दण्डकवन जाता है।

जाकें उर सुर असुर डेराहीं। निसि न नींद दिन अन्न न खाहीं॥
सो दससीस स्वान की नाईं। इत उत चितइ चला भड़िहाई॥
इमि कुपंथ पग देत खगेसा। रह न तेज तन बुधि बल लेसा॥

किष्किन्धाकाण्ड में बालि को भी श्रीराम कहते हैं कि तूने अभिमानवश अपने छोटे भाई की स्त्री को छीन लिया था। किन्तु बालि ने शरीर छोड़ते समय अपने कुकर्मों के लिए क्षमायाचना की और अपने बेटे अंगद को श्रीराम को सौंप दिया। काकभुशुंडि कहते हैं कि अंगद ने अपनी सेवा के द्वारा श्रीराम का प्रेम तथा विश्वास प्राप्त किया। श्रीराम ने अंगद को अपना दूत बनाकर रावण के पास भेजते हुए कहा—

बालितनय बुधि बल गुन धामा। लंका जाहु तात मम कामा॥
काजु हमार तासु हितत होई। रिपु सन करेहु बतकही सोई॥

अंगद ने रावण को समझाने के लिए बहुत यत्न किया। अन्त में उसने श्रीराम के प्रताप को स्मरण करके रावण की सभा में अपना पैर रोप दिया और कहा कि यदि तुम लोग मेरे पैर को हटा सको तो इस युद्ध में हम तुम्हारी विजय स्वीकार कर लेंगे। काकभुशुंडि लंकाकाण्ड में कहते हैं कि श्रीराम के दूत का प्रण कैसे टल सकता है?

पुरुष कुजोगी जिम उरगारी। मोह विटप नहिं सकहिं उपारी॥
भूमि न छाँड़त कपि चरन देखत रिपु मद भाग।
कोटि विघ्न ते संत कर मन जिमि नीति न त्याग॥

श्रीराम के राजतिलक के बाद जब अंगद ने उनसे विदा ली तब श्रीराम ने उसे हृदय से लगा लिया। काकभुशुंडि उत्तरकाण्ड में कहते हैं कि प्रत्येक व्यक्ति के आन्तरिक भाव के अनुसार ही प्रभु का चित्त कठोर है या कोमल—ऐसा आभास होता है, किंतु वास्तव में श्रीराम कृपा के धाम हैं।

अंगद वचन विनीत सुनि रघुपति करुना सींव।
प्रभु उठाइ उर लायउ सजल नयन राजीव॥
निज उर माल वसन मनि बालितनय पहिराइ॥
विदा कीन्हि भगवान तब बहु प्रकार समुझाइ॥

कलिसहु चाहि कठोर अति कोमल कुसुमहु चाहि ॥
चित्त खगेस रामकर समुझि परइ कहु काहि ॥

काकभुशुंडि को श्रीराम की कृपा पर इतना विश्वास है कि उन्होंने गरुड़ के वहाँ आने को भी रामकृपा का ही एक अंग समझा। उन्होंने कहा कि इस बहाने से श्रीराम ने उन्हें संत-समागम का एक अवसर प्रदान किया।

आजु धन्य मैं धन्य अति जद्यपि सब विधि हीन ।
निज जन जानि राम मोहि संत समागम दीन ॥

. . . .

तुम्हहि न संसय मोह न माया । मो पर नाथ कीन्हि तुम दाया ॥
पठइ मोह मिस खगपति तोही । रघुपति दीन्हि बड़ाई मोही ॥

. . .

सकुनाधम सब भाँति अपावन । प्रभु मोहि कीन्ह विदित जग पावन ॥
सिव अज पूज्य चरन रघुराई । मो पर कृपा परम मृदुलाई ॥
अस सुभाउ कहुँ सुनउँ न देखउँ । केहि खगेस रघुपति सम लेखउँ ॥

गरुड़ को सम्बोधित करते हुए अपने अंतिम शब्दों में काकभुशुंडि ने भगवान् से यही प्रार्थना की कि वे अपनी कृपा वक्ता एवं श्रोता—दोनों के प्रति बनाए रखें।

जासु नाम भव भेषज हरन घोर त्रय सूल ।
सो कृपाल मोहि तो पर सदा रहउ अनुकूल ॥

गरुड़ ने काकभुशुंडि के प्रति अपनी कृतज्ञता प्रकट करते हुए कहा कि रामकथा के द्वारा उन्हें न केवल सुख और शान्ति प्राप्त हुई, बल्कि परहित का संदेश भी मिला। उन्होंने कहा कि परोपकार में लीन काकभुशुंडि जैसे संत का मिलना भी रामकृपा का ही फल है। संतों के कोमल हृदय के विषय में गरुड़ उत्तरकाण्ड में कहते हैं कि बहुत से कवि इसकी तुलना मक्खन से करते हैं किंतु यह तुलना तो अधूरी है—क्योंकि मक्खन तब पिघलता है जब स्वयं उसे ताप मिलता है, जब कि संतों का हृदय दूसरों के दुःख से पिघल जाता है।

संत हृदय नवनीत समाना । कहा कविन्ह परि कहै न जाना ॥
निज परिताप द्रवइ नवनीता । पर दुख द्रवहिं संत सुपुनीता ॥

(ग) सकल लोकहित का संदेश—याज्ञवल्क्य-भरद्वाज संवाद से

पिछले दो संवाद तो पर्वतों पर हुए—एक कैलाश पर्वत पर और दूसरा नील पर्वत पर। शेष के दो संवाद धरती पर हुए—एक प्रयाग में और दूसरा अयोध्या में।

प्रयाग में भरद्वाज मुनि का आश्रम सत्संग का एक प्रमुख केन्द्र था जहाँ ज्ञान, कर्म एवं भक्ति—सभी विषयों पर लोकोपयोगी चर्चा होती थी, जैसा कि बालकाण्ड में वर्णित है—

ब्रह्म निरूपन धरम विधि बरनहिं तत्त्व विभाग ।
कहहिं भगति भगवंत कै संजुत ग्यान बिराग ॥

इसी आश्रम में याज्ञवल्क्य मुनि ने भरद्वाज मुनि को रामकथा सुनाई । इस कथा के लिए याज्ञवल्क्य मुनि ने 'सकल लोकहितकारी'—शब्दों का प्रयोग किया । फिर उन्होंने कलियुग के लोगो के कल्याण को विशेष रूप से ध्यान में रखते हुए कहा—

रामकथा कलिमल हरनि मंगल करनि सुहाइ ।

याज्ञवल्क्य मुनि ने भरद्वाज मुनि को न केवल रामकथा सुनाई बल्कि शिवजी की कथा भी सुनाई । उन्होंने इस बात पर बल दिया कि राम-भक्ति और शिव-भक्ति में कोई भेद नहीं समझना चाहिए । शिवजी की कथा सुनकर जब भरद्वाज मुनि प्रेम में मुग्ध हो गए, तब याज्ञवल्क्य मुनि ने पहचान लिया कि भरद्वाज राम के भी सच्चे भक्त हैं ।

संभु चरित सुनि सरस सुहावा । भरद्वाज मुनि अति सुख पावा ॥
प्रेम बिबस मुख आव न बानी । दसा देखि हरषे मुनि ग्यानी ॥

. . . .

प्रथमहिं मैं कहि सिव चरित बूझा मरमु तुम्हार ।
सुचि सेवक तुम्ह राम के रहित समस्त बिकार ॥

. . . .

सिव पद कमल जिन्हहि रति नाहीं । रामहि ते सपनेहुँ न सोहाहीं ॥
बिनु छल बिस्वनाथ पद नेहू । राम भगत कर लच्छन एहू ॥

याज्ञवल्क्य मुनि ने शिवजी का वर्णन 'सब के हितकारी' कहकर किया । उन्होंने यह भी कहा कि—

परहित लागि तजइ जो देही । संतत संत प्रसंसहिं तेही ॥

किंतु साथ ही उन्होंने यह चेतावनी भी दी कि परहित का ढोंग रचकर और मुनि का वेष धारण करके कपट करने वालों से सावधान रहना चाहिए । प्रतापभानु की कहानी उन्होंने इसी उद्देश्य से सुनाई । इस कहानी में कपटी मुनि ने तपस्वी का वेष बनाकर और उदासीनता की बातें करके राजा का विश्वास प्राप्त कर लिया और बाद में उसको भाई सहित नष्ट करवा दिया ।

जिमि जिमि तापस कथइ उदासा । तिमि तिमि नृपहि उपज बिस्वासा ॥
देखा स्ववस कर्म मन बानी । तब बोला तापस बगध्यानी ॥

....

तेहिं खल जहँ तहँ पत्र पठाए । सजि सजि सेन भूप सब धाए ॥
घेरेन्हि नगर निसान बजाई । विविध भाँति नित होइ लराई ॥
जूझे सकल सुभट करि करनी । बंधु समेत परेउ नृप धरनी ॥

पवित्र कथा की समाप्ति करते हुए याज्ञवल्क्य मुनि उत्तरकाण्ड में कहते हैं कि—

रघुपति कृपाँ जथामति गावा । मैं यह पावन चरित सुहावा ॥

कथा सुनकर भरद्वाज मुनि प्रेम में इतने मुग्ध हो गए कि उनके मुख से वाणी नहीं निकली । इस प्रकार इस संवाद में श्रोता ने बोलकर नहीं, बल्कि संकेत से, अपने भाव वक्ता तक पहुँचा दिए ।

(घ) जगमंगल या लोकविश्राम का संदेश—तुलसी-संत संवाद से

मानस में वर्णित यह चौथा संवाद कलियुग में हुआ । यद्यपि मानस में यह लिखा नहीं है कि इस संवाद में श्रोताओं ने क्या कहा, फिर भी ऐसा अनुमान लगाया जा सकता है कि उन्होंने कलियुग की समस्याओं के विषय में प्रश्न किया होगा, क्योंकि तुलसीदासजी ने मानस को सकलकलिकलुषविध्वंसन के रूप में प्रस्तुत किया है ।

यह संवाद अयोध्या में हुआ जहाँ कि मानस की रचना हुई । यद्यपि सारा मानस तुलसीदासजी का ही लिखा हुआ है, फिर भी जहाँ-जहाँ किसी अन्य वक्ता का संकेत नहीं है, वे भाग विशेषत: इस संवाद के अन्तर्गत हैं ।

तुलसीदासजी द्वारा वर्णित रामकथा में आरम्भ से अन्त तक एक भाव की प्रधानता स्पष्ट है और वह है 'मंगल' अर्थात् कल्याण, जिसके लिए अन्य पर्यायवाची शब्द भी प्रयुक्त किए गए हैं । मानस के प्रथम श्लोक में सरस्वतीजी एवं गणेशजी की वन्दना करते हुए उनको 'मंगलानां कर्त्तारौ' अर्थात् कल्याण करने वाले कहकर सम्बोधित किया है । मानस के अन्तिम श्लोक में रामकथा को 'सदा शिवकरं' अर्थात् सदा कल्याणकारी कहकर उसका भक्तिपूर्वक पठन-पाठन एवं मनन-अनुशीलन करने का सुझाव दिया गया है । मानस के मध्य में श्रीराम के लिए जो अनेक स्तुतिवाचक शब्द प्रयुक्त हुए हैं उनमें से सबसे अधिक गाए जाने वाले शब्द हैं 'मंगल भवन अमंगल हारी'—ये शब्द बालकाण्ड में अलग-अलग दो प्रसंगों में बोले गए हैं, एक बार तुलसीदासजी के द्वारा और दूसरी बार शिवजी के द्वारा ।

अब प्रश्न यह उठता है कि यह मंगल क्या थोड़े से चुने हुए व्यक्तियों का है या सभी प्राणियों का । इस प्रश्न का उत्तर देने के लिए तुलसीदासजी ने जगमंगल या सकल मंगल शब्दों का प्रयोग अनेक बार किया है । इसमें कोई सन्देह नहीं कि मानस का मंगल सभी प्राणियों का मंगल है । जो स्वार्थवश केवल अपना ही मंगल चाहते हैं उनको

अयोध्याकाण्ड में 'निज तनु पोषक' कहकर ऐसा ही निन्दनीय बतलाया है जैसा निर्दयी, दूसरों का अनिष्ट करने वाला, क्रोधी या गुरुजनों का विरोध करने वाला।

सोचिअ पिसुन अकारन क्रोधी। जननि जनक गुर बंधु विरोधी॥
सब विधि सोचिअ पर अपकारी। निज तनु पोषक निरदय भारी॥

तुलसीदासजी ने मानस के आरम्भिक पृष्ठों में 'रामकथा जगमंगल करनी' कहकर तुरन्त ही एक छन्द लिखा है जिसकी पहली पंक्ति इस प्रकार है—

मंगल करनि कलिमल हरनि तुलसी कथा रघुनाथ की।

यह स्पष्ट है कि इस छन्द में प्रयुक्त 'मंगल' शब्द 'जगमंगल' का ही सूचक है। इसी प्रकार 'कलिमल हरनि' शब्दों के द्वारा संकेत मिलता है 'सकलकलिकलुषविध्वंसन' शब्द का जिसका उपयोग तुलसीदासजी ने प्रत्येक काण्ड की समाप्ति करते हुए किया है। सामाजिक दृष्टि से कलियुग का सबसे अधिक हानिप्रद प्रभाव वैर-विरोध के रूप में सामने आता है—

तामस बहुत रजोगुन थोरा। कलि प्रभाव विरोध चहुँ ओरा॥

तुलसीदासजी उत्तरकाण्ड में कहते हैं कि ऐसे कलियुग से अपनी तथा समाज की रक्षा करने का सबसे अच्छा साधन श्रीराम के गुणों को सुनना और जीवन में उन्हें लागू करना ही हो सकता है।

एहिं कलिकाल न साधन दूजा। जोग जग्य जप तप व्रत पूजा॥
रामहि सुमिरिअ गाइअ रामहि। संतत सुनिअ राम गुन ग्रामहिं॥

इन पंक्तियों में तुलसीदासजी श्रीराम के 'गुन ग्राम' की ओर ध्यान आकर्षित करते हैं। बालकाण्ड में उन्हीं के द्वारा यही शब्द प्रयुक्त हुए हैं—जगमंगल के प्रसंग में—

जगमंगल गुन ग्राम राम के।

जब तुलसीदास ने जगमंगल के उद्देश्य से रामकथा को जनसाधारण की भाषा में लिखा तो उन्हें आन्तरिक सुख भी मिला जिसको उन्होंने मानस के आरम्भ में 'स्वान्तःसुख' कहा है। इसी बात को उन्होंने मानस के अन्त में—उत्तरकाण्ड में—'अन्तःकरण के अंधकार को मिटाने' का रूपक देकर फिर कहा है—

मत्वा तद्रघुनाथनामनिरतं स्वान्तस्तमः शान्तये
भाषाबद्धमिदं चकार तुलसीदासस्तथा मानसम्

अर्थात् उस रामायण को श्रीराम नाम में निरत मानकर अपने अन्तःकरण के अंधकार को मिटाने के लिए तुलसीदास ने मानस के रूप में भाषाबद्ध किया।

मानस में स्वान्तःसुख या स्वान्तस्तमः शान्ति का ही पर्यायवाची शब्द है 'विश्राम'। तुलसीदास ने मानस के आरम्भ, मध्य तथा अन्त—सब स्थानों में 'विश्राम' शब्द का उपयोग किया है—

रामचरितमानस एहि नामा। सुनत श्रवन पाइअ विश्रामा॥

. . . .

ताहि कि सम्पति सगुन सुभ सपनेहुँ मन विश्राम।
भूतद्रोह रत मोहवस राम विमुख रति काम॥

. . . .

जाकी कृपा लवलेस ते मतिमंद तुलसीदासहूँ।
पायो परम विश्राम राम समान प्रभु नाहीं कहूँ॥

किंतु मानस में व्यक्तिगत विश्राम को लोक-विश्राम का ही एक अंग माना है। जैसे श्रीराम का जन्म जगमंगल के साथ जुड़ा हुआ है, उसी प्रकार यह लोक विश्राम के साथ भी है। अयोध्याकाण्ड में तुलसीदासजी लिखते हैं—

राम जनमु जग मंगल हेतू।

और बालकाण्ड में राम-जन्म का वर्णन करते हुए वे कहते हैं—

जगनिवास प्रभु प्रगटे अखिल लोक विश्राम।

बालकाण्ड में ही नामकरण संस्कार के समय 'राम' नाम की व्याख्या इस प्रकार की गई है—

जो आंनन्द सिंधु सुख रासी। सीकर तें त्रैलोक सुपासी॥
सो सुखधाम राम अस नामा। अखिल लोक दायक विश्रामा॥

उत्तरकाण्ड में रामकथा समाप्त करते समय तुलसीदासजी ने अपने आपको दीन-दुखी और भगवान् को सबसे बड़ा 'दीन-हित' अर्थात् दीनों का हित करने वाला कहकर श्रीराम के करुणामय रूप की ओर ध्यान आकर्षित किया है—

मो सम दीन न दीन हित तुम्ह समान रघुवीर।

दीनों के हित की आधारशिला पर ही मानस-प्रतिपादित जगमंगल या लोकविश्राम का भव्य भवन निर्मित हो सकता है। बालकाण्ड को वह प्रसंग जहाँ इस भव्य भवन-निर्माण का आरम्भ होता है—अर्थात् जहाँ जगमंगल और 'सब कहँ हित' की आरम्भिक घोषणा की जाती है—अपना विशेष महत्त्व रखता है। इसलिए यह पूरा प्रसंग—अर्थात् तुलसीदासजी के मूल शब्द तथा सरल हिन्दी में उनका भावार्थ—परिशिष्ट २ में प्रस्तुत किया जाएगा।

अध्याय ७

निर्ममो निरहंकार भाव एवं व्यावहारिक समदृष्टि

"मनसा वाचा कर्मणा"—इन शब्दों के द्वारा, गीता तथा मानस—दोनों ग्रन्थों ने लोकहित के कार्यों की पूर्णता व्यक्त की है। गीता ने श्लोक १७.१७ में 'तपस्तत्त्रिविधं' लिखकर तीन प्रकार के तप—शारीरिक, वाचिक, मानसिक—की एक साथ महिमा गाई है। इसी प्रकार मानस के उत्तरकाण्ड में काकभुशुंडि कहते हैं कि भगवान् उन्हीं को 'निज जन' मानते हैं जो मन-वचन-कर्म से सारे प्राणियों के प्रति निर्वैर और प्रेम-मय हों—

मन वच क्रम मोहि निज जन जाना। . . . .
रिषि मम महत सीलता देखी। . . . .
लीन्ही प्रेम परिच्छा मोरी। . . . .

उपरोक्त विचार के समर्थन-स्वरूप, महाभारत में तुलाधार-जाजलि संवाद का निम्नलिखित श्लोक भी देखें—

सर्वेषां यः सुहृन्नित्यं सर्वेषां च हिते रतः।
कर्मणा मनसा वाचा स धर्मं वेद जाजले॥

सरल भावार्थ—तुलाधार जाजलि से कहते हैं—जो व्यक्ति मन-वचन-कर्म से, सदा सबका हित करने में लीन है और सबका सुहृत् है, उसी ने धर्म को ठीक प्रकार समझा है।

यह निर्विवाद है कि लोकहित के गहरे अध्ययन के लिए मानसिक पक्ष की विशेष महत्ता है—इसलिए इस अध्याय में उसी पक्ष पर ध्यान केंद्रित किया जाएगा, मुख्यतः तीन भावों या भाव-द्वन्द्वों पर जैसे—

(अ) मम-भाव जो विनाशकारी है और उसके विपरीत निर्मम-भाव जो कल्याणकारी है।

(आ) अहं-भाव जो द्वेष-जनक है और उसके त्याग-रूप, सद्गुण-सूचक निरहंकार भाव।

(इ) विषम दृष्टि या विभाजन-दृष्टि जो भेदभाव-वर्धक है तथा तामसिक है, और उससे बचाने वाली, सात्त्विक-गुण-सम्पन्ना दृष्टि अर्थात् पारस्परिक ऐक्य को बढ़ाने वाली समदृष्टि ।

अब इन भाव-द्वन्द्वों का—एक-एक करके—विस्तृत विवेचन प्रस्तुत है जिसमें गीता, मानस तथा महाभारत के अनेक प्रसंगों का उल्लेख भी है । इस विवेचन को आरम्भ करने से पहले यह बतलाना उचित होगा कि अध्याय २ में उल्लिखित दस शब्दों या शब्द-समूहों की शृंखला में से दो का विवेचन इस अध्याय में है—अर्थात् निर्ममो निरहंकार भाव का तथा व्यावहारिक समदृष्टि का ।

कौरवों का सर्वनाशक 'मम' भाव

गीता में भगवान् सर्वकल्याणकारी 'निर्ममो निरहंकार भाव' की शिक्षा द्वितीय अध्याय से आरम्भ करते हैं । उससे पहले—अर्थात् गीता के प्रथम अध्याय में—कौरवों के सर्वनाशक 'मम' भाव का संक्षिप्त किंतु चेतावनी देने वाला वर्णन है । विवेचन का यह क्रम साधकों के हित में है क्योंकि मम-भाव-रूपी विष के दोषों का ज्ञान होने पर ही निर्मम-भाव-रूपी अमृत को प्राप्त करने की इच्छा दृढ़ होती है ।

गीता-आरम्भ के प्रथम ग्यारह श्लोकों में से दस श्लोक कौरवों द्वारा बोले गए—जैसे एक श्लोक धृतराष्ट्र के द्वारा और नौ श्लोक दुर्योधन के द्वारा । इन दस श्लोकों में तीन बार 'मम' या उसके पर्यायवाची शब्द प्रयुक्त हुए हैं, जैसे—

(क) धृतराष्ट्र ने 'मामकाः' शब्द का प्रयोग करके कौरवों अर्थात् 'मेरे पुत्रों' के प्रति अपना विशेष मोह प्रदर्शित किया ।

(ख) दुर्योधन ने 'मम सैन्यं' अर्थात् 'मेरी सेना'—ऐसे अहंकारसूचक शब्द कहे ।

(ग) दुर्योधन ने 'मदथे त्यक्तजीविताः' कहकर अपने अभिमान का आभास दिया—क्योंकि इन शब्दों का अर्थ है कि मेरे लिए अनेक शूरवीर अपने प्राण देने को तैयार हैं ।

मानस ने उत्तरकाण्ड में तीन कामनाओं के द्वारा बुद्धि के मलिन होने की चेतावनी दी है—

सुत बित लोक ईषना तीनी । केहि कै मति इन्ह कृत न मलीनी ॥

मानस का यह विचार बृहदारण्यक उपनिषत् में उल्लिखित "पुत्रैषणा-वित्तैषणा-लोकैषणा" पर आधारित है । गीता के उपरोक्त प्रसंग में ये तीन कामनाएँ इस प्रकार प्रकटित हुई हैं—धृतराष्ट्र का पुत्र-मोह, दुर्योधन का सैन्य-मोह तथा वीरों से प्राप्त प्रतिष्ठा का मोह ।

महाभारत के दो प्रासंगिक विवरण

महाभारत ने धृतराष्ट्र के पुत्र-मोह से संबंधित तथा दुर्योधन के सैन्य-मोह से

संबंधित—अर्थात् दो अलग-अलग प्रसंगों में—दो चेतावनी-प्रदायक विवरण लिखे हैं जिनसे कौरवों के मम-भाव का विनाशकारी रूप स्पष्टतया सामने आता है । इन दोनों विवरणों को प्रस्तुत करने से पहले यह उल्लेखनीय है कि गीता के उपरोक्त तीसरे प्रसंग में दुर्योधन द्वारा प्रयुक्त शब्दों—"मदर्थे त्यक्तजीविता:"—को आचार्य विनोबा ने 'गीताई चिन्तनिका' में "साम्राज्यवादी भाषा" बतलाया है जिसमें तामसिक उद्देश्यों के लिए अपने अधीनस्थ लोगों को मृत्यु के मुँह में झोंका जाता है ।

अब महाभारत-लिखित दोनों विवरण एक-एक करके प्रस्तुत हैं ।

(क) **धृतराष्ट्र के पुत्र-मोह से संबंधित चेतावनी**

यह तो सर्वविदित ही है कि महाभारत के प्रमुख पात्रों में से दो धर्म के अवतार थे—अर्थात् युधिष्ठिर और विदुर । विदुर द्वारा व्यक्त किए गए धर्म-विषयक विचार 'विदुर-नीति' के नाम से प्रसिद्ध हैं । भीष्म पितामह ने विदुर को धृतराष्ट्र के मुख्य सलाहकार के पद पर नियुक्त किया था । किंतु धृतराष्ट्र का सबसे बड़ा पुत्र था दुर्योधन जो पाप-परायण था । ऐसी परिस्थिति में एक ओर विदुर के अच्छे विचार और दूसरी ओर दुर्योधन की अन्याय-वृत्ति—इन दो परस्पर-विरोधी तत्त्वों में से अधिकतर पुत्र के मोह ने ही धृतराष्ट्र को घेरे रखा ।

जब भगवान् श्रीकृष्ण पाण्डवों तथा कौरवों के बीच युद्ध को टालने का अन्तिम प्रस्ताव लेकर हस्तिनापुर गए तब विदुर एवं श्रीकृष्ण—दोनों ने ही धृतराष्ट्र को समझाने का प्रयत्न किया । इस अवसर पर विदुर द्वारा दी गई सलाह को संक्षेप में प्रकट करने वाला निम्नलिखित श्लोक धृतराष्ट्र के लिए चेतावनी-दायक भी था—

त्यजेदेकं कुलस्यार्थे ग्रामस्यार्थे कुलं त्यजेत् ।
ग्रामं जनपदस्यार्थे आत्मार्थे पृथिवीं त्यजेत् ॥

सरल भावार्थ—कुल अर्थात् कुटुम्ब के लाभ के लिए एक (अर्थात् दुर्योधन) का त्याग करना उचित है । इसी प्रकार ग्राम के लिए कुटुम्ब का त्याग और जनपद के लिए ग्राम का त्याग उचित है । आत्मा अर्थात् मूल सिद्धान्त के लिए सारी पृथ्वी का भी त्याग करना उचित है ।

लोकमान्य तिलक का मत है कि महात्मा विदुर ने न केवल धृतराष्ट्र को चेतावनी दी कि तुम्हारे पुत्र-मोह के कारण कुल-नाश होगा, बल्कि उन्होंने संकुचित मम-भाव को त्याग कर धीरे-धीरे व्यापक सर्व-भाव की ओर बढ़ने की शिक्षा भी दी ।

विदुर और धृतराष्ट्र से संबंधित उपरोक्त प्रसंग की दो और बातें उल्लेखनीय हैं । एक तो यह कि दुर्योधन ने शांति प्रस्ताव को ठुकरा दिया और भगवान् श्रीकृष्ण को बन्दी बनाने का जाल रचा । भगवान् ने अपना विश्वरूप दिखलाया और धृतराष्ट्र को कुछ क्षणों के लिए दृष्टि भी प्रदान की । धृतराष्ट्र ने भगवान् का विश्वरूप देखने के पश्चात्

किसी अन्य व्यक्ति या वस्तु को देखना नहीं चाहा और उसकी दृष्टि पुनः चली गई ।

दूसरी उल्लेखनीय बात यह है कि भगवान् श्रीकृष्ण ने दुर्योधन के राज-दरबार का पकवान छोड़कर महात्मा विदुर के घर सीधा-सादा भोजन किया क्योंकि भगवान् तो प्रेम के भूखे हैं । कवि के शब्दों में—

सबसे ऊँची प्रेम सगाई ।
दुर्योधन को मेवा त्यागो
साग विदुर घर खाई ॥

गीता के आरम्भ में 'मामकाः' शब्द का प्रयोग करके धृतराष्ट्र ने—विदुर की सलाह को ठुकरा कर—अपने पुत्र-मोह को बनाए रखने का प्रमाण दे दिया—यह जानते हुए भी कि इस मम-भाव का परिणाम होगा कुल-नाश । इसको समाप्त करते हुए, धृतराष्ट्र द्वारा प्रयुक्त भाषा के अनौचित्य पर श्रीराम किंकर उपाध्याय का मत उल्लेखनीय है—

> ''धृतराष्ट्र बड़े उत्साह से पूछते हैं, 'मेरे बेटों ने क्या किया?' चाहते तो कह सकते थे—दुर्योधन और पाण्डवों की कथा बताओ । पर उनके मुँह से यही निकला—
>
> **मामकाः पाण्डवाश्चैव किमकुर्वत संजय ॥ *गीता* १.१ ॥**
>
> तो क्या पाण्डव धृतराष्ट्र के लिए 'मेरे' नहीं हैं? पर वे 'मेरे' शब्द पाण्डवों के साथ नहीं जोड़ पाए । इसका अभिप्राय है कि जैसे भौतिक जगत् में अगर न्याय-अन्याय के सन्दर्भ में अपने-पराए का भेद होगा, तो समाज में अन्याय नहीं मिटेगा, उसी प्रकार आंतरिक जीवन में भी जब तक दुर्गुण-दुर्वृत्तियों में राग बना हुआ है, उनसे संबंध की अनुभूति बनी हुई है, तब तक वे नहीं मिटेगी ।''
>
> (*मानस* एवं *गीता* का तुलनात्मक विवेचन से)

(ख) दुर्योधन द्वारा सैन्य-मोह-वश भगवान् की उपेक्षा

धृतराष्ट्र को पुत्र-मोह के कारण जैसी चेतावनी मिली थी, उससे भी अधिक स्पष्ट विनाश की चेतावनी मिली दुर्योधन को, सैन्य-मोह के कारण । श्रीराम किंकर उपाध्याय ने महाभारत की इस कथा का भी विस्तृत विवेचन लिखा है जिसमें से चयनित भाव संक्षेप में यहाँ प्रस्तुत हैं ।

यद्यपि दुर्योधन और अर्जुन दोनों ही युद्ध के प्रसंग में भगवान् श्रीकृष्ण की सहायता पाना चाहते थे, किंतु दोनों की दृष्टि में भेद था । भगवान् के पास दुर्योधन पहले पहुँचा । भगवान् उस समय सो रहे थे । अहंकार-वश दुर्योधन उनके सिर के पास बैठ गया । तत्पश्चात् अर्जुन वहाँ पहुँचा और भगवान् के प्रति आदर भाव के कारण वह भगवान् के चरणों के पास बैठ गया ।

जब भगवान् की आँख खुली तो उन्होंने सामने बैठे हुए अर्जुन को पहले देखा और उससे वार्तालाप आरम्भ किया। पीछे से दुर्योधन बोल पड़ा—'महाराज! पहले मैं आया था'। दोनों की कहानी सुनकर भगवान् बोले—'आप दोनों मुझसे सहायता लेने आए हैं तो मैं अवश्य कुछ-न-कुछ सहायता दोनों को दूँगा। मेरे पास जो कुछ है उसके मैं दो भाग कर देता हूँ। एक भाग में मैं अकेला हूँ, पर मैं लड़ूँगा नहीं। दूसरे भाग में है मेरी सेना जो लड़ने को तैयार रहेगी। तो पहले तुम बताओ, अर्जुन! तुम इन में से कौन-सा भाग लोगे?'

अर्जुन ने कहा, 'महाराज! आप चाहे लड़ें या न लड़ें, पर रहें मेरे साथ।' दुर्योधन बड़ी प्रसन्नता से बोल पड़ा, 'महाराज! बंटवारा ठीक हो गया। आप मुझे अपनी सेना दे दीजिए, मैं जाना चाहता हूँ।'

जब दुर्योधन सेना लेकर चला गया तो भगवान् ने व्यंग्य करते हुए कहा—'अर्जुन! तुम तो बड़े बुद्धिहीन हो। जब मैंने पहले तुम्हें अवसर दिया था कि तुम मुझे या मेरी सेना में जिसे चाहो माँग लो, तो तुम्हें सेना माँगनी चाहिए थी, न कि मुझे। क्योंकि जब मैं लड़ूँगा ही नहीं तो तुम मुझे ले जाकर क्या करोगे?'

अर्जुन ने मुस्कुराकर कहा—'महाराज! मैंने तो बहुत विचार करके माँगा है। आप लड़ेंगे तो नहीं, पर मेरे रथ पर सारथी के रूप में तो रह सकते हैं। मुझे विश्वास है कि युद्ध में हमारी विजय होगी और उसका श्रेय लोग मुझे देंगे। पर महाराज! कभी ऐसा भी हो सकता है कि मैं हार जाऊँ। उस स्थिति में लोग कहेंगे कि जिस अर्जुन के सारथी भगवान् थे, वह हार गया। सो यदि पराजय हुई तो कलंक आपको लगेगा, मुझे नहीं।'

इस प्रकार भगवान् और अर्जुन घनिष्ठ मित्रता-सूचक ढंग से बातचीत करते रहे। उन दोनों के पारस्परिक संबंध में भी धीर-धीरे परिवर्तन आया। उदाहरणतः गीता के पहले अध्याय में अर्जुन ने केवल स्थूल घोड़ों की बागडोर ही भगवान् को सौंपी किंतु दूसरे अध्याय में तो उसने अपनी बुद्धि और अंतःकरण की बागडोर भी भगवान् को अर्पित कर दी।

भीष्म के साथ लड़ाई में अर्जुन की विजय का क्या कारण था, इस प्रश्न का उत्तर सुनिए—कवि शब्दों में—

पाण्डु सुत सेना को चबैनौ सो भुनाइ देतो।
भीष्म अकेले एक भीख मँगवावतो॥
तृन से न तूल से जाने जात पाण्डुसुत।
पीत पटवारो जौं पै आड़े नहिं आवतो॥

विस्तार में न जाकर वर्तमान प्रसंग के लिए उपयुक्त भाव यह है कि दुर्योधन द्वारा गीता के आरम्भ में ''मम सैन्यं'' शब्द का प्रयोग, उसके द्वारा की गई भगवान् की उपेक्षा की याद दिलाता है जिसका एक ही परिणाम हो सकता है—विनाश।

हस्तिनापुर में विनाश पर विनाश—किंतु अयोध्या में कुछ विनाश फिर रक्षण

कौरवों की राजधानी हस्तिनापुर में धृतराष्ट्र तथा दुर्योधन—अर्थात् पिता तथा पुत्र—दोनों मम-भाव के शिकार थे, इसलिए वहाँ विनाश पर विनाश होता रहा । इससे भिन्न अनुभव हुआ अयोध्या में जहाँ कैकेयी के मम-भाव के कारण विनाश का आरम्भ तो हो गया था किंतु उसके पुत्र भरत के निर्मम-भाव ने विनाश को रोका और नीति-रक्षण को पुनः प्रतिष्ठा दिलवाई ।

मानस के अयोध्याकाण्ड में तुलसीदासजी लिखते हैं कि कैकेयी ने अपने मम-भाव के कारण कौशल्याजी को अपना शत्रु समझा, इसलिए उसने कौशल्या-पुत्र राम के स्थान पर 'मम-पुत्र' भरत को युवराज बनाने का पहला वर माँगा—

देहु एक वर भरतहि टीका ।
जस कौसिलाँ मोर भल ताका । तस फलु उन्हहि देउँ करि साका ॥

कैकेयी द्वारा प्रयुक्त शब्द 'करि साका' का अर्थ है कि मैं कौशल्या को ऐसा फल दूँगी—अर्थात् मैं उनसे इतना कटु बदला लूँगी—कि वे भी जन्मभर याद रखेंगी । और इस प्रकार का बदला लेने के लिए कैकेयी ने दूसरा वर माँगा—

तापस वेष विसेषि उदासी । चौदह बरिस रामु वनवासी ॥

कैकेयी के मम-भाव—अर्थात् दुराग्रह—के कारण अयोध्या में विनाश का आरम्भ हुआ । राम-सीता-लक्ष्मण वन को चले गए और राजा दशरथ ने राम-वियोग में प्राण त्याग दिए । किंतु भरत के निर्मम-भाव—अर्थात् सत्याग्रह—के कारण विनाश का प्रवाह रुक गया । ऐसा नव-दिशा-प्रवाह इसलिए सम्भव था क्योंकि कैकेयी ने जो अनर्थ किया उसके पीछे मंथरा का हाथ था, भरत का नहीं—अर्थात् माता और पुत्र के विचार परस्पर-विरोधी थे ।

भरत के लिए यह परीक्षा की घड़ी थी । एक ओर माँ के प्रति परम्परागत नम्रता तथा जहाँ तक हो सके उनकी आज्ञा का पालन करने की इच्छा । दूसरी ओर था बड़े भाई राम के प्रति आदर और कपट से छीने हुए राज्य को फिर से उन्हीं को सौंपना । भाई का प्रेम और जीवन के सच्चे सिद्धान्त—दोनों ने मिलकर भरत को ऐसा आदर्शवादी बना दिया कि वे अपनी माँ से भी विमुख हो गए । उन्होंने अपनी माँ को कुमति बतला कर इतना तक कह डाला कि तुम मुँह काला करके मेरे सामने से हट जाओ ।

अस को जीव जंतु जग माहीं । जेहि रघुनाथ प्रानप्रिय नाहीं ॥
भे अति अहित रामु तेउ तोही । को तू अहसि सत्य कहु मोही ॥
जो हसि सो हसि मुँह मसि लाई । आँखि ओट उठि बैठहि जाई ॥

गुरु वसिष्ठ, माता कौशल्या तथा मंत्रीगणों ने भरत से अनुरोध किया कि वे राज्य भार सँभालें। किंतु भरत ने यह स्पष्ट कह दिया कि राज्य के सच्चे अधिकारी श्रीराम हैं, इसलिए चित्रकूट जाकर मैं श्रीराम को अयोध्या लौटने के लिए प्रार्थना करना चाहता हूँ।

चित्रकूट पहुँचकर भरत ने पूरा प्रयत्न किया कि श्रीराम एवं सीताजी अयोध्या लौट जाएँ। भरत ने यह भी कहा कि स्वर्गीय पिताजी की आज्ञा का पालन करने के लिए वह स्वयं वन में रहने को तैयार हैं। धीरे-धीरे जब श्रीराम ने उन्हें समझाया तो भरत अयोध्या लौट आए। अवलम्बन के रूप में वे श्रीराम की खड़ाऊँ लाए जिनको उन्होंने राज्य सिंहासन पर स्थापित कर दिया। चौदह वर्ष के बाद स्वयं श्रीराम का राजतिलक हुआ और अयोध्या में राम-राज्य की स्थापना हुई।

भरत ने मम-भाव को छोड़ा और यह इच्छा प्रकट की कि सर्वहित के लिए प्रयत्न किया जाए—

सब कें संमत सर्व हित करिअ पेमु पहिचानि ॥

इसीलिए स्वयं श्रीराम ने भरत को 'अखिल अमंगल को मिटाने वाले'—इस प्रकार का उच्च सम्मान दिया—

मिटिहहिं पाप प्रपंच सब अखिल अमंगल भार।
लोक सुजसु परलोक सुखु सुमिरत नामु तुम्हार ॥

ऐतिहासिक दृष्टि से, क्योंकि रामकथा त्रेतायुग की है और महाभारत द्वापर युग की, विदुर द्वारा कथित पूर्वलिखित श्लोक में धृतराष्ट्र को दी गई शिक्षा का आधार भरत का आचरण था—ऐसा भी कह सकते हैं।

गीता में निर्मम-भाव की महिमा—यज्ञ के माध्यम से

भरत ने मम-भाव को छोड़ा और सर्व-हित का समर्थन किया। 'मम' या 'स्व' की सीमा को पार करके 'सर्व' या 'ब्रह्म' की अनन्तता को प्राप्त करने का एक प्रभावशाली उदाहरण, जो गीता में है, वह यज्ञ से संबंधित है। गीता के दो श्लोक—अर्थात् ३.१३ तथा ४.३१—इस विषय में प्रासंगिक हैं। श्लोक ३.१३ में सीमा-सूचक शब्द 'आत्मकारणात्' है जिसका अर्थ है 'केवल अपने लिए'। ऐसी सीमित भावना वाले व्यक्ति को श्लोक ४.३१ में 'अयज्ञ' भी कहा है जिसका लक्ष्य है 'केवलं मम'—क्योंकि यज्ञ का भाव है 'इदं न मम'। गीता कहती है कि 'केवलं मम' की संकुचित भावना वाले व्यक्ति 'अघं भुञ्जते' अर्थात् पाप को ही खाते हैं। इसके विपरीत, 'इदं न मम' की विशाल भावना से दूसरों को अर्पण करके खाने वाले व्यक्ति 'सर्वकिल्बिषैः मुच्यन्ते' अर्थात् सब पापों से छूट जाते हैं तथा 'यान्ति ब्रह्म' अर्थात् परमात्मा को प्राप्त होते हैं।

इस व्याख्या के द्वारा मूल भाव स्पष्ट किए जाने के पश्चात् अब इन दो श्लोकों के शब्दों पर दृष्टि डालें—

भुञ्जते ते त्वघं पापा ये पचन्त्यात्मकारणात् ॥ ३.१३ ॥
'यज्ञशिष्टाशिनः सन्तो मुच्यन्ते सर्वकिल्बिषैः ॥ ३.१३ ॥
यज्ञशिष्टामृतभुजो यान्ति ब्रह्म सनातनम् ॥ ४.३१ ॥

सरल भावार्थ—जो पापी लोग केवल अपने लिए ही पकाते हैं, वे पाप को ही खाते हैं। सन्त व्यक्ति वे हैं जो यज्ञ करके—अर्थात् दूसरों को अर्पण करके—बचा हुआ भोजन ग्रहण करते हैं जो कि अमृत-तुल्य हो जाता है। ऐसे सन्त सब पापों से छूट जाते हैं और परमात्मा को प्राप्त होते हैं।

उपरोक्त दोनों श्लोकों का भाव समझाते हुए स्वामी चिन्मयानन्द लिखते हैं—

> ''ईश्वरीय शक्तियाँ तथा प्राकृतिक तत्त्व स्वभावतः सबकी सेवा में लीन हैं। सूर्य, चंद्रमा, सागर, पृथ्वी—सब यज्ञ कर रहे हैं। यदि समाज के सदस्य पारस्परिक सहयोग की भावना को अपना लें अर्थात् दूसरों को अर्पण करके ही खायें, तो इस प्रकार की यज्ञ-भावना से सर्व-सुख की प्राप्ति हो सकती है।''
>
> (*होली गीता* के अंग्रेज़ी शब्दों का भावार्थ)

मानस में वर्णित एक यज्ञ में मम-भाव के कारण विनाश

मानस के बालकाण्ड में वर्णित दक्ष प्रजापति के यज्ञ की कथा गीता के उपरोक्त विचारों का समर्थन करने के लिए बहुत प्रासंगिक है। तुलसीदासजी ने इस कथा के माध्यम से यह बतलाया है कि यदि किसी यज्ञ में से 'इदं न मम' की भावना को हटा लिया जाए तो वह यज्ञ कल्याण-प्राप्ति के स्थान पर कल्याण-हानि करता है। संक्षेप में कथा इस प्रकार है।

शिवजी की पहली पत्नी 'सती' के पिता दक्ष थे। जब ब्रह्मा ने दक्ष को प्रजापतियों का नायक बना दिया तो दक्ष अहंकार-भाव से भर गया। उसने एक विशाल यज्ञ का आयोजन किया किंतु अहंकार-वश, ब्रह्मा-विष्णु-शिव को निमंत्रित नहीं किया। अपने दामाद 'शिवजी' को अपमानित करना—यह दक्ष का मुख्य लक्ष्य था।

'सती' को अन्य देवताओं के माध्यम से यह पता चला कि मेरे पिता एक विशाल यज्ञ करवा रहे हैं। सती ने अपने पति शिवजी से कहा कि क्यों न मैं भी इस महान् उत्सव को देखने अपने पिता के घर जाऊँ। शिवजी ने सती को दक्ष के अहंकार की बात समझाई और कहा कि यदि तुम बिना बुलाए जाओगी तो—चाहे वह पिता का ही घर हो—वहाँ तुम्हें आदर के स्थान पर विरोध का सामना करना पड़ेगा, और जहाँ विरोध-भावना होती है वहाँ कल्याण-हानि निश्चित है—

तदपि विरोध मान जहँ कोई । तहाँ गएँ कल्यानु न होई ॥

हठ-पूर्वक सती अपने पिता के घर गईं । सती को देखकर दक्ष के अहंकार ने क्रोध का रूप ले लिया और शिवजी को अपमानित करने का उसका मुख्य लक्ष्य स्पष्ट हो गया ।

तुलसीदासजी कहते हैं कि दक्ष के यज्ञ के पीछे 'इदं न मम' तथा निरहंकार की भावना नहीं थी इसलिए वह हितकर कैसे हो सकता था । सती ने घोषणा की कि 'सब के हितकारी' शिवजी का अपमान वे सहन नहीं कर सकतीं—

जगदातमा महेसु पुरारी । जगत जनक सब के हितकारी ॥
पिता मंदमति निंदत तेही । दच्छ सुक्र संभव यह देही ॥
तजिहउँ तुरत देह तेहि हेतू । . . . .

सती ने अपना शरीर त्याग करके दक्ष के तामसिक यज्ञ का अन्त कर दिया । सती तो पार्वती के रूप में अवतरित हो गईं किंतु अहंकार-भरे दक्ष की दुर्गति हुई—

भै जगविदित दच्छ गति सोई । जसि कछु संभु विमुख कै होई ॥

अहंकार-जनित सामाजिक हानि के प्रति गीता की चेतावनी

मम-भाव तथा निर्मम-भाव से संबंधित विवेचन को यहीं समाप्त करके अब ध्यान दें अहंकार तथा निरहंकार पर । पहले अहंकार-जनित द्वेष और द्वेष-जनित अमंगल को देखें । गीता ने श्लोक १६.१८-१९ में चेतावनी दी है कि अहंकार के साथ-साथ काम, क्रोध, दर्प और बल-प्रयोग जैसे अवगुण आ जाते हैं जिनसे समाज में द्वेष-भावना फैल जाती है और सबका अशुभ अर्थात् अमंगल होता है । इन दोनों श्लोकों के शब्द इस प्रकार हैं—

अहंकारं बलं दर्पं कामं क्रोधं च संश्रिताः ।
मामात्मपरदेहेषु प्रद्विषन्तोऽभ्यसूयकाः ॥ १६.१८ ॥
तानहं द्विषतः क्रूरान्संसारेषु नराधमान् ।
क्षिपाम्यजस्रमशुभानासुरीष्वेव योनिषु ॥ १६.१९॥

सरल भावार्थ—भगवान् आसुरी संपत् के अवगुणों का वर्णन करते हुए अहंकार-जनित सामाजिक हानि के प्रति चेतावनी देते हैं । वे कहते हैं कि अहंकार से आरम्भ होने वाली अवगुण-श्रृंखला में बल, दर्प, काम, क्रोध भी सामाजिक सद्‌भाव को हानि पहुँचाते हैं । परिणामस्वरूप एक-दूसरे की निन्दा होने लगती है और पारस्परिक द्वेष बढ़ जाता है । द्वेष के कारण क्रूर कर्म होते हैं और समाज का अशुभ अर्थात् अमंगल होता है । इन सब अवगुणों के कारण आसुरी संपत् के जाल से छुटकारा पाना कठिन हो

जाता है । सारांश यह कि शृंखला के प्रथम अवगुण—अर्थात् अहंकार—से बचना आवश्यक है ।

मानस में अभिमान के कारण विश्व-द्रोह

विनाशकारी अहं-भाव के लिए गीता ने 'अहंकार' शब्द का प्रयोग किया है । मानस में इसी भाव को 'अभिमान' शब्द से सूचित किया गया है यद्यपि कहीं-कहीं 'अहंकार' शब्द भी प्रयुक्त हुआ है ।

तुलसीदासजी ने लिखा है कि रावण 'सहज अभिमानी' था और इसी कारण उसने 'विश्व-द्रोह' किया जिसका पहला प्रमाण था—सबकी स्वतंत्रता का हरण । मानस के बालकाण्ड में राक्षसों के अभिमान तथा तज्जनित हिंसा और विश्व-परिताप का प्रभावशाली वर्णन है जिसका थोड़ा-सा भाग निम्नलिखित है—

दसमुख बैठ सभाँ एक बारा । देखि अमित आपन परिवारा ॥
सुत समूह जन परिजन नाती । गनै को पार निसाचर जाती ॥
कृपा रहित हिंसक सब पापी । बरनि न जाहिं बिस्व परितापी ॥
सेन विलोकि सहज अभिमानी । . . . .
भुजवल बिस्व वस्य करि राखेसि कोउ न सुतंत्र ।

सुन्दरकाण्ड में हनुमान्जी ने रावण के प्रति 'हित वाणी' कहते हुए उसे अभिमान-त्याग की सलाह दी, किंतु 'महा अभिमानी' रावण ने उलटे हनुमान्जी को ही 'मूढ़' कहा—

मोहमूल बहु सूल प्रद त्यागहु तम अभिमान ।
जदपि कही कपि अति हित वानी । भगति विवेक बिरति तय सानी ॥
बोला बिहसि महा अभिमानी । मिला हमहि कपि गुर वड़ ग्यानी ॥
. . . .
सुनि कपि वचन बहुत खिसियाना । वेगि न हरहु मूढ़ कर प्राना ॥

अभिमान-वश रावण ने हनुमान्जी के प्राण हरने का आदेश दिया किंतु विभीषण ने उसे याद दिलाया कि यह आदेश नीति-विरुद्ध है—

नीति विरोध न मारिअ दूता ।

विभीषण ने यह भी पहचान लिया कि रावण विश्व-द्रोह में लीन है । इसलिए अवसर पाकर विभीषण ने रावण के हित की बात कही और विश्व-द्रोह-जनित पाप से छुटकारा पाने का उपाय भी बतलाया—

मति अनुरूप कहउँ हित ताता ।
सरन गएँ प्रभु ताहु न त्यागा । बिस्व द्रोह कृत अघ जेहि लागा ॥

किंतु रावण ने अभिमान-वश विभीषण-जैसे 'साधु की अवज्ञा' की और स्वयं ही अपनी कल्याण-हानि की—

साधु अवग्या तुरत भवानी । कर कल्यान अखिल कै हानी ॥

लंकाकाण्ड में कुम्भकर्ण ने भी रावण से कहा कि अभिमान-त्याग से ही तुम्हारा कल्याण हो सकता है—

अजहूँ तात त्यागि अभिमाना । भजहु राम होइहि कल्याना ॥

लंकाकाण्ड में ही रावण का वध होने के बाद देवताओं ने श्रीराम के प्रति कृतज्ञता प्रकट करते हुए कहा कि विश्व-द्रोह में लीन होना रावण के लिए घातक पाप सिद्ध हुआ—

बिस्व द्रोह रत यह खल कामी । निज अघ गयउ कुमारगगामी ॥

गीता में कर्तृत्व-अहंकार के त्याग की शिक्षा

गीता में अहंकार-जनित सामाजिक हानि का प्रसंग इसी अध्याय के पूर्व-भाग में प्रस्तुत किया जा चुका है । इसी प्रसंग का दूसरा रूप जो गीता में विद्यमान है, उसका सार यह है कि लोकसंग्रह की सार्थकता के लिए कर्तृत्व-अहंकार का त्याग आवश्यक है । इस सार को समझने के लिए गीता के तीसरे अध्याय के श्लोकों का क्रम देखें । उदाहरणत: लोकसंग्रह-संबंधी सात श्लोकों का आरम्भ होता है श्लोक ३.२० से और उनकी समाप्ति होती है श्लोक ३.२६ तक पहुँचने पर । इन सातों श्लोकों का विस्तृत विवेचन इस पुस्तक के अध्याय ६ में दिया जा चुका है । यहाँ यह उल्लेखनीय है कि गीता में इन सात श्लोकों के तुरन्त बाद—अर्थात् श्लोक ३.२७ में—भगवान् अहंकारविमूढात्मा का लक्षण बतलाते हैं । श्लोकों के क्रम को ध्यान में रखने से ही भगवान् द्वारा दी गई चेतावनी समझ में आती है । चेतावनी का अभिप्राय यह है कि यदि कर्तत्व-अहंकार मन में आ गया तो लोकसंग्रह का कार्य ठीक प्रकार से न हो सकेगा । इस स्पष्टीकरण के बाद श्लोक ३.२७ में प्रयुक्त अहंकार से सम्बंधित शब्दों को देखें—

अहंकारविमूढात्मा कर्ताहमिति मन्यते ॥ ३.२७ ॥

सरल भावार्थ—भगवान् कहते हैं कि जो अपने आपको कर्ता समझता है, उसे 'अहंकारविमूढात्मा' कहना ही उचित है ।

इन शब्दों की व्याख्या करते हुए श्रीहिरियन्ना ने इस बात पर बल दिया है कि अहंकार या अभिमान की भावना से किया हुआ जनसेवा का कार्य भी विनाशकारी हो सकता है क्योंकि इससे सम्मान, धन आदि को प्राप्त करने की इच्छा जाग उठती है जो निष्काम कर्म की भावना के विपरीत है ।

यदि गीता के श्लोक ३.२७ तथा ३.३० को मिलाकर पढ़ें तो अहंकार-त्याग की शिक्षा का एक अन्य रूप सामने आता है । संक्षेप में इसका अवलोकन करें ।

श्लोक ३.२७ में यह सुनकर कि लोकसंग्रह का महान् रिपु कर्तत्व-अहंकार है, जनसेवा में संलग्न पाठक की यह स्वाभाविक जिज्ञासा होती है कि इस प्रकार के अहंकार से छुटकारा कैसे मिले । इसलिए श्लोक ३.३० में भगवान् ने कर्म-समर्पण-रूपी उपयुक्त विधि बतलाई है । इस विधि से संबंधित श्लोक गीता के अध्याय ९ में भी विद्यमान हैं, किंतु अहंकार-त्याग और इस विधि के बीच सामंजस्य स्थापित करने के लिए श्लोक ३.३० प्रासंगिक है जिसके शब्द इस प्रकार हैं—

मयि सर्वाणि कर्माणि संन्यस्याध्यात्मचेतसा ।
निराशीर्निर्ममो भूत्वा युध्यस्व विगतज्वरः ॥ ३.३० ॥

सरल भावार्थ—भगवान् कहते हैं कि फल की आशा छोड़कर, निर्मम भाव से स्वधर्म-परायण होने की उत्तम विधि यह है कि सब कर्म ईश्वर को समर्पित किए जाएँ ।

कर्म-समर्पण-विधि का पालन करने वाला व्यक्ति अपने आपको कर्ता नहीं समझता । उसके विचारानुसार ईश्वर ही वास्तविक कर्ता है और व्यक्ति केवल निमित्त-रूप से ईश्वर का कार्य करता हुआ प्रतीत होता है, जैसा कि भगवान् ने गीता के अध्याय ११ में आदेश दिया है—'निमित्तमात्रं भव' ।

श्लोक ३.२७ तथा ३.३० को मिलाकर पढ़ने से यह भाव निकलता है कि कर्म-समर्पण-भाव और कर्तृत्व-अहंकार-त्याग एक दूसरे के पूरक हैं—समर्पण-भाव की सहायता से अहंकार छूट सकता है और अहंकार-त्याग से ही समर्पण-भाव की वास्तविकता का प्रमाण मिलता है । अहंकार-त्याग की शिक्षा का यह रूप, कर्मयोगियों तथा भक्तियोगियों—दोनों के लिए प्रासंगिक है ।

मानस में निरभिमान-भाव की महिमा

सामूहिक हित के लिए, गीता-प्रतिपादित अहंकार-त्याग की शिक्षा की भाँति मानस ने अभिमान-त्याग की महिमा गाई है । तुलसीदासजी ने रामकथा के प्रवाह के माध्यम से यह दिखलाया है कि भरत एवं हनुमान् जैसे जगमंगल के समर्थकों के द्वारा रामकाज के लिए सतत प्रयत्न इसलिए हो सका क्योंकि इन्होंने पूर्णरूप से निरभिमान-भाव को अपना लिया था । भरत-विषयक प्रसंग अयोध्याकाण्ड में वर्णित है और हनुमान्-संबंधी प्रसंग सुंदरकाण्ड में । यहाँ संक्षेप में इन दोनों का अवलोकन करें ।

अयोध्याकाण्ड में चित्रकूट की सभा में गुरु वसिष्ठ, राजा जनक और श्रीराम—सभी ने भरत के सद्गुणों की सराहना की और कहा कि अयोध्या में जो कुछ अनर्थ हुआ उसमें तुम्हारा कोई हाथ नहीं था, इसलिए तुम ग्लानि न करो । उन्होंने भरत से पूछा कि अब तुम क्या चाहते हो? भरत ने जो उत्तर दिया वह इस बात का प्रमाण है कि

वे तो अपने आपको श्रीराम का सेवक ही समझते रहें, राज्य का अधिकारी नहीं। निरभिमान-भाव से भरत ने कहा कि मुझे नीति, धर्म आदि का ज्ञान नहीं है। भरत ने श्रीराम की इच्छा पर सब बात छोड़ दी और कहा कि प्रभु की आज्ञा का पालन करने से ही जगमंगल हो सकता है। भरत द्वारा बोले गए शब्दों का एक अंश देखें—

करि प्रनामु बोले भरतु जोरि जलज जुग हाथ ॥
अब करुनाकर कीजिअ सोई। जन हित प्रभु चित छोभु न होई ॥
देवँ दीन्ह सबु मोहि अभारू। मोरें नीति न धरम विचारू ॥
अब कृपाल मोहि सो मत भावा। सकुच स्वामि मन जाइँ न पावा ॥
प्रभु पद सपथ कहउँ सति भाऊ। जग मंगल हित एक उपाऊ ॥

अब सुंदरकाण्ड में वर्णित हनुमान्-श्रीराम-संवाद की झलक देखें। श्रीराम हनुमान् से पूछते हैं कि रावण द्वारा रक्षित लंका को जलाने का कठिन कार्य तुम कैसे कर पाए? इस प्रश्न का उत्तर देते हुए, रामकाज में निपुण हनुमान्‌जी के लिए भी तुलसीदासजी ने 'विगत अभिमाना'—जैसे शब्दों का प्रयोग किया है। इस प्रसंग के चुने हुए शब्दों से श्रीराम की कृतज्ञता और हनुमान्‌जी की नम्रता—दोनों झलकती हैं—

सुनु कपि तोहि समान उपकारी। नहिं कोउ सुर नर मुनि तनुधारी ॥
प्रति उपकार करौं का तोरा। . . . .
कहु कपि रावन पालित लंका। केहि विधि दहेउ दुर्ग अति बंका ॥
प्रभु प्रसन्न जाना हनुमाना। बोला वचन विगत अभिमाना ॥
साखामृग कै बड़ि मनुसाई। साखा तें साखा पर जाई ॥
नाघि सिंधु हाटकपुर जारा। निसिचर गन वधि विपिन उजारा ॥
सो सब तव प्रताप रघुराई। नाथ न कछू मोरि प्रभुताई ॥

निर्ममो निरहंकार भाव का दूसरा नाम—विश्वसेवा भाव

इस अध्याय में अब तक के विवेचन में निर्मम-भाव और निरहंकार-भाव के महत्त्व पर अलग-अलग ध्यान दिया गया। आचार्य विनोबा का मत है कि गीता में जहाँ-जहाँ इन दोनों भावों का साथ-साथ उल्लेख हुआ है, वहाँ-वहाँ इन दोनों का सम्मिलित तात्पर्य है—विश्वसेवा में सहज भाव से लीन होना। गीता में दो प्रसंग तो अक्षरश: इस प्रकार के हैं—अर्थात् "निर्ममो निरहंकार:" का उल्लेख करने वाले—और एक अन्य प्रसंग के शब्द हैं "अहंकारं . . . . विमुच्य निर्मम:" जिनसे भी अर्थ वही निकलता है। यह उल्लेखनीय है कि इन तीनों प्रसंगों में पूर्णत्व प्राप्त किए हुए व्यक्तियों का वर्णन है—और उपरोक्त शब्द यह बतलाते हैं कि ऐसे व्यक्ति सहज भाव से विश्वसेवा में लीन रहते हैं। गीता के जिन श्लोकों में उपरोक्त शब्द प्रयुक्त हुए हैं, उनके विषय में निम्नलिखित जानकारी देना उपयुक्त होगा—

(क) श्लोक २.७१ स्थितप्रज्ञ-लक्षण से संबंधित है ।
(ख) श्लोक १२.१३ भक्त-लक्षण से संबंधित है ।
(ग) श्लोक १८.५३ ब्रह्मभूतावस्था से संबंधित है ।

इस पुस्तक के अध्याय ४ में इन श्लोकों के मुख्य भाव की व्याख्या दी जा चुकी है, इसलिए यहाँ विस्तार से लिखना अनावश्यक है । केवल श्लोक २.७१ पर लिखी गई आचार्य विनोबा की टिप्पणी का एक अंश लिखना पर्याप्त होगा—

> "स्थितप्रज्ञ की स्थिति ऐसी होती है कि वह विश्वमय हो जाता है; मैं और मेरा—यह भाषा ही वहाँ नहीं रहती । वह लोगों से कहता है—अब न मैं हूँ, न मेरा है; जो कुछ है सो तुम और तुम्हारा; तुम अपना सँभालो । यही अर्थ श्लोक २.७१ की द्वितीय पंक्ति में समाविष्ट है—'निर्ममो निरहंकारः' । वह सब भूतों पर उपकार करने के लिए ही जीता है ।" (*स्थितप्रज्ञ-दर्शन* से)

गीता-कथित निर्ममो निरहंकार-भाव को प्रकट करने वाले मानस के शब्द हैं 'तजि ममता मद मान' अथवा 'तजि ममता मद मोह' । सुंदरकाण्ड में तुलसीदासजी ने लिखा है कि मद, मोह और ममता का त्याग करने वाले व्यक्ति ही भगवान् के उपासक बनकर परहित में लीन हो सकते हैं । यह प्रसंग विभीषण द्वारा श्रीराम की शरण में आने का है । श्रीराम विभीषण से कहते हैं कि 'चराचर-द्रोही' भी इस विधि से 'परहित-निरत' बन सकता है—

जौं नर होइ चराचर द्रोही । आवै सभय सरन तकि मोही ॥
तजि मद मोह कपट छल नाना । करउँ सद्य तेहि साधु समाना ॥
जननी जनक बंधु सुत दारा । तनु धनु भवन सुहृद परिवारा ॥
सब कै ममता ताग बटोरी । मम पद मनहि बाँध बरि डोरी ॥
अस सज्जन मम उर बस कैसें । . . . .
सगुन उपासक परहित निरत नीति दृढ़ नेम ।

इस प्रकार गीता तथा मानस—दोनों ने निर्ममो निरहंकार-भाव को विश्वसेवा या परहित से जोड़ दिया है ।

गीता में विषमदृष्टि के कारण पारस्परिक अवहेलना तथा जगत्-क्षय

इस अध्याय में अभी तक के विवेचन में निर्ममो निरहंकार-भाव तथा उसके विपरीत—मम-भाव एवं अहं-भाव—पर ध्यान केंद्रित किया गया । अध्याय के शेष भाग में समदृष्टि तथा विषमदृष्टि से संबंधित व्याख्या प्रस्तुत है । पहले विषमदृष्टि तथा उससे होने वाली बुराइयों को समझें क्योंकि गीता ने चेतावनी दी है कि विषमदृष्टि से जगत्-क्षय—अर्थात् जगत् का नाश—हो सकता है ।

श्रीशिवानन्द ने गीता के सोलहवें अध्याय में वर्णित विषमदृष्टि को, उसके सत्य-विरोधी लक्षणों के आधार पर, 'मिथ्यादृष्टि' की संज्ञा दी है। गीता ने स्वयं 'एतां दृष्टिं'—ऐसे कहकर, नामकरण की संभावनाओं का द्वार मानो खुला छोड़ दिया हो—जैसे अनीश्वर दृष्टि, विभाजन दृष्टि, अधोदृष्टि, तामसिक दृष्टि, आसुरी दृष्टि आदि। वर्तमान प्रसंग में यह समझना महत्त्वपूर्ण है कि इस प्रकार की दृष्टि का आश्रय लेने वाले व्यक्ति कटु वचनों तथा क्रूर कर्मों के द्वारा सबका तिरस्कार तथा अहित करते हैं जिससे भौतिक तथा नैतिक—दोनों स्तरों पर जगत् का विनाश हो सकता है।

आसुरी दृष्टि का विस्तृत वर्णन गीता के सोलहवें अध्याय में विद्यमान है। आचार्य विनोबा ने सुझाव दिया है कि गीता के नवें अध्याय के दो श्लोकों—अर्थात् ९.११-१२—को भी इस वर्णन में सम्मिलित कर लेना चाहिए क्योंकि इन दो श्लोकों ने मानव-तिरस्कार रूपी दोष को प्राथमिकता दी है। वर्तमान प्रसंग को संक्षिप्त एवं प्रभावशाली बनाने के लिए उपरोक्त दोनों अध्यायों का एक-एक श्लोक यहाँ प्रस्तुत है—अर्थात् श्लोक ९.११ तथा श्लोक १६.९—

अवजानन्ति मां मूढा मानुषीं तनुमाश्रितम्। ९.११।
एतां दृष्टिमवष्टभ्य नष्टात्मानोऽल्पबुद्धयः।
प्रभवन्त्युग्रकर्माणः क्षयाय जगतोऽहिताः॥ १६.९॥

सरल भावार्थ—भगवान् आसुरी दृष्टि से होने वाली सामाजिक हानि को समझा रहे हैं। मानवरूप-धारी ईश्वर की उपेक्षा अर्थात् मानव-तिरस्कार इस प्रकार की हानि का ही एक अंग है। हानि का उग्र रूप तब सामने आता है जब आसुरी दृष्टि को अपनाने वाले व्यक्ति क्रूर कर्मों के द्वारा सबका अहित करते हैं और परिणामस्वरूप जगत् विनाश की ओर आगे बढ़ता है।

मानस में समता-लोप कलियुग का लक्षण

मानस में विषमदृष्टि का वर्णन 'कलियुगी दृष्टि' के रूप में किया गया है। उत्तरकाण्ड में तुलसीदासजी लिखते हैं कि समता का लोप होना कलियुग का लक्षण है और ऐसी स्थिति में ईर्ष्या, कटु वचन और लालच के कारण दूषित व्यवहार सब ओर छा जाता है—

इरिषा परुषाच्छर लोलुपता। भरि पूरि रही समता विगता॥

कलियुगी दृष्टि का दूसरा नाम है 'तामसिक दृष्टि'—जो गीता की भाषा के अनुकूल है। सात्त्विक ज्ञान को सिखाने वाले सद्ग्रन्थ कलियुग में लुप्त हो जाते हैं, इसलिए तामसिक दृष्टि का विस्तार हो जाता है—

कलिमल ग्रसे धर्म सब लुप्त भए सदग्रंथ।

तुलसीदासजी कहते हैं कि सत्त्वगुण और समता—ये कल्याणकारी तत्त्व सत्ययुग में थे। कलियुग तक आते-आते सत्त्वगुण का लोप हो गया और उसके साथ-साथ समता का भी लोप हो गया। कलियुग में तमोगुण की बहुतायत—और रजोगुण की अल्प-मात्रा—होने से चारों ओर वैर-विरोध फैल जाता है—

सुद्ध सत्व समता बिग्याना। कृत प्रभाव प्रसन्न मन जाना॥

....

तामस बहुत रजोगुन थोरा। कलि प्रभाव विरोध चहुँ ओरा॥

इस प्रकार विषमदृष्टि के कुप्रभाव के वर्णन में, मानस और गीता में विचारों की समानता है—यद्यपि 'कलियुग' मानस का विशेष शब्द है।

गीता में समबुद्धि के दो स्तर

गीता ने समबुद्धि की महिमा अनेक प्रसंगों में गाई है। उदाहरणतः श्लोक २.१५ के अनुसार सुख-दुःख को समान समझने वाला व्यक्ति मोक्ष का अधिकारी बन जाता है। श्लोक २.३८ के अनुसार जय-पराजय को समान समझकर स्वधर्म करने वाले को पाप नहीं छूता। श्लोक १२.४ के अनुसार सर्वत्र समबुद्धि रखने वाला व्यक्ति सब प्राणियों का हित करने में लीन रहता है। श्लोक ५.१९ के अनुसार सब प्राणियों को समान समझने वाला व्यक्ति परमात्मा में स्थित है—इतना ऊँचा भाव समबुद्धि के प्रसंग में व्यक्त किया गया है।

स्वामी चिद्भवानन्द ने सुझाव दिया है कि गीता-वर्णित समबुद्धि के निम्नलिखित दो स्तरों के बीच के सूक्ष्म अन्तर को पहचानना चाहिए—

(क) सिद्धि-असिद्धि अर्थात् द्वन्द्व-सूचक परिस्थितियों या निर्जीव वस्तुओं में समबुद्धि जैसे श्लोक २.४८ या श्लोक ६.८ में।

(ख) सब प्राणियों या शत्रु-मित्र के प्रति समबुद्धि जिसे गीतामतानुसार 'समदृष्टि' भी कहा जा सकता है जैसे श्लोक १८.५४ या श्लोक ६.९ में।

डॉ० राधाकृष्णन् ने भी स्वामी चिन्मयानन्द के उपरोक्त सुझाव का समर्थन किया है।

यद्यपि समबुद्धि के उपरोक्त दोनों स्तरों का वर्णन गीता के कई प्रसंगों में विद्यमान है, किंतु लगातार दो श्लोकों में—एक-एक करके, क्रमशः—इन दोनों का उल्लेख देखने के लिए श्लोक ६.८ तथा ६.९ विशेषतः उपयोगी हैं। पहले इन श्लोकों के शब्दों को देखें—

युक्त इत्युच्यते योगी समलोष्टाश्मकाञ्चनः ॥ ६.८ ॥
साधुष्वपि च पापेषु समबुद्धिर्विशिष्यते ॥ ६.९ ॥

सरल भावार्थ—मिट्टी, पत्थर और स्वर्ण को एक समान समझने वाला व्यक्ति सच्चा योगी है। धर्मात्माओं और पापियों में समबुद्धि रखने वाले की विशेष महत्ता है।

इन दोनों श्लोकों पर स्वामी चिद्भवानन्द द्वारा अंग्रेज़ी में लिखी टिप्पणी का भावार्थ देखें—

> "सब प्रकार की परिस्थितियों या वस्तुओं में समभाव रखना योग-सिद्धि का लक्षण है। . . . . सब स्तर के लोगों के प्रति समदृष्टि रखना मानव-चरित्र की महानता का लक्षण है। आज की विषम स्थिति में, जब भेदभाव के कारण मानवता ख़तरे में पड़ गई है, तब समदर्शी महात्मा ही मानवता को बचाने का मार्ग दिखला सकते हैं।"

डॉ॰ राधाकृष्णन् लिखते हैं कि सब प्राणियों के प्रति समदृष्टि ईश्वरत्व का लक्षण है।

गीता में वर्णित समबुद्धि के दो स्तरों का संबंध मानव जीवन के दो उद्देश्यों के साथ स्थापित करना भी वर्तमान पुस्तक के लिए उपयोगी है। इस पुस्तक के अध्याय ६ में जीवन के दो लक्ष्यों को क्रमशः श्रेयस् तथा लोकसंग्रह की संज्ञा दी गई है। यह उल्लेखनीय है कि समबुद्धि के प्रथम स्तर का संबंध विशेषतः श्रेयस् के साथ है और इसी प्रकार समबुद्धि के द्वितीय स्तर का संबंध विशेषतः लोकसंग्रह के साथ है। वर्तमान लेखक द्वारा रचित निम्नलिखित श्लोक इस भाव को सार रूप में प्रकट करता है—

> **श्रेयोऽर्थं महत्त्वपूर्णा समबुद्धिः सिद्ध्यसिद्ध्यो :।**
> **तथा लोकसंग्रहाय साम्यं तु सर्वभूतेषु ॥** **(*लोकसंग्रहसंदेशः* से)**

सरल भावार्थ—सिद्धि-असिद्धि में समबुद्धि रखना श्रेयस् की प्राप्ति के लिए महत्त्वपूर्ण है। इसी प्रकार सब प्राणियों के प्रति समदृष्टि रखना—जिसके लिए गीता में 'साम्य' शब्द भी प्रयुक्त हुआ है—लोकसंग्रह के लिए महत्त्वपूर्ण है।

व्यावहारिक समदृष्टि—लोकहित में सहजता का लक्षण

यह ऊपर लिखा जा चुका है कि समबुद्धि के द्वितीय स्तर के लिए 'समदृष्टि' शब्द का प्रयोग गीता के अनुकूल है। वर्तमान अध्याय की समाप्ति करने से पहले 'समदृष्टि' शब्द के दो अंगों के विषय में लिखना आवश्यक है।

समदृष्टि के दो अंगों—जैसे आध्यात्मिक अंग एवं व्यावहारिक अंग—का उल्लेख गीता के विचारानुकूल है। इन अंगों को एक-दूसरे से बल मिलता है और इनकी व्याख्या इस प्रकार कर सकते हैं—

(क) आध्यात्मिक अंग अर्थात् वेदान्त पर आधारित सात्त्विक ज्ञान जो बाह्यरूप से दिखलाई देने वाले भेदभावों को वास्तविक भेद नहीं मानता और इसलिए सब प्राणियों को सिद्धान्तरूप से परमात्मा का ही रूप समझता है। ज्ञानी भक्त की भाषा में सात्त्विक ज्ञान यह सिखाता है कि मेरे प्रभु

श्रीवासुदेव ही सब कुछ हैं, जैसे गीता के श्लोक ७.१९ में लिखा है "वासुदेवः सर्वमिति"।

(ख) व्यावहारिक अंग अर्थात् सात्त्विक ज्ञान को आचरण में लाना। गीता के श्लोक ६.३२ में यह स्पष्ट किया गया है कि सब प्राणियों में एक ही आत्मा को पहचान कर तदनुसार आचरण करने वाला व्यक्ति उनके सुख-दुःख को अपना ही सुख-दुःख समझता है। इस श्लोक की व्याख्या इस पुस्तक के अध्याय ४ में दी जा चुकी है।

यह तो स्पष्ट ही है कि व्यावहारिक समदृष्टि को अपनाने के लिए लम्बी साधना चाहिए। किंतु जितना-जितना इस प्रकार की दृष्टि का व्यापकत्व बढ़ेगा, उतना-उतना समाज में ऐक्य-भाव बढ़ेगा। गीता कहती है कि पूर्णत्व प्राप्त किए हुए व्यक्तियों के लिए समदृष्टि का आचरण सहज बन जाता है—अर्थात् वे लोकहित में लीन रहते हैं और उनका शत्रुत्व-भाव ही समाप्त हो जाता है। तद्विषयक गीता के प्रसंग इस पुस्तक के अध्याय ४ में प्रस्तुत किए जा चुके हैं, इसलिए यहाँ अधिक लिखना अनावश्यक है।

मानस में सात्त्विक ज्ञान को अपनाते हुए स्वयं तुलसीदासजी सारे जगत् को 'सीयराममय' देखकर बालकाण्ड में सबकी वंदना करते हैं—

सीय राम मय सब जग जानी। करउँ प्रनाम जोरि जुग पानी॥

इसी प्रकार उत्तरकाण्ड में शिवजी कहते हैं कि काकभुशुंडि जैसे ज्ञानी भक्त जगत् को प्रभुमय देखते हैं और इसलिए वे किसी से वैर-विरोध नहीं करते—

उमा जे राम चरन रत बिगत काम मद क्रोध।
निज प्रभुमय देखहिं जगत केहि सन करहिं बिरोध॥

व्यावहारिक समदृष्टि का वास्तविक अर्थ सहज भाव से सबकी सेवा करना है—यह संदेश किष्किन्धाकाण्ड में श्रीराम हनुमान्‌जी को—और उनके माध्यम से सब प्राणियों को—देते हैं, निम्नलिखित शब्दों में—

सो अनन्य जाकें असि मति न टरइ हनुमंत।
मैं सेवक सचराचर रूप स्वामि भगवंत॥

अध्याय ८

लोकहित-नाशक वृत्तियों के दोष-दर्शन तथा लोकहित-वर्धक गुणों की प्रशंसा

अध्याय २ में दस शब्दों या शब्द-समूहों की सूची बनाई गई थी जिनके द्वारा गीता तथा मानस का लोकहित संदेश घोषित किया गया है । तत्पश्चात् अध्याय ३ से ७ तक—कुल मिलाकर—दस में से आठ शब्दों या शब्द-समूहों की व्याख्या प्रस्तुत की गई । इस अध्याय में शेष के दो शब्द-समूहों पर एक साथ ध्यान दिया जाएगा क्योंकि अवगुणों के दोष-दर्शन तथा सद्गुणों की प्रशंसा एक दूसरे के पूरक हैं । इस प्रकार अध्याय २ से आरम्भ किया गया विवेचन-क्रम इस अध्याय में पूरा हो जाएगा । इसका यह अर्थ नहीं कि यह पुस्तक भी इसी अध्याय में पूरी हो जाएगी क्योंकि पुस्तक-लेखन के उद्देश्य में उपरोक्त विवेचन-क्रम के अतिरिक्त अन्य प्रश्नों का उत्तर देना भी सम्मिलित है—जो अध्याय ९ का विषय है ।

अध्याय की पूर्व-झलक

लोकहित-नाशक वृत्तियों का वर्णन करने के लिए गीता ने निम्नलिखित तीन प्रकार के शब्दों का प्रयोग किया है—

(अ) आसुरी संपत्

(आ) अधर्म—जिसका सामूहिक रूप वर्तमान संदर्भ में विशेषतः प्रासंगिक है, न कि व्यक्तिगत रूप

(इ) तामसिक वृत्तियाँ

यद्यपि मानस में भी उपरोक्त तीनों भावों को व्यक्त करने वाले शब्द प्रयक्त हुए हैं, किंतु मानस की तद्विषयक विशेषता प्रकट हुई है एक अन्य—अर्थात् चौथे—शब्द से, और वह है ''कलियुग'' । तुलसीदासजी ने मानस के उत्तरकाण्ड में जगमंगल से विपरीत सामाजिक स्थिति का वर्णन—कलियुग के नाम से—बहुत ही रोचक तथा प्रभावशाली ढंग से किया है । परिशिष्ट ३ में प्रस्तुत है मानस का यह संपूर्ण प्रसंग—मूल शब्दों

में, जिनका सरल हिन्दी में भावार्थ भी वहाँ दिया गया है । कलियुग से संबंधित रोचक वर्णन का सार इस अध्याय में भी दिया जाएगा ।

लोकहित-नाशक वृत्तियों की अपेक्षा लोकहित-वर्धक गुणों का वर्णन अधिक विस्तृत है—गीता में तथा मानस में भी । इस प्रकार का वर्णन गीता में निम्नलिखित पाँच प्रकार के प्रसंगों में हुआ है—

(क) दैवी संपत्
(ख) धर्म—सामूहिक पक्ष पर ध्यान केंद्रित करते हुए
(ग) सात्त्विक वृत्तियाँ
(घ) ज्ञान के प्रसंग में उल्लिखित बीस गुण
(ङ) योगारूढ़ व्यक्तियों के लक्षण-स्वरूप

मानस में उपरोक्त पाँचों प्रकार के प्रसंगों से समानता दर्शित करने वाले वृत्तान्त तो हैं ही, साथ ही एक अन्य—अर्थात् छठा-प्रसंग मानस की विशेषता है और उसका विषय है "रामराज्य" । तुलसीदासजी ने मानस के उत्तरकाण्ड में जगमंगल पर आधारित आदर्श समाज की रूपरेखा रामराज्य के नाम से प्रस्तुत की है जिससे महात्मा गांधी भी प्रभावित हुए थे । रामराज्य की विशेष महत्ता को ध्यान में रखते हुए मानस का यह संपूर्ण प्रसंग परिशिष्ट ४ में दिया गया है—अर्थात् सरल हिंदी में भावार्थ सहित मानस के मूल शब्द । इस प्रसंग का संक्षिप्त उल्लेख इस अध्याय में भी किया जाएगा ।

लोकहित-वर्धक गुणों की प्रशंसा से संबंधित मानस का एक और—अर्थात् सातवां —पक्ष भी उल्लेखनीय है और वह है "मानस की लोकोपयोगी उक्तियाँ" । ये उक्तियाँ किसी प्रसंग-विशेष की नहीं हैं, बल्कि मानस के भिन्न-भिन्न प्रसंगों में भिन्न-भिन्न व्यक्तियों के द्वारा बोली गई हैं । किंतु मानस-प्रेमियों की दृष्टि में ये उक्तियाँ मंत्र-वत् हैं । इस अध्याय में इन उक्तियों की झांकी प्रस्तुत की जाएगी ।

यहाँ यह लिखना उपयुक्त होगा कि लोकहित-वर्धक गुणों से संबंधित उपरोक्त सूची का पाँचवां प्रसंग इस पुस्तक के अध्याय ४ का विषय भी है । तात्पर्य यह है कि अध्याय ४ में "योगारूढ़-वृत्ति अथवा संत-लक्षण" के माध्यम से लोकहित-वर्धक गुणों की प्रशंसा की जा चुकी है । इसलिए वर्तमान अध्याय की पूर्ति के लिए पाठक पूर्व-लिखित अध्याय ४ को भी ध्यान में रखें—क्योंकि यहाँ उस विवेचन की पुनरुक्ति नहीं की जाएगी ।

अब एक-एक करके उपरोक्त प्रसंगों का अवलोकन करें ।

(अ) आसुरी संपत् का लोकहित-नाशक रूप

गीता ने सोलहवें अध्याय में आसुरी वृत्तियों का विस्तृत विवेचन प्रस्तुत किया है । यहाँ इन वृत्तियों का उल्लेख एक-एक करके नहीं, बल्कि शृंखलाओं के रूप में किया जाएगा । इस

के पीछे भावना यह है कि जहाँ एक अवगुण आया वहाँ उसका साथ देने के लिए कई अन्य अवगुण भी आ जाते हैं। लोकहित के विनाश की दृष्टि से अवगुणों की चार शृंखलाओं पर ध्यान केंद्रित करने की आवश्यकता है।

अवगुणों की प्रथम शृंखला को 'काम-लोभ-अन्याय' से सूचित कर सकते हैं। गीता के अनुसार कामनाएँ दो प्रकार की होती हैं—धर्म के अनुकूल अथवा धर्म-विरोधी। धर्म के अनुकूल कामना गीता को मान्य है किंतु धर्म-विरोधी कामना को 'ख़तरे की घंटी' कह सकते हैं। धर्म-विरोधी कामना को गीता ने 'दुष्पूर' बतलाया है क्योंकि वह कभी तृप्त नहीं हो सकती। धीरे-धीरे इस प्रकार की कामना लोभ का रूप ले लेती है। जो व्यक्ति इस माया-जाल में फँस जाता है, वह धन या वाञ्छित वस्तु को प्राप्त करने के लिए किसी भी तरक़ीब को अपना सकता है। गीता की भाषा में वह अर्थ-संचय के लिए अन्याय का सहारा लेता है। इस प्रकार 'काम-लोभ-अन्याय' की शृंखला पूरी हो जाती है और जहाँ अन्याय है वहाँ लोकहित का नाश अवश्यम्भावी है।

अवगुणों की उपरोक्त शृंखला को सूचित करने वाले शब्द गीता के श्लोक १६.१०, १६.१२ तथा १६.१३ में प्रयुक्त हुए हैं, जैसे—

> **काममाश्रित्य दुष्पूरं** . . . . । **१६.१०** ।
> **भविष्यति पुनर्धनम्** . . . . । **१६.१३** ।
> **अन्यायेनार्थसञ्चयान्** . . . . । **१६.१२** ।

इन शब्दों का अर्थ तो स्पष्ट है किंतु श्रीराम किंकर उपाध्याय ने भावों को भी मूर्तिमान् बनाने के लिए महाभारत और विनय-पत्रिका के चुने हुए प्रसंगों का उपयोग किया है। उपाध्यायजी के मतानुसार दुर्योधन लोभ का प्रतीक है, उसका छोटा भाई दु:शासन काम का और शकुनि अन्याय का। उपाध्यायजी के शब्दों को देखें—

> "गोस्वामीजी विनय-पत्रिका में दु:शासन के लिए कहते हैं कि वह मूर्तिमान् काम है—'कुरुराज बन्धु खल मार'—और दुर्योधन मूर्तिमान् लोभ है। . . . . दुर्योधन लोभ के कारण जुआ खेलता है और शकुनि के द्वारा जुए में छल का आश्रय लेता है। . . . . लोभ का उल्लेख गीता के श्लोक १.३८ में भी हुआ है।"

इस प्रकार गीता में वर्णित आसुरी वृत्तियों का दोष-दर्शन अन्य ग्रंथों की सहायता से पाठकों के नेत्रों के सामने चित्रित किए जाने से प्रभावशाली बन जाता है। इसी प्रकार का एक अन्य उदाहरण 'अधर्म' के अवयवों को मूर्तिमान् करके प्रस्तुत किया जाएगा। किंतु उससे पहले आसुरी वृत्तियों की तीन और शृंखलाओं का संक्षिप्त उल्लेख करना आवश्यक है।

आसुरी वृत्ति के अवगुणों की द्वितीय तथा तृतीय शृंखलाएँ 'अहंकार' या उसके पर्यायवाची 'अभिमान' से आरम्भ होती हैं। शृंखलाओं के माध्यम से अहंकार के प्रति

अनेक बार चेतावनी देना गीता के इस भाव की पुष्टि करता है कि 'अहंकारो रिपुर्महान्' । इस पुस्तक के अध्याय ७ में अहंकार-जनित सामाजिक हानि का विस्तृत विवेचन दिया जा चुका है, इसलिए इन दोनों शृंखलाओं को—बिना व्याख्या के—केवल सूत्र-रूप में यहाँ लिखा जा रहा है—

द्वितीय शृंखला—अहंकार-बल-प्रयोग-परनिन्दा-द्वेष-शत्रुत्व-भाव ।
तृतीय शृंखला—अभिमान-क्रोध-पारुष्य-मानव-अपमान ।

आसुरी वृत्ति के अवगुणों की चतुर्थ शृंखला 'अनीश्वर दृष्टि' से आरम्भ होती है और सूत्र-रूप में वह इस प्रकार है—

अनीश्वर दृष्टि—अल्पबुद्धि-उग्रकर्म-जगत्क्षय ।

इस शृंखला का उल्लेख इस पुस्तक के अध्याय ७ में 'विषम दृष्टि' के अन्तर्गत किया जा चुका है क्योंकि गीता ने 'एतां दृष्टिं'—शब्दों का प्रयोग करके इस शृंखला के नामकरण का द्वार मानो खुला छोड़ दिया है । आज के भौतिकवाद के युग के लिए यह शृंखला विशेषत: प्रासंगिक है, इसलिए इसकी ओर यहाँ फिर से ध्यान आकर्षित किया गया है । इस शृंखला के माध्यम से, 'जगत्क्षय'—शब्द के द्वारा, आसुरी वृत्ति के लोकहित-नाशक रूप के विवरण की समाप्ति करना उपयुक्त प्रतीत होता है ।

(आ) अधर्म का सामूहिक रूप

जब शासक, सत्ताधारी या शक्तिशाली व्यक्ति आसुरी वृत्तियों के शिकार बन जाते हैं, तब सारा वातावरण अधर्म से घिर जाता है । ऐसी विनाशकारी परिस्थिति के संदर्भ में गीता ने घोषणा की है—

अभ्युत्थानमधर्मस्य तदात्मानं सृजाम्यहम् ॥ ४.७ ॥

अर्थात् अधर्म इतना व्यापक हो जाता है कि भगवान् अवतरित होकर विनाश को रोकते हैं । आसुरी वृत्तियों की चार शृंखलाओं का उल्लेख ऊपर किया जा चुका है । समाज के साधारण सदस्य भी इन वृत्तियों के जाल में फँसकर लोकहित का नाश कर सकते हैं । किंतु विशेषत: शक्तिशाली व्यक्तियों पर लागू होने वाली एक और शृंखला है—जिसे पञ्चम शृंखला कह सकते हैं और जिसका रूप इस प्रकार है—

अज्ञान-दर्प-असत्य-अनीति ।

श्रीरामकिंकर उपाध्याय का मत है कि अवगुणों की यह शृंखला कर्ण पर लागू होती है जो दुर्योधन का सबसे मुख्य, विश्वासपात्र सहायक था । उपाध्यायजी की व्याख्या तथा शृंखला के चारों अवगुणों से संबंधित गीता के श्लोकों को क्रमश: देखें ।

इस शृंखला का आरम्भ होता है 'अज्ञान' से जिसको गीता ने श्लोक १६.४ में आसुरी संपत् का एक प्रमुख लक्षण बतलाया है—

अज्ञानं चाभिजातस्य पार्थ संपदमासुरीम् ॥ १६.४ ॥

सरल भावार्थ—भगवान् कहते हैं कि आसुरी संपत् को प्राप्त हुए व्यक्ति के लक्षणों में 'अज्ञान' का प्रमुख स्थान है ।

'अज्ञान' को मूर्तिमान् बनाते हुए, उपाध्यायजी लिखते हैं कि कर्ण को बहुत समय तक यह भी ज्ञान नहीं था कि वह कुंती का पुत्र है । भगवान् श्रीकृष्ण जब संधि का प्रस्ताव लेकर हस्तिनापुर गए तब उन्होंने कर्ण को अपने 'स्व' का ज्ञान कराया । कर्ण न कहा कि यह ज्ञान मुझे बहुत देर से मिला है क्योंकि मैं तो दुर्योधन का साथ देने के लिए प्रतीज्ञा कर चुका हूँ । इस प्रकार जब कर्ण ने दुर्योधन का साथ देने का निर्णय लिया था, उस समय वह अज्ञान की स्थिति में था, और ज्ञान होने पर भी उसने पहले लिए हुए निर्णय को बदला नहीं ।

अब उपरोक्त शृंखला के द्वितीय अवगुण—'दर्प'—को देखें । 'दर्प' अर्थात् घमण्ड का उल्लेख, अज्ञान के साथ-साथ, गीता के श्लोक १६.४ में हुआ है—यद्यपि वह पंक्ति जिसमें दर्प का उल्लेख हुआ है ऊपर के प्रसंग में लिखी नहीं थी । कर्ण अपने घमण्ड के कारण भीष्म पितामह से झगड़ा और उनसे बोला कि जब तक आप जीवित रहेंगे तब तक मैं युद्ध में भाग नहीं लूँगा ।

शृंखला का तीसरा अवगुण 'असत्य' है जिसको दो बार—अर्थात् गीता के श्लोक १६.७ तथा १६.८ में—आसुरी संपत् में सम्मिलित किया गया है, जैसे—

न सत्यं तेषु विद्यते ॥ १६.७ ॥

असत्यमप्रतिष्ठं ते . . . . । १६.८ ।

महाभारत में यह वर्णित है कि कर्ण इस अवगुण का शिकार था । परशुराम से शस्त्र-शिक्षा प्राप्त करने के लिए कर्ण ने 'असत्य' का सहारा लिया था और अपने आपको क्षत्रिय नहीं, ब्राह्मण बतलाया था । जब कर्ण का भेद खुला तो परशुराम ने क्रोधित होकर उसे श्राप दिया कि 'तुम ने झूठ बोलकर मुझसे शस्त्र-विद्या प्राप्त की है, इसलिए युद्धक्षेत्र में मेरा सिखाया हुआ शस्त्र-ज्ञान तुम्हें विस्मृत हो जाएगा' । और असत्य के कारण मिले हुए इस श्राप के कारण कर्ण की पराजय हुई ।

शृंखला का चौथा अवगुण अनीति है । गीता के श्लोक १६.१० में 'अशुचिव्रता:' शब्द से अनीतिपूर्ण आचरण का संकेत मिलता है । इसकी पुष्टि होती है गीता के अन्तिम श्लोक से जिसमें अवतार के द्वारा 'ध्रुवा नीति' की स्थापना होने की घोषणा है । श्लोक १८.७८ में संजय के शब्द हैं—

ध्रुवा नीतिर्मतिर्मम ॥ १८.७८ ॥

सरल भावार्थ—संजय कहता है कि जहाँ योगेश्वर श्रीकृष्ण हैं तथा उस योग का आचरण करने वाला अर्जुन है, वहाँ ध्रुवा नीति अवश्य स्थापित होगी—ऐसा मेरा मत है ।

इस श्लोक से यह स्पष्ट हो जाता है कि अवतार से पूर्व की अधार्मिक स्थिति 'अनीतिपूर्ण' थी । महाभारत के युद्ध में जब कर्ण के रथ का पहिया गर्त में धँस गया तब उसने अर्जुन से कहा कि ऐसी स्थिति में मुझ पर प्रहार करना नीतिविरुद्ध है । अर्जुन तो धर्मसंकट में पड़ गया किंतु भगवान् श्रीकृष्ण ने कर्ण को याद दिलाया कि तुम तो एक-के-बाद एक अनीतिपूर्ण कार्य करते रहे हो, इसलिए नीति की दुहाई देना तुम्हें शोभा नहीं देता । इस प्रकार श्रृंखला का अन्तिम अवगुण भी कर्ण पर लागू होता है और अन्त में अपने अनीतिपूर्ण कार्यों के कारण ही उसकी मृत्यु हुई । महाभारत में कर्ण और दुर्योधन के अवगुणों के परस्पर मिल जाने के कारण अधर्म ने सामूहिक रूप ले लिया था ।

(इ) लोकहित-नाशक तामसिक वृत्तियाँ

गीता ने तामसिक विचारधारा के अनेक उदाहरण देकर यह समझाया है कि स्थूल रूप से अच्छा दिखलाई देने वाला कार्य भी गहराई में जाने पर तामसिक सिद्ध हो सकता है । जैसे दान देने का कार्य सामान्यतः अच्छा प्रतीत होता है किंतु गीता का श्लोक १७.२२ यह शिक्षा देता है कि यदि कुपात्र को—जैसे आतंकवादी संस्था को—धन दिया और उसने उस धन से लोकहित-नाशक कार्य किया तो वह दान तामसिक हो जाता है ।

तामसिक वृत्तियों के द्वारा व्यक्तिगत तथा सामूहिक—दोनों प्रकार की हानियाँ होती हैं । वर्तमान प्रसंग में सामूहिक हानि की ओर विशेष ध्यान दिया गया है । गीता-कथित इस प्रकार की तामसिक वृत्तियों में से केवल तीन दृष्टान्त देना पर्याप्त होगा । प्रथम दृष्टान्त तामसिक तप का है जिसकी परिभाषा श्लोक १७.१९ में दी गई है । लोकहित-नाश की दृष्टि से इस श्लोक की द्वितीय पंक्ति को देखें—

परस्योत्सादनार्थं वा तत्तामसमुदाहृतम् ॥ १७.१९ ॥

सरल भावार्थ—भगवान् कहते हैं कि यदि किसी तप के द्वारा दूसरे का अनिष्ट करने की इच्छा है तो वह तप तामसिक है ।

इस श्लोक की व्याख्या करते हुए स्वामी चिद्भवानन्द ऐसे व्यक्तियों के प्रति सावधान रहने की शिक्षा देते हैं जो तप करके इस प्रकार की सिद्धि प्राप्त करना चाहते हैं जिससे वे दूसरों को हानि पहुँचा सकें ।

द्वितीय दृष्टान्त तामसिक कर्म का है जिसके लक्षण श्लोक १८.२५ में वर्णित हैं । इस श्लोक का उल्लेख इस पुस्तक के अध्याय ५ में किया जा चुका है, इसलिए यहाँ

विस्तार में न जाकर केवल इतना लिखना पर्याप्त होगा कि 'हिंसा' को गीता ने तामसिक कर्म का एक लक्षण बतलाया है ।

तृतीय दृष्टान्त तामसिक कर्ता का है जिसके लक्षण श्लोक १८.२८ में वर्णित हैं । दूसरों की आजीविका का हनन करना इन लक्षणों में सम्मिलित है । पूरा श्लोक इस प्रकार है—

अयुक्तः प्राकृतः स्तब्धः शठो नैष्कृतिकोऽलसः ।
विषादी दीर्घसूत्री च कर्ता तामस उच्यते ॥ १८.२८ ॥

सरल भावार्थ—श्रीशिवानन्द ने इस श्लोक का भावार्थ इस प्रकार व्यक्त किया है—"तामसिक कर्ता अत्यन्त असावधान और असंयमी होता है तथा उत्तम संस्कारों से विहीन होता है । वह हिंसक पशुओं की भाँति उद्धत एवं उद्दण्ड होता है तथा धूर्त एवं दुष्ट होता है । उसे दूसरे की आजीविका का हनन करने में ग्लानि नहीं होती । वह आलसी होता है तथा काम करने में ढीला होता है । वह स्वभाव से सदा उग्र और अशान्त रहता है ।"

यह उल्लेखनीय है कि गीता ने तामसिक वृत्तियों में आलस्य की ओर भी विशेष ध्यान आकृष्ट किया है जिससे व्यक्तिगत और सामाजिक—दोनों प्रकार की हानि होती है ।

मानस-कथित अवगुणों में पर-पीड़ा की विशेष निंदा

मानस ने भी लोकहित-नाशक वृत्तियों का वर्णन कई प्रसंगों में किया है जिनमें से तीन का संक्षिप्त उल्लेख इस विभाग में करके, अगले विभाग में 'कलियुग' पर ध्यान केंद्रित किया जाएगा ।

वर्तमान संदर्भ में प्रथम प्रसंग बालकाण्ड का है जहाँ रावण तथा उसके साथी राक्षसों द्वारा कृत हिंसा तथा अनीति का चित्रण है । इस पुस्तक के अध्याय ३ में यह प्रसंग प्रस्तुत किया जा चुका है, इसलिए यहाँ उसे फिर से लिखना अनावश्यक है ।

द्वितीय प्रसंग अधर्म के सामूहिक रूप का है जिसका वर्णन करते हुए मानस ने, सभी काण्डों में, पर-पीड़ा, पर-अपकार और पर-अकाज की विशेष निंदा की है । उदाहरण-स्वरूप तीन पंक्तियों को देखें—

पर पीड़ा सम नहिं अधमाई । **(*उत्तरकाण्ड* से)**
सब विधि सोचिअ पर अपकारी । **(*अयोध्याकाण्ड* से)**
पर अकाज लगि तनु परिहरहीं । **(*बालकाण्ड* से)**

'पर अकाज लगि तनु परिहरहीं'—तुलसीदासजी के ये शब्द भर्तृहरि की भी याद दिलाते हैं जिन्होंने संस्कृत में इस आशय का श्लोक लिखा है कि 'जो अपना भी तथा

दूसरों का भी अहित करते हैं वे राक्षसों से भी नीचे हैं'। विस्तार के लिए इस पुस्तक के प्रथम अध्याय में प्रस्तुत किया हुआ भर्तृहरि का तद्विषयक पूरा श्लोक देखें।

तृतीय प्रसंग तामसिक वृत्तियों का है। यह ऊपर लिखा जा चुका है कि गीता ने तामसिक वृत्तियों में आलस्य की ओर विशेष ध्यान आकृष्ट किया है। इस विषय पर सुंदरकाण्ड की निम्नलिखित पंक्ति को देखें—

कादर मन कहुँ एक अधारा। दैव दैव आलसी पुकारा॥

अब उपरोक्त तीनों प्रसंगों को यहीं समाप्त करके 'कलियुग' नाम से वर्णित मानस के विशेष प्रसंग की ओर बढ़ें—अगले विभाग में।

मानस में लोकहित का विरोधी कलियुग

लोकहित की अवहेलना होने पर समाज की कितनी दुर्दशा हो सकती है—ऐसी चेतावनी देना मानस की विशेषता है। उत्तरकाण्ड में तुलसीदासजी कहते हैं कि यद्यपि कलियुग को कलुषित करने में सब व्यक्तियों का हाथ है, फिर भी शासक, पण्डित, संन्यासी और तपस्वियों द्वारा किया गया अनाचार विशेषतः निन्दनीय है।

कलियुग में शासक वर्ग प्रजापालन न करके प्रजादमन करते हैं, मानो रक्षक भक्षक बन जाते हैं—

नृप पाप परायन धर्म नहीं। करि दंड विडंव प्रजा नितहीं॥

....

द्विज श्रुति वेचक भूप प्रजासन।...

कलियुग के पंडित, संत तथा ज्ञानी केवल डींग मारने में निपुण हैं और उनका आचार-विचार झूठे सिद्धान्तों पर आधारित है, न कि वेदों पर—

पंडित सोइ जो गाल बजावा।....
मिथ्यारंभ दंभ रत जोई। ता कहुँ संत कहइ सब कोई॥
निराचार जो श्रुति पथ त्यागी। कलिजुग सोइ ग्यानी सो विरागी॥
पर त्रिय लंपट कपट सयाने। मोह द्रोह ममता लपटाने॥
तेइ अभेदवादी ग्लानी नर। देखा मैं चरित्र कलिजुग कर॥

कलियुग-विषयक वर्णन का वह अंश विशेषतः प्रभावशाली है जहाँ संन्यासियों और तपस्वियों के कारनामों का चित्रण है। इस पुस्तक के अध्याय ५ में वह प्रस्तुत किया जा चुका है, इसलिए यहाँ उसे फिर से लिखना अनावश्यक है।

तुलसीदासजी कहते हैं कि कलियुग के दूषित वातावरण में लोगों के मूल्य भी उलटे हो जाते हैं। उदाहरणतः दूसरों का धन हरने वाला दोषी नहीं, बुद्धिमान् कहलाता है और दूसरों का अहित (अपकार) करने वाला सम्मानित होता है—

सोइ सयान जो परधन हारी । . . . .
जे अपकारी चार तिन्ह कर गौरव मान्य तेइ ।

कलियुगी समाज में ऐक्य-भाव न होने के कारण स्वार्थ-पोषण और परनिंदा का बोलबाला हो जाता है—

तनु पोषक नारि नरा सगरे । परनिंदक जे जग मो बगरे ॥

सामाजिक पतन का क्रम पारस्परिक वैर-विरोध के कारण तीव्रतर होता रहता है और समाज-सुधारकों को समस्या का उपाय नहीं दिखलाई देता क्योंकि—

अभिमान विरोध अकारनहीं ।

अधिक विस्तार के लिए देखें परिशिष्ट ३ ।

सद्‌गुणों की समीक्षा अधिक विस्तृत

अवगुणों के दोष-दर्शन का प्रसंग यहीं समाप्त करके अब दृष्टिपात करें सद्‌गुणों पर । गीता तथा मानस—दोनों ग्रन्थों में अवगुणों की अपेक्षा सद्‌गुणों पर अधिक ध्यान दिया गया है । उदाहरणतः गीता के श्लोक १६.६ के शब्द हैं—

दैवो विस्तरशः प्रोक्तः । १६.६ ।

सरल भावार्थ—भगवान् कहते हैं कि मैंने दैवी स्वभाव वाले अर्थात् सद्‌गुण-सम्पन्न व्यक्तियों का वर्णन विस्तार से किया है ।

इसी प्रकार तुलसीदासजी ने मानस के बालकाण्ड में सद्‌गुणों की कथा को 'अमित' अर्थात् 'सीमारहित' बतलाया है—

राम अनन्त अनन्त गुन अमित कथा विस्तार ।

जिन व्यक्तियों में सद्‌गुण-अनुकूल आचरण सहज हो जाता है और जो सदा लोकहित में लीन रहते हैं, उन्हीं को कहते हैं योगारूढ़ या पूर्णत्व-प्राप्त या संत । इस पुस्तक के अध्याय ४ में पूर्णत्व-प्राप्त व्यक्तियों से संबंधित गीता के छः प्रसंग और मानस के तीस प्रसंग प्रस्तुत किए जा चुके हैं । इसलिए वर्तमान अध्याय में, पूर्वोक्त प्रसंगों के अतिरिक्त, दैवी संपत् आदि अन्य प्रसंगों पर ही, एक-एक करके, ध्यान केंद्रित किया जाएगा ।

(क) दैवी संपत् में लोकहितवर्धक गुण

गीता ने दैवी संपत् के नाम से छब्बीस सद्‌गुणों की सूची सोलहवें अध्याय के आरम्भ में दी है । इस सूची को देखने से पहले श्रीहिरियन्ना के सुझाव को देखें कि सद्‌गुणों को दो वर्गों में विभाजित कर सकते हैं—

(अ) आत्मोद्धार में सहायक गुण जैसे सत्य, शौच, दम, इंद्रियनिग्रह आदि ।

(आ) लोकहितवर्धक गुण जैसे अहिंसा, दान, दया, अक्रोध आदि ।

यह स्पष्ट है कि इन वर्गों को एक दूसरे से पूर्णतया पृथक् नहीं समझना चाहिए क्योंकि सद्‌गुणों की भी श्रृंखला बन जाती है जैसे अवगुणों की, और उस श्रृंखला में दोनों वर्गों के गुणों का महत्त्व होता है ।

अब दैवी संपत् के गुणों की सूची देखें जो निम्नलिखित तीन श्लोकों में प्रस्तुत की गई है—

अभयं सत्त्वसंशुद्धिर्ज्ञानयोगव्यवस्थितिः ।
दानं दमश्च यज्ञश्च स्वाध्यायस्तप आर्जवम् ॥ १६.१ ॥
अहिंसा सत्यमक्रोधस्त्यागः शान्तिरपैशुनम् ।
दया भूतेष्वलोलुप्त्वं मार्दवं ह्रीरचापलम् ॥ १६.२ ॥
तेजः क्षमा धृतिः शौचमद्रोहो नातिमानिता ।
भवन्ति संपदं दैवीमभिजातस्य भारत ॥ १६.३ ॥

सरल भावार्थ—भगवान् दैवी संपत् को प्राप्त हुए व्यक्ति के छब्बीस गुणों की ओर ध्यान आकर्षित करते हैं, जैसे अभय, अंतःकरण की निर्मलता, ज्ञान तथा योग में दृढ़ स्थिति, दान, इंद्रिय-दमन, यज्ञ, स्वाध्याय, तप, सरलता, अहिंसा, सत्य, अक्रोध, त्याग, शान्ति, अनिन्दा, सब प्राणियों के प्रति दया, अलोलुपता, मृदुता, अनुचित कर्म में लज्जा, अचपलता, तेज, क्षमा, धैर्य, शौच, अद्रोह, और अपने को अतिमान्य न मानना ।

श्रीहिरियन्ना द्वारा वर्णित दो वर्गों की दृष्टि से, दैवी संपत् के लगभग आधे गुण लोकहितवर्धक वर्ग में सम्मिलित किए जा सकते हैं । इस संबंध में महत्त्वपूर्ण बात यह है कि गुणों की स्थूल गिनती से भी अधिक आवश्यकता है गुणों के अनुसार आचरण की । महात्मा गांधी का मत है कि इस लम्बी सूची में से यदि तीन गुण—अभय, सत्य, अहिंसा—अपना लिये जाएँ तो अपना भी और समाज का भी हित हो सकता है ।

आचार्य विनोबा इस बात को विशेष महत्त्व देते हैं कि गुणों की सूची में पहला स्थान 'अभय' का है और अन्तिम स्थान 'नातिमानिता' का है । दैवी संपत् में सम्मिलित गुणों के विषय में आचार्य विनोबा के विचारों का सार देखें—

> ''सद्‌गुणों के सामने 'अभय' खम ठोंककर खड़ा है तो पीछे से 'नम्रता' रक्षा कर रही है । इस तरह यह बहुत बढ़िया रक्षा की गई है । यहाँ कुल छब्बीस गुण बताए गए हैं । इनमें से पहले लिखे पच्चीस गुण प्राप्त हो जाएँ व यदि कहीं उसका अहंकार हो जाय तो पीछे से एकाएक चोर-हमला होकर सारी क़माई खो जाने का भय है । इसलिए पीछे 'नम्रता' के सद्‌गुण को रखा गया है । . . . .

अभय और नम्रता—इन दो महान् गुणों के बीच में जो चौबीस गुण रखे गए हैं, वे क़रीब सब अहिंसा के ही पर्यायवाची हैं—ऐसा कहें तो अनुचित नहीं ।"

(ख) **धर्म का सामूहिक रूप**

गीतामतानुसार, धर्म के सामूहिक रूप का सबसे मुख्य लक्षण यह है कि सामाजिक वातावरण नीतिपूर्ण हो । भगवान् ने श्लोक १०.३८ में धर्मानुकूल नीति को ईश्वरीय विभूति बतलाया है और गीता के अंतिम श्लोक (१८.७८) में संजय ने 'ध्रुवा नीति' की महिमा गाई है जिसका उल्लेख इस अध्याय के पूर्व भाग में किया जा चुका है ।

नीतिपूर्ण वातावरण में सामाजिक अभ्युदय का आधार है परस्पर-भाव । गीता का श्लोक ३.११ यह विश्वास दिलाता है कि एक दूसरे की उन्नति में, अर्थात् पारस्परिक सहयोग से, व्यक्तिगत कल्याण भी निश्चित है । आचार्य विनोबा ने परस्पर-भाव को गीता का सामाजिक आदर्श बतलाया है । श्लोक ३.११ के शब्द हैं—

परस्परं भावयन्तः श्रेयः परमवाप्स्यथ ॥ ३.११ ॥

सरल भावार्थ—परस्पर-भाव के आधार पर एक दूसरे की उन्नति से व्यक्तिगत श्रेय अर्थात् कल्याण भी प्राप्त होता है ।

परस्पर-भाव का एक महत्त्वपूर्ण पक्ष है 'सर्वधर्मसमादर' जो गीता के श्लोक ४.११ का संदेश है । इस श्लोक के शब्द हैं—

ये यथा मां प्रपद्यन्ते तांस्तथैव भजाम्यहम् ।
मम वर्त्मानुवर्तन्ते मनुष्याः पार्थ सर्वशः ॥ ४.११ ॥

सरल भावार्थ—भगवान् कहते हैं कि जो मुझे जिस प्रकार भजते हैं, मैं भी उन्हें उसी प्रकार अपनाता हूँ । सभी मनुष्य मेरे ही मार्ग का अनुसरण करते हैं ।

इस श्लोक की व्याख्या करते हुए श्रीशिवानंद लिखते हैं—

"परमात्मा को निर्गुण अथवा सगुण, निराकार अथवा साकार, देवी अथवा देवता . . . . किसी भी रूप में मानकर चिंतन करने से वह मनुष्य का मार्ग-दर्शन एवं उद्धार करता है । . . . कट्टरता के कारण दूसरों के मार्ग की निंदा करना अविवेक है . . . ।"

यह भी उल्लेखनीय है कि सन् १८९३ में विश्व-धर्म-सम्मेलन के समक्ष भाषण देते हुए स्वामी विवेकानन्द ने सर्वधर्मसमादर का संदेश गीता के उपरोक्त श्लोक (४.११) के आधार पर ही दिया ।

नीति तथा पारस्परिक सहयोग पर आधारित सामाजिक व्यवस्था का ही दूसरा नाम है गीता-कथित 'लोकसंग्रह' । इस पुस्तक के छठे अध्याय में लोकसंग्रह की विस्तृत

व्याख्या दी जा चुकी है, इसलिए यहाँ इस विषय पर अधिक लिखने की आवश्यकता नहीं है । सार-रूप में आचार्य विनोबा-कृत लोकसंग्रह की परिभाषा देखें—सुंदर व विशुद्ध नीतिमार्ग पर स्वयं चलना और वही मार्ग लोगों को दिखाना । यही धर्म का सामूहिक रूप है जिससे अपना हित और लोकहित—दोनों प्राप्त हो सकते हैं ।

(ग) लोकहित-वर्धक सात्त्विक वृत्तियाँ

लोकहित की वृद्धि के लिए यह आवश्यक है कि समाज में सात्त्विक वृत्तियों को प्रोत्साहन मिले । गीता ने यह सिखाया है कि विचारों, कार्यों या व्यक्तियों में सात्त्विकता का समावेश किस प्रकार हो सकता है और उससे समाज को क्या लाभ हो सकता है । यहाँ विस्तार में न जाकर केवल तीन उदाहरण देना पर्याप्त होगा अर्थात् सात्त्विक ज्ञान, सात्त्विक तप तथा सात्त्विक कर्ता से संबंधित विवेचन प्रस्तुत करना ।

पहले सात्त्विक ज्ञान को लें । गीता का श्लोक १८.२० इस विषय में प्रासंगिक है और उसके शब्द इस प्रकार हैं—

सर्वभूतेषु येनैकं भावमव्ययमीक्षते ।
अविभक्तं विभक्तेषु तज्ज्ञानं विद्धि सात्त्विकम् ॥ १८.२० ॥

सरल भावार्थ—भगवान् कहते हैं कि यदि किसी व्यक्ति को सात्त्विक ज्ञान की प्राप्ति हो जाए तो वह व्यक्ति स्थूल रूप से या बाह्य रूप से दिखलाई देने वाले भेदों को वास्तविक भेद नहीं समझता क्योंकि वह जानता है कि सबके अन्दर एक ही आत्मा विद्यमान है चाहे साधारण नेत्र उसे देख नहीं पाते ।

इस श्लोक की व्याख्या करते हुए श्रीशिवानन्द बतलाते हैं कि सात्त्विक ज्ञान से व्यक्ति तथा समाज—दोनों को क्या लाभ होता है—

> ''सात्त्विक ज्ञान होने पर मनुष्य के चित्त में राग-द्वेष उत्पन्न नहीं होते तथा वह किसी से घृणा नहीं करता । वह आवश्यकतानुसार यथोचित व्यवहार करते हुए भी अपने मन में ऊँच-नीच, बड़ा-छोटा, धनी-निर्धन, धर्मात्मा-पापी का भेद नहीं करता । . . . . ज्यों-ज्यों ऐसे ज्ञान का प्रचार होता है त्यों-त्यों ऐक्य-भाव बढ़ता है और व्यक्ति तथा समाज—दोनों का हित होता है ।''

अब सात्त्विक तप को लें । गीता ने तीन प्रकार के तप—शारीरिक, वाचिक, मानसिक तप—लिखे हैं और उन तीनों पर लागू होने वाली सात्त्विक तप की परिभाषा दी है । इसलिए इस प्रसंग को ठीक प्रकार से समझने के लिए चार श्लोकों (१७.१४ से १७.१७) पर ध्यान देना आवश्यक है । एक-एक करके इन श्लोकों को देखें ।

श्लोक १७.१४ के अनुसार शारीरिक तप के पाँच मुख्य लक्षण हैं जिनमें से एक लक्षण है 'अहिंसा' । पूरा श्लोक इस प्रकार है—

देवद्विजगुरुप्राज्ञपूजनं शौचमार्जवम् ।
ब्रह्मचर्यमहिंसा च शारीरं तप उच्यते ॥ १७.१४ ॥

सरल भावार्थ—शारीरिक तप के पाँच मुख्य लक्षण हैं—पूजनीय व्यक्तियों का सम्मान, पवित्रता, सरलता, ब्रह्मचर्य, अहिंसा ।

वाचिक तप के लक्षण श्लोक १७.१५ में इस प्रकार वर्णित हैं—

अनुद्वेगकरं वाक्यं सत्यं प्रियहितं च यत् ।
स्वाध्यायाभ्यसनं चैव वाङ्मयं तप उच्यते ॥ १७.१५ ॥

सरल भावार्थ—जो अनुद्वेगकर, प्रिय और हितकारक एवं सत्य भाषण है तथा जो स्वाध्याय का अभ्यास है, वह वाणी का तप कहा जाता है ।

श्लोक १७.१६ के अनुसार मानसिक तप के पाँच मुख्य लक्षण हैं जिनमें से एक लक्षण है 'भाव संशुद्धि' । पूरा श्लोक इस प्रकार है—

मनः प्रसादः सौम्यत्वं मौनमात्मविनिग्रहः ।
भावसंशुद्धिरित्येतत्तपो मानसमुच्यते ॥ १७.१६ ॥

सरल भावार्थ—मन की निर्मलता एवं प्रसन्नता, शान्तभाव, मौन, आत्मसंयम, अन्तःकरण के भावों की शुद्धता—ये मुख्य लक्षण हैं मानसिक तप के ।

श्लोक १७.१७ में सात्त्विक तप की परिभाषा है जो तीनों प्रकार के तप पर लागू होती है । इस परिभाषा में तीन मुख्य बातें हैं । प्रथम यह कि तप करने वाला व्यक्ति 'युक्त' हो, अर्थात् निष्काम कर्मयोग का पालन करने वाला हो । द्वितीय बात यह कि तप के द्वारा किसी व्यक्तिगत लाभ की इच्छा न की जाए । तृतीय बात यह कि तप के पीछे, शक्तिदायिनी परम श्रद्धा हो अर्थात् यह विश्वास हो कि तप का मुख्य उद्देश्य लोकहित है, इसलिए कष्ट के भय से पलायन की इच्छा न हो । इस स्पष्टीकरण को ध्यान में रखते हुए श्लोक के शब्दों को देखें—

श्रद्धया परया तप्तं तपस्तत्त्रिविधं नरैः ।
अफलाकांक्षिभिर्युक्तैः सात्त्विकं परिचक्षते ॥ १७.१७ ॥

सरल भावार्थ—तीनों प्रकार का तप सात्त्विक कहलाता है यदि उसके पीछे परम श्रद्धा हो, तप करने वाला निष्काम कर्मयोगी हो, और तप का उद्देश्य व्यक्तिगत लाभ नहीं बल्कि सामूहिक लाभ हो ।

श्रीशिवानन्द ने गीतोक्त सात्त्विक तप का सार निम्नलिखित शब्दों में व्यक्त किया है—

> ''कर्मयोगी पर्वत की भाँति अविचल एवं दृढ़ रहकर उत्तम उद्देश्यों की पूर्ति के लिए कष्ट उठाता है, जिसे सात्त्विक अर्थात् श्रेष्ठ तप कहा जाता है ।''

अब सात्त्विक वृतियों से संबंधित तीसरा उदाहरण देखें जिसका विषय है 'सात्त्विक कर्ता'। श्रीशिवानन्द ने सात्त्विक तप करने वाले व्यक्ति को 'अविचल एवं दृढ़' बतलाया है। गीता ने सात्त्विक कर्ता के लिए 'धृत्युत्साहसमन्वित'—शब्द का प्रयोग किया है। दोनों वर्णनों में समानता स्पष्ट है। किंतु समानता की दृष्टि से सबसे मुख्य बात यह है कि दोनों का उद्देश्य 'लोकहित की वृद्धि' है। यह भाव किस प्रकार व्यक्त किया है—इसे समझने के लिए श्लोक १८.२६ में कथित सात्त्विक कर्ता के लक्षणों की ओर देखें—

मुक्तसंगोऽनहंवादी धृत्युत्साहसमन्वितः।
सिद्ध्यसिद्ध्योर्निर्विकारः कर्ता सात्त्विक उच्यते ॥ १८.२६ ॥

सरल भावार्थ—सात्त्विक कर्ता के चार मुख्य लक्षण हैं। प्रथम, वह अनासक्त है अर्थात् उसमें निःस्वार्थ-भाव है। द्वितीय, वह निरहंकार है। इन दोनों लक्षणों का सम्मिलित अर्थ यह है कि वह लोकहित में लीन है। तृतीय, वह धैर्य और उत्साह से युक्त है। चतुर्थ, वह सिद्धि-असिद्धि में समभाव रखता है।

इस श्लोक की व्याख्या करते हुए श्रीशिवानन्द ने सार-रूप में निम्नलिखित शब्द लिखे हैं—

> "सात्त्विक कर्ता श्रेष्ठ होता है तथा वह जन-समाज के कल्याण का अग्रदूत होता है। थोड़े से ही सात्त्विक कर्ता जन-समाज के आदर्श प्रेरक होकर जन-कल्याण का मार्ग प्रशस्त कर देते हैं तथा जन-वन्दनीय होते हैं।"

(घ) ज्ञान के प्रसंग में उल्लिखित बीस गुण

गीता ने बीस सद्गुणों की एक अन्य सूची 'ज्ञान' के प्रसंग में तेरहवें अध्याय में दी है। यदि एक ओर पूर्व-वर्णित दैवी संपत् के छब्बीस गुण लिखें तथा दूसरी ओर ज्ञान-प्रसंग के बीस गुण लिखें तो उनमें दो प्रकार की समानताएँ दिखलाई देती हैं। कई गुण जैसे अहिंसा, शौच, आर्जव—दोनों सूचियों में अक्षरशः विद्यमान हैं। इनके अतिरिक्त दोनों सूचियों में कई गुण ऐसे हैं जिनके लिए समानार्थक शब्द प्रयुक्त हुए हैं, जैसे क्षमा और क्षान्ति, अमानित्व और नातिमानिता। गीता ने पुनरुक्ति का दोष स्वीकार करके भी चुने हुए सद्गुणों की प्रशंसा बार-बार की है जिससे अधिक-से-अधिक व्यक्ति उन्हें अपनाने का प्रयत्न करें।

अब ज्ञान-प्रसंग के गुणों से संबंधित गीता के पाँच श्लोकों (१३.७ से १३.११) पर ध्यान दें—

अमानित्वमदम्भित्वमहिंसा क्षान्तिरार्जवम्।
आचार्योपासनं शौचं स्थैर्यमात्मविनिग्रहः ॥ १३.७ ॥

इन्द्रियार्थेषु वैराग्यमनहंकार एव च ।
जन्ममृत्युजराव्याधिदुःखदोषानुदर्शनम् ॥ १३.८ ॥
असक्तिरनभिष्वङ्गः पुत्रदारगृहादिषु ।
नित्यं च समचित्तत्वमिष्टानिष्टोपपत्तिषु ॥ १३.९ ॥
मयि चानन्ययोगेन भक्तिरव्यभिचारिणी ।
विविक्तदेशसेवित्वमरतिर्जनसंसदि ॥ १३.१० ॥
अध्यात्मज्ञाननित्यत्वं तत्त्वज्ञानार्थदर्शनम् ।
एतज्ज्ञानमिति प्रोक्तमज्ञानं यदतोऽन्यथा ॥ १३.११ ॥

सरल भावार्थ—भगवान् कहते हैं कि निम्नलिखित बीस गुणों को ज्ञान-प्राप्ति के लक्षण समझना उचित है—निरभिमानता, दम्भहीनता, अहिंसा, क्षमा, सरलता, आचार्य की सेवा, शौच, स्थिरता, आत्मसंयम, इंद्रियों के विषयों में वैराग्य, अहंकार न होना, जन्म-मरण-वृद्धता-व्याधि के दुःखरूप दोषों का बार-बार विचार करना, अनासक्ति, पुत्र-स्त्री-घर आदि में ममत्व न होना, इष्ट और अनिष्ट की प्राप्ति में सर्वथा समचित्त रहना, परमेश्वर में अनन्यभाव से अविचल भक्ति होना, शुद्ध एवं एकान्त देश का सेवन करना, जनसमूह में राग न होना, अध्यात्म ज्ञान में निष्ठा, तत्त्वज्ञान के अर्थ पर विचार करना ।

इन पाँच श्लोकों की व्याख्या करते हुए डॉ॰ राधाकृष्णन् लिखते हैं—

> ''उपरोक्त सूची से यह स्पष्ट हो जाता है कि ज्ञान को सद्गुणों के आचरण से अलग नहीं कर सकते । ज्ञान का केवल बौद्धिक रूप—बिना आचरण के—अपर्याप्त है ।'' (अंग्रेज़ी में लिखे विचारों का भावार्थ)

ज्ञानी व्यक्तियों के द्वारा सद्गुणों का आचरण—इसी का दूसरा नाम है ''छिन्नद्वैधाः'' होकर लोकहित करना, जैसा कि श्लोक ५.२५ के शब्द हैं—

छिन्नद्वैधा यतात्मानः सर्वभूतहिते रताः ॥ ५.२५ ॥

सरल भावार्थ—ज्ञानप्राप्ति से जिनके सब संशय नष्ट हो गए हैं, वे एकाग्रचित्त व्यक्ति सब प्राणियों के हित में लीन रहते हैं ।

मानस-कथित सद्गुणों में परहित की प्रधानता

मानस ने लोकहित-वर्धक गुणों की प्रशंसा अनेक प्रसंगों में की है । अहिंसा, सत्य, संकट में भी धर्मपालन—इन सबकी महिमा के प्रसंग विभिन्न काण्डों में हैं, जैसे—

परम धर्म श्रुति विदित अहिंसा । . . . . **(*उत्तरकाण्ड* से)**
धरमु न दूसर सत्य समाना । आगम निगम पुरान बखाना ॥
(*अयोध्याकाण्ड* से)

सिबि दधीच हरिचंद नरेसा । सहे धरम हित कोटि कलेसा ॥
रंतिदेव बलि भूप सुजाना । धरमु धरेउ सहि संकट नाना ॥

(*अयोध्याकाण्ड* से)

कोटि विघ्न ते संत कर मन जिमि नीति न त्याग । (*लंकाकाण्ड* से)

सामाजिक ऐक्य-भाव के लिए 'सर्वधर्मसमादर' के गीता-कथित संदेश का उल्लेख इसी अध्याय के पूर्व-भाग में किया जा चुका है । वही संदेश मानस के निम्नलिखित शब्दों के द्वारा भी दिया गया है—

जिन्ह कें रही भावना जैसी । प्रभु मूरति तिन्ह देखी तैसी ॥

(*बालकाण्ड* से)

किन्तु मानस के सद्‌गुण-महिमा-प्रसंगों में विशेष स्थान दिया गया है 'पर हित' को, जैसे—

पर हित सरिस धर्म नहिं भाई । . . . .
निर्नय सकल पुरान वेद कर । . . . . (*उत्तरकाण्ड* से)

परहित बस जिन्ह के मन माहीं । तिन्ह कहुँ जग दुर्लभ कछु नाहीं ॥

(*अरण्यकाण्ड* से)

परहित लागि तजइ जो देही । संतत संत प्रसंसहिं तेही ॥

(*बालकाण्ड* से)

जिस प्रकार गीता ने दैवी संपत् तथा ज्ञान के प्रसंग में सद्‌गुणों की दो सूचियाँ प्रस्तुत की हैं, उसीके समान मानस के भी दो निम्नलिखित प्रसंग हैं—

(अ) लंकाकाण्ड का विजय-रथ-प्रसंग

(आ) उत्तरकाण्ड का ज्ञानदीप-रूपक प्रसंग

इनके अतिरिक्त, जैसा पहले लिखा जा चुका है, लोकहित पर आधारित आदर्श समाज का वर्णन मानस की विशेषता है और उस प्रसंग का शीर्षक है ''रामराज्य'' । इसी प्रकार ''लोकोपयोगी उक्तियाँ'' भी मानस की उल्लेखनीय देन हैं । यद्यपि ये उक्तियाँ विभिन्न काण्डों में हैं, फिर भी उनको एकत्रित करने पर वे मानस के एक विशेष प्रसंग का रूप ले सकती हैं ।

अब मानस के उपरोक्त चार प्रसंगों का संक्षिप्त विवेचन क्रमशः प्रस्तुत है ।

(अ) विजय-रथ-प्रसंग में उल्लिखित बाईस गुण

लंकाकाण्ड में वर्णित विजय-रथ-प्रसंग में श्रीराम और विभीषण का संवाद है । अवसर राम-रावण युद्ध का है । एक ओर रावण अपने सुसज्जित विशाल रथ पर आरुढ़ था । दूसरी

ओर श्रीराम 'बिरथ' थे अर्थात् बिना रथ के, पैदल थे। विभीषण को चिंता हुई कि रथ, कवच आदि के बिना श्रीराम रावण जैसे योद्धा पर विजय कैसे प्राप्त करेंगे। विभीषण की मन:स्थिति तथा शंका का चित्रण देखें—मानस के शब्दों में—

रावनु रथी बिरथ रघुबीरा। देखि बिभीषन भयउ अधीरा॥
अधिक प्रीति मन भा संदेहा। बंदि चरन कह सहित सनेहा॥
नाथ न रथ नहिं पद त्राना। केहिं बिधि जितब बीर बलवाना॥

विभीषण की शंका को दूर करते हुए श्रीराम ने कहा कि, विजय-प्राप्ति के लिए, स्थूल रूप से दिखलाई देने वाले रथ की अपेक्षा बाईस सद्‌गुणों पर आधारित 'धर्म-रथ' अधिक उपयोगी है—

सुनहु सखा कह कृपानिधाना। जेहिं जय होइ सो स्यंदन आना॥

श्रीराम द्वारा वर्णित 'विजय-रथ' में सम्मिलित सद्‌गुणों की सूची प्रस्तुत करने से पहले यह स्पष्ट कर दें कि भगवान् के उत्तर से विभीषण की शंका का समाधान हो गया।

उपरोक्त प्रसंग में बाईस गुणों का उल्लेख है जिनमें 'परहित' का भी विशेष स्थान है—रथ के घोड़े के रूप में। गुणों की पूरी सूची इस प्रकार है—शौर्य, धैर्य, सत्य, शील, बल, विवेक, दम, परहित, क्षमा, कृपा, समता, ईश-भजन, वैराग्य, संतोष, दान, बुद्धि, विज्ञान, निर्मल और अचल मन, शम, अहिंसा-आदि यम, शौच-आदि नियम, विप्र-गुरु-पूजा।

अब मानस के मूल शब्दों को देखें—

सौरज धीरज तेहि रथ चाका। सत्य सील दृढ़ ध्वजा पताका॥
बल बिबेक दम परहित घोरे। छमा कृपा समता रजु जोरे॥
ईस भजनु सारथी सुजाना। बिरति चर्म संतोष कृपाना॥
दान परसु बुधि सक्ति प्रचंडा। बर बिग्यान कठिन कोदंडा॥
अमल अचल मन त्रोन समाना। सम जम नियम सिलीमुख नाना॥
कवच अभेद बिप्र गुर पूजा। एहि सम बिजय उपाय न दूजा॥

गुणों की उपरोक्त सूची में तथा गीता में वर्णित दैवी संपत् के छब्बीस गुणों में सत्य, दम, क्षमा और दान अक्षरश: विद्यमान हैं और धैर्य, कृपा, अहिंसा, शौच आदि समानार्थक शब्दों के द्वारा व्यक्त हैं।

(आ) ज्ञानदीप-प्रज्वलन में सहायक सत्ताईस गुण

ज्ञानदीप का प्रसंग उत्तरकाण्ड में वर्णित है। काकभुशुंडि गरुड़ से कहते हैं कि जीव, जो ईश्वर का अंश है, माया के वशीभूत होकर अपने आप को बंधन में डाल लेता

है । जीव और माया के बंधन को 'चेतन' और 'जड़' के बीच ग्रंथि (गाँठ) का रूप दिया गया है । इस ग्रंथि को खोलने का उपाय है 'ज्ञानदीप' को प्रज्वलित करना और उसके प्रकाश में ग्रंथि को खोलना । ग्रंथि-संबंधी रूपक मानस ने निम्नलिखित शब्दों के द्वारा आरम्भ किया है—

ईस्वर अंस जीव अविनासी । चेतन अमल सहज सुखरासी ॥
सो मायाबस भयउ गोसाईं । बँध्यो कीर मरकट की नाईं ॥
जड़ चेतनहि ग्रंथि परि गई । . . . .

जैसे दीपक को जलाने के लिए घी-बत्ती आदि चाहिए, उसी प्रकार ज्ञान-दीप को प्रज्वलित करने के लिए सत्ताईस गुणों की आवश्यकता है जो निम्नलिखित हैं—

"सात्त्विक श्रद्धा, जप, तप, व्रत, अहिंसा आदि यम, शौच आदि नियम, आस्तिक भाव, निवृत्ति-भाव, विश्वास, निर्मल मन, परम धर्म का आचरण, निष्काम भाव अर्थात् अनासक्ति, क्षमा, संतोष, धैर्य, शम, मन की प्रसन्नता, तत्त्व विचार, दम, सत्य, वैराग्य, योग, निश्चयात्मिका बुद्धि, समता, तुरीयावस्था, तेज, आत्मानुभव ।"

तुलसीदासजी ने आरम्भ किया है 'सात्त्विक श्रद्धा' से—उसे गाय का रूप देकर—और परम धर्म के आचरण को दूध बतलाया है जिससे ज्ञान-रूपी घी निकाला जा सके—और बुद्धि का कार्य है 'ममता रूपी मल' के जल जाने पर शीतलता लाना । पूरा प्रसंग लिखने से यह अध्याय बहुत लम्बा हो जाएगा, इसलिए केवल चुने हुए शब्द ही यहाँ प्रस्तुत हैं—

सात्त्विक श्रद्धा धेनु सुहाई । . . . .
परम धर्ममय पय दुहि भाई । . . . .
बुद्धि सिरावै ग्यान घृत ममता मल जरि जाइ ॥ . . . .

मानस-कथित उपरोक्त सत्ताईस गुणों तथा गीता में वर्णित ज्ञान-प्रसंग के बीस गुणों में बहुत समानता है, जैसे अहिंसा, शौच, शम, समता, क्षमा, वैराग्य, अनासक्ति आदि दोनों सूचियों में हैं ।

इस विषय में एक अन्य बात उल्लेखनीय है । जैसे गीता ने ज्ञान-प्रसंग में भक्ति को भी सम्मिलित कर लिया है, उसी प्रकार तुलसीदासजी ने ज्ञान-दीप संबंधी कठिनाइयों का वर्णन करके 'भक्ति-मणि' की महिमा गाई है । गीता तथा मानस—दोनों ने ज्ञानमार्ग की अपेक्षा भक्तिमार्ग को सुलभ बतलाया है ।

(इ) मानस में लोकहित का आदर्श रूप—रामराज्य

लोकहित-वर्धक गुण यदि समाज में अपना लिए जाएँ तो उस समाज का क्या रूप

होगा—इस प्रश्न का उत्तर तुलसीदासजी ने मानस के उत्तरकाण्ड में दिया है—रामराज्य के नाम से। इस शंका को दूर करने के लिए कि क्या रामराज्य में पुरोहितों का बोलबाला होगा, तुलसीदासजी उत्तरकाण्ड में ही लिखते हैं—

उपरोहित्य कर्म अति मंदा।

इस प्रकार मानस-वर्णित रामराज्य का आधार पुरोहितों का अंधविश्वास या संकुचित भेद-भाव नहीं, बल्कि श्रीराम और सीताजी द्वारा स्थापित की हुई सबके प्रति सद्व्यवहार की भावना ही थी।

राम राज बैठें त्रैलोका। हरषित भए गए सब सोका।
बयरु न कर काहू सन कोई। राम प्रताप विषमता खोई॥
. . . .
सब नर करहिं परस्पर प्रीती। चलहिं स्वधर्म निरत श्रुति नीती॥

तुलसीदासजी कहते हैं कि रामराज्य के नागरिक जिस धर्म का आचरण करते थे वह इतना विशाल था कि उसके चारों चरण समान रूप से बलवान थे—सत्य, शौच, दया एवं दान। सत्य तथा शौच का पालन करने से सब व्यक्ति पाप से बचे हुए थे। दया तथा दान का समुचित उपयोग होने से सामाजिक स्तर पर ईर्ष्या-द्वेष के स्थान पर पारस्परिक सद्भाव एवं सहायता का वातावरण था। रामभक्ति का यह व्यापक स्वरूप था, जिसमें परहित की भावना का प्राधान्य होने के कारण लोग केवल अपना ही नहीं बल्कि सभी का परम कल्याण चाहते थे।

चारिउ चरन धर्म जग माहीं। पूरि रहा सपनेहुँ अघ नाहीं॥
राम भगति रत नर अरु नारी। सकल परम गति के अधिकारी॥
सब उदार सब पर उपकारी। . . . .

रामराज्य में लोगों के आध्यात्मिक उत्थान के साथ-साथ सभी को भौतिक सुख भी प्राप्त था। स्वास्थ्य सुविधाएँ अच्छी होने के कारण छोटी अवस्था में किसी की मृत्यु नहीं होती थी। दरिद्रता का दु:ख किसी को सताता नहीं था। शिक्षा एवं ज्ञान का पूर्ण प्रसार होने के कारण सभी नर-नारी पंडित एवं समझदार थे।

राम राज कर सुख संपदा। बरनि न सकइ फनीस सारदा॥
अल्पमृत्यु नहिं कवनिउ पीरा। सब सुन्दर सब विरुज सरीरा॥
नहिं दरिद्र कोउ दुखी न दीना। नहिं कोउ अबुध न लच्छनहीना॥
सब निर्दम्भ धर्मरत पुनी। नर अरु नारि चतुर सब गुनी॥
सब गुनग्य पंडित सब ग्यानी। सब कृतग्य नहिं कपट सयानी॥

तुलसीदासजी ने लिखा है कि रामराज्य में मानव-समाज को प्रकृति का भी पूर्ण सहयोग प्राप्त था । धूप और वर्षा ठीक मात्रा में होती थी, इसलिए खेती अच्छी होती थी । पहाडों में मणियों की नई-नई खानें प्रकट हो गईं । नदियों का पानी स्वादिष्ट हो गया । समुद्रों से रत्न प्राप्त हुए । तालाबों में कमल खिले और सभी प्रदेशों में प्रसन्नता छा गई । सबको इच्छानुसार शहद और दूध प्राप्त हो गया ।

विधु महि पूर मयूखन्हि रवि तप जेतनेहि काज ।
मागें बारिद देहिं जल रामचन्द्र के राज ॥
ससि संपन्न सदा रह धरनी । त्रेताँ भइ कृतजुग कै करनी ॥
प्रगटीं गिरिन्ह विविध मनि खानी । जगदातमा भूप जग जानी ॥
सरिता सकल बहहिं वर बारी । सीतल अमल स्वाद सुखकारी ॥
सागर निज मरजादा रहहीं । डारहिं रत्न तटन्हि नर लहहीं ॥
सरसिज संकुल सकल तड़ागा । अति प्रसन्न दस दिसा विभागा ॥
लता विटप मागें मधु चवहीं । मनभावतो धेनु पय स्रवहीं ॥

यह ऊपर लिखा जा चुका है कि रामराज्य में मानव-समाज ने पारस्परिक वैर-भाव छोड़ दिया । पशु-पक्षियों ने भी ऐसा ही किया । हाथी और सिंह वैर भूलकर एक साथ रहने लगे । वनों में फलते-फूलते वृक्षों में पक्षी मीठी बोली बोलते और पशु निर्भय विचरते । भौंरे गुंजार करते तथा शीतल, मन्द, सुगन्धित हवा बहती ।

फूलहिं फरहिं सदा तरू कानन । रहहिं एक सँग गज पंचानन ॥
खग मृग सहज बयरु विसराई । सबन्हि परस्पर प्रीति बढाई ॥
कूजहिं खग मृग नाना वृंदा । अभय चरहिं वन करहिं अनंदा ॥
सीतल सुरभि पवन बह मंदा । गुंजत अलि लै चलि मकरंदा ॥

रामराज्य की आदर्श स्थिति को बनाए रखने में सीताजी का भी पूरा सहयोग था । यद्यपि उनके घर में सेवक तथा सेविकाएँ थीं, फिर भी सीताजी स्वयं गृहकार्य में समुचित भाग लेतीं । अपने पति श्रीराम की सेवा के साथ-साथ वे अपनी सासुओं की भी सेवा करतीं और उन्हें किसी प्रकार का अभिमान या मद नहीं था ।

पति अनुकूल सदा रह सीता । सोभा खानि सुसील विनीता ॥
जद्यपि गृहँ सेवक सेवकिनी । विपुल सदा सेवा विधि गुनी ॥
निज कर गृह परिचरजा करई । रामचंद्र आयसु अनुसरई ॥
जेहि विधि कृपासिंधु सुख मानइ । सोइ कर श्री सेवा विधि जानइ ॥
कौसल्यादि सासु गृह माहीं । सेवई सबन्हि मान मद नाहीं ॥

तुलसीदासजी ने लिखा है कि श्रीराम और सीताजी के अनंत गुणों के कारण ही

रामराज्य की स्थापना हुई और उसी का दूसरा नाम है जगमंगल अर्थात् सारे जगत् का कल्याण और सबका सुख ।

जग मंगल गुनग्राम राम के । दानि मुकुति धन धरम धाम के ॥
जननि जनक सिय राम प्रेम के । बीज सकल व्रत धरम नेम के ॥

. . . .

रामचरित राकेस कर सरिस सुखद सब काहु ।
सज्जन कुमुद चकोर चित हित बिसेषि बड़ लाहु ॥

रामराज्य के महत्त्व को ध्यान में रखते हुए तुलसीदासजी द्वारा लिखा हुआ उसका विस्तृत विवरण परिशिष्ट ४ में प्रस्तुत है ।

(ई) मानस की लोकोपयोगी उक्तियाँ

जनभाषा में लिखी जाने के कारण मानस ने सर्वसाधारण के हृदयों में विशेष स्थान प्राप्त कर लिया है । इतना ही नहीं, मानस की चुनी हुई उक्तियाँ लोगों को कण्ठस्थ हो गई हैं और वे समय-समय पर अपने आचरण को इन उक्तियों में दर्शित मार्ग के अनुसार ढालते रहते हैं । प्रो॰ सतीशचन्द्र गोयल के मतानुसार, मानस में इस प्रकार की उक्तियाँ ''सहस्राधिक'' है । इन उक्तियों से संबंधित विस्तृत विवेचन के लिए देखें वर्तमान लेखक की पूर्व-प्रकाशित पुस्तक ''तुलसी रामायण . . . . जगमंगल-परायण'' । यहाँ दृष्टान्त रूप से केवल बीस उक्तियाँ प्रस्तुत की जा रही हैं—आठ महत्त्वपूर्ण विषयों के अनुसार बाँटकर—

सत्य-अहिंसा पर आधारित धर्म—

रघुकुल रीति सदा चलि आई । प्रान जाहुँ बरु बचनु न जाई ॥
नहिं असत्य सम पातक पुंजा । गिरि सम होहिं कि कोटिक गुंजा ॥
सत्यमूल सब सुकृत सुहाए । बेद पुरान बिदित मनु गाए ॥

(*अयोध्याकाण्ड* से)

परम धर्म श्रुति बिदित अहिंसा । पर निंदा सम अघ न गरीसा ॥

(*उत्तरकाण्ड* से)

मुनिगन निकट बिहग मृग जाहीं । बाधक बधिक बिलोकि पराहीं ॥
हित अनहित पसु पच्छिउ जाना । मानुष तनु गुन ग्यान निधाना ॥

(*अयोध्याकाण्ड* से)

परिवार में यथायोग्य निज-धर्म—

सुनु जननी सोइ सुतु बड़भागी । जो पितु मातु बचन अनुरागी ॥
तनय मातु पितु तोषनिहारा । दुर्लभ जननि सकल संसारा ॥

भरतु प्रानप्रिय पावहिं राजू । विधि सब विधि मोहि सनमुख आजू ॥

(*अयोध्याकाण्ड* से)

तापस वेष जनक सिय देखी । भयउ पेमु परितोषु बिसेषी ॥
पुत्रि पवित्र किए कुल दोऊ । सुजस धवल जगु कह सबु कोऊ ॥

(*अयोध्याकाण्ड* से)

धीरज धर्म मित्र अरु नारी । आपद काल परिखिअहिं चारी ॥
कहिउँ कथा संसार हित । . . . . **(*अरण्यकाण्ड* से)**

निष्काम कर्म तथा भगवान् को कर्म समर्पण करने की महत्ता—

हृदयँ न कछु फल अनुसंधाना । भूप बिबेकी परम सुजाना ॥
करइ जे धरम करम मन बानी । बासुदेव अर्पित नृप ग्यानी ॥

(*बालकाण्ड* से)

जिमि सरिता सागर महुँ जाहीं । जद्यपि ताहि कामना नाहीं ॥
तिमि सुख संपति बिनहिं बोलाएँ । धरमसील पहिं जाहिं सुभाएँ ॥

(*बालकाण्ड* से)

राम काज लगि तव अवतारा । सुनतहिं भयउ पर्वताकारा ॥
रामकाजु कीन्हें बिनु मोहि कहाँ बिश्राम ।

(*किष्किन्धाकाण्ड* तथा *सुंदरकाण्ड* से)

भक्ति के लिए भावना एवं प्रेम का महत्त्व—

रामहि केवल प्रेमु पिआरा । जानि लेउ जो जाननिहारा ॥

(*अयोध्याकाण्ड* से)

निर्मल मन जन सो मोहि पावा । मोहि कपट छल छिद्र न भावा ॥

(*सुंदरकाण्ड* से)

सर्वधर्मसमभाव—

जिन्ह कें रही भावना जैसी । प्रभु मूरति तिन्ह देखी तैसी ॥

(*बालकाण्ड*से)

संकरप्रिय मम द्रोही सिव द्रोही मम दास ।
ते नर करहिं कलप भरि घोर नरक महुँ बास ॥ **(*लंकाकाण्ड* से)**

कार्य-कुशलता तथा आचरण के माध्यम से ही पर-उपदेश—

पर उपदेस कुसल बहुतेरे । जे आचरहिं ते नर न घनेरे ॥

(*लंकाकाण्ड* से)

का बरषा सब कृषी सुखानें । समय चुकें पुनि का पछिताने ॥

(*बालकाण्ड* से)

अभय एवं निरालस्य की महत्ता—

सचिव वैद गुर तीनि जौं प्रिय बोलहिं भय आस ।
राज धर्म तन तीनि कर होइ बेगिहीं नास ॥ **(*सुंदरकाण्ड* से)**
कादर मन कहुँ एक अधारा । दैव दैव आलसी पुकारा ॥

(*सुंदरकाण्ड* से)

वचन परम हित सुनत कठोरे । सुनहिं जे कहहिं ते नर प्रभु भोरे ॥

(*लंकाकाण्ड* से)

स्वतंत्रता एवं विवेकशील राज्य की महिमा—

पराधीन सपनेहुँ सुखु नाहीं । **(*बालकाण्ड* से)**
जासु राज प्रिय प्रजा दुखारी । सो नृपु अवसि नरक अधिकारी ॥

(*अयोध्याकाण्ड* से)

अध्याय ९

लोकमंगल-प्रवाह—तीव्रतर बनाने की चाह

पुस्तक के इस अन्तिम अध्याय की विषय-सूची को निर्धारित करने के लिए पिछले आठ अध्यायों की उपलब्धियों पर दृष्टिपात करने की आवश्यकता है। इसलिए आरम्भ करें अध्याय १ से जहाँ इस पुस्तक के उद्देश्य से संबंधित पाँच प्रश्नों का उल्लेख किया गया था। इन प्रश्नों में से निम्नलिखित तीन प्रश्नों का उत्तर अब तक के विवेचन के द्वारा—अर्थात् अध्याय १ से ८ तक—दिया जा चुका है—

(अ) लोकमंगल की दृष्टि से वैदिक धर्मग्रंथों की लम्बी सूची में से विशेषतः गीता तथा मानस को क्यों चुना गया? इस प्रश्न का उत्तर अध्याय १ में दिया गया।

(आ) गीता-कथित लोकहित का संदेश कौन-कौन से शब्दों या शब्द-समूहों के द्वारा—तथा किस प्रकार की व्याख्या के द्वारा—स्पष्ट किया जा सकता है?

(इ) मानस ने गीता-कथित लोकहित के संदेश को अपनाते हुए उसे देश-काल-परिस्थिति के अनुकूल सरल भाषा में व्यक्त करने के लिए किन-किन नए शब्दों या शब्द-समूहों का प्रयोग किया है और उनकी व्याख्या किस प्रकार की जाए?

दो प्रश्नों—अर्थात् (आ) एवं (इ)—का सम्मिलित उत्तर अध्याय २ से ८ तक दिया गया।

पूर्व-कथित समग्र उद्देश्य की पूर्ति करने के लिए शेष के दो प्रश्नों का उत्तर—एक-एक करके—इस अध्याय में दिया जाएगा। पहले चतुर्थ प्रश्न को लें—

(ई) गीता तथा मानस में दिया गया लोकहित का संदेश किस मात्रा में और कब-कब पंडितों तथा अन्य व्यक्तियों के द्वारा उपेक्षित हुआ या अपनाया गया और इससे किस प्रकार के सामूहिक हानि-लाभ हुए?

इस प्रश्न का उत्तर देने के लिए—पूर्व-अवलोकित प्रश्न (अ) के उत्तर की भाँति—ऐतिहासिक समीक्षा की आवश्यकता है। ऐसी समीक्षा की समय-परिधि बहुत

लम्बी रखनी पड़ेगी क्योंकि गीता का संदेश मानस की अपेक्षा बहुत पहले दिया गया था । सामाजिक मूल्यों के इतिहास की दृष्टि से यह एक गूढ़ किंतु महत्त्वपूर्ण प्रश्न है कि, दार्शनिक एवं आध्यात्मिक ग्रंथ के रूप में गीता की उच्चतम प्रतिष्ठा होते हुए भी, गीता-कथित लोकहितसंदेश की उपेक्षा अनेक शताब्दियों तक कैसे होती रही । मानस से संबंधित इसी प्रकार के प्रश्न वर्तमान युग में उठे क्योंकि मानस की रचना सन् १५७३ में हुई ।

लोकहितसंदेश की उपेक्षा से ध्यान हटाकर अब अवलोकन करें उस संदेश को अपनाए जाने के क्रम का जो सन् १८१८ में आरम्भ हुआ । समाज सुधारकों ने उस संदेश को अपनाया और घर-घर में उसे पहुँचाने का प्रयत्न किया । इस क्रम का आरम्भ हुआ गीता के लोकहितसंदेश से जो उन्नीसवीं शताब्दी में भारत के सामाजिक इतिहास से जुड़ गया । बीसवीं शताब्दी में जब गीता का प्रयोग देश की स्वतंत्रता-प्राप्ति के लिए किया गया तब मानस के द्वारा भी उसी उद्देश्य का प्रभावशाली समर्थन हुआ । इस प्रकार दोनों ग्रंथों के लोकहितसंदेश के अपनाए जाने के उद्देश्य तथा प्रवाहों का गंगा-यमुना की भाँति संगम हो गया ।

इतिहास के इन तथ्यों को ध्यान में रखते हुए प्रश्न (ई) का उत्तर तीन भागों में दिया जाएगा—जिनके विषय होंगे, क्रमशः, गीता-कथित लोकहितसंदेश की उपेक्षा, मानस-कथित लोकहितसंदेश की उपेक्षा, और अन्त में सामूहिक हित के लिए किए गए दोनों ग्रन्थों के अनेक प्रयोग ।

यहाँ यह बतलाना भी उपयुक्त होगा कि प्रश्न (ई) का उत्तर समाप्त होने पर, प्रश्न शृंखला के पाँचवें और अन्तिम प्रश्न (उ) पर ध्यान दिया जाएगा जिसका उल्लेख अध्याय १ में किया गया था । किंतु इससे पहले गीता तथा मानस के लोकहितसंदेश के इतिहास से संबंधित विवेचन को देखें ।

गीता-कथित लोकहितसंदेश की उपेक्षा

गीता के प्रति प्राचीन काल के पंडितों का दृष्टिकोण दो प्रकार का था । एक ओर उन्होंने दार्शनिक तथा आध्यात्मिक ग्रंथ के रूप में गीता को उच्चतम स्थान दिया । किंतु दूसरी ओर, सामूहिक अभ्युदय से संबंधित गीता के संदेश पर उन्होंने विशेष ध्यान नहीं दिया । इसलिए व्यावहारिक दृष्टि से गीता के लोकहितसंदेश की उपेक्षा हुई । वह समय देश के लिए कठिनाइयों से भरा हुआ था । विनाशकारी वृत्तियाँ समाज पर छा रही थीं । इन वृत्तियों को सुधारने के लिए गीता क्या कर सकती थी और पंडितों आदि को गीता-संदेश को मानने में क्या कठिनाई प्रतीत हुई—इस प्रकार की उलझन-भरी परिस्थिति के कुछ उदाहरण देना उपयुक्त होगा ।

उस समय के भारतीय समाज में ऐक्य-भाव शिथिल हो रहा था और उसके स्थान पद भेद-भाव बढ़ रहा था । गीता ने श्लोक ५.१८ के माध्यम से कहा—

विद्याविनयसम्पन्ने ब्राह्मणे गवि हस्तिनि ।
शुनि चैव श्वपाके च पण्डिताः समदर्शिनः ॥ ५.१८ ॥

सरल भावार्थ—सच्चे पंडित वही हैं जो विद्या और विनय से सम्पन्न ब्रह्मण, गाय, हाथी, कुत्ते और चाण्डाल—अर्थात् सब प्राणियों के प्रति समदृष्टि रखें ।

पंडितों के लिए यह चुनौती थी । किंतु भेदभाव से त्रस्त व्यक्तियों को सम्मान देने में उन्हें कठिनाई प्रतीत हुई । गीता के लोकहितसंदेश को उन्होंने अव्यावहारिक बतलाया और उसके स्थान पर कर्मफलसिद्धान्त के विकृत रूप का प्रचार किया । पुरोहितवर्ग ने लोगों के मन में यह ग़लत धारणा बिठाई कि समाज के दीन-दुःखी व्यक्ति अपने पूर्व-जन्म के पापों का फल ही तो भोग रहे हैं—इसलिए उनके प्रति सहानुभूति का प्रदर्शन अनावश्यक है । गीता ने श्लोक १२.१३ के माध्यम से दया-भाव का संदेश दिया—

अद्वेष्टा सर्वभूतानां मैत्रः करुण एव च । १२.१३ ।

सरल भावार्थ—भक्त किसी भी प्राणी से द्वेष नहीं करता अर्थात् यदि कोई भक्त से द्वेष करे तो भी बदले में भक्त द्वेष नहीं करता । दया तथा मैत्री भक्त के मन में बसती हैं ।

गीता-कथित दया-भाव के संदेश की उपेक्षा दोनों ओर से हुई । एक ओर, सम्पन्न लोगों ने अहंकार-वश इस संदेश को ठुकराया । दूसरी ओर, दीन-दुःखी व्यक्ति अंधविश्वास में डूबे रहे और हाथ-पर-हाथ रखकर, दुर्बल-भावना से प्रभावित होकर, आत्मसम्मान खो बैठे । गीता ने श्लोक २.३ के माध्यम से दुर्बलता-त्याग का संदेश उच्चतम स्वर में दिया—

क्षुद्रं हृदयदौर्बल्यं त्यक्त्वोत्तिष्ठ परंतप ॥ २.३ ॥

सरल भावार्थ—हृदय की तुच्छ दुर्बलता को छोड़ो और उठो ।

अनेक व्यक्तियों ने दुर्बलता-त्याग और आत्मोद्धार के संदेश को कठिन समझा । उन्होंने सोचा—क्यों न भीख माँगकर अपना पेट भर लें । गीता ने इस प्रकार की भिक्षावृति को अनुचित बतलाया और दान देने वालों को भी सलाह दी कि कुपात्र को दिया हुआ दान तामसिक है ।

कौन-सा कर्म तामसिक है और कौन-सा सात्त्विक—ऐसे महत्त्वपूर्ण प्रश्नों का वास्तविक उत्तर गीता जैसे प्रामाणिक ग्रंथों से न लेकर पुरोहितों ने अंधविश्वास, भय या स्वर्ग-प्राप्ति-प्रलोभन पर आधारित कर दिया । परिणाम यह हुआ कि भाँति-भाँति की कुरीतियों ने समाज को घेर लिया जिनके कारण स्त्रियों—और विशेषतः विधवाओं—पर धर्म के नाम पर अत्याचार किए गए ।

नरक-प्राप्ति का भय और स्वर्ग-प्राप्ति का प्रलोभन—इस प्रकार के हथकण्डों के द्वारा पुरोहितों ने जनता को अपने चंगुल में रखा। उन्होंने गीता के श्लोक २.४२-४३ की उपेक्षा की जिनमें स्वर्ग-प्राप्ति-प्रलोभन के विरुद्ध चेतावनी दी थी—

कामात्मानः स्वर्गपरा . . . . अविपश्चितः ॥ २.४२-४३ ॥

सरल भावार्थ—स्वर्ग को ही परम श्रेष्ठ मानने वाले, सकामी व्यक्ति अर्थात् जो निष्काम कर्म का आचरण नहीं करते—उन्हें अविवेकी समझना उचित है।

स्वर्ग-प्राप्ति-प्रलोभन से बचो और निष्काम कर्म करो—गीता के इस संदेश के आधार पर सन् १८१८ में राजा राममोहन रॉय ने सामाजिक कुरीतियों को हटाने का आन्दोलन आरम्भ किया। किंतु लोकहित के इस प्रयास से पहले अनेक शताब्दियों तक गीता के संदेश की उपेक्षा होती रही।

गीता ने संन्यासमार्ग के समर्थकों को विशेष चेतावनी दी थी कि यदि वे अपने ज्ञान, सामर्थ्य और समय का उपयोग जनसेवा के लिए नहीं करते तो वे उपनिषदों का ठीक अर्थ नहीं समझ रहे हैं। गीता ने उन्हें याद दिलाया कि जनक जैसे ज्ञानी महापुरुषों ने जीवनभर लोककल्याण के कार्य किए थे। गीता के श्लोक ६.१ का संदेश है कि संन्यास का लक्षण निष्क्रिय रहना नहीं है, बल्कि कर्म करते हुए फलासक्ति छोड़ना है—

अनांश्रितः कर्मफलं कार्यं कर्म करोति यः।
स संन्यासी च योगी च न निरग्निर्न चाक्रियः ॥ ६.१ ॥

सरल भावार्थ—जो व्यक्ति कर्मफल की इच्छा से नहीं, बल्कि कर्तव्य-भावना से लोकहित-जैसे करने योग्य कर्म करता है वही संन्यासी है तथा योगी है—और उसके लिए अग्नि का त्याग या क्रियाओं का त्याग आवश्यक नहीं है।

लोकहित की दृष्टि से यह विचारणीय प्रश्न है कि सैंकड़ों वर्षों तक गीता की उपरोक्त चेतावनी पर संन्यास मार्ग के समर्थकों ने उचित ध्यान क्यों नहीं दिया। इसमें कोई संदेह नहीं कि लोकहितसंदेश की उपेक्षा के कारण ही भारत पराधीन हुआ। गीता-रूपी हीरे के होते हुए भी भारतवासी दरिद्र हो गए। सामूहिक अभ्युदय के राजमार्ग को छोड़ने के कारण ही वे अवनति के गर्त में पड़े रहे। संन्यास-मार्ग के समर्थकों की इस पुरानी भूल को हटाने का प्रयत्न किया, सन् १८९७ में, स्वामी विवेकानन्द ने, जिसका उल्लेख इसी अध्याय में गीता-प्रयोग के संदर्भ में किया जाएगा। किंतु उससे पहले का बहुमूल्य समय हाथ से निकल गया। स्वामी विवेकानन्द-कृत प्रयत्नों तक पहुँचने से पहले गीता के लोकहितसंदेश की, दीर्घकाल तक की गई उपेक्षा के तीन और कारणों पर भी दृष्टिपात करें।

टीकाकारों की भिन्न-भिन्न प्राथमिकताएँ

प्राचीन टीकाकारों ने गीता का अर्थ दार्शनिक दृष्टि से किया, न कि सामाजिक या व्यावहारिक दृष्टि से। उनके सामने प्रश्न था—क्या गीता अद्वैत-सिद्धांत का समर्थन करती है अथवा विशिष्टाद्वैत का? यदि टीकाकार सामाजिक दृष्टि अपनाते तो उनका प्रश्न होता—क्या गीता सामूहिक हित को प्राथमिकता देती है अथवा व्यक्तिगत हित को?

अद्वैत और विशिष्टाद्वैत में क्या अंतर है—यह दर्शनशास्त्र का विषय है और यहाँ इसके विस्तार में जाना उपयुक्त नहीं होगा। आदि शंकराचार्य ने गीता का अर्थ अद्वैत वेदान्त के दृष्टिकोण से किया और ज्ञानयोग को प्राथमिकता दी। माया-संबंधी उनके विचारों से रामानुजाचार्य सहमत नहीं थे और उन्होंने अपना गीताभाष्य विशिष्टाद्वैत सिद्धान्त के अनुसार लिखा—भक्तियोग को प्राथमिकता देते हुए। वर्तमान प्रसंग में उल्लेखनीय बात यह है कि इन दोनों टीकाकारों ने कर्मयोग को प्राथमिकता नहीं दी। परिणामस्वरूप गीता के लोकहितसंदेश की उपेक्षा हुई। उपेक्षा का यह क्रम अन्य प्राचीन टीकाओं में भी चलता रहा किंतु यहाँ उनका उल्लेख करना अनावश्यक है।

प्रस्थानत्रयी के प्रति प्राचीन दृष्टिकोण

प्रस्थानत्रयी का अर्थ है 'सर्वोच्च प्रतिष्ठा-प्राप्त तीन ग्रंथ' अर्थात् उपनिषत्, ब्रह्मसूत्र, गीता। प्रस्थानत्रयी में गीता को सम्मिलित करना गीता को दिए गए उच्चतम सम्मान का ही एक चिह्न है। इसलिए यह आश्चर्यजनक प्रतीत हो सकता है कि गीता के लोकहितसंदेश की उपेक्षा का एक कारण प्रस्थानत्रयी से संबंधित है। लोकमान्य तिलक का मत है कि प्रस्थानत्रयी के प्रति प्राचीन दृष्टिकोण के कारण ऐसा हुआ।

उपरोक्त मत को समझने के लिए प्रस्थानत्रयी के प्रति प्राचीन तथा नवीन दृष्टिकोणों के अन्तर को स्पष्ट करना आवश्यक है। प्राचीन दृष्टिकोण यह था कि उपरोक्त तीनों ग्रंथों के सिद्धान्तों तथा प्राथमिकताओं में समानता है। तदनुसार, इस आधार पर कि उपनिषदों तथा ब्रह्मसूत्र ने ज्ञानमार्ग को प्राथमिकता दी थी, प्राचीन टीकाकारों ने गीता की टीका में भी वैसा ही किया, अर्थात् ज्ञानमार्ग को प्राथमिकता दी।

अब नवीन दृष्टिकोण पर ध्यान दें जिसके मुख्य प्रतीक लोकमान्य तिलक हैं। उनके मतानुसार तीनों ग्रंथों में एक ही प्राथमिकता का होना आवश्यक नहीं है। वे लिखते हैं कि गीता द्वारा कर्मयोग को दी गई प्राथमिकता को स्वीकार करना चाहिए। इस प्रकार दो अलग-अलग मार्गों को प्राथमिकता देने पर भी प्रस्थानत्रयी की सर्वोच्च प्रतिष्ठा यथापूर्व स्थिर रह सकती है—यह लोकमान्य तिलक का मत है। उनका यह भी मत है कि प्राचीन टीकाकारों ने गीता के शब्दों के अर्थ को खींच-तान कर उस ग्रंथ की वास्तविक प्राथमिकता को बदलने का प्रयत्न किया था। उदाहरणतः वे गीता के श्लोक ५.२ की ओर ध्यान आकर्षित करते हैं—

तयोस्तु कर्मसंन्यासात्कर्मयोगो विशिष्यते ॥ ५.२ ॥

सरल भावार्थ—कर्मसंन्यास की अपेक्षा कर्मयोग अधिक उपयोगी है ।

गीता द्वारा प्रयुक्त इस प्रकार के स्पष्ट शब्दों के होने पर भी प्रस्थानत्रयी के प्रति प्राचीन दृष्टि रखने वालों ने कर्मयोग की उपेक्षा की—लोकमान्य तिलक का यह मत आधुनिक टीकाकारों को भी मान्य है । वर्तमान प्रसंग में कर्मयोग की उपेक्षा का परिणाम हुआ—लोकहितसंदेश की उपेक्षा ।

गीता की संवाद शैली तथा उपनिषत् से भिन्न शब्द

संवाद शैली से तात्पर्य यह है कि जो-जो प्रश्न अर्जुन ने किए, उनका प्रसंगानुसार उतना-उतना उत्तर भगवान् ने दिया । इस कारण कुछ विषयों से संबंधित उत्तर का एक भाग अमुक अध्याय में है और दूसरा भाग किसी अन्य अध्याय में । उदाहरणतः कर्मयोग का एक भाग तीसरे अध्याय में है और सात्त्विक कर्म की परिभाषा अठारहवें अध्याय में है ।

गीता की संवाद शैली का एक अन्य रूप यह है कि कहीं-कहीं भगवान् ने, अर्जुन द्वारा प्रश्न पूछने की प्रतीक्षा न करके—अर्थात् स्वयमेव—कुछ विषयों पर अपने भाव व्यक्त किए हैं ।

प्रो॰ डी॰ एस॰ शर्मा का मत है कि गीता की संवाद शैली की उपरोक्त विशेषता के कारण, असावधान पाठकों के द्वारा, कुछ विचारों की उपेक्षा हो सकती है । उन्होंने इस संदर्भ में गीता के लोकसंग्रह-प्रसंग का उल्लेख किया है क्योंकि भगवान् ने लोकहित विषयक संदेश स्वयमेव दिया, न कि अर्जुन द्वारा प्रश्न पूछने पर । प्रो॰ शर्मा का यह भी मत है कि 'लोकसंग्रह' शब्द किसी उपनिषत् में प्रयुक्त न होने के कारण भी उपेक्षित हुआ है क्योंकि कुछ पाठक, महत्त्वपूर्ण भावों के लिए, गीता में भी, केवल उपनिषदों में प्रयुक्त शब्दों पर ही ध्यान केंद्रित करते हैं ।

गीता-कथित लोकहितसंदेश की उपेक्षा का प्रसंग यहीं समाप्त करके अब दृष्टिपात करें मानस-कथित लोकहितसंदेश पर ।

मानस-कथित लोकहितसंदेश की उपेक्षा

यह ऊपर लिखा जा चुका है कि प्रचीन काल के पंडितों ने, गीता को उच्चतम सम्मान देते हुए भी, उसके लोकहितसंदेश की उपेक्षा की । तुलसी-युग—अर्थात् सोलहवीं शताब्दी—के पंडितों का, मानस के प्रति रुख, प्राचीन काल के पंडितों से भी अधिक निंदनीय था । गीताप्रेस, गोरखपुर द्वारा प्रकाशित 'गोस्वामी तुलसीदासजी की संक्षिप्त जीवनी' में काशी के पंडितों के विरोध का निम्नलिखित वर्णन है—

> "श्रीविश्वनाथजी के मंदिर में मानस को मिले सम्मान की बात सुनकर पंडितों के मन में ईर्ष्या उत्पन्न हुई । वे दल बाँधकर तुलसीदासजी की निन्दा करने लगे और इस पुस्तक को भी नष्ट कर देने का प्रयत्न करने लगे । उन्होंने पुस्तक

चुराने के लिए दो चोर भेजे। चोरों ने जाकर देखा कि तुलसीदासजी की कुटी के आसपास दो वीर धनुष-बाण लिये पहरा दे रहे हैं। वे बड़े ही सुंदर, श्याम और गौर वर्ण के थे। उनके दर्शन से चोरों की बुद्धि शुद्ध हो गई। उन्होंने उसी समय से चोरी करना छोड़ दिया और भजन में लग गए। तुलसीदासजी ने अपने लिए भगवान् को कष्ट हुआ जान कुटी का सारा सामान लुटा दिया। पुस्तक अपने मित्र टोडरमल के यहाँ रख दी। इसके बाद उन्होंने एक दूसरी प्रति लिखी। इसी के आधार पर दूसरी प्रतिलिपियाँ तैयार की जाने लगीं। पुस्तक का प्रचार दिनोंदिन बढ़ने लगा।

इधर पंडितों ने और कोई उपाय न देख श्रीमधुसूदन सरस्वती को उस पुस्तक को देखने की प्रेरणा की। श्रीमधुसूदन सरस्वती ने उसे देखकर बड़ी प्रसन्नता प्रकट की और उस पर यह सम्मति लिख दी—

आनन्दकानने ह्यस्मिञ्जंगमस्तुलसीतरुः।
कवितामंजरी भाति रामभ्रमरभूषिता॥

सरल भावार्थ—इस काशीरूपी आनन्दवन में तुलसीदास चलता-फिरता तुलसी का पौधा है। उसकी कवितारूपी मंजरी बड़ी ही सुंदर है, जिस पर श्रीरामरूपी भँवरा सदा मँडराया करता है।

किंतु पंडितों को इस पर भी संतोष नहीं हुआ। . . . .''

उपरोक्त 'जीवनी' के अनुसार पंडितों द्वारा किया गया विरोध धीरे-धीरे शान्त हुआ और मानस को भी, गीता की भाँति, सम्मान मिला। किंतु जैसा गीता के साथ हुआ था, ग्रंथ को प्रतीक रूप में सम्मानित करते हुए भी, उसमें दिए गए लोकहितसंदेश की उपेक्षा हुई। इसको स्पष्ट करने के लिए कुछ उदाहरण देना उपयुक्त होगा।

तुलसीदासजी चाहते थे कि पंडित, तपस्वी तथा संन्यासी, कुकर्म छोड़कर, जनहित के कार्यों में लीन हों। किंतु वे लोग कुकर्मों में ही लगे रहे। उनके तामसिक व्यवहार का वर्णन मानस के उत्तरकाण्ड के आधार पर इस प्रकार कर सकते हैं—

मारग सोइ जा कहुँ जोइ भावा। पंडित सोइ जो गाल बजावा॥
जाकें नख अरु जटा बिसाला। सोइ तापस प्रसिद्ध कलिकाला॥
जे अपकारी चार तिन्ह कर गौरव मान्य तेइ।
मन क्रम वचन लवार तेइ बकता कलिकाल महुँ॥
नारि मुई गृह संपति नासी। मूंड़ मुड़ाइ होहिं संन्यासी॥

तुलसीदासजी ने पुरोहित-वर्ण द्वारा किए गए जनशोषण को ध्यान में रखते हुए उत्तरकाण्ड में लिखा है—

उपरोहित्य कर्म अति मंदा । वेद पुरान सुमृति कर निंदा ॥

इसी प्रकार तुलसीदासजी ने पाखण्डियों द्वारा किए गए व्यभिचार और छल-कपट के प्रति सजग रहने की आवश्यकता पर भी बल दिया—

पाषंडी हरि पद विमुख जानहिं झूठ न साच ॥

. . . .

लंपट कपटी कुटिल बिसेषी । सपनेहुँ संतसभा नहिं देखी ॥
कहहिं ते वेद असंमत बानी । जिन्ह कें सूझ लाभु नहिं हानी ॥

साधु का वेष बनाकर भोले-भाले व्यक्तियों को ठगने वालों की तुलसीदासजी ने विशेष निन्दा की और यह चेतावनी दी कि इन लोगों के बहकावे में आकर भूत-प्रेतों की पूजा करने से अपना तथा समाज का भी नाश हो जाएगा ।

जे परिहरि हरि हर चरन भजहिं भूतगन घोर ।

. . . .

बेचहिं बेदु धरमु दुहि लेहीं । पिसुन पराय पाप कहि देहीं ।
कपटी कुटिल कलहप्रिय क्रोधी । वेद विदूषक विस्व विरोधी ॥
लोभी लंपट लोलुपचारा । जे ताकहिं परधनु परदारा ॥
तजि श्रुतिपंथु बाम पथ चलहीं । बंचक विरचि वेष जगु छलहीं ॥

उपरोक्त वर्गों ने मानस के लोकहितसंदेश की न केवल स्वयं उपेक्षा की, बल्कि भोली-भाली जनता को भी अपने जाल में फँसाए रखा ।

पुरोहितों तथा कपटी संन्यासियों के चंगुल में फँसकर अनेक लोग पुरुषार्थ छोड़कर भाग्य के भरोसे, आलस्य और कायरता के शिकार हो गए । तुलसीदासजी ने उन्हें प्रयत्नशील बनाने के लिए प्रभावशाली संदेश दिया—

कादर मन कहुँ एक अधारा । दैव दैव आलसी पुकारा ॥

. . . .

पापिउ जा कर नाम सुमिरहीं । अति अपार भव सागर तरहीं ॥
तासु दूत तुम्ह तजि कदराई । राम हृदयँ धरि करहु उपाई ॥

. . . .

राम काजु कीन्हें बिनु मोहि कहाँ विश्राम ।

व्यक्तिगत हित तथा सामूहिक कल्याण—ये दोनों लक्ष्य, मानस के उपरोक्त संदेश के पालन से, साथ-साथ प्राप्त हो सकते थे । किंतु भारत की जनता ने तुलसीदासजी की बातों पर केवल आंशिक रूप से ध्यान दिया । परिणामस्वरूप उनका पूर्ण विनाश तो नहीं हुआ किंतु सारे समाज को अनेक कष्ट झेलने पड़े ।

लोकहितसंदेश की उपेक्षा का अंत—कर्मयोगियों के प्रयत्नों से

गीता तथा मानस—दोनों का संदेश चेतावनी-दायक अवश्य है किंतु साथ ही उन दोनों में यह आश्वासन भी है कि सच्चे भाव से प्रयत्न करने वालों का रक्षण तथा उत्थान निश्चित है। उदाहरणतः गीता के श्लोक ९.३१ में भगवान् की घोषणा है—

न मे भक्तः प्रणश्यति ॥ ९.३१ ॥

सरल भावार्थ—भगवान् के भक्त का विनाश नहीं हो सकता।

और मानस में भी वही आश्वासन उत्तरकाण्ड में विद्यमान है—

ताते नास न होइ दास कर।

मानस का तो रचना-काल ही कलियुग में था जिसको तुलसीदासजी ने 'मलायतन' अर्थात् पाप और कलुष का घर बतलाया। किंतु मानस को तुलसीदासजी ने 'सकलकलिकलुषविध्वंसन' का नाम दिया और इस नाम को प्रत्येक काण्ड के अन्त में लिखकर बार-बार यह आश्वासन दिया कि कलियुग के पाप का अन्त होगा।

इसी आशय का—और साथ में निश्चयात्मक विश्वास प्रकट करने वाला—विनय पत्रिका का पद देखें—जिसकी प्रथम पंक्ति इस प्रकार है—

अबलौं नसानी, अब न नसैहौं।

यह विश्वास मानो तुलसीदासजी का व्यक्तिगत विश्वास ही नहीं, बल्कि सारे समाज का विश्वास था कि हम अपने प्रयत्नों से, बहुत समय से चले आ रहे विनाश के क्रम का अन्त करेंगे। और जहाँ प्रयत्न होगा, वहाँ राम-कृपा भी होगी—यह विश्वास इसी पद की दूसरी पंक्ति में देखें—

राम कृपा भव निसा सिरानी, जागे फिरि न उसैहौं ॥

गीता के श्लोक ३.२५ के अनुसार लोकसंग्रह को आरम्भ करने के लिए सबसे उपयुक्त व्यक्ति है 'विद्वान् कर्मयोगी' भारत के सामाजिक इतिहासज्ञों का मत है कि इस प्रकार के विद्वान् कर्मयोगियों की शृंखला ने, उन्नीसवीं शताब्दी के आरम्भ से, राष्ट्रीय स्तर पर, समाज-सुधार आदि से संबंधित महत्त्वपूर्ण कार्य सम्पन्न किए। आज इन कर्मयोगियों द्वारा किए गए प्रयत्नों का ज्ञान समस्त विश्व को प्राप्त हो गया है क्योंकि इतिहासकारों ने विस्तार से लिखकर इसे प्रकाशित किया है। अधिकतर इन कर्मयोगियों ने यह भी लिखा है कि गीता के लोकहितसंदेश से उन्हें प्रेरणा मिली। बीसवीं शताब्दी के कर्मयोगियों ने मानस से मिली प्रेरणा का भी उल्लेख किया है।

इस अध्याय के आरम्भ में लिखे प्रश्न (ई) का उत्तर पूरा करने के लिए, गीता तथा मानस के आधार पर किए गए महत्त्वपूर्ण प्रयोगों का विवेचन अब प्रस्तुत है।

सामूहिक हित के लिए गीता तथा मानस के प्रयोग

सामाजिक इतिहासज्ञों के अनुसार गीता के लोकहितसंदेश पर आधारित प्रथम जनसेवा आन्दोलन सन् १८१८ में आरम्भ हुआ जिसका उद्देश्य था—विधवाओं के प्रति किए गए अत्याचार को रोकना। तत्पश्चात्, धीरे-धीरे जनसेवा के अन्य क्षेत्रों में भी प्रगति हुई जिनमें से सबसे कठिन और विशाल कार्य था—अहिंसा के माध्यम से भारत की स्वतंत्रता-प्राप्ति। स्वतंत्रता आन्दोलन में गीता तथा मानस—दोनों का प्रयोग हुआ। स्वतंत्रता-प्राप्ति के बाद भूदान आन्दोलन भी इन दोनों ग्रंथों पर आधारित था। यह भी उल्लेखनीय है कि भारत से बाहर भेजे गए अर्थात् ट्रिनिडाड आदि देशों में बसे व्यक्तियों ने मानस के आधार पर अपने समाज और धर्म की रक्षा की। विस्तार में न जाकर यहाँ लोकहितसंदेश पर आधारित केवल छः दृष्टान्त ही प्रस्तुत किए जा रहे हैं जिनमें से कुछ का सांकेतिक उल्लेख अध्याय ६ में भी किया गया था।

(क) धर्म के नाम पर होने वाले अत्याचार का विरोध

जब कोई अत्याचार धर्म के नाम पर होता है तो उसको रोकना अत्यन्त कठिन हो जाता है। बंगाल में होने वाली 'सती-प्रथा' इसी प्रकार की ही समस्या थी। इस प्रथा का वास्तविक रूप क्या था और गीता-आधारित इसका विरोध कैसे सफल हुआ—इसका संक्षिप्त विवरण देखें।

मृत पति के शव के साथ जलकर विधवा स्त्री द्वारा 'सती' होने का एक उदाहरण महाभारत में वर्णित है—जैसे माद्री द्वारा पाण्डु की मृत्यु होने पर। किंतु सत्रहवीं शताब्दी तक पहँचते-पहुँचते बंगाल में सती-प्रथा का विकृत रूप सामने आ गया। इसका एक प्रमुख कारण था—बंगाल में सम्पत्ति-विभाजन के लिए दायभाग कानून का उपयोग। इस कानून के अनुसार, संयुक्त हिंदू परिवार में, एक भाई का देहान्त होने पर, उसकी विधवा को लगभग वही अधिकार मिलता था जो मृत्यु से पहले उसके पति का था। जिन परिवारों के पास अधिक सम्पत्ति थी, उनमें विधवा के जेठ तथा देवर, लालच के कारण, ऐसी चाल चलाने में रुचि लेने लगे जिससे विधवा जीवित ही न रहे—और विधवा के नाम की सम्पत्ति देवर-जेठ को मिल जाए।

सत्रहवीं शताब्दी में बंगाल के पुरोहित-वर्ग ने भी धार्मिक पथ से हटकर अर्थ-संचय को प्राथमिकता दी। इस प्रकार के पुरोहित, धनी परिवारों से मिल गए, और उन्होंने धनी विधवाओं के जीवन का अन्त करने के लिए दो प्रकार के कुकर्म किए। प्रथम तो यह कि उन्होंने ऋग्वेद के एक मंत्र में जान-बूझकर हेर-फेर कर दिया। असली मंत्र में प्रयुक्त शब्द था 'अग्रे' अर्थात् पत्नी अपने पति के साथ 'आगे' की पंक्ति में बैठे। बंगाल के पुरोहितों ने जालसाज़ी से 'अग्रे' को बदलकर 'अग्ने' बना दिया और विधवाओं से कहा कि उपने मृत पति के साथ-साथ पत्नी का भी 'अग्नि में' बैठकर सती होने का आदेश है। इस जालसाज़ी का भंडाफोड़ अनेक

वर्षों के बाद उस समय हुआ जब काशी में सुरक्षित रखे हुए ऋग्वेद से बंगाल के परिवर्तित ऋग्वेद की तुलना की गई।

बंगाल के पुरोहितों के द्वारा किया गया द्वितीय कुकर्म और भी अधिक निन्दनीय था। वे विधवाओं को मादक द्रव्य पिलाकर उनकी विवेक-शक्ति को क्रियाहीन बनाने लगे और उस निर्बल दशा में, सती होने का प्रश्न पूछकर, उनसे 'हाँ' कहलवाने लगे। इसका तात्पर्य था, समाज के सामने ढोंग रचना कि विधवा ने, स्वयमेव, बिना दबाव के, सती होने की इच्छा प्रकट की है। वास्तविक तथ्य तो यह था कि मादक द्रव्य पिलाने के साथ-साथ पुरोहित-वर्ग विधवा को प्रलोभन भी देते थे कि सती होने के फलस्वरूप तुम्हें स्वर्ग-प्राप्ति होगी। धनी परिवारों ने, इस सम्पूर्ण जालसाज़ी के बदले में, पुरस्कारस्वरूप, पुरोहितों से कहा कि जो गहने सती होने वाली विधवा के तन पर हों, उन गहनों को दाह क्रिया पूरी होने पर, पुरोहित बटोर लें।

परिस्थिति की गम्भीरता का सबसे कठिन पक्ष यह था कि विधवाओं के प्रति किया गया अत्याचार धर्म के नाम पर होता रहा। धनी परिवारों तथा पुरोहितों का संयुक्त मोर्चा इतना शक्तिशाली था कि उनका विरोध कौन करे।

किंतु गीता के श्लोक ३.२५ में जिस 'विद्वान् कर्मयोगी' का उल्लेख है, उस प्रकार के एक होनहार व्यक्ति ने सन् १७७२ में बंगाल में जन्म लिया और उसका नाम था राममोहन रॉय। विद्याध्ययन में उसकी रुचि थी और उसने काशी में संस्कृत की शिक्षा ली। बंगाल में उस समय अंग्रेज़ी राज्य था, इसलिए राममोहन ने अंग्रेज़ी तथा अन्य भाषाओं का ज्ञान भी प्राप्त किया। धीरे-धीरे राममोहन की गिनती अपने समय के विद्वानों में होने लगी। बाद में उन्हें 'राजा' की उपाधि भी मिली जिसका विस्तृत विवरण देने से यह प्रसंग बहुत लम्बा हो जाएगा।

विद्वत्ता के साथ-साथ राममोहन में समाज सुधार करने की भावना भी जगी। ईसाई पादरी उस समय यह प्रचार कर रहे थे कि यदि बंगाल के हिंदू अपना धर्म परिवर्तन कर लें तो सती-प्रथा जैसी अनेक हानिकारक सामाजिक कुरीतियाँ समाप्त हो सकती हैं। किंतु राममोहन रॉय का यह विश्वास था कि समाज सुधार बिना धर्म परिवर्तन के भी हो सकता है।

सन् १८११ में पुरोहितों ने राममोहन रॉय की भाभी से 'सती' होने के लिए 'हाँ' करवा ली। जब अग्नि प्रज्वलित हुई, तब राममोहन की भाभी ने आग से अलग हटने की इच्छा प्रकट की किंतु पुरोहितों आदि ने ज़बरदस्ती उसे जला दिया।

यह सब देखकर राममोहन ने निश्चय किया कि धर्म के नाम पर होने वाले इस अत्याचार का अन्त करने के लिए वे भरसक प्रयत्न करेंगे जिससे जनमत परिवर्तन हो सके। उन्होंने सात वर्ष तक सब शास्त्रों का अध्ययन किया और 'सती' होने वाली अनेक विधवाओं के दुःखद दृश्य भी देखे।

सन् १८१८ में राममोहन ने सती-प्रथा के समर्थकों के साथ शास्त्रार्थ आरम्भ किया। सती-समर्थक चाहते थे कि वाद-विवाद केवल वैदिक धर्मग्रंथों के आधार पर हो, न कि 'आधुनिक विज्ञान' या 'मानवता की माँग' के आधार पर। पुरोहितों द्वारा ऋग्वेद के मंत्र में की गई हेरा-फेरी का ज्ञान उस समय तक किसी को नहीं हुआ था। इसलिए राममोहन ने कहा कि वे गीता के आधार पर सती-प्रथा का विरोध करेंगे। सती-समर्थकों ने कहा कि गीता-आधारित प्रमाण को वे पूर्ण सम्मान देंगे।

राममोहन रॉय ने प्रचलित सती-प्रथा के उस भाग पर ध्यान केंद्रित किया जहाँ विधवा को स्वर्ग-प्राप्ति का प्रलोभन दिया जाता था। राममोहन ने कहा कि प्रलोभन देकर 'हाँ' करवाना गीता की निष्काम कर्म शिक्षा के विरुद्ध है। सती-समर्थकों ने यह स्वीकार किया और कहा कि शिक्षा के अभाव में विधवाएँ निष्काम कर्म कैसे सम्पन्न करेगीं? राममोहन ने कहा—उचित मार्ग यह है कि विधवाओं को जलाओ मत, बल्कि उन्हें शिक्षित बनाओ।

उपरोक्त शास्त्रार्थ का पूरा विवरण सुनने पर अंग्रेज़ी शासकों ने सन् १८२९ में सती-प्रथा को अवैध घोषित कर दिया। राममोहन रॉय द्वारा किए गए जनमत परिवर्तन के कारण ही इस भीषण अत्याचार का अन्त हुआ। राममोहन द्वारा की गई स्वर्ग-प्राप्ति-प्रलोभन की निंदा न केवल सन् १८१८ में महत्त्वपूर्ण थी, बल्कि आज भी उसकी बहुत आवश्यकता है क्योंकि आतंकवादी संस्थाएँ स्वर्ग का प्रलोभन देकर ही अपने सदस्यों से आत्महत्या-आधारित बम-विस्फोट करवाती हैं। इस प्रकार, धर्म के नाम पर होने वाले अत्याचारों को रोकने के लिए जनमत परिवर्तन का मार्ग दिखलाया—राममोहन रॉय ने, गीता के लोकहितसंदेश का सहारा लेकर।

(ख) गीता-आधारित दरिद्रनारायण की सेवा का संदेश

स्वामी विवेकानन्द ने सन् १८९७ में यह घोषणा की कि गीताशिक्षानुसार निष्काम कर्म करने का वास्तविक अर्थ है "सेवा"। इसलिए उस वर्ष रामकृष्ण मिशन की स्थापना करते हुए उन्होंने मिशन के संन्यासी-भाइयों के समक्ष द्वि-सूत्री लक्ष्य को स्पष्ट करने वाला नया आदर्श रखा—

आत्मनो मोक्षार्थं जगद्धिताय च।

अर्थात् अपने मोक्ष के लिए और जगत् के हित के लिए सेवा करो।

स्वामी विवेकानन्द ने यह भी कहा कि यद्यपि भगवान् के अनन्त नाम हैं, किंतु आज की परिस्थिति में भगवान् को दरिद्रनारायण के रूप में पूजना सबसे अधिक उपयुक्त है अर्थात् दरिद्रों की सेवा ही भगवान् की पूजा है।

स्वामी विवेकानन्द के एक संन्यासी-भाई स्वामी योगानन्द ने मोक्ष-प्राप्ति के लक्ष्य के साथ-साथ जगत्-हित के लक्ष्य को सम्मिलित करने का विरोध किया किंतु स्वामी

विवेकानन्द ने कहा कि उनके गुरु श्रीरामकृष्ण परमहंस से उन्होंने गीता का यही अर्थ सीखा है और वे जगत्-हित के लक्ष्य को कभी नहीं छोड़ेंगे । सारी बात सुनकर स्वामी योगानन्द ने अपना विरोध वापिस ले लिया ।

रामकृष्ण मिशन के सदस्यों ने पिछले १०१ वर्षों में दरिद्रनारायण की सेवा के कार्यक्रमों में अपना तन-मन-धन अर्पित कर दिया है । उनसे प्रेरणा लेकर अनेक अन्य संस्थाएँ भी गीता-आधारित लोकहित-वर्धक गतिविधियों में लीन हो गई हैं ।

(ग) भारत की स्वतंत्रता-प्राप्ति के लिए गीता का प्रयोग

गीता के लोकहितसंदेश का सबसे महत्त्वपूर्ण प्रयोग भारत की स्वतंत्रता-प्राप्ति के लिए हुआ । सन् १८९७ में लोकमान्य तिलक ने शिवाजी-जयन्ती के अवसर पर गीता के संदेश को समझाते हुए भाषण दिया जिसके परिणामस्वरूप वे कारावास में डाल दिए गए । कारावास से छूटने पर उन्होंने गीता-आधारित अपने विचारों को और आगे बढ़ाया । सन् १९०८ में उन्हें छः वर्षों के लिए माँडले (बर्मा) की ज़ेल में डाल दिया गया । वहाँ उन्होंने मराठी भाषा में 'गीता रहस्य' नामक प्रसिद्ध पुस्तक की रचना की जो सन् १९१५ में प्रकाशित हुई । उन्होंने देशवासियों से कहा कि 'स्वराज्य हमारा जन्मसिद्ध अधिकार है' और गीता का कर्मयोग का संदेश केवल अर्जुन के लिए ही नहीं, बल्कि हम सबके लिए है । लोकमान्य तिलक ने यह भी कहा कि जो लोकहितसंदेश पुराने टीकाकारों के द्वारा उपेक्षित हुआ था, वह अब अपनाया जाना चाहिए, नहीं तो हमारा देश अवनति के गर्त में ही पड़ा रहेगा । सारा देश हमारे लिए 'कुरुक्षेत्र' के समान है और अपना कर्तव्य पूरा करने के लिए स्वार्थ छोड़कर बलिदान करना आवश्यक है ।

सन् १९०८ में लोकमान्य तिलक के साथ-साथ श्रीअरविन्द घोष भी गिरफ़्तार कर लिये गए । कलकत्ते की अलीपुर ज़ेल में श्रीअरविन्द गीता-आधारित साधना में रम गए । ज़ेल से छूटने पर उन्होंने स्वतंत्रता संग्राम के लिए अथक परिश्रम किया । उन्होंने 'कर्मयोगिन्' नामक पत्रिका का सम्पादन भी किया । उन्होंने कहा कि भगवान् श्रीकृष्ण का कुरुक्षेत्र-वाला चित्र आज के लिए हमें अपनाना है, न कि वृन्दावन-वाला चित्र । उन्होंने सन् १९०९ में देशवासियों के नाम खुला पत्र अपनी पत्रिका में छापा । उन्होंने लिखा कि मैं ईश्वर के आदेशानुसार शीघ्र ही राजनीति से हट जाऊँगा, किंतु ईश्वर ने मुझे आश्वासन दिया है कि हमारे देश को स्वतंत्रता दिलवाने वाला एक नया नेता आएगा जो गीता-कथित 'स्थितप्रज्ञ' की भाँति बिना शस्त्र के लड़ेगा और उसे सफलता मिलेगी ।

श्रीअरविन्द सन् १९१० में पांडुचेरी चले गए और चालीस वर्ष वहाँ रहे । उन्होंने 'गीता पर निबंध' नामक प्रसिद्ध ग्रंथ अंग्रेज़ी में लिखा । वे पूर्ण योगी बने जिसका लक्षण उन्होंने स्वयं यह बतलाया कि पूर्णत्व प्राप्त होने पर, सांसारिक स्तर पर उतर कर, जनसाधारण की सेवा में लगे रहना—'सर्वमुक्ति' के उद्देश्य से ।

श्रीअरविन्द द्वारा कृत भविष्यवाणी सन् १९१९ में पूरी हुई। महात्मा गांधी ने उस वर्ष कांग्रेस का नेतृत्व संभाला। उन्होंने घोषणा की कि हम अहिंसक सत्याग्रह के द्वारा देश को स्वतंत्र करवाएँगे। कांग्रेस के विशाल अधिवेशन में लगभग दो-तिहाई प्रतिनिधियों ने इस घोषणा के पक्ष में मत दिया। गांधीजी ने सारे देश को विश्वास दिलवाया कि 'अहिंसा में हार-जैसी कोई चीज़ ही नहीं है—हिंसा के अन्त में निश्चित हार है'। अहिंसक सत्याग्रही कौन है—इस प्रश्न के उत्तर में उन्होंने गीता में वर्णित स्थितप्रज्ञ की परिभाषा को स्पष्ट किया। सत्य, अहिंसा, अभय, निःस्वार्थ जनसेवा और उसके लिए स्वेच्छा से कष्ट सहन, तथा ईश्वर के प्रति समर्पण भाव—ये हैं मुख्य लक्षण स्थितप्रज्ञ के।

महात्मा गांधी ने स्वतंत्रता आंदोलन के साथ-साथ रचनात्मक कार्यक्रम को भी महत्ता दी जिसमें अस्पृश्यता निवारण, सर्वधर्मसमादर, खादी, ग्रामोद्योग, बुनियादी शिक्षा, स्वच्छ वातावरण आदि सम्मिलित थे। गांधीजी ने कहा कि जैसे गीता ने वैदिक यज्ञ की परिभाषा बदली थी—उसे सकाम से निष्काम बनाकर—उसी प्रकार वर्तमान युग के लिए भी यज्ञ का नया रूप खोजना होगा। उन्होंने कहा कि वैदिक काल में वनों की बहुतायत थी, इसलिए यज्ञ में काष्ठ-प्रज्वलन का महत्त्व था। आज जब कि इतने वृक्ष कट चुके हैं, काष्ठ-प्रज्वलन के स्थान पर सामूहिक हित के अन्य कार्यों—जैसे चर्खा चलाने—को यज्ञ का प्रतीक मानना उचित है।

कोरे शब्दार्थ को ही महत्त्व देने वाले कुछ पंडितों ने इस बात पर आपत्ति की कि महात्मा गांधी ने गीता से अहिंसा का संदेश निकाला। महात्मा गांधी ने स्पष्ट किया कि गीता पर उनकी टिप्पणी केवल शाब्दिक अर्थ पर नहीं, बल्कि जीवनभर गीता-शिक्षा को व्यवहार में लाने के लिए किए प्रयोगों पर आधारित है। आचार्य विनोबा ने इस स्पष्टीकरण का पूर्ण समर्थन करते हुए कहा कि मैत्रायणी-उपनिषत् ने भी शब्द से अशब्द तक पहुँचने की महत्ता बतलाई है।

विश्व के इतिहास में यह पहला अवसर था जब सामूहिक अहिंसा के द्वारा सन् १९४७ में भारत को स्वतंत्रता प्राप्त हुई। गीता-कथित लोकहितसंदेश के प्रयोग का यह सबसे प्रसिद्ध दृष्टान्त है।

स्वतंत्रता-संग्राम के नेताओं ने गीता के साथ-साथ मानस का भी उपयोग किया—इस पर अब ध्यान दें।

(घ) स्वतंत्रता-संग्राम में मानस की भी उल्लेखनीय देन

बीसवीं शताब्दी के स्वतंत्रता आन्दोलन को बल देने में गीता की नई टिप्पणियों के साथ-साथ मानस का भी उपयोग हुआ। मानस में तो इस आन्दोलन का समर्थन करने वाला एक अनमोल वचन ही मिल गया—पराधीन सपनेहुँ सुखु नाहीं।

स्वतंत्रता आन्दोलन को सफल बनाने के लिए लोगों में आदर्श समाज की रूपरेखा तथा सर्वधर्मसमभाव का प्रचार भी बहुत आवश्यक था। आदर्श समाज के लिए

महात्मा गांधी ने मानस में वर्णित रामराज्य का रूप सबके सामने रखा। सर्वधर्मसमभाव के लिए मानस के निम्नलिखित शब्दों का उपयोग—गीता के श्लोक ४.११ के साथ-साथ—किया गया—

जिन्ह कें रही भावना जैसी। प्रभु मूरति तिन्ह देखी तैसी॥

किन्तु राजनैतिक स्वतंत्रता का प्राप्त करना तो गीता और मानस के लोकहितकारी उद्देश्यों का केवल प्रथम चरण था। देश की चहुँमुखी उन्नति करने के लिए जनता की आर्थिक, सामाजिक तथा सांस्कृतिक समस्याओं की अवहेलना नहीं की जा सकती। सब समस्याओं के मूल—कलियुग के कुप्रभाव 'वैर-विरोध'—को हटाकर बदले में स्थापित करना है 'निर्वैर' तथा 'पारस्परिक प्रेम'—जैसा रामराज्य में था—

वयरु न कर काहू सन कोई। राम प्रताप विषमता खोई॥
सब नर करहिं परस्पर प्रीती। चलहिं स्वधर्म निरत श्रुति नीती॥

मानस-कथित लोकहितसंदेश के विस्तृत विवरण के लिए देखें—वर्तमान लेखक की एक अन्य पुस्तक—"तुलसी रामायण...जगमंगल-परायण"।

(ङ) भूदान आन्दोलन के लिए गीता तथा मानस का प्रयोग

उपरोक्त विवेचन से यह स्पष्ट हो गया कि भारत का स्वतंत्रता-संग्राम, गीता तथा मानस—दोनों ग्रन्थों के लोकहितसंदेश की समानता का प्रतीक बन गया। इसी प्रकार का एक अन्य उदाहरण है 'आचार्य विनोबा का भूदान आन्दोलन' जो भारत की स्वतंत्रता-प्राप्ति के बाद अनेक वर्षों तक चला।

गीता ने यह आवश्यक समझा कि दान का दुरुपयोग न हो अर्थात् वह लोकहित की हानि न करे। देश-काल-पात्र का संदेश दान के संदर्भ में दिया गया जिसका उल्लेख इस पुस्तक के अध्याय ५ में किया जा चुका है। आदि शंकराचार्य ने गीता-कथित सात्त्विक दान को धन तथा सम्पत्ति के उचित विभाजन का एक उपाय बतलाया है। मानस ने भी निम्नलिखित शब्दों के द्वारा यह स्पष्ट किया है कि ईश्वर को ही सम्पत्ति का वास्तविक स्वामी समझकर—अर्थात् निरहंकार भाव से सब के हित के लिए दान का उपयोग किया जाना चाहिए—

संपति सब रघुपति कै आही। **(*अयोध्याकाण्ड* से)**
कीरति भनिति भूति भलि सोई। सुरसरि सम सब कहँ हित होई॥
(*बालकाण्ड* से)

आचार्य विनोबा ने भूमिहीन व्यक्तियों की सहायता के लिए जो आन्दोलन चलाया था, उसका नाम था 'भूदान' किंतु उन्होंने दान देने वालों के लिए उचित दृष्टिकोण अपनाने की महत्ता पर बल दिया था। 'गीता-प्रवचन' में उन्होंने लिखा था—

"दान का अर्थ है, समाज का ऋण चुकाने के लिए किया गया प्रयोग। दान का अर्थ परोपकार नहीं। समाज से मैंने अपार सेवा ली है। जब मैं इस संसार में आया, तो दुर्बल और असहाय था। इस समाज ने मुझे छोटे से बड़ा किया है। इसलिए मुझे समाज की सेवा करनी चाहिए। 'परोपकार' कहते हैं, दूसरे से कुछ न लेकर की हुई सेवा को। परन्तु यहाँ तो हम समाज से पहले ही भरपूर ले चुके हैं। समाज के इस ऋण से मुक्त होने के लिए जो सेवा की जाए, वही दान है।"

प्रो॰ आरापुरा के मतानुसार आचार्य विनोबा के आन्दोलन का मूल्यांकन इस आधार पर नहीं करना चाहिए कि कितनी भूमि दान में मिली, बल्कि इस आधार पर करना चाहिए कि समाज में पारस्परिक सहानुभूति के भाव का कितना प्रचार हुआ।

(च) ट्रिनिडाड आदि देशों में मानस द्वारा समाज एवं धर्म की रक्षा

लोकहित के लिए किए गए जिन प्रयोगों का उल्लेख अब तक किया गया है, उनमें से दो का आधार था गीता का संदेश और शेष के प्रयोगों का आधार था—गीता तथा मानस का सम्मिलित संदेश। अब जिस प्रयोग का संक्षिप्त वर्णन किया जा रहा है, उसका आधार था और अब भी है—मानस का संदेश। इसलिए वर्तमान प्रसंग के लिए इस प्रयोग की विशेष महत्ता है।

उन्नीसवीं शताब्दी से लेकर बीसवीं शताब्दी के आरम्भिक वर्षों तक लाखों भारतीय संसार के कोने-कोने में ले जाए गए—जिनमें से अधिकतर व्यक्ति मज़दूर वर्ग के थे। जिन देशों में पहुँचकर इन प्रवासी भारतीयों ने अपना नया घर बनाया, उनमें से एक है ट्रिनिडाड। अब यह एक स्वतंत्र देश है और भारत से आए हुए लोगों के नाती-पोते आदि वहाँ के नागरिक हैं—ठीक उसी प्रकार जैसे वहाँ के अन्य नागरिक अफ्रीका से अपना संबंध मानते हैं। वर्तमान प्रसंग में उल्लेखनीय बात यह है कि १५३ वर्षों के इतिहास में ट्रिनिडाड में लाए गए भारतीयों तथा उनकी संतानों ने मानस के सहारे से ही अपनी, समाज की तथा हिंदू धर्म की रक्षा की है—और अब भी कर रहे हैं।

अगस्त १९९८ में अन्तर्राष्ट्रीय रामायण सम्मेलन का पंद्रहवां अधिवेशन ट्रिनिडाड में सम्पन्न हुआ—सनातन धर्म महासभा के निमंत्रण पर—और वर्तमान पुस्तक के लेखक ने भी उसमें भाग लिया। इस सम्मेलन के द्वारा प्राप्त अनुभव से यह स्पष्ट हुआ कि मानस के लोकहितसंदेश की कौन-कौन सी बातों से ट्रिनिडाड-निवासियों ने प्रेरणा ली।

प्रथम तो यह कि भगवान् राम के चौदह वर्ष के वनवास को याद करके ट्रिनिडाड में लाए गए मज़दूरों ने अपने पाँच वर्षों के कष्टों को सहन करने की शक्ति प्राप्त की। ये मज़दूर पाँच वर्षों तक परिश्रम करने का दायित्व स्वीकार करने पर ही वहाँ

लाए गए थे । मज़दूरी की अवधि समाप्त होने पर अन्य कठिन परिस्थितियों में भी भगवान् राम से मिली प्रेरणा से बल मिला ।

द्वितीय यह कि धर्म-पालन के लिए कष्ट सहने का उपदेश जो मानस ने अनेक बार दिया है, उसे इन लोगों ने बार-बार याद किया—और अब भी करते हैं—जैसे—

सिवि दधीच हरिचंद नरेसा । सहे धरम हित कोटि कलेसा ॥
रंतिदेव बलि भूप सुजाना । धरमु धरेउ सहि संकट नाना ॥

तृतीय प्रेरणा जो मानस ने दी, वह थी आगे बढ़ने की, क्योंकि भगवान् राम के विषय में यह लिखा हुआ है कि संकटों के समय भी वे पीछे नहीं हटे, बल्कि आगे ही बढ़े—जैसे—

आगें चले बहुरि रघुराया ।

चतुर्थ यह कि हनुमान्‌जी ने जिस वीरता, कार्यकुशलता तथा सेवाभाव का प्रदर्शन किया, वह इन लोगों के लिए आदर्श बन गया—और अब भी है । इस प्रकार की प्रेरणा देने वाले शब्द मानस में अनेक हैं, जैसे—

हनूमान सम नहिं बड़भागी । नहिं कोउ राम चरन अनुरागी ॥
गिरिजा जासु प्रीति सेवकाई । बार बार प्रभु निज मुख गाई ॥

पञ्चम यह कि मानस में वर्णित राम-वानर मित्रता से शिक्षा लेकर ट्रिनिडाड के नागरिकों ने—जो भिन्न-भिन्न देशों से वहाँ लाए गए थे—यह प्रेरणा ली कि वर्ण-जाति-पूर्वज आदि के भेद को भुलाकर सबको ऐक्य-भाव अपनाना चाहिए ।

ट्रिनिडाड में लाए गए भारतीयों की सफलता का मुख्य कारण यह था—और अब भी है—कि उनमें से अनेक कर्मयोगी थे जिन्होंने धर्म-रक्षण, सेवा तथा ऐक्य का संदेश, मानस के आधार पर, सारे समाज को दिया । इन सब कर्मयोगियों के जीवन-वृत्तान्त को लिखने के लिए खोज की जा रही है, किंतु अब तक प्रकाशित विवरण के आधार पर, स्वर्गीय श्रीसगन महाराज द्वारा की गई सेवा विशेष रूप से उल्लेखनीय है । अधिक विस्तार में लिखने से यह प्रसंग बहुत लम्बा हो जाएगा ।

प्रश्न-शृंखला का पाँचवां और अन्तिम प्रश्न

पुस्तक-लेखन के उद्देश्य की पूर्ति के लिए अब ध्यान दें—पूर्व-लिखित प्रश्न-शृंखला के पाँचवें और अन्तिम प्रश्न पर जो भविष्य से संबंधित है—

(उ) गीता तथा मानस के लोकहितसंदेश को सर्वमान्य बनाने के लिए क्या सुझाव दें जिससे व्यक्ति, समाज और देश की—और अन्ततोगत्वा विश्व की— राजनैतिक, आर्थिक, सामाजिक, सांस्कृतिक, नैतिक—सभी दृष्टियों

से उन्नति हो सके? अथवा थोड़े-से शब्दों में—लोकमंगल-प्रवाह को तीव्रतर कैसे बनाएँ?

यह प्रश्न इतना व्यापक और विशाल है कि कोई एक व्यक्ति इसका पूरा उत्तर नहीं दे सकता । इसलिए यहाँ एक दस-सूत्री कार्यक्रम की रूपरेखा प्रस्तुत की जा रही है—इस आशा से कि धीरे-धीरे, सामूहिक प्रयत्नों से, उपरोक्त प्रश्न का उत्तर ढूँढ़ने की दिशा में प्रगति होगी । मुख्य बात यह है कि लोकहित-विषयक लम्बे इतिहास से शिक्षा लेना अत्यन्त महत्त्वपूर्ण है । इस पुस्तक के अध्याय १ तथा ९ ने ऐतिहासिक दृष्टि अपनाई है । पुराने अनुभवों से शिक्षा लेकर लोकमंगल-प्रवाह की गति को तीव्रतर बनाने की दिशा में 'पहला कदम' क्या हो, इसका संकेत निम्नलिखित कार्यक्रम द्वारा मिल सकता है—

(ट) भूतकाल में हुए सामाजिक पतन के कारणों का गहरा अध्ययन करना और उन्हें साधारण जनता की भाषा में प्रकाशित करना ।

(ठ) जिन कमज़ोरियों के कारण देश गर्त में गिरा, उनको दूर करने के उपाय ढूँढ़ने के लिए विद्वज्जनों द्वारा पारस्परिक सहयोग । उपाय ढूँढ़कर उन्हें सरल भाषा में प्रकाशित करना ।

(ड) धर्म के नाम पर होने वाले अत्याचारों के विषय में जागृति उत्पन्न करना । अधिकतर इन अत्याचारों के पीछे स्वर्ग-प्राप्ति—प्रलोभन का हाथ होता है । गीता तथा मानस के अनुसार स्वर्ग-प्राप्ति-प्रलोभन निंदनीय है—इस प्रकार के ज्ञान का प्रचार करना ।

(ढ) जिन-जिन परिस्थितियों में देश ने सर्वतोमुखी उन्नति की, उनकी भी पूरी मीमांसा करना और उसी प्रकार के सामूहिक प्रयत्नों को फिर से सक्रिय बनाने के प्रयास करना—विशेषतः अहिंसा-आधारित प्रयत्नों को ।

(ण) जिन-जिन प्रयोगों के द्वारा लोकहित के कार्यक्रम सम्पन्न हुए हैं, उनके विषय में खोज करके उनका विस्तृत विवरण प्रकाशित करना ।

(त) गीता तथा मानस की उन टिप्पणियों का विशेष प्रचार करना जिनमें उनके लोकहितसंदेश को प्राथमिकता दी गई हो ।

(थ) अन्तर्राष्ट्रीय गीता सम्मेलन, अन्तर्राष्ट्रीय रामायण सम्मेलन आदि के द्वारा इन ग्रंथों के लोकहितसंदेश का विश्वव्यापी प्रचार करना ।

(द) जिन-जिन देशों में प्रवासी भारतीय अपने धर्म, संस्कृति, भाषा आदि की रक्षा के लिए प्रयत्न कर रहे हैं, उनके लिए यथासम्भव सब प्रकार की सहायता का प्रबंध करना ।

(ध) गीता तथा मानस के लोकहित संदेश से संबंधित कार्यक्रमों में, विद्वानों, समाज-सुधारकों तथा साधारण जनता के बीच पूर्ण सहयोग का वातावरण बनाए रखना । यह स्पष्ट करना कि वही संदेश—चाहे किसी भी ग्रंथ द्वारा

समर्थित हो—सम्मान का अधिकारी है ।

(न) नई पीढ़ी के व्यक्ति भौतिक उपलब्धियों की चकाचौंध के कारण गीता-रामायण के मूल्यों के प्रति अरुचि प्रदर्शित करते हैं—उनको आकर्षित करने के लिए उपयुक्त कार्यक्रमों के आयोजन पर विशेष ध्यान देना ।

उपरोक्त भावों को बार-बार उच्चरित करने की सुविधा प्रदान करने के लिए, वर्तमान पुस्तक के लेखक ने पाँच श्लोक रचे हैं—सरल संस्कृत में—जिन्हें लोकमंगलपञ्चकम् की संज्ञा भी दी जा सकती है—

कथं पतनं गर्तेषु लोकहिते गमनं च ।
ज्ञानेनैतेन पुनर्हि गर्तपतनाद् रक्षणम् ॥ १ ॥
यदा यदा सामाजिकं एकत्वं न्यायसंगतम् ।
तदा तदा समुन्नतिं प्राप्ता हि देशवासिनः ॥ २ ॥
अहिंसकं प्रयत्नं हि भारतस्य विशेषत्त्वम् ।
शक्यं तेनैव नान्यथा शान्तिपूर्णं विश्वहितम् ॥ ३ ॥
लोकमंगलसंदेशो गीताया मानसस्य च ।
त्यजनीयः कदापि न पालनीयः स सर्वदा ॥ ४ ॥
तीव्रतरप्रवाहाय सदा लोकहितस्य हि ।
लघुदीर्घभेदाद्विना यत्नो वाञ्छितः सर्वेषाम् ॥ ५ ॥

सरल भावार्थ—हम गर्त में क्यों गिरे और किस प्रकार उठकर लोकहित के मार्ग पर चले—यह ज्ञान इसलिए आवश्यक है जिससे भविष्य में फिर गर्त में न गिरें ॥ १ ॥

जब-जब हमने न्यायसंगत सामाजिक एकता पर बल दिया, तब-तब हम सामूहिक रूप से उन्नति करने में सफल हुए ॥ २ ॥

लोकहित के लिए अहिंसक प्रयत्न करना—यह भारत की विशेषता रही है । केवल यही मार्ग है जिससे शांतिपूर्ण विश्वहित की स्थापना हो सकती है—इससे अन्य कोई मार्ग नहीं है ॥ ३ ॥

याद रखें—गीता तथा मानस के लोकमंगलसंदेश को । सदा इसका पालन करें—कभी इसको भूलें नहीं ॥ ४ ॥

लोकमंगल का प्रवाह तीव्रतर कैसे हो—इस उद्देश्य की पूर्ति के लिए सबका प्रयत्न आवश्यक है—और इसमें लघु-दीर्घ के भेद को भुलाना आवश्यक है ॥ ५ ॥

अन्त में, उपरोक्त संदेश के आधारस्वरूप गीता तथा मानस की केवल एक-एक पंक्ति प्रस्तुत है—पुस्तक की समाप्ति को लोकहित की टेक देने के लिए—

चिकीर्षुर्लोकसंग्रहम् ॥ *गीता* ३.२५ ॥
जगमंगल भल काजु विचारा । बेगिअ नाथ न लाइअ बारा ॥

(अयोध्याकाण्ड से)

परिशिष्ट १

गीता में वर्णित योगारूढ़-वृत्ति के छः प्रसंग

भगवान् ने गीता में लोकहितसंदेश अनेक प्रकार से दिया है । संदेश देने का प्रथम प्रकार यह है कि ईश्वर स्वयं लोकसंग्रह में लीन है, इसलिए प्राणियों को भी वैसा ही करना चाहिए । संदेश देने का एक अन्य प्रकार यह है कि जो व्यक्ति किसी भी योग से—कर्मयोग, भक्तियोग, ज्ञानयोग से—पूर्णत्व प्राप्त कर लेते हैं—अर्थात् योगारूढ़ हो जाते हैं—वे लोकहित में लीन रहते हैं । तात्पर्य यह है कि उनका उदाहरण अन्य व्यक्तियों के द्वारा अनुकरणीय है ।

इस पुस्तक के अध्याय ४ में योगारूढ़-वृत्ति का लोकहित-संबंधित विस्तृत विवेचन है । किंतु गीता में योगारूढ़-वृत्ति-वर्णन के छः प्रसंग हैं जिनमें कुल मिलाकर ५७ श्लोकों का समावेश है । अध्याय ४ में इन सब श्लोकों को लिखने के लिए पर्याप्त स्थान नहीं था, इसलिए इस प्रसंग की महत्ता को ध्यान में रखते हुए वर्तमान परिशिष्ट में यह क्रम पूरा किया जाएगा ।

छः प्रसंगों के सारे श्लोकों पर दृष्टिपात करने से पहले उनकी सूची बनाना उपयुक्त होगा—

(अ) स्थितप्रज्ञ—श्लोक २.५४ से २.७२ तक (१९ श्लोक)
(आ) जीवन्मुक्त—श्लोक ५.१९ से ५.२९ तक (११ श्लोक)
(इ) व्यावहारिक साम्ययोगी—श्लोक ६.२७ से ६.३२ तक (६ श्लोक)
(ई) भक्त—श्लोक १२.१३ से १२.२० तक (८ श्लोक)
(उ) त्रिगुणातीत—श्लोक १४.२१ से १४.२७ तक (७ श्लोक)
(ऊ) ब्रह्मभूत—श्लोक १८.५१ से १८.५६ तक (६ श्लोक)

अब क्रमशः प्रत्येक प्रसंग को देखें ।

(अ) स्थितप्रज्ञ

अर्जुन उवाच

स्थितप्रज्ञस्य का भाषा समाधिस्थस्य केशव ।
स्थितधीः किं प्रभाषेत किमासीत व्रजेत किम् ॥ २.५४ ॥

सरल भावार्थ—अर्जुन स्थितप्रज्ञ के लक्षण जानना चाहता है, जैसे उसका उठना-बैठना, बोलना, चलना आदि ।

श्रीभगवानुवाच

प्रजहाति यदा कामान्सर्वान्पार्थ मनोगतान् ।
आत्मन्येवात्मना तुष्टः स्थितप्रज्ञस्तदोच्यते ॥ २.५५ ॥

सरल भावार्थ—भगवान् आरम्भ करते हैं दो लक्षणों से—प्रथम—कामना त्याग, और द्वितीय—आत्म-संतुष्टि ।

दुःखेष्वनुद्विग्नमनाः सुखेषु विगतस्पृहः
वीतरागभयक्रोधः स्थितधीर्मुनिरुच्यते ॥ २.५६ ॥

सरल भावार्थ—इस श्लोक में भी दो लक्षणों का उल्लेख है—प्रथम—सुख-दुःख में समभाव, और द्वितीय—राग, भय, क्रोध से मुक्ति ।

यः सर्वत्रानभिस्नेहस्तत्तत्प्राप्य शुभाशुभम् ।
नाभिनन्दति न द्वेष्टि तस्य प्रज्ञा प्रतिष्ठिता ॥ २.५७ ॥

सरल भावार्थ—इस श्लोक में भी समत्व का उल्लेख है—चाहे शुभ की प्राप्ति हो, चाहे अशुभ की ।

यदा संहरते चायं कूर्मोऽङ्गानीव सर्वशः ।
इन्द्रियाणीन्द्रियार्थेभ्यस्तस्य प्रज्ञा प्रतिष्ठिता ॥ २.५८ ॥

सरल भावार्थ—इस श्लोक में कछुए का उदाहरण देकर इंद्रिय-संयम के महत्त्व पर बल दिया गया है ।

विषया विनिवर्तन्ते निराहारस्य देहिनः ।
रसवर्जं रसोऽप्यस्य परं दृष्ट्वा निवर्तते ॥ २.५९ ॥

सरल भावार्थ—निराहार के द्वारा विषयों से बाह्य रूप से निवृत्ति हो सकती है किंतु आन्तरिक राग समाप्त नहीं हो सकता—उसके लिए ईश्वर-भक्ति का सहारा चाहिए ।

यततो ह्यपि कौन्तेय पुरुषस्य विपश्चितः ।
इन्द्रियाणि प्रमाथीनि हरन्ति प्रसभं मनः ॥ २.६० ॥
तानि सर्वाणि संयम्य युक्त आसीत मत्परः ।
वशे हि यस्येन्द्रियाणि तस्य प्रज्ञा प्रतिष्ठिता ॥ २.६१ ॥

सरल भावार्थ—इन दो श्लोकों का सार यह है कि जो व्यक्ति 'यततः विपश्चितः मत्परः'—अर्थात् कर्म, ज्ञान तथा भक्ति, तीनों का सहारा लेता है, वह स्थितप्रज्ञ हो जाता है ।

ध्यायतो विषयान्पुंसः संगस्तेषूपजायते ।
संगात्संजायते कामः कामात्क्रोधोऽभिजायते ॥ २.६२ ॥
क्रोधाद्भवति संमोहः संमोहात्स्मृतिविभ्रमः ।
स्मृतिभ्रंशाद्बुद्धिनाशो बुद्धिनाशात्प्रणश्यति ॥ २.६३ ॥

सरल भावार्थ—पिछले दो श्लोकों में 'यततः विपश्चितः मत्परः' की महिमा गाई गई । इन दो श्लोकों में उससे विपरीत मार्ग का विनाशकारी रूप बतलाकर भगवान् ने चेतावनी दी है । विनाश का क्रम इस प्रकार वर्णित है—विषय-चिंतन, विषयासक्ति, काम, क्रोध, संमोह, स्मृतिविभ्रम, बुद्धिनाश, पूर्ण नाश ।

रागद्वेषवियुक्तैस्तु विषयानिंद्रियैश्चरन् ।
आत्मवश्यैर्विधेयत्मा प्रसादमधिगच्छति ॥ २.६४ ॥
प्रसादे सर्वदुःखानां हानिरस्योपजायते ।
प्रसन्नचेतसो ह्याशु बुद्धिः पर्यवतिष्ठते ॥ २.६५ ॥

सरल भावार्थ—इन दो श्लोकों में आन्तरिक शुद्धि की महिमा का कथन है जिसका मुख्य लक्षण है—राग-द्वेष से विमुक्ति । यदि आन्तरिक शुद्धि हो तथा इन्द्रियाँ और मन वश में हों, तो बाह्यरूप से विषय-सेवन करने पर भी प्रसाद अर्थात् प्रसन्नता प्राप्त हो सकती है ।

नास्ति बुद्धिरयुक्तस्य न चायुक्तस्य भावना ।
न चाभावयतः शान्तिरशान्तस्य कुतः सुखम् ॥ २.६६ ॥

सरल भावार्थ—इस श्लोक में 'अयुक्त' व्यक्ति की दयनीय अवस्था का वर्णन है । वर्तमान प्रसंग में 'अयुक्त' व्यक्ति वह है जिसने पूर्व-वर्णित निष्काम कर्मयोग की साधना न की हो । अयुक्त व्यक्ति की बुद्धि स्थिर नहीं रहती, और न ही उसकी भावना उत्तम होती है—इसलिए उसे न शान्ति, न सुख ।

इन्द्रियाणां हि चरतां यन्मनोऽनुविधीयते ।
तदस्य हरति प्रज्ञां वायुर्नावमिवाम्भसि ॥ २.६७ ॥

सरल भावार्थ—इस श्लोक में इंद्रिय-संयम की आवश्यकता पर बल दिया गया है—यह कहकर कि यदि संयम पूरा न हुआ तो प्रज्ञा-हरण हो जाता है, जैसे वायु के द्वारा नौका-हरण ।

तस्माद्यस्य महाबाहो निगृहीतानि सर्वशः ।
इंद्रियाणीन्द्रियार्थेभ्यस्तस्य प्रज्ञा प्रतिष्ठिता ॥ २.६८ ॥

सरल भावार्थ—स्थितप्रज्ञ-प्रसंग में इंद्रिय-संयम की महत्ता पर बल देने वाला यह अंतिम श्लोक है, इसलिए इस श्लोक का आरम्भिक शब्द है 'तस्मात्' जिसका अर्थ है 'अतएव'।

या निशा सर्वभूतानां तस्यां जागर्ति संयमी ।
यस्यां जाग्रति भूतानि सा निशा पश्यतो मुनेः ॥ २.६९ ॥

सरल भावार्थ—इस श्लोक का सार यह है कि विषयासक्त भोगी और अनासक्त योगी—इन दोनों का दृष्टिकोण, आचरण आदि एक दूसरे से विपरीत है । भिन्नता को स्पष्ट करने के लिए दिन-रात या जागने-सोने का रूपक प्रयुक्त किया गया है ।

आपूर्यमाणमचलप्रतिष्ठं समुद्रमापः प्रविशन्ति यद्वत् ।
तद्वत्कामा यं प्रविशन्ति सर्वे स शान्तिमाप्नोति न कामकामी ॥ २.७० ॥

सरल भावार्थ—इस श्लोक में स्थितप्रज्ञ की महानता तथा शान्ति का वर्णन है—समुद्र की उपमा देकर । जिस प्रकार समुद्र चारों ओर से आने वाला पानी अपने अन्दर समा लेता है, फिर भी अपनी सीमा का उल्लंघन नहीं करता, उसी प्रकार स्थितप्रज्ञ, अनेक कामनाओं के, चारों ओर से, उसके अन्दर प्रवेश करते रहने पर भी, विचलित नहीं होता, इसलिए वह शान्ति प्राप्त करता है । जो कामनाओं के पीछे दौड़ता है, उसे शान्ति प्राप्त नहीं हो सकती ।

विहाय कामान्यः सर्वान्पुमांश्चरति निःस्पृहः ।
निर्ममो निरहंकारः स शान्तिमधिगच्छति ॥ २.७१ ॥

सरल भावार्थ—इस श्लोक का सार यह है कि स्थितप्रज्ञ सब भूतों पर उपकार करने के लिए ही जीता है । उसे अपनी अर्थात् व्यक्तिगत कोई कामना नहीं होती । वह 'निर्ममो निरहंकारः' होता है अर्थात् मानो वह लोगों से कहता है—"अब न मैं हूँ, न मेरा है; जो कुछ है, सो तुम और तुम्हारा ।" इस प्रकार वह विश्वमय हो जाता है और शान्ति प्राप्त करता है ।

एषा ब्राह्मी स्थितिः पार्थ नैनां प्राप्य विमुह्यति ।
स्थित्वास्यामन्तकालेऽपि ब्रह्मनिर्वाणमृच्छति ॥ २.७२ ॥

सरल भावार्थ—स्थितप्रज्ञ-प्रसंग का यह अन्तिम श्लोक है । स्थितप्रज्ञ की स्थिति को 'ब्राह्मी स्थिति' बतलाया गया है अर्थात् जीवित अवस्था में ही उसने ब्रह्म को प्राप्त कर लिया है । मोह-नाश उसका लक्षण है । शरीर त्याग करने पर भी

ब्रह्मनिर्वाण की प्राप्ति—ऐसा लिखने का तात्पर्य यह है कि स्थितप्रज्ञ के लिए जो स्थिति जीवित अवस्था में थी वही शरीर त्याग के बाद भी रहेगी ।

(आ) **जीवन्मुक्त**

इहैव तैर्जितः सर्गो येषां साम्ये स्थितं मनः ।
निर्दोषं हि समं ब्रह्म तस्माद् ब्रह्मणि ते स्थिताः ॥ ५.१९ ॥

सरल भावार्थ—सब प्राणियों के प्रति समदृष्टि या साम्यभाव रखने वाले जीवन्मुक्त होते हैं । उन्होंने संसार जीत लिया है अर्थात् वे जीते हुए भी संसार से मुक्त हैं । वे ब्रह्म में स्थित हैं क्योंकि ब्रह्म निर्दोष और सम है ।

न प्रहृष्येत्प्रियं प्राप्य नोद्विजेत्प्राप्य चाप्रियम् ।
स्थिरबुद्धिरसंमूढो ब्रह्मविद् ब्रह्मणि स्थितः ॥ ५.२० ॥

सरल भावार्थ—जीवनन्मुक्त ब्रह्म में स्थित होते हैं और उनके चार लक्षण इस श्लोक में वर्णित हैं—प्रिय-अप्रिय के प्रति समभाव, स्थिरबुद्धि, संशयरहित, ब्रह्मवेत्ता ।

बाह्यस्पर्शेष्वसक्तात्मा विन्दत्यात्मनि यत्सुखम् ।
स ब्रह्मयोगयुक्तात्मा सुखमक्षयमश्नुते ॥ ५.२१ ॥

सरल भावार्थ—जीवनमुक्त बाह्य विषयों के प्रति अनासक्त होते हैं, वे परमात्मा के योग में एकीभाव से स्थित होते हैं, उन्हें आन्तरिक सुख और अक्षय आनन्द का अनुभव होता है ।

ये हि संस्पर्शजा भोगा दुःखयोनय एव ते ।
आद्यन्तवन्तः कौन्तेय न तेषु रमते बुधः ॥ ५.२२ ॥

सरल भावार्थ—जीवन्मुक्त बुद्धिमान् होते हैं, वे यह जानते हैं कि विषय-जनित भोग सुखद प्रतीत होते हुए भी वास्तव में दुःख के हेतु हैं, वे इन भोगों को अनित्य जानकर उनमें रमते नहीं ।

शक्नोतीहैव यः सोढुं प्राक्शरीरविमोक्षणात् ।
कामक्रोधोद्भवं वेगं स युक्तः स सुखी नरः ॥ ५.२३ ॥

सरल भावार्थ—जीवन्मुक्त वे हैं जो शरीर त्याग करने से पहले ही काम-क्रोध से उत्पन्न मनोवेग को सहन करने में समर्थ हैं । वे ही योगी हैं और सुखी हैं ।

योऽन्तःसुखोऽन्तरारामस्तथान्तर्ज्योतिरेव यः ।
स योगी ब्रह्मनिर्वाणं ब्रह्मभूतोऽधिगच्छति ॥ ५.२४ ॥

सरल भावार्थ—ब्रह्मभूत योगी अपने भीतर ही सुख मानता है, अपने भीतर ही आराम अर्थात् रमण करता है, अपने भीतर ही ज्योति देखता है। उसे ब्रह्मनिर्वाण की प्राप्ति होती है।

लभन्ते ब्रह्मनिर्वाणमृषयः क्षीणकल्मषाः।
छिन्नद्वैधा यतात्मानः सर्वभूतहिते रताः ॥ ५.२५ ॥

सरल भावार्थ—ब्रह्मवेत्ता ऋषि पापरहित होते हैं, वे संशयरहित होते हैं, उन्होंने अपना मन जीत लिया है, और वे सब प्राणियों के हित में लीन रहते हैं। उन्हें ब्रह्मनिर्वाण की प्राप्ति होती है।

कामक्रोधवियुक्तानां यतीनां यतचेतसाम्।
अभितो ब्रह्मनिर्वाणं वर्तते विदितात्मनाम् ॥ ५.२६ ॥

सरल भावार्थ—जीवन्मुक्त यति अर्थात् ज्ञानी काम-क्रोध से रहित होते हैं, उन्होंने अपना चित्त जीत लिया है, उन्होंने आत्मा को जान लिया है। उनके लिए सब ओर से ब्रह्मनिर्वाण की प्राप्ति का अनुभव होता है।

स्पर्शान्कृत्वा बहिर्बाह्यांश्चक्षुश्चैवान्तरे भ्रुवोः।
प्राणापानौ समौ कृत्वा नासाभ्यन्तरचारिणौ ॥ ५.२७ ॥
यतेन्द्रियमनोबुद्धिर्मुनिर्मोक्षपरायणः।
विगतेच्छाभयक्रोधो यः सदा मुक्त एव सः ॥ ५.२८ ॥

सरल भावार्थ—मोक्षपरायण मुनि ध्यानयोग के द्वारा इन्द्रिय, मन और बुद्धि को जीत लेते हैं और इच्छा-भय-क्रोध से रहित हो जाते हैं। वे सदा मुक्त ही हैं।

भोक्तारं यज्ञतपसां सर्वलोकमहेश्वरम्।
सुहृदं सर्वभूतानां ज्ञात्वा मां शान्तिमृच्छति ॥ ५.२९ ॥

सरल भावार्थ—भक्ति और ज्ञान सहित कर्मयोग का पालन करने वाला यह जानता है कि ईश्वर ही सब यज्ञों तथा तपों का भोगने वाला है, ईश्वर ही सब लोकों का महेश्वर है, और ईश्वर ही सब प्राणियों का सुहृत् अर्थात् स्वार्थरहित हितैषी है। इस ज्ञान से वह स्वयं सबका सुहृत् बनने की शिक्षा लेता है और शान्ति को प्राप्त करता है।

(इ) व्यावहारिक साम्ययोगी

प्रशान्तमनसं ह्येनं योगिनं सुखमुत्तमम्।
उपैति शान्तरजसं ब्रह्मभूतमकल्मषम् ॥ ६.२७ ॥

सरल भावार्थ—ब्रह्मभूत योगी वह है जिसका मन शान्त है, जो पाप-रहित है, जो रजोगुण और तमोगुण को छोड़कर सत्त्वगुण में लीन है—उसे परम आनन्द की प्राप्ति होती है ।

युञ्जन्नेवं सदात्मानं योगी विगतकल्मषः ।
सुखेन ब्रह्मसंस्पर्शमत्यन्तं सुखमश्नुते ॥ ६.२८ ॥

सरल भावार्थ—उपरोक्त मार्ग का अनुसरण करने वाला योगी पाप-रहित हो जाता है, वह सदा आत्मा को परमात्मा में लगाता हुआ, सुखपूर्वक, ब्रह्मसंस्पर्शरूप अनन्त आनन्द का अनुभव करता है ।

सर्वभूतस्थमात्मानं सर्वभूतानि चात्मनि ।
ईक्षते योगयुक्तात्मा सर्वत्र समदर्शनः ॥ ६.२९ ॥

सरल भावार्थ—योग से युक्त आत्मा वाला योगी सर्वत्र समभाव से देखता है । दूसरे शब्दों में, वह आत्मा को सब प्राणियों में और सब प्राणियों को आत्मा में देखता है ।

यो मां पश्यति सर्वत्र सर्वं च मयि पश्यति ।
तस्याहं न प्रणश्यामि स च मे न प्रणश्यति ॥ ६.३० ॥

सरल भावार्थ—भगवान् कहते हैं कि जो व्यक्ति सब प्राणियों में मुझे देखता है, और मुझमें सब प्राणियों को देखता है, मैं उसके लिए नष्ट अर्थात् अदृश्य नहीं होता और वह मेरे लिए नष्ट अर्थात् अदृश्य नहीं होता ।

सर्वभूतस्थितं यो मां भजत्येकत्वमास्थितः ।
सर्वथा वर्तमानोऽपि स योगी मयि वर्तते ॥ ६.३१ ॥

सरल भावार्थ—जो परमात्मा के साथ एकत्व में स्थित हुआ, सब प्राणियों में स्थित मुझ परमेश्वर को भजता है, वह योगी सब प्रकार से लौकिक व्यवहार करता हुआ भी मुझ परमेश्वर में ही निवास करता है ।

आत्मौपम्येन सर्वत्र समं पश्यति योऽर्जुन ।
सुखं वा यदि वा दुःखं स योगी परमो मतः ॥ ६.३२ ॥

सरल भावार्थ—आत्मौपम्य भाव का अर्थ है सब में एक ही आत्मा को देखना । व्यावहारिक साम्ययोगी इस भाव के आधार पर सब प्राणियों के प्रति सम-भाव रखता है और उनके दुःख से दुखी और सुख से सुखी होता है । भगवान् कहते हैं कि वह योगी परम श्रेष्ठ है क्योंकि उसका सम-भाव केवल बौद्धिक स्तर पर ही नहीं रहा, बल्कि व्यवहार में भी प्रतिबिम्बित होता है ।

(इ) भक्त

अद्वेष्टा सर्वभूतानां मैत्रः करुण एव च ।
निर्ममो निरहंकारः समदुःखसुखः क्षमी ॥ १२.१३ ॥
संतुष्टः सततं योगी यतात्मा दृढनिश्चयः ।
मय्यर्पितमनोबुद्धिर्यो मद्भक्तः स मे प्रियः ॥ १२.१४ ॥

सरल भावार्थ—भगवान् कहते हैं कि मेरा भक्त मुझे प्रिय है और इन दो श्लोकों में भक्त के दस लक्षणों की ओर ध्यान आकर्षित करते हैं, जैसे—सब प्राणियों के प्रति द्वेष-रहित, सुहृत्, करुणामय, निर्ममो-निरहंकार अर्थात् विश्वसेवा में लीन, सुख-दुःख में सम, क्षमाशील, सदा संतुष्ट, संयमी, दृढ़ निश्चय वाला, और भगवान् में मन और बुद्धि अर्पित करने वाला ।

यस्मान्नोद्विजते लोको लोकान्नोद्विजते च यः ।
हर्षामर्षभयोद्वेगैर्मुक्तो यः स च मे प्रियः ॥ १२.१५ ॥

सरल भावार्थ—इस श्लोक में अनुद्विग्नता को भक्त का लक्षण बतलाते हुए, उसकी महिमा गाई है । भगवान् कहते हैं—जिससे कोई प्राणी उद्विग्न नहीं होता, तथा जो स्वयं भी किसी प्राणी से उद्विग्न नहीं होता, और जो हर्ष, अमर्ष (द्वेष से उत्पन्न संताप), भय और उद्वेग से मुक्त है, वह भक्त मेरा प्रिय है ।

अनपेक्षः शुचिर्दक्ष उदासीनो गतव्यथः ।
सर्वारम्भपरित्यागी यो मद्भक्तः स मे प्रियः ॥ १२.१६ ॥

सरल भावार्थ—इस श्लोक में भक्त के छः लक्षणों का उल्लेख है । भगवान् कहते हैं—जो अपेक्षा-रहित (आकांक्षा-रहित), शुचि (भीतर-बाहर पवित्र), कुशल, निष्पक्ष, व्यथारहित, और कर्तापन के अभिमान का त्यागी है, वह भक्त मेरा प्रिय है ।

यो न हृष्यति न द्वेष्टि न शोचति न कांक्षति ।
शुभाशुभपरित्यागी भक्तिमान्यः स मे प्रियः ॥ १२.१७ ॥

सरल भावार्थ—इस श्लोक का सार है कि भक्त द्वन्द्वातीत है । भगवान् कहते हैं—जो न हर्षित होता है, न द्वेष करता है, न शोक करता है, न कामना करता है, तथा जो शुभ और अशुभ की आसक्ति को त्याग देता है, वह भक्त मेरा प्रिय है ।

समः शत्रौ च मित्रे च तथा मानापमानयोः ।
शीतोष्णसुखदुःखेषु समः संगविवर्जितः ॥ १२.१८ ॥
तुल्यनिन्दास्तुतिर्मौनी संतुष्टो येन केनचित् ।
अनिकेतः स्थिरमतिर्भक्तिमान्मे प्रियो नरः ॥ १२.१९ ॥

सरल भावार्थ—इन दो श्लोकों में भक्त के सम-भाव का वर्णन है । भगवान् कहते हैं—जो शत्रु-मित्र में और मान-अपमान में सम है, शीत-उष्ण और सुख-दुःख में सम है, आसक्तिरहित है, निंदा-प्रशंसा में सम है, मननशील, संयतवाणी बोलने वाला है, सदा संतुष्ट है, निवास-स्थान के विषय में अनासक्त है और स्थिर बुद्धि वाला है, वह भक्त मेरा प्रिय है ।

ये तु धर्म्यामृतमिदं यथोक्तं पर्युपासते ।
श्रद्दधाना मत्परमा भक्तास्तेऽतीव मे प्रियाः ॥ १२.२० ॥

सरल भावार्थ—इस प्रसंग के अंतिम श्लोक में प्रयत्नवादी भक्त की विशेष महिमा गाई गई है । भगवान् कहते हैं—जो मेरे परायण हुए श्रद्धायुक्त व्यक्ति, ऊपर कहे हुए धर्ममय अमृत का निष्काम भाव से सेवन करते हैं अर्थात् उस प्रकार बरतने का प्रयत्न करते हैं, वे भक्त मुझे अतिशय प्रिय हैं ।

(उ) त्रिगुणातीत

अर्जुन उवाच

कैर्लिंगैस्त्रीन्गुणानेतानतीतो भवति प्रभो ।
किमाचारः कथं चैतांस्त्रीन्गुणानतिवर्तते ॥ १४.२१ ॥

सरल भावार्थ—अर्जुन जानना चाहता है कि त्रिगुणातीत व्यक्ति के क्या लक्षण होते हैं और वह किस प्रकार का आचरण करने वाला होता है । अर्जुन यह भी जानना चाहता है कि किस उपाय से त्रिगुणातीत अवस्था प्राप्त होती है?

श्रीभगवानुवाच

प्रकाशं च प्रवृत्तिं च मोहमेव च पाण्डव ।
न द्वेष्टि संप्रवृत्तानि निवृत्तानि कांक्षति ॥ १४.२२ ॥
उदासीनवदासीनो गुणैर्यो न विचाल्यते ।
गुणा वर्तन्त इत्येव योऽवतिष्ठति नेंगते ॥ १४.२३ ॥
समदुःखसुखः स्वस्थः समलोष्टाश्मकांचनः ।
तुल्यप्रियाप्रियो धीरस्तुल्यनिन्दात्मसंस्तुतिः ॥ १४.२४ ॥
मानापमानयोस्तुल्यस्तुल्यो मित्रारिपक्षयोः ।
सर्वारम्भपरित्यागी गुणातीतः स उच्यते ॥ १४.२५ ॥

सरल भावार्थ—भगवान् चार श्लोकों में त्रिगुणातीत व्यक्ति के लक्षण बतलाते हैं । जो व्यक्ति सत्त्वगुण के कार्य प्रकाश को और रजोगुण के कार्य प्रवृत्ति को तथा तमोगुण के कार्य मोह को भी न संप्रवृत्त होने पर उनसे द्वेष करता है और न निवृत्त

होने पर उनकी आकांक्षा करता है, वह गुणातीत कहलाता है । जो व्यक्ति तटस्थ साक्षी की भाँति स्थित हुआ गुणों से विचलित नहीं होता तथा 'गुण ही गुणों में प्रवृत्त हो रहे हैं' ऐसा मानकर परमात्मा में ऐक्य-भाव से स्थित रहता है तथा विकार को प्राप्त नहीं होता, वह गुणातीत है । इन लक्षणों के अतिरिक्त, समभाव रखना गुणातीत का लक्षण है । जो व्यक्ति आत्मभाव में स्थित होकर दुःख-सुख में समान रहने वाला, मिट्टी-पत्थर-स्वर्ण में समान भाव वाला, धीर, प्रिय और अप्रिय को तुल्य मानने वाला, अपनी निन्दा-स्तुति में समभाव वाला, मान-अपमान में तुल्य, मित्र-शत्रु के पक्ष में भी तुल्य, तथा सब आरम्भों में कर्ता होने के अभिमान से मुक्त है, वह गुणातीत कहलाता है ।

मां च योऽव्यभिचारेण भक्तियोगेन सेवते ।
स गुणान्समतीत्यैतान्ब्रह्मभूयाय कल्पते ॥ १४.२६ ॥

सरल भावार्थ—इस श्लोक में भगवान् त्रिगुणातीत अवस्था को प्राप्त करने का उपाय बतलाते हैं और वह उपाय है—सेवा-सहित ईश्वर की अनन्य भक्ति ।

ब्रह्मणो हि प्रतिष्ठाहममृतस्याव्ययस्य च ।
शाश्वतस्य च धर्मस्य सुखस्यैकान्तिकस्य च ॥ १४.२७ ॥

सरल भावार्थ—भगवान् ने पिछले श्लोक में सेवा-सहित ईश्वर की अनन्य भक्ति की महिमा गाई । इस श्लोक में भगवान् कहते हैं कि अविनाशी ब्रह्म का और अमृत का तथा सनातन धर्म का और अखण्ड आनन्द का परम आश्रय मैं ही हूँ ।

(ऊ) ब्रह्मभूत

बुद्ध्या विशुद्धया युक्तो धृत्यात्मानं नियम्य च ।
शब्दादीन्विषयांस्त्यक्त्वा रागद्वेषौ व्युदस्य च ॥ १८.५१ ॥
विविक्तसेवी लघ्वाशी यतवाक्कायमानसः ॥
ध्यानयोगपरो नित्यं वैराग्यं समुपाश्रितः ॥ १८.५२ ॥
अहंकारं बलं दर्पं कामं क्रोधं परिग्रहम् ।
विमुच्य निर्ममः शान्तो ब्रह्मभूयाय कल्पते ॥ १८.५३ ॥

सरल भावार्थ—भगवान् छः श्लोकों में ब्रह्मभूत व्यक्ति के लक्षण बतलाते हैं । एक-एक श्लोक का भावार्थ लिखने से पहले यह उल्लेखनीय है कि श्लोक १८.५३ में ''अहंकारं विमुच्य निर्ममः'' शब्द प्रयुक्त हुए हैं जो 'निर्ममो निरहंकारः' की भाँति विश्वसेवा में लीन होने का भाव प्रकट करते हैं ।

अब उपरोक्त तीन श्लोकों के भावार्थ को देखें । विशुद्ध बुद्धि से युक्त, धृति से अपने आपको नियंत्रित करके, शब्दादि विषयों को त्याग कर, राग-द्वेष को निकालकर,

एकांत और शद्ध स्थल का सेवन करने वाला, मिताहारी, वाक्-काय-मन को जीतने वाला, सदा ध्यानयोग में तत्पर हुआ, वैराग्य का आश्रय लेने वाला, अहंकार-बल-दर्प-काम क्रोध-परिग्रह का त्याग कर, मम-भाव-रहित, शान्त व्यक्ति, ब्रह्म में एकीभाव होने के लिए योग्य हो जाता है ।

ब्रह्मभूतः प्रसन्नात्मा न शोचति न कांक्षति ।
समः सर्वेषु भतेषु मद्भक्तिं लभते पराम् ॥ १८.५४ ॥
भक्त्या मामभिजानाति यावान्यश्चास्मि तत्त्वतः ।
ततो मां तत्त्वतो ज्ञात्वा विशते तदनन्तरम् ॥ १८.५५ ॥

सरल भावार्थ—भगवान् कहते हैं—ब्रह्मभूत अर्थात् ब्रह्म में एकीभाव से स्थित हुआ व्यक्ति, प्रसन्न अंतःकरण वाला, न शोक करता है, न कामना करता है, सब प्राणियों में सम-भाव-युक्त होकर, मेरी परा-भक्ति को प्राप्त कर लेता है । परा-भक्ति से वह व्यक्ति मुझे तत्त्वसहित भली प्रकार जान लेता है । मैं जो और जिस प्रभाव वाला हूँ, परा-भक्ति से मुझे तत्त्व सहित जानकर तत्काल मुझ में प्रवेश कर लेता है ।

सर्वकर्माण्यपि सदा कुर्वाणो मद्व्यपाश्रयः ।
मत्प्रसादादवाप्नोति शाश्वतं पदमव्ययम् ॥ १८.५६ ॥

सरल भावार्थ—यह इस प्रसंग का अंतिम श्लोक है । ब्रह्मभूत व्यक्ति के लक्षणों के द्वारा भगवान् यह स्पष्ट करते हैं कि पूर्णावस्था में, सब योग—जैसे कर्मयोग, भक्तियोग, ज्ञानयोग, ध्यानयोग—मिल जाते हैं । इस श्लोक में भगवान् कहते हैं कि ऐसा पूर्णयोगी मेरा आश्रय लेकर, सदा सब कर्मों को करता है अर्थात् सेवा-रूप कर्मों को मुझे अर्पण करता है और शाश्वत अविनाशी परमपद को प्राप्त हो जाता है ।

इस प्रकार योगारूढ़-वृत्ति के छहों प्रसंगों के श्लोक पूरे हुए, इसलिए परिशिष्ट १ यहाँ समाप्त होता है ।

परिशिष्ट २

जगमंगल तथा 'सब कहँ हित' की आरम्भिक घोषणा करने वाला बालकाण्ड का प्रसंग

इस पुस्तक के छठे अध्याय में यह दिखलाया गया है कि जगमंगल की विशाल भावना को मानस ने आरम्भ से ही—अर्थात् बालकाण्ड से ही—प्राथमिकता दी है। यद्यपि ऐसी भावना मानस के अन्य काण्डों में भी विद्यमान है, फिर भी जगमंगल तथा 'सब कहँ हित' की आरम्भिक घोषणा का विशेष महत्त्व है। इसलिए इस परिशिष्ट में बालकाण्ड का यह प्रसंग तुलसीदासजी द्वारा लिखित मूल शब्दों में प्रस्तुत किया जा रहा है। पाठकों की सुविधा के लिए मानस की घोषणा का सरल हिन्दी में अर्थ भी साथ-साथ दिया जा रहा है। पुस्तक के छठे अध्याय में इस परिशिष्ट का उल्लेख है।

जड़ चेतन जग जीव जत सकल राममय जानि।
वंदउँ सब के पद कमल सदा जोरि जुग पानि॥

तुलसीदासजी कहते हैं कि जगत् में जितने जड़ और चेतन जीव हैं, उन सभी को राम-मय जानकर मैं उन सबके चरण-कमलों की दोनों हाथ जोड़कर सदा वंदना करता हूँ।

देव दनुज नर नाग खग प्रेत पितर गंधर्व।
वंदऊँ किंनर रजनिचर कृपा करहु अब सर्व॥

देवता, दैत्य, मनुष्य, नाग, पक्षी, पितर, गंधर्व, किन्नर और निशाचर—सभी को मैं प्रणाम करता हूँ। अब सब मुझ पर कृपा कीजिए।

आकर चारि लाख चौरासी। जाति जीव जलथल नभ वासी॥
सीयराममय सब जग जानी। करउँ प्रनाम जोरि जुग पानी॥

चौरासी लाख योनियों में चार प्रकार के (स्वेदज, अण्डज, उद्भिज्ज, जरायुज)

जीव जल, पृथ्वी और आकाश में रहते हैं । उन सबसे भरे हुए इस सारे जगत् को श्रीसीता राम-मय जानकर, दोनों हाथ जोड़कर मैं प्रणाम करता हूँ ।

जानि कृपाकर किंकर मोहू । सब मिलि करहु छाड़ि छल छोहू ॥
निज बुधि बल भरोस मोहि नाहीं । तातें विनय करउँ सब पाहीं ॥

आप सब कृपा की खान हैं आप सब मिलकर, छल छोड़कर, और मुझको अपना दास जानकर—मुझ पर कृपा कीजिए । मुझे अपने बुद्धिबल पर भरोसा नहीं है, इसलिए मैं सबसे विनती करता हूँ ।

करन चहउँ रघुपति गुन गाहा । लघु मति मोरि चरित अवगाहा ॥
सूझ न एकउ अंग उपाऊ । मन मति रंक मनोरथ राऊ ॥

मैं श्रीरघुनाथजी के गुणों का वर्णन करना चाहता हूँ, परन्तु मेरी बुद्धि छोटी है और श्रीराम का चरित्र अथाह है । मेरे मन और बुद्धि कंगाल हैं अर्थात् मेरे पास साधनों की कमी है, किन्तु मनोरथ राजा है अर्थात् मेरी इच्छाएँ विशाल हैं । इसलिए मुझे उपाय का एक भी अंग नहीं सूझता अर्थात् अपनी इच्छा पूरी करने के लिए कोई भी उपाय समझ में नहीं आता ।

मति अति नीच ऊँचि रुचि आछी । चहिअ अमिअ जग जुरइ न छाछी ॥
छमिहहिं सज्जन मोरि ढिठाई । सुनिहहिं बालवचन मन लाई ॥

मेरी बुद्धि तो अत्यन्त नीची है और चाह बहुत ऊँची है—चाह तो अमृत पाने की है पर जगत् में जुड़ती छाछ भी नहीं । सज्जन मेरी ढिठाई को क्षमा करेंगे और मेरे बाल-वचनों को मन लगाकर सुनेंगे ।

जौं बालक कह तोतरि बाता । सुनहिं मुदित मन पितु अरु माता ॥
हँसिहहिं कूर कुटिल कुविचारी । जे पर दूषन भूषनधारी ॥

जब बालक तोतले वचन बोलता है तो उसके माता-पिता उन्हें प्रसन्न मन से सुनते हैं । किन्तु क्रूर, कुटिल और बुरे विचार वाले लोग तोतले वचनों पर हँसेंगे क्योंकि उनको दूसरों के दोष ही प्यारे लगते हैं—दूसरों के दोषों को ही वे अपना भूषण समझते हैं ।

निज कवित्त केहि लाग न नीका । सरस होउ अथवा अति फीका ॥
जे पर भनिति सुनत हरषाहीं । ते वर पुरुष बहुत जग नाहीं ॥

अपनी कविता किसे अच्छी नहीं लगती? चाहे रसीली हो चाहे अत्यन्त फीकी—सब अपनी कविता को पसन्द करते हैं । किन्तु दूसरे की रचना को सुनकर हर्षित होने वाले—उत्तम पुरुष—जगत् में थोड़े ही हैं ।

जग बहु नर सर सरि सम भाई । जे निज बाढ़ि बढ़हिं जल पाई ॥
सज्जन सकृत सिंधु सम कोई । देखि पूर विधु बाढइ जोई ॥

हे भाई! जगत् में अधिकतर मनुष्य तालाबों और नदियों के समान हैं जो जल पाकर, अपनी ही बाढ़ से बढ़ते हैं अर्थात् अपनी ही उन्नति से प्रसन्न होते हैं । समुद्र-जैसा तो कोई एक बिरला ही सज्जन होता है जो चन्द्रमा को पूर्ण देखकर—अर्थात् दूसरों का उत्कर्ष देखकर—उमड़ पड़ता है ।

भाग छोट अभिलाषु बड़ करउँ एक विस्वास ।
पैहहिं सुख सुनि सुजन सब खल करिहहिं उपहास ॥

मेरा भाग्य छोटा है और इच्छा बहुत बड़ी है, परन्तु मुझे एक विश्वास है कि मेरी कविता को सुनकर सज्जन सभी सुख पाएँगे और दुष्ट हँसी उड़ाएँगे ।

खल परिहास होइ हित मोरा । काक कहहिं कलकंठ कठोरा ॥
हँसहिं वक दादुर चातकही । हँसहिं मलिन खल विमल वतकही ॥

दुष्टों के द्वारा हँसी उड़ाने से मेरा हित ही होगा । कौए तो मधुर कंठवाली कोयल को कठोर ही कहते हैं । जैसे बगुले हंस पर और मेंढक पपीहे पर हँसते हैं, वैसे ही मलिन मन वाले दुष्ट निर्मल वाणी पर हँसते हैं ।

कवित रसिक न राम पद नेहू । तिन्ह कहँ सुखद हास रस एहू ॥
भाषा भनिति भोरि मति मोरी । हँसिबे जोग हँसे नहिं खोरी ॥

जो न तो कविता के रसिक हैं और न ही जिनका श्रीराम के चरणों में प्रेम है, उनके लिए मेरी कविता सुखद हास्यरस का काम देगी । प्रथम तो यह बोलचाल की भाषा की रचना है—संस्कृत की नहीं—और दूसरे मेरी बुद्धि भोली है; इसलिए यह हँसने के योग्य ही है, और जो लोग मेरी कविता पर हँसते हैं उसमें उनका कोई दोष नहीं है ।

प्रभु पद प्रीति न सामुझि नीकी । तिन्हहि कथा सुनि लागिहि फीकी ॥
हरि हर पद रति मति न कुतरकी । तिन्ह कहुँ मधुर कथा रघुवर की ॥

जिन्हें न तो प्रभु के चरणों में प्रेम है और न अच्छी समझ ही है, उनको यह कथा सुनने में फीकी लगेगी । किंतु जिनकी भगवान् विष्णु और भगवान् शिव के चरणों में प्रीति है और जिनकी बुद्धि कुतर्क करने वाली नहीं है, उन्हें श्रीराम की यह कथा मीठी लगेगी ।

राम भगति भूषित जियँ जानी । सुनिहहिं सुजन सराहि सुवानी ॥
कवि न होउँ नहिं वचन प्रवीनू । सकल कला सब विद्या हीनू ॥

यह कविता श्रीराम की भक्ति से भूषित है—ऐसा जानकर सज्जन लोग मेरी कविता को सुंदर वाणी से सराहना करते हुए सुनेंगे। सज्जनों से मिलने वाली इस प्रशंसा का श्रेय मेरी अपनी योग्यता को नहीं है क्योंकि मैं न तो कवि हूँ और न वाक्य-रचना में ही कुशल हूँ। मैं तो स्पष्ट कहता हूँ कि मैं सब कलाओं तथा सब विद्याओं से रहित हूँ।

आखर अरथ अलंकृति नाना। छंद प्रबंध अनेक विधाना॥
भाव भेद रस भेद अपारा। कवित दोष गुन विविध प्रकारा॥
कवित विवेक एक नहिं मोरें। सत्य कहउँ लिखि कागद कोरें॥

नाना प्रकार के अक्षर, अर्थ और अलंकार, अनेक प्रकार की छंद-रचना, भावों और रसों के अपार भेद, कविता के भाँति-भाँति के गुण-दोष—इनमें से काव्य-संबंधी एक भी बात का ज्ञान मुझ में नहीं है, यह मैं कोरे कागज पर लिखकर अर्थात् शपथपूर्वक सत्य वचन के रूप में कहता हूँ।

भनिति मोरि सब गुन रहित विस्व विदित गुन एक।
सो विचारि सुनिहहिं सुमति जिन्ह कें विमल विवेक॥

यद्यपि मेरी कविता सब गुणों से रहित है, फिर भी इसमें एक जगत्प्रसिद्ध गुण है (जो अगली चौपाई में वर्णित है)। उसे विचारकर अच्छी बुद्धि वाले व्यक्ति—जिनका ज्ञान निर्मल है—मेरी कविता को सुनेंगे।

एहि महँ रघुपति नाम उदारा। अति पावन पुरान श्रुति सारा॥
मंगल भवन अमंगल हारी। उमा सहित जेहि जपत पुरारी॥

मेरी कविता में श्रीराम का उदार नाम है जो अत्यन्त पवित्र है, वेद-पुराणों का सार है, कल्याण का भवन है, अमंगलों को हरने वाला है, और जिसे पार्वतीजी सहित भगवान् शिवजी सदा जपते हैं।

भनिति विचित्र सुकवि कृत जोऊ। राम नाम बिनु सोह न सोऊ॥
विधुवदनी सब भाँति सँवारी। सोह न वसन बिना वर नारी॥

कविता की शोभा रामनाम से है। रामनाम के बिना कोई भी कविता शोभा नहीं पा सकती चाहे वह कितनी ही अनूठी हो और चाहे उसका रचने वाला कितना ही प्रसिद्ध कवि हो। जैसे नारी की शोभा के लिए सामाजिक प्रतिष्ठा दिलवाने वाले वस्त्र आवश्यक हैं, न कि केवल मुख की बनावट या गहनों की चमक।

सब गुन रहित कुकवि कृत वानी। राम नाम जस अंकित जानी॥
सादर कहहिं सुनहिं बुध ताही। मधुकर सरिस संत गुनग्राही॥

संतजन भौंरे की भाँति गुण ही को ग्रहण करने वाले होते हैं। ऐसे संत और बुद्धिमान् लोग उस कविता को आदरपूर्वक कहते और सुनते हैं जिस पर श्रीराम के नाम और यश की छाप हो—चाहे उस कविता में और कोई गुण न हो और चाहे उस कविता का रचने वाला कुकवि कहलाता हो।

जदपि कवित रस एकउ नाहीं। राम प्रताप प्रगट एहि माहीं॥
सोइ भरोस मोरें मन आवा। केहिं न सुसंग बड़प्पन पावा॥

यद्यपि मेरी इस रचना में कविता का एक भी रस नहीं है, फिर भी इसमें श्रीराम का प्रताप प्रकट है। मेरे मन में यही एक भरोसा है। अच्छी संगति से किसने बड़प्पन नहीं पाया?

धूमउ तजइ सहज करुआई। अगरु प्रसंग सुगंध बसाई॥
भनिति भदेस वस्तु भलि बरनी। राम कथा जगमंगल करनी॥

धुँए में जो स्वाभाविक कड़ुवापन है, वह भी सुगंधित अगर के संग से दूर हो जाता है। इसी प्रकार यद्यपि मेरी कविता भद्दी अर्थात् असुंदर है, फिर भी यह सुन्दर समझी जाएगी क्योंकि इसमें उत्तम वस्तु का वर्णन है—और वह उत्तम वस्तु है जगत् का कल्याण करने वाली रामकथा। (मानस में जगमंगल की घोषणा करने वाले ये प्रथम शब्द हैं—रामकथा जगमंगल करनी। 'सब कहँ हित' की घोषणा करने वाले शब्दों के लिए थोड़ी और प्रतीक्षा कीजिए।)

मंगल करनि कलि मल हरनि तुलसी कथा रघुनाथ की।
गति कूर कविता सरित की ज्यों सरित पावन पाथ की॥
प्रभु सुजस संगति भनिति भलि होइहि सुजन मन भावनी।
भव अंग भूति मसान की सुमिरत सुहावनि पावनी॥

तुलसीदासजी कहते हैं कि श्रीराम की कथा कल्याण करने वाली और कलियुग के पापों को हरने वाली है। मेरी कवितारूपी नदी की चाल टेढ़ी है, किंतु टेढ़ी चाल के होने पर भी इसकी पवित्रता समाप्त नहीं होती जैसे सबको पवित्र करने वाली गंगाजी के विषय में कह सकते हैं। श्रीराम के सुयश के संग से मेरी कविता सुंदर तथा सज्जनों के मन को भाने वाली हो जाएगी। श्मशान की अपवित्र राख भगवान् शिवजी के संग से सुहावनी लगती है और उसमें पवित्रता भी आ जाती है।

प्रिय लागिहि अति सबहि मम भनिति राम जस संग।
दारु विचारु कि करइ कोउ बंदिअ मलय प्रसंग॥

श्रीराम के यश के संग से मेरी कविता सभी को अत्यंत प्रिय लगेगी। जैसे मलय पर्वत के संग से काठ भी चन्दन बनकर वंदनीय हो जाता है, फिर क्या कोई काठ की

पुरानी तुच्छता का विचार करता है?

स्याम सुरभि पय बिसद अति गुनद करहिं सब पान ।
गिरा ग्राम्य सिय राम जस गावहिं सुनहिं सुजान ॥

श्यामा गाय काली होने पर भी उसका दूध उज्ज्वल और बहुत गुणकारी होता है-- यही समझकर सब लोग उसे पीते हैं । इसी तरह गँवारू भाषा में होने पर भी श्रीसीताराम के यश को बुद्धिमान् लोग बड़े चाव से गाते और सुनते हैं ।

मनि मानिक मुकुता छवि जैसी । अहि गिरि गज सिर सोह न तैसी ॥
नृप किरीट तरुनी तनु पाई । लहहिं सकल सोभा अधिकाई ॥
तैसेहि सुकवि कवित बुध कहहीं । उपजहिं अनत अनत छवि लहहीं ॥

बुद्धिमान् लोग कहते हैं कि सुकवि की कविता उत्पन्न और कहीं होती है और शोभा और कहीं पाती है (जहाँ उसका विचार, प्रचार और उसमें कथित आदर्श का ग्रहण और अनुसरण होता है) । जैसे मणि, माणिक और मोती की शोभा अपने उत्पत्ति-स्थान (साँप, पर्वत आदि) पर इतनी नहीं है जितनी कि उनका उचित उपयोग करने पर— मुकुट और गहनों में—होती है ।

भगति हेतु बिधि भवन बिहाई । सुमिरत सारद आवति धाई ॥
राम चरित सर बिनु अन्हवाएँ । सो श्रम जाइ न कोटि उपाएँ ॥

कवि के स्मरण करते ही उसकी भक्ति तथा श्रद्धा के कारण सरस्वतीजी ब्रह्मलोक को छोड़कर कवि के पास दौड़कर आती हैं । दौड़ने से उत्पन्न हुई थकावट को दूर करने का केवल एक उपाय कवि के पास है कि वह सरस्वतीजी को रामचरितरूपी सरोवर में स्नान कराये (जैसाकि अगली चौपाई में वर्णित है) ।

कबि कोबिद अस हृदयँ बिचारी । गावहिं हरि जस कलिमल हारी ॥
कीन्हें प्राकृत जन गुन गाना । सिर धुनि गिरा लगत पछिताना ॥

सरस्वतीजी की थकावट को दूर करने के एकमात्र उपाय को ध्यान में रखकर कवि और पंडित भगवान् के यश का ही गान करते हैं, न कि संसारी व्यक्तियों का गुणगान । कवि के ऐसा करने से सरस्वतीजी हर्षित होती हैं और लोगों को कलियुग के कलुष को धोने का उचित साधन प्राप्त हो जाता है ।

हृदय सिंधु मति सीप समाना । स्वाति सारदा कहहिं सुजाना ॥
जौं बरसइ बर बारि बिचारू । होहि कबित मुकुतामनि चारू ॥

इस चौपाई में तुलसीदासजी स्वाति नक्षत्र से संबंधित कवियों की कल्पना का प्रयोग करते हैं । जैसे स्वाति नक्षत्र द्वारा बरसाये हुए जल से सीप का मोती बन जाता है, उसी

प्रकार सरस्वतीजी द्वारा दिए गए श्रेष्ठ विचार से कवि की बुद्धि में उत्पन्न हुए भाव सुंदर कविता का रूप ले लेते हैं ।

जुगुति वेधि पुनि पोहिआहिं रामचरित वर ताग ।
पहिरहिं सज्जन विमल उर सोभा अति अनुराग ॥

जैसे धागे में मोती पिरोकर धारण करने से शोभा होती है, उसी प्रकार कविता को रामचरित्र का सुंदर रूप देकर निर्मल हृदय में धारण करने से भगवान् से प्रेम हो जाता है ।

जे जनमे कलिकाल कराला । करतब वायस वेष मराला ॥
चलत कुपंथ वेद मग छाँड़े । कपट कलेवर कलिमल भाँड़े ॥
वंचक भगत कहाइ राम के । किंकर कंचन कोह काम के ॥
तिन्ह महँ प्रथम रेख जग मोरी । धींग धरमध्वज धंधक धोरी ॥

तुलसीदासजी कहते हैं कि मेरे अवगुणों पर ध्यान मत दो क्योंकि मेरी गिनती पापियों में सबसे पहले है—जैसे हंस का वेष बनाकर कौए के समान आचरण करने वालों में, वेदमार्ग को छोड़कर कलियुग के कलुषित मार्ग पर चलने वालों में, भक्ति का ढोंग रचकर ठगने वालों में, काम-क्रोध-लोभ के गुलामों में और धर्म की झूठी ध्वजा फहराने वाले दंभियों में ।

जौं अपने अवगुन सब कहऊँ । बाढ़इ कथा पार नहिं लहऊँ ॥
ताते मैं अति अलप बखाने । थोरे महुँ जानिहहिं सयाने ॥

यदि मैं अपने सब अवगुणों की कथा कहूँ तो उसे पूरा नहीं कर पाऊँगा । इसलिए मैंने संक्षेप में वर्णन किया है । बुद्धिमान् लोग थोड़े में ही पूरी बात समझ लेंगे ।

समुझि विविध विधि विनती मोरी । कोउ न कथा सुनि देइहि खोरी ॥
एतेहु पर करिहहिं जे असंका । मोहि ते अधिक ते जड़ मति रंका ॥

अनेक प्रकार से मैंने जो विनती की है, उसे समझकर कोई भी इस कथा को सुनकर मुझे दोष नहीं देगा । इतने पर भी जो शंका करेंगे, वे तो मुझसे भी अधिक मूर्ख और बुद्धि के कंगाल हैं ।

कवि न होउँ नहिं चतुर कहावहुँ । मति अनुरूप राम गुन गावउँ ॥
कहँ रघुपति के चरित अपारा । कहँ मति मोरि निरत संसारा ॥

मैं न तो कवि हूँ, न चतुर कहलाता हूँ, फिर भी अपनी बुद्धि के अनुसार श्रीराम के गुण गाता हूँ । कहाँ तो श्रीराम के अपार चरित्र और कहाँ संसार में आसक्त मेरी बुद्धि ।

जेहिं मारुत गिरि मेरु उड़ाहीं । कहहु तूल केहि लेखे माहीं ॥
समुझत अमित राम प्रभुताई । करत कथा मन अति कदराई ॥

जिस हवा से सुमेरु-जैसे पहाड़ उड़ जाते हैं, उसके सामने रूई किस गिनती में है? श्रीराम की असीम प्रभुता को समझकर कथा रचने में मेरा मन बहुत हिचकता है ।

सारद सेस महेस विधि आगम निगम पुरान ।
नेति नेति कहि जासु गुन करहिं निरंतर गान ॥

श्रीराम की प्रभुता इतनी असीम है कि सरस्वतीजी, शेषजी, शिवजी, ब्रह्मा, शास्त्र, वेद और पुराण—इन सबने प्रभु का गुणगान करके पार नहीं पाया और अंत में कहा 'नेति' अर्थात् किसी भी वर्णन से प्रभु के गुणगान की समाप्ति नहीं हो सकती ।

सब जानत प्रभु प्रभुता सोई । तदपि कहें बिनु रहा न कोई ॥
तहाँ वेद अस कारन राखा । भजन प्रभाउ भाँति बहु भाषा ॥

यद्यपि सब जानते हैं कि प्रभु की प्रभुता असीम है, फिर भी सबने प्रभु का गुणगान अपनी पहुँच के अनुसार किया है । वेदों ने सब प्रकार के प्रयत्नों का समर्थन किया है ।

एक अनीह अरूप अनामा । अज सच्चिदानंद पर धामा ।
व्यापक विस्वरूप भगवाना । तेहिं धरि देह चरित कृत नाना ॥

जो अव्यक्त परमेश्वर है, जिसका कोई नाम-रूप नहीं है, जो अजन्मा, सच्चिदानन्द और परम धाम है और जो सबमें व्यापक और विश्वरूप है—उसी भगवान् ने दिव्य शरीर धारण करके नाना प्रकार की लीलाएँ की हैं ।

सो केवल भगतन हित लागी । परम कृपाल प्रनत अनुरागी ॥
जेहि जन पर ममता अति छोहू । जेहिं करुना करि कीन्ह न कोहू ॥

भगवान् की लीला भक्तों के हित के लिए है क्योंकि प्रभु परम कृपालु हैं और शरणागत के प्रेमी हैं । भगवान् भक्तों से ममता करते हैं, वे उन पर कृपा करते हैं—क्रोध नहीं ।

गई बहोर गरीब नेवाजू । सरल सबल साहिब रघुराजू ॥
बुध बरनहिं हरिजस अस जानी । करहिं पुनीत सुफल निज बानी ॥

श्रीराम खोई हुई वस्तु को फिर प्राप्त करा देते हैं, वे गरीब निवाज अर्थात् दीनबंधु हैं, वे सरल स्वभाव, सर्वशक्तिमान् तथा सबके स्वामी हैं । यही समझकर बुद्धिमान् लोग भगवान् के यश का वर्णन करते हैं । इससे उनकी वाणी पवित्र और उत्तम फल देने वाली बनती है ।

तेहिं बल मैं रघुपति गुन गाथा । कहिहउँ नाइ राम पद माथा ॥
मुनिन्ह प्रथम हरि कीरति गाई । तेहिं मग चलत सुगम मोहि भाई ॥

बुद्धिमान् लोगों के दृष्टांत से उत्साहित होकर मैं भी श्रीराम के चरणों में सिर नवाकर प्रभु के गुणों की कथा कहूँगा । हे भाई! वाल्मीकि, व्यास आदि मुनियों ने पूर्वकाल में प्रभु की कीर्ति गायी है, उसी मार्ग पर चलना मेरे लिए सुगम होगा ।

अति अपार जे सरित वर जौं नृप सेतु कराहिं ।
चढ़ि पिपीलिकउ परम लघु बिनु श्रम पारहि जाहिं ॥

जो बड़ी-बड़ी नदियाँ हैं, उनको भी छोटी चींटियाँ बिना परिश्रम के पार कर लेती हैं, यदि राजा उन नदियों पर पुल बँधा देता है—इसी प्रकार मुनियों द्वारा कृत वर्णन के सहारे मैं भी श्रीरामचरित्र का वर्णन सहज ही कर सकूँगा ।

एहि प्रकार बल मनहि देखाई । करिहउँ रघुपति कथा सुहाई ॥
व्यास आदि कवि पुंगव नाना । जिन्ह सादर हरि सुजस बखाना ॥
चरन कमल वंदउँ तिन्ह केरे । पुरवहुँ सकल मनोरथ मेरे ॥

इस प्रकार मन को बल दिखलाकर मैं श्रीराम की सुहावनी कथा की रचना करूँगा । व्यास आदि जो अनेक श्रेष्ठ कवि हो गए हैं, जिन्होंने बड़े आदर से प्रभु के सुयश का वर्णन किया है, मैं उन सबके चरण-कमलों में प्रणाम करता हूँ और उनसे प्रार्थना करता हूँ कि वे मेरे सब मनोरथों को पूरा करें ।

कलि के कविन्ह करउँ परनामा । जिन्ह बरने रघुपति गुन ग्रामा ॥
जे प्राकृत कवि परम सयाने । भाषाँ जिन्ह हरि चरित बखाने ॥
भए जे अहहिं जे होइहहिं आगें । प्रनवउँ सबहि कपट सब त्यागें ॥

कलियुग के भी उन कवियों को मैं प्रणाम करता हूँ जिन्होंने श्रीराम के गुणसमूहों का वर्णन किया है । जो बड़े बुद्धिमान् प्राकृत्-भाषा के कवि हैं, जिन्होंने बोलचाल की भाषा में प्रभु-चरित का वर्णन किया है—जो ऐसे कवि पहले हो चुके हैं, जो इस समय वर्तमान हैं और जो आगे होंगे—उन सभी को मैं सारा कपट त्यागकर प्रणाम करता हूँ ।

होहु प्रसन्न देहु वरदानू । साधु समाज भनिति सनमानू ॥
जो प्रबंध बुध नहिं आदरहीं । सो श्रम बादि वाल कवि करहीं ॥

आप सब प्रसन्न होकर यह वरदान दीजिए कि सज्जन लोगों के द्वारा मेरी कविता का सम्मान हो; क्योंकि जो कविता बुद्धिमान् लोगों के द्वारा सम्मानित नहीं होती, उसकी रचना करने वाले मूर्ख कवि व्यर्थ ही परिश्रम करते हैं ।

कीरति भनिति भूति भलि सोई । सुरसरि सम सब कहँ हित होई ॥

इन शब्दों में तुलसीदासजी ने कविता, कीर्ति और सम्पत्ति की उत्तमता की पहचान करने के लिए बहुत उपयोगी मापदण्ड प्रस्तुत किया है । वे कहते हैं कि कीर्ति, कविता और सम्पत्ति वही उत्तम है जो गंगाजी की तरह सबका हित करने वाली हो । 'सब कहँ हित' की आरम्भिक घोषणा करने वाले ये शब्द बहुत महत्त्वपूर्ण हैं । जगमंगल की आरम्भिक घोषणा का उल्लेख ऊपर हो चुका है ।

राम सुकीरति भनिति भदेसा । असमंजस अस मोहि अँदेसा ॥
तुम्हरी कृपा सुलभ सोउ मोरे । सिअनि सुहावनि टाट पटोरे ॥

तुलसीदासजी कहते हैं कि ऊपर लिखे हुए मापदण्ड के अनुसार श्रीराम की कीर्ति की उत्तमता तो निश्चित है क्योंकि वह सबका कल्याण करने वाली है । किंतु श्रीराम की सुंदर कीर्ति को प्रकट करने वाली मेरी कविता असुंदर है । यह असामंजस्य है अर्थात् इन दोनों का मेल नहीं मिलता, इसकी मुझे चिंता है । हे कवियों! आपकी कृपा से यह बात भी मेरे लिए सुलभ हो सकती है । जैसे रेशम की सिलाई टाट पर भी सुहावनी लगती है, इसी प्रकार श्रीराम की कीर्ति असुंदर कविता को भी सुंदर बना देगी ।

सरल कवित कीरति विमल सोइ आदरहिं सुजान ।
सहज वयर विसराइ रिपु जो सुनि करहिं बखान ॥

बुद्धिमान् व्यक्ति उसी कविता का आदर करते हैं जो सरल भाषा में लिखी हो, जिसमें श्रीराम की निर्मल कीर्ति का वर्णन हो, और जिसे सुनकर शत्रु भी स्वाभाविक वैर को भुलाकर मधुर वचन कहें ।

इस विचार से कि पुस्तक का आकार अधिक बड़ा न हो जाए, द्वितीय परिशिष्ट को यहीं समाप्त किया जा रहा है ।

परिशिष्ट ३

जगमंगल से विपरीत सामाजिक स्थिति का उत्तरकाण्ड में वर्णन—वैर-विरोध से कलुषित कलियुग

तुलसीदासजी ने मानस के पाठकों को न केवल जगमंगल के मार्ग पर अग्रसर होने के लिए प्रेरित किया, बल्कि साथ ही यह चेतावनी भी दी कि जगमंगल से विपरीत चलने पर समाज की कितनी दुर्दशा हो सकती है । ऐसी चेतावनी मानस के दो प्रसंगों के संदर्भ में विद्यमान है । प्रथम प्रसंग बालकाण्ड में है जहाँ राक्षसों द्वारा कृत हिंसा तथा अनीति का वर्णन है । दूसरा प्रसंग उत्तरकाण्ड में, कलियुग में व्याप्त वैर-विरोध के वर्णन का है । दोनों प्रसंगों में से कलियुग-संबंधी वर्णन अधिक विस्तृत है, इसलिए इस परिशिष्ट में यह प्रस्तुत है । काकभुशुंडि गरुड़ को संबोधित करते हुए कलियुग की दुर्दशा का चित्रण करते हैं । पुस्तक के आठवें अध्याय में इस परिशिष्ट का उल्लेख है ।

कलिमल ग्रसे धर्म सब लुप्त भए सदग्रंथ ।
दंभिन्ह निज मति कल्पि करि प्रगट किए बहु पंथ ॥

कलियुग के पापों ने सब धर्मों को ग्रस लिया । फलस्वरूप सद्ग्रंथ लुप्त हो गए । दम्भियों ने अपनी मनमानी कल्पना करके बहुत से अनुचित पंथों को बढ़ावा दिया ।

भए लोग सब मोहबस लोभ ग्रसे सुभ कर्म ।
सुनु हरिजान ग्याननिधि कहउँ कछुक कलिधर्म ॥

काकभुशुंडि गरुड़ से कहते हैं कि कलियुग में सभी लोग मोह के वश हो गए तथा शुभ कार्यों को लोभ ने हड़प लिया ।

बरन धर्म नहिं आश्रम चारी । श्रुति विराध रत सब नर नारी ॥
द्विज श्रुति वेचक भूप प्रजासन । कोउ नहिं मान निगम अनुसासन ॥

कलियुग में वर्णाश्रमधर्म समाप्त हो गया। सब स्त्री-पुरुष वेदों के विरोध में लगे रहते हैं। ब्राह्मण वेदों को बेचने वाले और राजा प्रजा को खा डालने वाले होते हैं। वेदों में वर्णित संयम और अनुशासन की बात कोई नहीं मानता।

मारग सोइ जा कहुँ जोइ भावा। पंडित सोइ जो गाल बजावा॥
मिथ्यारंभ दंभ रत जोई। ता कहुँ संत कहइ सब कोई॥

कलियुग में सब अपनी इच्छानुसार मनमाना मार्ग चुनते हैं। जो डींग मारता है, वही पंडित है। जो आडम्बर रचता है और दम्भ में रत है, उसी को सब संत कहते हैं।

सोइ सयान जो परधन हारी। जो कर दंभ सो बड़ आचारी॥
जो कह झूँठ मसखरी जाना। कलिजुग सोइ गुनवंत बखाना॥

जो जिस किसी प्रकार से दूसरे का धन हरण कर ले, वही बुद्धिमान् है। जो दम्भ करता है, वही उच्च आचार वाला समझा जाता है। जो झूठ बोलता है और असभ्य ढंग से हँसी-दिल्लगी करना जानता है, वही गुणवान् कहलाता है।

निराचार जो श्रुति पथ त्यागी। कलिजुग सोइ ग्यानी सो बिरागी॥
जाकें नख अरु जटा बिसाला। सोइ तापस प्रसिद्ध कलिकाला॥

जो दुराचारी है और वेदमार्ग को छोड़ चुका है, वही ज्ञानी और वैराग्यवान् है। जिसके बड़े-बड़े नाखून और लम्बी-लम्बी जटाएँ हैं, कलियुग में वही प्रसिद्ध तपस्वी कहलाता है।

असुभ वेष भूषन धरें भच्छाभच्छ जे खाहिं।
तेइ जोगी तेइ सिद्ध नर पूज्य ते कलिजुग माहिं॥

जो अमंगल वेष और अमंगल भूषण धारण करते हैं और भक्ष्य-अभक्ष्य अर्थात् खाने योग्य और न खाने योग्य—सब कुछ खा लेते हैं, वे ही कलियुग के योगी हैं, वे ही सिद्ध हैं और उन्हीं की पूजा होती है।

जे अपकारी चार तिन्ह कर गौरव मान्य तेइ।
मन क्रम वचन लबार तेइ वकता कलिकाल महुँ॥

जिनका आचरण दूसरों का अपकार अर्थात् अहित करने वाला है, कलियुग में उन्हीं का गौरव होता है और उन्हीं को लोग सम्मान के योग्य समझते हैं। जो मन, वचन और क्रम से लबार अर्थात झूठ बकने वाले हैं, वे ही उच्च कोटि के वक्ता माने जाते हैं।

नारि बिबस नर सकल गोसाईं। नाचहिं नट मर्कट की नाईं॥
सब नर काम लोभ रत क्रोधी। देव विप्र श्रुति संत विरोधी॥

पुरुषों का व्यवहार वेदों और संतों की शिक्षाओं के विपरीत है। वे काम-क्रोध-लोभ के शिकार हैं, इसलिए उन्होंने अपनी निर्णय-शक्ति खो दी है, वे अपनी पत्नियों के वश में हैं और बाज़ीगर के बंदर की तरह उनके नचाये नाचते हैं।

गुन मंदिर सुंदर पति त्यागी। भजहिं नारि पर पुरुष अभागी।
सौभागिनी विभूषन हीना। विधवन्ह के सिंगार नवीना॥

कलियुग में स्त्रियों की दशा भी दयनीय है। उनमें से अनेक पर-पुरुष का सेवन करती हैं, चाहे उनके पति गुणवान् और सुंदर भी हों। सुहागिनी स्त्रियों के पास आभूषण नहीं हैं पर विधवाओं को श्रृंगार की कोई कमी नहीं।

गुर सिष बधिर अंध का लेखा। एक न सुनइ एक नहिं देखा॥
हरइ सिष्य धन सोक न हरई। सो गुर घोर नरक महुँ परई॥

कलियुग में स्वधर्म-पालन देखने को नहीं मिलता—न गुरु के द्वारा और न शिष्य के द्वारा। इसलिए कहावत के रूप में ऐसा कह सकते हैं कि शिष्य बहरे-जैसा है और गुरु अंधे-जैसा। शिष्य गुरु के उपदेश को सुनता नहीं, और गुरु को ज्ञानदृष्टि प्राप्त नहीं हुई है। तुलसीदासजी की सम्मति में इस दयनीय स्थिति के लिए मुख्यतः गुरु ही दोषी है—वह शिष्य का धन हड़प लेता है पर उसका शोक दूर नहीं करता।

मातु पिता बालकन्हि बोलावहिं। उदर भरै सोइ धर्म सिखावहिं॥

कलियुग में पेट भरने की समस्या पर ही अधिक ध्यान दिया जाता है—माता-पिता भी अपने बच्चों को वही धर्म सिखलाते हैं जिससे वे अपना पेट भर सकें।

ब्रह्म ग्यान बिनु नारि नर कहहिं न दूसरि बात।
कौड़ी लागि लोभ बस करहिं विप्र गुर घात॥

कलियुग में करनी और कथनी में कोई मेल नहीं है। स्त्री-पुरुष ब्रह्मज्ञान के सिवाय दूसरी बात नहीं करते, परन्तु वे लोभवश बहुत थोड़े-से झूठे लाभ के लिए भीषण-से-भीषण हत्या भी कर सकते हैं।

पर त्रिय लंपट कपट सयाने। मोह द्रोह ममता लपटाने॥
तेइ अभेदवादी ग्यानी नर। देखा मैं चरित्र कलिजुग कर॥

कलियुग के लोग बातें करते हैं वेदान्त की—जैसे ब्रह्म और जीव में कोई भेद नहीं है—किंतु उनका आचरण तामसिक है—जैसे परायी स्त्री में आसक्ति, कपट करने में चतुराई, तथा मोह, द्रोह और ममता के गर्त में डूबना।

आपु गए अरु तिन्हहू घालहिं। जे कहुँ सत मारग प्रतिपालहिं॥
कल्प कल्प भरि एक एक नरका। परहिं जे दूषहिं श्रुति करि तरका॥

कलियुग में लोग विनाशकारी तर्क का दुरुपयोग करके साधारण जनता को बहकाते हैं जिससे व्यावहारिक नीति और मर्यादा समाप्त हो जाए । ऐसा करने वाले स्वयं तो नष्ट होते ही हैं, पर वे अपने साथ उनको भी घसीटना चाहते हैं तो सन्मार्ग पर चलने का प्रयत्न करते हैं ।

नारि मुई गृह संपति नासी । मूड़ मुड़ाइ होहिं संन्यासी ॥
सब नर कल्पित करहिं अचारा । जाइ न बरनि अनीति अपारा ॥

कलियुग में संन्यासी ऐसे नहीं हैं जैसे पहले होते थे जिनमें ज्ञान, वैराग्य और सेवाभाव था । कलियुग के संन्यासी तो अवसरवादी हैं जो पत्नी के मरने पर अथवा संपत्तिहीन होने पर, सिर मुंड़ाकर संन्यासी होने का ढोंग रचते हैं । तुलसीदासजी कहते हैं कि न केवल संन्यासी, बल्कि कलियुग से प्रभावित सभी व्यक्ति मनमाना आचरण करके सामाजिक वातावरण को अनीतिपूर्ण बना देते हैं ।

भए बरन संकर कलि भिन्नसेतु सब लोग ।
करहिं पाप पावहिं दुख भय रुज सोक वियोग ॥

कलियुग में सब लोग वर्णसंकर और मर्यादा से च्युत हो जाते हैं । वे पाप करते हैं और उनके फलस्वरूप उनको अनेक कष्ट झेलने पड़ते हैं जैसे दुःख, भय, रोग, शोक और प्रिय वस्तु तथा व्यक्ति का वियोग ।

श्रुति संमत हरि भक्ति पथ संजुत विरति विवेक ।
तेहिं न चलहिं नर मोह बस कल्पहिं पंथ अनेक ॥

तुलसीदासजी कहते हैं कि हरिभक्ति का मार्ग वेदसम्मत तथा वैराग्य और ज्ञान से युक्त है, किंतु कलियुग के लोग मोहवश उस मार्ग पर नहीं चलते और अनेक कल्पित पंथों का सहारा तकते हैं ।

बहु दाम सँवारहिं धाम जती । विषया हरि लीन्हि न रही बिरती ॥
तपसी धनवंत दरिद्र गृही । कलि कौतुक तात न जात कही ॥

तुलसीदासजी कहते हैं कि कलियुग में सब कुछ उल्टा दिखलाई देता है । गृहस्थ दरिद्र हो जाते हैं और तपस्वी धनवान् । संन्यासी बहुत धन लगाकर अपना रहने का स्थान सजाते हैं—उनके कार्यों से यह स्पष्ट है कि उनमें वैराग्य-भावना के स्थान पर विषयासक्ति का ज़ोर है ।

कुलवंति निकारहिं नारि सती । गृह आनहिं चेरि निवेरि गती ॥

पत्नी कुलवती और सत्त्वगुण-सम्पन्न हो, तब भी कलियुग के पुरुष उसको घर से निकाल देते हैं और उसके बदले में दासी को रखैल के रूप में रखते हैं । इस प्रकार

समाज की अच्छी परम्परा समाप्त हो जाती है ।

सुत मानहिं मातु पिता तब लौं । अबलानन दीख नहीं जब लौं ॥
ससुरारि पिआरि लगी जब तें । रिपुरूप कुटुंब भए तब तें ॥

कलियुग के पुत्र अपने माता-पिता को तभी तक मानते हैं जब तक उनका विवाह नहीं होता । विवाह के पश्चात् पुत्र का सारा स्नेह ससुराल से हो जाता है—फलस्वरूप पुत्र अपने माँ-बाप तथा घर के अन्य सदस्यों के प्रति शत्रु-जैसा व्यवहार करता है ।

नृप पाप परायन धर्म नहीं । करि दंड विडंब प्रजा नितहीं ॥
धनवंत कुलीन मलीन अपी । द्विज चिन्ह जनेउ अघार तपी ॥

कलियुग का कुप्रभाव सभी को घेर लेता है । रक्षक भक्षक बन जाता है—जैसे राजा का वास्तविक धर्म है प्रजा का हित किंतु कलियुग का राजा बिना अपराध के दण्ड देकर प्रजा की दुर्दशा करता है । कलियुग में धर्म का स्थान पाप ले लेता है—और कुलीन कहलाने के लिए केवल धन चाहिए । आंतरिक ज्ञान तथा भाव की महत्ता ऊपरी दिखावे की अपेक्षा कम हो जाती है—जैसे जनेऊ पहनना द्विज की पहचान और नंगे बदन रहना तपस्वी की पहचान ।

नहिं मान पुरान न वेदहि जो । हरि सेवक संत सही कलि सो ॥
कवि वृंद उदार दुनी न सुनी । गुन दूषक व्रात न कोपि गुनी ॥

कलियुग ने तो संतों की परिभाषा ही बदल दी है—जो वेदों और पुराणों को नहीं मानते, वे ही कलियुग के संत और हरिभक्त हैं । ऐसा लगता है कि कलियुग में सच्चा गुणी ढूँढ़ना कठिन है, और यदि किसी में कोई गुण है तो उस पर दोष लगाने वाले बहुत हैं । कला को प्रोत्साहन देने वाले भी कलियुग में नहीं मिलते, इसलिए अनेक कवि आश्रयहीन हो गए हैं ।

कलि बारहिं बार दुकाल परै । बिनु अन्न दुखी सब लोग मरै ॥

कलियुग की दयनीय स्थिति का दुःखभरा रूप तब सामने आता है जब बार-बार अकाल पड़ते हैं और अनाज की कमी के कारण लोग दुखी होकर मरते हैं ।

सुनु खगेस कलि कपट हठ दंभ द्वेष पाषंड ।
मान मोह मारादि मद व्यापि रहे ब्रह्मंड ॥

काकभुशुंडि गरुड़ को बतलाते हैं कि कलियुग में तामसिक वृत्तियाँ छा जाती हैं जैसे कपट, दुराग्रह, दम्भ, द्वेष, पाखण्ड, मान, मोह, काम, क्रोध, लोभ, मद आदि ।

तामस धर्म करहिं नर जप तप व्रत मख दान ।
देव न बरषहिं धरनीं बए न जामहिं धान ॥

कलियुग के व्यक्ति जो भी जप, तप, यज्ञ, व्रत और दान करते हैं, उनकी भी महत्ता कम हो जाती है क्योंकि उनके सारे कार्य तामसिक भावना से होते हैं । देवताओं और प्रकृति का रुख भी कलियुग के लोगों के लिए सहायताप्रद नहीं रहता—जैसे इन्द्र उचित मात्रा में जल नहीं बरसाते और धरती में बोया हुआ अन्न ठीक प्रकार से उगता नहीं ।

अबला कच भूषन भूरि छुधा । धनहीन दुखी ममता बहुधा ॥
सुख चाहहिं मूढ़ न धर्म रता । मति थोरि कठोरि न कोमलता ॥

कलियुग में स्त्रियों की स्थिति विशेषतया दयनीय हो जाती है । लोग उन्हें अबला अर्थात् निर्बल समझते हैं । बालों के अतिरिक्त और किसी आभूषण का पाना उनके लिए कठिन है । उनको पेटभर भोजन भी नहीं मिलता । धन के अभाव में जो दुःख उन्हें सहना पड़ता है, ममता के कारण वे उसमें और वृद्धि कर लेती हैं । वे अशिक्षित हैं और समझती हैं कि शायद धर्म का मार्ग छोड़ने से उन्हें सुख मिल जाए । विपत्तियों में उलझ जाने के कारण वे अपनी कोमलता भी खो देती हैं ।

नर पीड़ित रोग न भोग कहीं । अभिमान विरोध अकारनहीं ॥
लघु जीवन संवतु पंच दसा । कलपांत न नास गुमानु असा ॥

तुलसीदासजी कहते हैं कि कलियुग के लोग आपस में मिल-जुलकर अपनी समस्याएँ नहीं सुलझा सकते क्योंकि उनमें अभिमान और परस्पर विरोध की भावना है—और ऐसी भावना इतनी तीव्र है कि वे विरोध का कारण भी नहीं बतला सकते । उनके अभिमान का एक रूप यह है कि वे अपने-आपको अमर समझते हैं और घमंड के कारण जीवन के गिने-चुने वर्षों का सदुपयोग नहीं करते ।

कलिकाल विहाल किए मनुजा । नहि मानत क्वौ अनुजा तनुजा ॥
नहिं तोष विचार न सीतलता । सब जाति कुजाति भए मगता ॥

कलियुग के कुप्रभाव के कारण सबके विचार कलुषित हो जाते हैं—कोई बहिन-बेटी का भी विचार नहीं करता । संतोष, विवेक, शीतलता आदि धर्म के लक्षण लुप्त हो जाते हैं । अधिकाधिक लोग पुरुषार्थ छोड़कर भीख माँगना शुरू कर देते हैं ।

इरिषा परुषाच्छर लोलुपता । भरि पूरि रही समता विगता ॥
सब लोग वियोग विसोक हए । वरनाश्रम धर्म अचार गए ॥

कलियुग में सामाजिक समता की भावना लुप्त हो जाती है—और उनके स्थान पर ईर्ष्या, ऊँच-नीच की दृष्टि, कटु वाणी, और लालच से प्रेरित स्वार्थ-भावना ज़ोर पकड़ लेती है । परस्परिक सहयोग समाप्त हो जाने के कारण लोगों को ऐसा लगता है जैसे वे अकेले पड़ गए हों—और दुःख के समय भी कोई उनका साथ नहीं देता ।

दम दान दया नहिं जानपनी । जड़ता परवंचनताति घनी ॥
तनु पोषक नारि नरा सगरे । परनिंदक जे जग मो बगरे ॥

कलियुग में सात्त्विक गुण लुप्त हो जाते हैं जैसे इंद्रिय-दमन, दान, दया, विवेकशीलता, आदि । तुलसीदासजी द्वारा दम-दान-दया का एक साथ उल्लेख *बृहदारण्यक उपनिषद्* की याद दिलाता है (देखिए 'पाठकों की सेवा में' जहाँ यह कथा वर्णित है) । सात्त्विक गुणों का स्थान कलियुग में तामसिक अवगुण ले लेते हैं जिनमें से चार का उल्लेख यहाँ किया गया है—मूर्खता, दूसरों को ठगना, स्वार्थ भावना और परायी निंदा करना ।

सुनु व्यालारि काल कलि मल अवगुन आगार ।
गुनउ बहुत कलिजुग कर बिनु प्रयास निस्तार ॥

काकभुशुंडि गरुड़ को संबोधित करते हुए चारों युगों का तुलनात्मक विवेचन प्रस्तुत करते हैं । इस दोहे को इस विवेचन की भूमिका समझ सकते हैं । काकभुशुंडि कहते हैं कि यद्यपि कलियुग पापों और अवगुणों का घर है, फिर भी अन्य युगों की अपेक्षा कलियुग में भव-बंधन से छूटने का सरल उपाय है ।

कृतजुग त्रेताँ द्वापर पूजा मख अरु जोग ।
जो गति होइ सो कलि हरि नाम ते पावहिं लोग ॥

काकभुशुंडि कहते हैं कि सत्य युग, त्रेता और द्वापर में जो गति पूजा, यज्ञ और योग से प्राप्त होती है, वही गति कलियुग में भगवान् के नाम से मिल सकती है । इसी भाव को विस्तार से अगली दस पंक्तियों में व्यक्त किया गया है ।

कृतजुग सब जोगी विग्यानी । करि हरि ध्यान तरहिं भव प्रानी ॥
त्रेताँ विविध जग्य नर करहीं । प्रभुहि समर्पि कर्म भव तरहीं ॥
द्वापर करि रघुपति पद पूजा । नर भव तरहिं उपाय न दूजा ॥
कलिजुग केवल हरि गुन गाहा । गावत नर पावहिं भव थाहा ॥

सत्ययुग में सब योगी और विज्ञानी होते हैं—उनके लिए भवसागर से तरने का साधन है 'हरि का ध्यान' । त्रेता में लोग अनेक प्रकार के यज्ञ करते हैं और उनके लिए भवसागर से तरने का साधन है—सब कर्मों को प्रभु के समर्पण करना । द्वापर के लोगों के लिए भवसागर से तरने का उपाय है—प्रभु के चरणों की पूजा । कलियुग के प्राणी केवल प्रभु की गुणगाथाओं का गान करने से ही भवसागर की थाह पा जाते हैं ।

कलिजुग जोग न जग्य न ग्याना । एक अधार राम गुन गाना ।
सब भरोस तजि जो भज रामहि । प्रेम समेत गाव गुन ग्रामहि ॥

सोइ भव तर कछु संसय नाहीं । नाम प्रताप प्रगट कलि माहीं ॥
कलि कर एक पुनीत प्रतापा । मानस पुन्य होहिं नहिं पापा ॥

कलियुग में योग, यज्ञ, और ज्ञान का सहारा न लेकर श्रीराम के गुणगान का सहारा लीजिए । सारे भरोसे त्यागकर जो श्रीराम को भजता है और प्रेम-सहित उनके गुण-समूहों को गाता है, वही भवसागर से तर जाता है । नाम का प्रताप कलियुग में प्रत्यक्ष है । काकभुशुंडि कहते हैं—कलियुग का एक पवित्र प्रताप है कि मानसिक पुण्य तो होते हैं पर मानसिक पाप नहीं होते ।

कलिजुग सम जुग आन नहिं जौं नर कर बिस्वास ।
गाइ राम गुन गन बिमल भव तर बिनहिं प्रयास ॥

भवसागर से तरने के विषय में चारों युगों की तुलना इस दोहे में समाप्त होती है । काकभुशुंडि कहते हैं—यदि मनुष्य विश्वास करे तो कलियुग के समान दूसरा युग नहीं है क्योंकि इस युग में श्रीराम के निर्मल गुण-समूहों को गा-गाकर मनुष्य सरलता से भवसागर को पार कर सकता है ।

प्रगट चारि पद धर्म के कलि महुँ एक प्रधान ।
जेन केन बिधि दीन्हें दान करइ कल्यान ॥

धर्म के चार चरण हैं—सत्य, दया, तप, दान—इनमें से कलियुग में दान की विशेष महिमा है ।

नित जुग धर्म होहिं सब केरे । हृदयँ राम माया के प्रेरे ॥
सुद्ध सत्व समता बिग्याना । कृत प्रभाव प्रसन्न मन जाना ॥
सत्व बहुत रज कछु रति कर्मा । सब बिधि सुख त्रेता कर धर्मा ॥
बहु रज स्वल्प सत्व कछु तामस । द्वापर धर्म हरष भय मानस ॥
तामस बहुत रजोगुन थोरा । कलि प्रभाव बिरोध चहुँ ओरा ॥

तुलसीदासजी कलियुग के वर्णन का प्रसंग समाप्त करते हुए कहते हैं कि श्रीराम की माया से प्रेरित होकर सत्त्व-रज-तम के घटने-बढ़ने से प्रत्येक युग का अपना-अपना प्रभाव दिखलाई देता है । उदाहरणतः शुद्ध सत्त्वगुण के कारण सत्ययुग का प्रभाव सर्वोत्तम है जैसे समता, विज्ञान और मन का प्रसन्न होना । त्रेतायुग में सत्त्वगुण अधिक किंतु साथ में थोड़ा रजोगुण होने के कारण जो प्रभाव दिखलाई देता है उसके दो मुख्य अंग हैं—सब प्रकार से सुख तथा कर्मों में प्रीति । द्वापरयुग में रजोगुण की प्रधानता है किंतु सत्त्वगुण और तमोगुण भी थोड़ी-थोड़ी मात्रा में हैं, इसलिए द्वापर के प्रभाव में हर्ष और भय का मिश्रण है । अंत में तुलसीदासजी कहते हैं कि तमोगुण का

आधिक्य—और साथ में थोड़ा-सा रजोगुण—होने के कारण कलियुग का प्रभाव है 'चारों ओर वैर-विरोध'।

इस प्रकार वैर-विराध से कलुषित कलियुग का वर्णन जगमंगल से विपरीत सामाजिक दुर्दशा का ही वर्णन है—इसी निष्कर्ष से इस परिशिष्ट की समाप्ति की जाती है।

परिशिष्ट ४

जगमंगल पर आधारित आदर्श समाज का उत्तरकाण्ड में वर्णन—रामराज्य के रूप में

तुलसीदासजी ने जगमंगल के भाव तथा व्यावहारिक रूप को स्पष्ट करने के लिए दो प्रकार की सामाजिक स्थिति का वर्णन किया है—एक जगमंगल से विपरीत तथा दूसरी जगमंगल पर आधारित। जगमंगल से विपरीत स्थिति का जो वर्णन उत्तरकाण्ड में है वह परिशिष्ट ३ में दिया जा चुका है। वर्तमान परिशिष्ट में जगमंगल पर आधारित अर्थात् आदर्श समाज का वर्णन प्रस्तुत है। तुलसीदासजी द्वारा कृत यह वर्णन—रामराज्य के रूप में—उत्तरकाण्ड में है। इस पुस्तक के अध्याय ८ में इस परिशिष्ट का उल्लेख है।

राम राज बैठें त्रैलोका। हरषित भए गए सब सोका॥
बयरु न कर काहू सन कोई। राम प्रताप विषमता खोई॥

रामराज्य के आरम्भ होते ही तीनों लोक हर्षित हो गए क्योंकि उनके सारे शोकों का अन्त हो गया। रामराज्य में कोई किसी से बैर नहीं करता। श्रीराम के प्रताप से सामाजिक विषमता मिट गई अर्थात् ऊँच-नीच का भाव नहीं रहा।

बरनाश्रम निज निज धरम निरत बेद पथ लोग।
चलहिं सदा पावहिं सुखहि नहिं भय सोक न रोग॥

सब लोग वर्णाश्रम प्रथा के अनुसार धर्म में तत्पर हुए वेदमार्ग पर चलते थे, इसलिए सब सुखी थे—उन्हें किसी प्रकार का भय, शोक या रोग नहीं था।

दैहिक दैविक भौतिक तापा। राम राज नहिं काहुहि ब्यापा॥
सब नर करहिं परस्पर प्रीती। चलहिं स्वधर्म निरत श्रुति नीती॥

रामराज्य में सब कष्टों का अंत हो गया जैसे दैहिक, दैविक या भौतिक। सब व्यक्ति एक-दूसरे से प्रेम करते थे तथा वेदों में वर्णित नीति के अनुसार स्वधर्म का पालन करते थे।

चारिउ चरन धर्म जग माहीं । पूरि रहा सपनेहुँ अघ नाहीं ॥
राम भगति रत नर और नारी । सकल परम गति के अधिकारी ॥

धर्म के चारों चरण—सत्य, शौच, दया, दान—सक्रिय थे और अधर्म लेशमात्र भी नहीं था । सभी व्यक्ति—चाहे पुरुष हों चाहे स्त्री—रामभक्त थे, इसलिए परमगति के अधिकारी थे ।

अल्पमृत्यु नहिं कवनिउ पीरा । सब सुंदर सब विरुज सरीरा ॥
नहिं दरिद्र कोउ दुखी न दीना । नहिं कोउ अबुध न लच्छनहीना ॥

किसी की मृत्यु छोटी अवस्था में नहीं होती थी, न किसी को कोई पीड़ा होती थी । सभी के शरीर सुंदर तथा निरोग थे । न कोई दरिद्र था, न दुःखी, न दीन । इसी प्रकार न कोई मूर्ख या अशुभ लक्षणों वाला था ।

सब निर्दम्भ धर्मरत पुनी । नर अरु नारि चतुर सब गुनी ॥
सब गुनग्य पंडित सब ग्यानी । सब कृतग्य नहिं कपट सयानी ॥

सभी दंभरहित, धर्मपरायण और पुण्यात्मा थे । इसी प्रकार सभी व्यक्ति—पुरुष एवं स्त्रियाँ—चतुर और गुणवान् थे । सभी गुणों का आदर करने वाले, पंडित और ज्ञानी थे । सभी दूसरों के किए हुए उपकार को मानने वाले थे—किसी में लेशमात्र भी धूर्तता नहीं थी ।

राम राज नभगेस सुनु सचराचर जग माहिं ।
काल कर्म सुभाव गुन कृत दुख काहुहि नाहिं ॥

काकभुशुंडि गरुड़ को बतलाते हैं कि रामराज्य में काल-कर्म-स्वभाव तथा गुणों से उत्पन्न हुए दुःख किसी को नहीं सताते ।

भूमि सप्त सागर मेखला । एक भूप रघुपति कोसला ॥
भुअन अनेक रोम प्रति जासू । यह प्रभुता कछु बहुत न तासू ॥

उस समय सारी पृथ्वी पर श्रीराम का ही राज्य था । जिनके एक-एक रोम में अनेक ब्रह्माण्ड हैं, उनके लिए ऐसी प्रभुता का होना कोई बड़ी बात नहीं है ।

सो महिमा समुझत प्रभु केरी । यह वरनत हीनता घनेरी ॥
सोउ महिमा खगेस जिन्ह जानी । फिरि एहिं चरित तिन्हहुँ रति मानी ॥

प्रभु की विशाल महिमा के सामने पृथ्वी पर प्रभुता होना तो छोटी बात है । हाँ, ज्ञानीजनों को प्रभु की इस लीला में बहुत आनन्द प्राप्त होता है ।

राम राज कर सुख संपदा । बरनि न सकइ फनीस सारदा ॥
एकनारि व्रत रत सब झारी । ते मन वच क्रम पति हितकारी ॥

रामराज्य की सुख-सम्पत्ति का वर्णन शेषजी और सरस्वतीजी भी नहीं कर सकते । सभी पुरुष एकपत्नीव्रती थे, और स्त्रियाँ भी मन, वचन और कर्म से पति का हित करने वाली थीं ।

दंड जतिन्ह कर भेद जहँ नर्तक नृत्य समाज ।
जीतहु मनहि सुनिअ अस रामचंद्र कें राज ॥

राजनीति में दंड और भेद का प्रयोग शत्रुओं को जीतने के लिए होता है, किंतु रामराज्य में कोई शत्रु था ही नहीं, इसलिए दंड शब्द का प्रयोग केवल संन्यासियों के हाथ में रहने वाले डंडे के लिए ही होता है । इसी प्रकार भेद शब्द का प्रयोग सुर-ताल के भेद के लिए ही होता था । रामराज्य में 'मन को जीतो' ऐसा सुनने में आता था— न कि 'शत्रु को जीतो'।

फूलहिं फरहिं सदा तरु कानन । रहहिं एक संग गज पंचानन ॥
खग मृग सहज बयरु बिसराई । सबन्हि परस्पर प्रीति बढ़ाई ॥

वनों में वृक्ष सदा फूलते-फलते थे । हाथी और सिंह एक साथ रहते थे । पक्षी और पशु सभी स्वाभाविक बैर को भुलाकर प्रेमपूर्वक रहते थे ।

कूजहिं खग मृग नाना बृंदा । अभय चरहिं बन करहिं अनंदा ॥
सीतल सुरभि पवन बह मंदा । गुंजत अलि लै चलि मकरंदा ॥

पक्षी मीठी बोली बोलते थे, पशु निर्भय होकर आनंद से विचरते थे । पवन शीतल, मंद और सुगंधित था । भौंरे पुष्पों का रस लेकर गुंजार करते हुए उड़ते थे ।

लता बिटप मागें मधु चवहीं । मनभावतो धेनु पय स्रवहीं ॥
ससि संपन्न सदा रह धरनी । त्रेताँ भइ कृतजुग कै करनी ॥

बेलें और वृक्ष जितना माँगो उतना मधु देते थे । गौएँ मनचाहा दूध देती थीं । धरती में भरपूर खेती होती थी । यद्यपि रामराज्य त्रेतायुग में था, फिर भी सुख-संपत्ति सत्ययुग जैसी थी ।

प्रगटीं गिरिन्ह बिबिधि मनि खानी । जगदातमा भूप जग जानी ॥
सरिता सकल बहहिं बर बारी । सीतल अमल स्वाद सुखकारी ॥

रामराज्य के प्रताप से पर्वतों में मणियों की खानें प्रकट हो गईं । नदियों का जल श्रेष्ठ, शीतल, निर्मल और सुखप्रद हो गया ।

सागर निज मरजादाँ रहहीं । डारहिं रत्न तटन्हि नर लहहीं ॥
सरसिज संकुल सकल तड़ागा । अति प्रसन्न दस दिसा बिभागा ॥

समुद्र अपनी मर्यादा में रहते थे, वे लहरों के द्वारा किनारों पर लोगों के लिए रत्न डाल देते थे। सब तालाब कमलों से परिपूर्ण थे। राज्य के सभी प्रदेशों में प्रसन्नता छायी हुई थी।

विधु महि पूर मयूखन्हि रवि तप जेतनेहि काज।
मागें बारिद देहिं जल रामचन्द्र कें राज॥

पृथ्वी को चन्द्रमा की अमृतमयी किरणों का पूरा लाभ था। सूर्य उतना ही तपते थे जितने की आवश्यकता होती थी और बादल भी जितनी चाहिए उतनी ही वर्षा करते थे।

पति अनुकूल सदा रह सीता। सोभा खानि सुसील विनीता॥
कौसल्यादि सासु गृह माहीं। सेवइ सबन्हि मान मद नाहीं॥

सीताजी शोभा की खान, सुशील और विनम्र थीं और उनमें तथा श्रीराम में पूर्ण सहयोग था। सीताजी अभिमान और मद से रहित होकर सभी सासुओं की सेवा करती थीं।

सेवहिं सानुकूल सब भाई। राम चरन रति अति अधिकाई॥
राम करहिं भ्रातन्ह पर प्रीती। नाना भाँति सिखावहिं नीती॥

सब भाई प्रीतिपूर्वक श्रीराम की सेवा करते थे। श्रीराम भाइयों को प्यार करते थे और उन्हें नीति की शिक्षा भी देते थे।

हरषित रहहिं नगर के लोगा। करहिं सकल सुर दुर्लभ भोगा॥
अहनिसि विधिहि मनावत रहहीं। श्रीरघुवीर चरन रति चहहीं॥

नगर के लोग हर्षित रहते थे क्योंकि उनकी स्थिति देवताओं से भी अच्छी थी। वे दिन-रात यही मानते थे कि राम-भक्ति उन्हें प्राप्त हो।

दुइ सुत सुंदर सीताँ जाए। लव कुस वेद पुरानन्ह गाए॥
दोउ बिजई बिनई गुन मंदिर। हरि प्रतिबिंब मनहुँ अति सुंदर॥
दुइ दुइ सुत सब भ्रातन्ह केरे। भए रूप गुन सील घनेरे॥

सीताजी के दो पुत्र उत्पन्न हुए—लव और कुश—जिनका यश वेद-पुराणों ने गाया है। वे दोनों भी—श्रीराम की भाँति—युद्ध में निपुण होते हुए भी नम्र और गुणों के धाम थे। दो-दो पुत्र सभी भाइयों के हुए जो बड़े ही सुंदर, गुणवान् और सुशील थे।

ग्यान गिरा गोतीत अज माया मन गुन पार।
सोइ सच्चिदानंद घन कर नर चरित उदार॥

जो ज्ञान, वाणी और इन्द्रियों से परे हैं, अजन्मा हैं तथा माया, मन और गुणों से भी परे हैं, वही सच्चिदानन्दघन भगवान् श्रेष्ठ नरलीला करते हैं ।

अवधपुरी वासिन्ह कर सुख संपदा समाज ।
सहस सेष नहिं कहि सकहिं जहँ नृप राम बिराज ॥

जहाँ भगवान् श्रीराम स्वयं विराजमान हैं, उन अवधपुरी के निवासियों की सुख-सम्पत्ति का वर्णन हजारों शेषजी भी नहीं कर सकते ।

नारदादि सनकादि मुनीसा । दरसन लागि कोसलाधीसा ॥
दिन प्रति सकल अजोध्या आवहिं । देखि नगरु बिरागु बिसरावहिं ॥

नारद आदि और सनक आदि मुनीश्वर श्रीराम के दर्शन के लिए प्रतिदिन अयोध्या आते हैं और उस नगर के वैभव को देखकर ऐसा लगता है मानो देखने वाले वैराग्य को भूल जाते हैं ।

जातरूप मनि रचित अटारीं । नाना रंग रुचिर गच ढारीं ॥
पुर चहुँ पास कोट अति सुंदर । रचे कँगूरा रंग रंग बर ॥

अटारियाँ सोने और रत्नों से बनी हुई हैं तथा उनमें रंग-बिरंगी मणियों की सुंदर फर्शें हैं । नगर के चारों ओर सुंदर परकोटा बना है जिस पर रंग-बिरंगे कँगूरे बने हैं ।

नव ग्रह निकर अनीक बनाई । जनु घेरी अमरावति आई ॥
महि बहु रंग रचित गच काँचा । जो बिलोकि मुनिबर मन नाचा ॥

ऐसा लगता है मानो नवग्रहों ने बड़ी भारी सेना बनाकर अमरावती को घेर लिया हो । सड़कों पर रंगीले रत्नों की गच ढाली गई है जिसे देखकर श्रेष्ठ मुनियों के भी मन नाच उठते हैं ।

धवल धाम ऊपर नभ चुंबत । कलस मनहुँ रबि ससि दुति निंदत ॥
बहु मनि रचित झरोखा भ्राजहिं । गृह गृह प्रति मनि दीप बिराजहिं ॥

उज्ज्वल महल आकाश को छू रहे हैं और उनके कलशों का प्रकाश सूर्य-चन्द्रमा के प्रकाश से कम नहीं है । महलों के झरोखे मणियों से सुशोभित हैं । घर-घर में मणियों के दीपक भी शोभा दे रहे हैं ।

मनि दीप राजहिं भवन भ्राजहिं देहरी बिद्रुम रची ।
मनि खंभ भीति बिरंचि बिरची कनक मनि मरकत खची ॥
सुंदर मनोहर मंदिरायत अजिर रुचिर फटिक रचे ।
प्रति द्वार द्वार कपाट पुरट बनाइ बहु बज्रन्हि खचे ॥

जैसा अभी कहा, घर-घर में मणियों के दीपक शोभा दे रहे हैं। मूँगों की बनी हुई देहलियाँ चमक रहीं हैं। रत्नों के खम्भे हैं। पन्नों से जड़ी हुई सोने की दीवारें ऐसी सुन्दर हैं मानो ब्रह्मा ने ख़ासतौर से बनाई हों। महल सुंदर, मनोहर और विशाल हैं उनमें सुन्दर स्फटिक के आँगन बने हैं। प्रत्येक द्वार पर हीरों से जड़े हुए सोने के किवाड़ हैं।

चारु चित्रसाला गृह गृह प्रति लिखे बनाइ।
राम चरित जे निरख मुनि ते मन लेहिं चोराइ॥

घर-घर में सुन्दर चित्रशालाएँ हैं जिनमें श्रीराम के चरित्र बड़ी निपुणता से संवारकर अंकित हुए हैं। ऐसी सुन्दरता मुनियों के भी चित्त को चुरा लेती है।

सुमन वाटिका सबहिं लगाईं। विविध भाँति करि जतन बनाईं॥
लता ललित बहु जाति सुहाईं। फूलहिं सदा बसंत कि नाईं॥

सभी लोगों ने यत्न करके भिन्न-भिन्न प्रकार की पुष्पों की वाटिकाएँ लगा रखी हैं, जिनमें बहुत जातियों की सुंदर और ललित लताएँ सदा बसंत की तरह फूलती रहती हैं।

गुंजत मधुकर मुखर मनोहर। मारुत त्रिविधि सदा बह सुंदर॥
नाना खग बालकन्हि जिआए। बोलत मधुर उड़ात सुहाए॥

भौंरे मनोहर स्वर से गुंजार करते हैं। शीतल, मंद, सुगंधित वायु सदा बहती रहती है। बालकों ने बहुत-से पक्षी पाल रखे हैं जो मधुर बोली बोलते हैं और उड़ने में सुंदर लगते हैं।

मोर हंस सारस पारावत। भवननि पर सोभा अति पावत॥
जहँ तहँ देखहिं निज परिछाहीं। बहु विधि कूजहिं नृत्य कराहीं॥

मोर, हंस, सारस और कबूतर—घरों के ऊपर बहुत शोभायमान लगते हैं। मणियों की दीवारों और छतों में अपनी परछाईं देखकर ये पक्षी उन्हें दूसरे पक्षी समझते हैं तथा मधुर बोली बोलकर नृत्य करते हैं।

सुक सारिका पढ़ावहिं बालक। कहहु राम रघुपति जन पालक॥
राज दुआर सकल विधि चारू। वीथीं चौहट रुचिर बजारू॥

बच्चे तोता-मैना को पढ़ाते हैं कि कहो—'राम', रघुपति', 'जनपालक'। राजद्वार सब प्रकार से सुसज्जित हैं। गलियाँ, चौराहे और बाजार सभी सुंदर हैं।

बाजार रुचिर न बनइ बरनत वस्तु बिनु गथ पाइए।
जहँ भूप रमानिवास तहँ की संपदा किमि गाइए॥

बैठे बजाज सराफ बनिक अनेक मनहुँ कुबेर ते ।
सब सुखी सब सच्चारित सुंदर नारि नर सिसु जरठ जे ॥

जैसा अभी कहा, बाजार सभी सुंदर हैं, और ऐसा लगता है मानो वस्तुएँ बिना ही मूल्य मिल रही हैं । जहाँ स्वयं लक्ष्मीपति श्रीराम का राज्य हो, वहाँ की संपत्ति का वर्णन कौन कर सकता है? बजाज, शराफ आदि व्यापारी इतने वैभवशाली हैं जैसे कुबेर हों । स्त्री, पुरुष, बच्चे, बूढ़े—सभी व्यक्ति सुखी, सदाचारी और सुंदर हैं ।

उत्तर दिसि सरजू बह निर्मल जल गंभीर ।
बाँधे घाट मनोहर स्वल्प पंक नहिं तीर ॥

नगर के उत्तर में सरयू नदी बह रही है जिसका जल निर्मल और गहरा है । मनोहर घाट बँधे हुए हैं, किनारे पर ज़रा भी कीचड़ नहीं है ।

दूरि फराक रुचिर सो घाटा । जहँ जल पिअहिं वाजि गज ठाटा ॥
पनिघट परम मनोहर नाना । तहाँ न पुरुष करहिं अस्नाना ॥

अलग कुछ दूरी पर वह सुंदर घाट है जहाँ घोड़े और हाथी जल पीते हैं । पानी भरने के लिए बहुत से ज़नाने घाट हैं जो बहुत ही मनोहर हैं—वहाँ पुरुष स्नान नहीं करते ।

राजघाट सब विधि सुंदर वर । मज्जहिं तहाँ वरन चारिउ नर ॥
तीर तीर देवन्ह के मंदिर । चहुँ दिसि तिन्ह के उपवन सुंदर ॥

राजघाट सब प्रकार से सुंदर और श्रेष्ठ हैं, जहाँ चारों वर्णों के पुरुष स्नान करते हैं । सरयू के किनारे-किनारे देवताओं के मंदिर हैं जिनके चारों ओर सुंदर बगीचे हैं ।

कहुँ कहुँ सरिता तीर उदासी । बसहिं ग्यान रत मुनि संन्यासी ॥
तीर तीर तुलसिका सुहाई । वृंद वृंद बहु मुनिन्ह लगाई ॥

नदी के किनारे कहीं-कहीं विरक्त और ज्ञानपरायण, मुनि और संन्यासी निवास करते हैं । मुनियों ने सरयू के किनारे-किनारे तुलसी के बहुत-से पेड़ लगा रखे हैं ।

पुर सोभा कछु बरनि न जाई । बाहेर नगर परम रुचिराई ॥
देखत पुरी अखिल अघ भागा । वन उपवन वापिका तड़ागा ॥

नगर की शोभा तो अवर्णनीय है ही, नगर के बाहर भी परम सुंदरता है । अवधपुरी के दर्शन से सारे पाप नष्ट हो जाते हैं । वहाँ वन, उपवन, बावलियाँ और तालाब शोभा दे रहे हैं ।

वापीं तड़ाग अनूप कूप मनोहरायत सोहहीं ।
सोपान सुंदर नीर निर्मल देखि सुर मुनि मोहहीं ॥
बहु रंग कंज अनेक खग कूजहिं मधुप गुंजारहीं ।
आराम रम्य पिकादि खग रव जनु पथिक हंकारहीं ॥

जैसा अभी कहा, अवधपुरी की बावलियाँ और तालाब—तथा कुएँ भी—शोभा दे रहे हैं, जिनकी सुंदर सीढ़ियाँ और निर्मल जल देखकर देवता और मुनि भी मोहित हो जाते हैं । तालाबों में रंग-बिरंगे कमल खिल रहे हैं, अनेक पक्षी कूज रहे हैं और भौंरे गुंजार कर रहे हैं । रमणीय बगीचे कोयल आदि पक्षियों की मीठी बोली से मानो राह चलने वालों को बुला रहे हैं ।

रमानाथ जहँ राजा सो पुर बरनि कि जाइ ।
अनिमादिक सुख संपदा रहीं अवध सब छाइ ॥

स्वयं लक्ष्मीपति भगवान् श्रीराम के रूप में जहाँ राजा हों, उस नगर का वर्णन कौन कर सकता है? अणिमा आदि आठों सिद्धियाँ और समस्त सुख-सम्पत्तियाँ अयोध्या में छा रही हैं ।

रामराज्य की सामाजिक उपलब्धियों का चित्रण पूरा करने के पश्चात् तुलसीदासजी अन्तर्मुखी दृष्टिकोण प्रस्तुत करते हैं—यह बतलाकर कि हृदय के गुणों और अवगुणों से रामराज्य का क्या संबंध है । उनका तात्पर्य यह है कि यदि किसी के हृदय में गुणों का विकास होता है और अवगुणों का नाश होता है तो ऐसा कह सकते हैं कि वहाँ रामराज्य स्थापित हो रहा है । इस संदेश को रोचक ढंग से देने के लिए तुलसीदासजी श्रीराम के प्रताप की उपमा सूर्य के प्रकाश से देते हैं । तुलसीदासजी द्वारा लिखित मानस के इन शब्दों को काकभुशुंडि गरुड़ को संबोधित करते हुए कहते हैं—

जब ते राम प्रताप खगेसा । उदित भयउ अति प्रबल दिनेसा ॥
पूरि प्रकास रहेउ तिहुँ लोका । बहुतेन्ह सुख बहुतन मन सोका ॥

जब से रामप्रतापरूपी अत्यन्त प्रचण्ड सूर्य उदित हुआ, तब से तीनों लोकों में पूर्ण प्रकाश भर गया है । इससे बहुतों को सुख हुआ किंतु साथ ही बहुतों के मन में शोक हुआ ।

जिन्हहि सोक ते कहउँ बखानी । प्रथम अविद्या निसा नसानी ॥
अघ उलूक जहँ तहाँ लुकाने । काम क्रोध कैरव सकुचाने ॥

जिन-जिन को शोक हुआ, पहले उनका वर्णन किया जाए । सबसे अधिक शोक तो अविद्यारूपी रात्रि को हुआ—क्योंकि सर्वत्र प्रकाश छा जाने से अविद्यारूपी रात्रि नष्ट हो गई । पापरूपी उल्लू जहाँ-तहाँ छिप गए और काम-क्रोधरूपी कुमुद मुँद गये ।

विविध कर्म गुन काल सुभाऊ । ए चकोर सुख लहहिं न काऊ ॥
मत्सर मान मोह मद चोरा । इन्ह कर हुनर न कवनिहुँ ओरा ॥

भाँति-भाँति के बन्धनकारक कर्म, गुण, काल और स्वभाव—ये चकोर हैं जो रामप्रतापरूपी सूर्य के प्रकाश में कभी सुख नहीं पाते । मत्सर, मान, मोह और मदरूपी जो चोर हैं, उनका हुनर भी किसी ओर नहीं चल पाता ।

धरम तड़ाग ग्यान विग्याना । ए पंकज विकसे विधि नाना ॥
सुख संतोष विराग विवेका । विगत सोक ए कोक अनेका ॥

अब उनका वर्णन किया जाए जिनको रामप्रतापरूपी सूर्य से सुख मिला । धर्मरूपी तालाब में ज्ञान, विज्ञान—ये अनेक प्रकार के कमल खिल उठे । सुख, संतोष, वैराग्य और विवेक—ये अनेक चकवे शोकरहित हो गए ।

यह प्रताप रवि जाकें उर जब करइ प्रकास ।
पछिले बाढ़हिं प्रथम जे कहे ते पावहिं नास ॥

इस दोहे में रामप्रतापरूपी सूर्य के प्रभाव को साररूप में कहा गया है । जो अपने हृदय में श्रीराम के प्रताप को धारण कर लेता है, उसके गुणों का विकास होता है—जैसे धर्म, ज्ञान, विज्ञान, सुख, संतोष, वैराग्य और विवेक । साथ-साथ में उसके अवगुणों का नाश हो जाता है—जैसे अविद्या, पाप, काम, क्रोध, मत्सर, मान, मोह, मद, आदि ।

जगमंगल पर आधारित आदर्श सामाजिक स्थिति तथा उसका गुण-विकास संबंधी रूपक—इन दोनों विवरणों के पूरा होने पर परिशिष्ट ४ यहाँ समाप्त होता है ।